FANTASY

FANTASY

T A N I T H L E E

Die Verdammten

DIE GEHEIMNISSE VON PARADYS 1

Aus dem Amerikanischen
von Gisela Kirst-Tinnefeld

GOLDMANN VERLAG

Deutsche Erstveröffentlichung

Die Originalausgabe erschien unter dem Titel
The Secret Books of Paradys 1. The Book of the Damned
bei Unwin Paperbacks, London

Der Goldmann Verlag
ist ein Unternehmen der Verlagsgruppe Bertelsmann

Made in Germany · 8/91 · 1. Auflage

Umschlaggestaltung: Design Team München
Umschlagillustration: Luserke/Salomoni, Friolzheim
Satz: IBV Satz- und Datentechnik GmbH, Berlin
Druck: Elsner, Berlin
Verlagsnummer: 24507
Redaktion: Ilse Wagner/SN
Herstellung: Peter Papenbrok
ISBN 3-442-24507-9

Befleckt mit Karmesin

We were young, we were merry, we were very very wise,
And the door stood open at our feast,
When there passed us a woman with the West in her eyes,
And a man with his back to the East.

Mary Elisabeth Coleridge

Wie schnell rennt ein Mann, wenn der Teufel hinter ihm her ist?

Ich habe es gesehen, allerdings ohne es zu wissen, als er über die mit Pflasterstein bedeckte Anhöhe auf mich zukam; sein Atem ging keuchend vor Anstrengung, und seine Augen wirkten farblos und glänzend. Der Nachmittag neigte sich dem Ende zu, und am Himmel ballten sich Sturmwolken zusammen. Das schräg einfallende Tageslicht, das zwischen den wie Klippen aufragenden Mauern der Temple-Church of the Sacrifice eindrang, brachte nur trübes Grau in die Gassen. Ich kam gerade gelangweilt und mit einer unermeßlichen, unheilvollen Unzufriedenheit von Philippes Séance. Und in all dies, das Licht des Unwetters, die steinige Gasse, meine Vorahnungen, lief der Fliehende hinein. Die Arme hielt er vorgestreckt, und sein langes Lumpengewand flatterte hinter ihm her. Er wirkte, als hätten riesige Dornen ihn gepackt; Haar und Kleider. Ich trat beiseite, um ihn vorbeizulassen. Ich hielt ihn für einen Wahnsinnigen. Statt dessen fiel er mir zu Füßen auf die Knie. »Ah«, stöhnte er wie ein Verdurstender, der Wasser fand.

Ich wich zurück. Seine Hand griff nach mir und umschlang mein Fußgelenk.

»Nehmt die Hand weg«, sagte ich, »oder muß ich Euch zwingen.«

»Beugt Euch zu mir«, erwiderte er. »Beugt Euch zu mir herunter.«

Seine Stimme klang kultiviert und jung, obschon ich ihn nach meinem ersten Eindruck für einen alten Mann gehalten hatte. Die Hand war äußerst gepflegt, die Nägel sauber und ordentlich geschnitten. Ringe zierten einige Finger. Plötzlich erschien er mir eher wie irgendein hilfloses, vornehmes Geschöpf, das von Gaunern überfallen worden war. Ich kniete mich neben ihn.

»Wer hat Euch attackiert, Monsieur?«

Er lachte. Es war ein grauenvolles Geräusch, als hätte man ihm die Kehle durchgeschnitten. Er drehte sich um, und ich konnte ihm ins Gesicht blicken. Es war das Antlitz eines Mannes in mittleren Jahren, nicht älter. Und er sah gut aus.

»Hört«, sagte er. »Mir bleibt nur ein Augenblick.«

»Aber –«

»Scht«, beschwichtigte er. Dann lachte er abermals, leise. »Junger Mann«, sagte er. »Ich bin so froh, daß ich Euch getroffen habe. Ah, ja. Jetzt möchte ich Euch das Geheimnis des Lebens verraten. Wollt Ihr es wissen?«

»Wer möchte das nicht?« Ich faßte seine Worte als Scherz auf, obwohl er vor mir auf dem Pflaster lag.

»Ihr habt recht. Wer will das nicht. Wollt Ihr?«

»Vielleicht.«

»Oh, vielleicht. Hier ist meine andere Hand. Öffnet sie.« Er streckte mir seine Faust entgegen. »Ich kann meine Finger nicht strecken«, erklärte er. »Das müßt Ihr tun.«

Mittlerweile war ich etwas verwirrt. Ich nahm seine Faust in beide Hände und bog sie auf, was nicht leicht war. Auf seiner Handfläche lag ein weiterer Ring, der im Zwielicht ein tiefrotes Feuer ausstrahlte. Das Prachtstück, auf Hochglanz poliert, besaß auch eine Gravur. Irgend etwas Insektenähnliches, schien mir.

»Also los«, forderte er mich auf, »nehmt ihn.«

»Das?«

»Was sonst. Ja, nehmt ihn.« Ich nahm ihn, um den Mann zu beruhigen, denn er war jetzt sehr erregt. »Euren Namen«, verlangte er. »Nennt mir Euren Namen.«

»St. Jean.«

»Wie weiter?«

»Nichts weiter. André St. Jean. Das ist alles. Darf ich Euch aufhelfen? Wohin wollt Ihr?«

»Fort«, sagte er. Und damit erhob er sich mühsam auf die Knie und wollte sich aufrichten. Ich half ihm, so gut ich konnte. Dann stürzte er davon, weg von mir. Ich rief ihm noch nach, aber er wandte mir nur sein Gesicht, das eines Wahnsinnigen, zu und gab ein grunzendes Geräusch von sich, das ebenso spottenden Haß wie schlichtes Grauen bedeuten konnte. Wieder war er alt, ein Verrückter, der aus irgendeinem Hospiz entwichen war und ein Stückchen Draht um seine knorrigen Hände gewunden hatte. Wild mit den Armen rudernd, hastete er den Sacrifice Hill hinauf und war in den dunklen steinernen Abwasserkanälen der Kirche verschwunden.

In mir regte sich das Bedürfnis, ihm das Ding nachzuwerfen, das er mir gegeben hatte. Denn was sollte es anderes sein als irgendein Tand aus Glas oder gar Schlimmeres. Ich wagte abermals einen Blick darauf, und das Ding war unverändert geblieben. Es war ein großer, glänzender Rubin, in den ein stumpfköpfiges Insekt mit zusammengefalteten Flügeln graviert war. In einer Art Krampf umschloß ich den Rubin mit meiner Hand.

Die Begegnung hatte mich aus der Fassung gebracht. Ich lehnte mich gegen eine der fensterlosen Mauern hinter mir. Wovor war dieser Mann geflohen? Oh, natürlich, die Verfolger. Seine Wärter mußten hinter ihm her sein. Oder er hatte jemandem dieses Juwel geraubt, und die Polizei war ihm jetzt auf den Fersen.

Einen Augenblick später setzte der Regen ein, Tausende kleiner Stilette, die auf die Straße einstachen, wieder und wieder. Der Regen würde mich zu neuem Leben erwecken, wahrscheinlich.

Als ich die Häscher hörte, hob ich den Kopf. Ich hatte die Verfolger erwartet, aber nicht in einer solchen Gestalt, wie sie sie angenommen hatten.

Zwei schwarze Hunde, mager, hochbeinig und mit vorgereckten Schakalsköpfen, kamen durch den Regen übers Pflaster gelaufen, das jetzt glatt und naß war, fast wie Basalt. Sie würdigten mich kaum eines Blickes. Rasch eilten sie vorüber, und mir schien, als spürte ich ihre Hitze durch die feuchtkalte Luft zu mir herüberstrahlen. Hinter ihnen kam ein Mann auf einem Rappen geritten. Er war ganz in Schwarz gekleidet, seinen Kopf mit einer Kapuze bedeckt wie ein Priester. Er hielt inne, als er in gleicher Höhe mit mir war. Durch den Regen konnte ich sein bleiches Gesicht erkennen und die schwarzen Augen, die mich fixierten und mir das Herz aus dem Leibe zu reißen schienen.

»Hat er diesen Weg genommen?«

Seine Stimme war leise, drang aber mühelos bis zu mir vor. Es war eine Stimme voller Musik, aber ihre Wirkung war düster.

»Wer seid Ihr?« fragte ich.

»Keine Spielchen«, sagte er. »Antwortet mir.«

»Ja«, sagte ich. Ich hob die Hand, um ihm den Ring zu zeigen oder anzubieten, der ihm gehören mußte, aber in diesem Augenblick wandte er sein Gesicht ab und gab seinem Pferd leicht die Sporen, so daß es übers Pflaster davongaloppierte.

Fort war er. Die Luft schien kalt wie Eis. Ich überlegte, ob ich ihm folgen und sehen sollte, was sich weiter ereignete, falls er den anderen einholte. Ich begriff, daß der Irre sich in den Schutz der Tempelkirche geflüchtet hatte, was ihm aber nichts nützen würde. Der Wunsch, dem Reiter nachzueilen und ihn zum Reden zu bringen, ihn vielleicht zu beschimpfen oder ihn irgendwie aus sich herauszulocken, war sehr stark. Aber mir hatte der Anblick der Hunde nicht gefallen, mit denen er in den Gassen von Paradys jagte. Nein, es würde besser sein, jetzt heimzugehen.

Ich bog zum alten Markt ab, als ich glaubte, in der Ferne, hinten auf dem Hügel, einen dünnen, hohen, entsetzlichen Schrei zu hören.

Seit zehn Uhr morgens war ich im Hause des verrückten Philippe gewesen, wo die Séance mit allem Pomp stattgefunden hatte. Es kamen alle Arten von Manifestationen dabei vor, herrlich morbide Dinge, wie die Lilien bei Bestattungen. Das Mobiliar hatte sich bewegt, eine Karaffe war zersplittert; ein nacktes Geistermädchen war erschienen, um die Zukunft zu weissagen – Narreteien, die sicherlich inszeniert oder von der Kraft der Einbildung erzeugt waren. Aber es hatte mich empfänglich, begehrlich zurückgelassen, mit dem Bedürfnis sowohl nach übersinnlicher Erfüllung als auch nach Nahrung, Sex oder Schlaf.

Wessen war ich danach eigentlich Zeuge geworden? Ein rennender Mann, ein reitender Mann, zwei streunende Hunde. Und hatte ich diesen schaurigen Schrei tatsächlich gehört?

Ich stand im Regen unterhalb der Anhöhe und fragte mich, ob er wohl zurückkommen würde, Satan, Fürst der Finsternis, auf seiner schwarzen Mähre, den zerschmetterten Leichnam seines Opfers vor sich über den Sattel geworfen. Aber es kam niemand außer einer Frau, die mir einen guten Tag wünschte und mich dabei fragend ansah, ob ich ihr wohl zu ihrem Obdach folgen würde.

Schwankend, fröstelnd ging ich meines Weges.

Philippe, Le Marc, Russe und einige andere standen auf der Straße und riefen zu meinem Fenster herauf.

Ich öffnete und schaute hinunter.

Von Our Lady of Ashes jenseits des Flusses schlug die Turmuhr Mitternacht – ein dumpfes Dröhnen mit Intervallen tauben Schweigens. Das Kerzenlicht verzerrte ihre Gesichter seltsam, ließ sie wahnsinnig oder verdammt wirken, genau das, wohin sie trieben.

»Seht ihn euch an!« schrie Le Marc in dem Moment und lästerte über mich. »Der Totenschädel mit einem Buch. Komm runter, Leichnam, und sei glücklich. Verzweiflung ist etwas so Sinnliches, so Köstliches, daß sie dich erschöpfen wird.«

»Er grämt sich«, erklärte Philippe, »weil die kleine Geistermagd sich nicht auf seinen Schoß gesetzt hat.«

»Fahr mit deinen Spießgesellen zur Hölle«, sagte ich.

»Später, später.«

Sie lärmten vor dem Außentor, bis meine Wirtin durchs Haus schlurfte und mich ermahnte. Um den Frieden zu wahren, ging ich hinunter. Und, natürlich auch, weil ich nichts Besseres oder Schlechteres vorhatte.

Wir gingen in die *Iron Bowl* und später ins *Cockatrice*, tranken und tranken. Den roten Wein, der die Augen öffnet, und den schwarzen Brandy, der einen blind macht.

»Er trägt immer noch den Ring. Seht doch. Drei volle Wochen. Das muß ein besonderes Andenken sein.«

»Du bist ein Narr«, meinte Russe, den der Wein nur ernüchterte. »Irgendein Halsabschneider wird dir eines Nachts deswegen den Finger abhacken, wenn du in der Gosse liegst.«

»Die linke Hand«, sagte Philippe. »Die kümmert ihn nicht. Solange die rechte noch schreiben kann.«

Ich starrte auf den roten Ring, den Rubin mit dem eingravierten Käfer.

»Wer hat ihn dir gegeben?« fragte Philippe. Er lächelte. »Ich weiß, wem er gefallen würde.«

»Philippe, du weißt überhaupt alles. Warum gibst du dich mit uns ab?« fragte Le Marc.

»Wem würde er gefallen?« fragte Russe. »Dem Teufel?«

»Welchem Teufel?« fragte ich und spürte, wie mir das Blut stockte.

»Es ist der Ring des Teufels«, meinte Russe. »Ich habe noch nie etwas so klar gesehen. Laß ihn dir von einem Dieb stehlen. Er wird dir nur Kummer bringen und Grauen.«

»Was ist denn los?« fragte ich. Ich schmiegte meinen Kopf in meine Arme, die auf dem Tisch lagen. Philippe strich mir übers Haar, das nach der Mode der City von Paradys lang und mit Henna »mars«-rot gefärbt war. Der blonde Philippe, ein Narziß, von Geburt chrysanthemenweiß, lachte mir ins Ohr. »Möchtest du nicht wissen, wem der Ring wirklich gehört?«

»Erzähl's mir, du Lügner.«

»Einer äußerst schönen Frau.«

»Lügner, Lügner«, murmelte ich.

»Nicht heute nacht, du bist zu betrunken, und es ist schon zu spät in dieser Nacht. Morgen gehen wir zu ihr. Und du wirst ihr den Ring zurückgeben. Der schönsten Frau von Paradys.«

»Wer ist das?« begehrte Le Marc zu wissen.

»Die Frau des alten Bankiers«, erklärte Philippe.

»Oh, von ihr habe ich gehört. Ja. Er läßt sie einen Salon führen wie die anderen Herrscherinnen der Stadt. Aber sie sind Fremde.«

Schon beinahe eingeschlafen, ließ ich meine Gedanken treiben und hörte manchmal zu.

Philippe und Le Marc trugen mich geradezu nach Hause.

Philippe brachte mich die Treppe hinauf und schloß die Tür meines Zimmers hinter uns. Er schlenderte herum, nahm das eine oder andere Buch zur Hand, strich zärtlich über die Seiten Papier, auf denen manchmal nur eine einzige Zeile stand. »Das Licht sickert aus dem großen Fenster«, las er, »wie das Blut aus einem erbleichenden Gesicht.« Er kippte das Tintenfaß um, das wie ein Fabeltier geformt war, und zeichnete mit einer Kerze, die er aus ihrem Halter genommen hatte, in der Tinte einen gekreuzigten Christus, der vor Verzückung schrie.

»Verbrenne das morgen früh«, sagte er. »Es bringt Unglück.«

Er setzte sich neben mich aufs Bett, zog mir das Hemd aus und streifte meine Hosen herunter. Von den langen Zärtlichkeiten schließlich gelangweilt, denen ähnlich, die ich reichlich zu Papier brachte und die nie eine befriedigende Reaktion erfuhren, beendete er den Akt mit einem gewaltsamen Eindringen und einem so plötzlichen Höhepunkt, daß das Haus von seinem Stöhnen und Schreien erzitterte. Er schlief auf mir, auf meinem Rücken liegend, ein, wobei mir seine bleichen Haare in die Nase drangen, so daß ich immer wieder aufwachte, um sie fortzupusten. Noch einmal flüsterte er: »Morgen bringe ich dich zu ihr.«

Durch meine Träume galoppierte immer wieder ein Mann in einem schwarzen Kapuzencape, und ich hockte vor ihm auf dem Sattel. Gegen Morgengrauen kam ich ebenfalls mit einem leichten Zucken zum Höhepunkt, das Philippe weckte und ihn dazu brachte, mich fluchend in die Rippen zu knuffen.

Ehe er aufstand, stieg ich aus dem Bett, zog mich an und verließ das Zimmer.

Ich wanderte hinunter ins Tal der City, zum Fluß, der sich wie eine sich windende Schlange im Morgendunst ringelte.

Wie Felsspitzen ragten die Gebäude aus dem Nebel, wie Hügel, die zu Quadern verwittert waren. Über weite Strekken zogen die Vögel, hin und her.

Ich erwog, den Ring in den Fluß zu werfen, aber konnte nicht irgendein Fisch ihn verschlucken? Und dann würde ich, anläßlich eines Abendessens in Philippes Haus, einen erstklassigen Stör verspeisen und wieder auf den Ring stoßen, der mich von der Rückengräte des Fisches her anfunkelte.

Ich hatte die Zeitungen durchforstet, hatte jeden gefragt, aber nirgendwo wurde der Fund einer bestimmten Leiche auf dem Platz der Sacrifice oder ein Jäger in Begleitung schwarzer Hunde erwähnt.

Ich kehrte dem Fluß den Rücken und wanderte zu der großen Bibliothek des Viertels der Wissenschaften hinauf. Philippe würde unterdessen bei mir zu Hause liegen und auf mich warten, und, wie immer, hatte ich das Gefühl, ein für allemal mit ihm fertig zu sein – bis zur nächsten Begegnung.

Zwei Tage später suchte er mich auf, betont elegant gekleidet. Es war mitten am Nachmittag.

»Komm zu mir nach Hause.«

»Wie du siehst, arbeite ich.«

»Laß mich mal sehen.«

»Nein.«

»Ach, du«, sagte er. »Wie eine Unschuld vom Lande mit ihrem Unterleib. Na schön. Schenk mir eine Ausgabe, wenn's gedruckt ist. Noch ein dünnes Bändchen… Bis dahin, komm in mein Haus.«

»Verschwinde, Philippe.«

»Es findet heute abend statt«, erklärte er.

Er besaß merkwürdige Augen, eines war heller als das andere. Das unterstrich sein attraktives Äußeres, obwohl es ihn als Kind gestört hatte. Die Amme, die seine Mutter für ihn geholt hatte, behauptete, daß es ein Zeichen des Bösen sei. Sie redete es ihm ein. Mit dreizehn vergewaltigte er sie.

»Was findet heute abend statt?«

»Sie eröffnet ihren Salon, wie eine Rose.«

»Wer?«

»Diese schöne Frau, von der ich erzählt habe. Das Wunder der City.«

Es war ein heißer Tag, und es war schwer, weiter zu arbeiten, nachdem die Konzentration einmal gestört war. Ich legte meine Feder beiseite und stützte den Kopf in die Hände. Philippe strich mit einer Blume über meine Hände, meinen Nacken. Daraufhin erhob ich mich und folgte ihm aus dem Zimmer.

Philippes Haus stand an der alten Stadtmauer, nahe dem Obelisken, wo die Toten während der Pest, die man ›den Tod‹ genannt hatte, zu Millionen verbrannt worden waren. Inzwischen hatten sich verschiedene Bäume aus dem Gestein herausgearbeitet und spendeten Schatten. Die Läden des musealen Hauses waren geschlossen.

»Wie ich dieses Haus hasse«, hatte Philippe schon hundertmal fröhlich gesagt. Jetzt, da sein Vater tot war, tat er dort alles, was ihm beliebte. Er war ein Skandal für das Viertel, aber er war reich.

In einem der Marmorbäder lag ich und ließ mich einweichen, wie eine Statue, die man reinigte, während einer von Philippes Domestiken hinter dem Wandschirm das Rasiermesser wetzte. Nachdem ich das Bad benommen und betäubt vom heißen Wasser und Balsam verlassen hatte, steckte mich ein Diener in einen von Philippes Anzügen. Wir hatten etwa dieselbe Größe, und ich konnte problemlos alles von ihm tragen.

»Oh, welch eine Schönheit«, sagte er und flatterte um mich herum, eine bösartige Echse – eine, die man besser eingesperrt hätte.

Das Licht wurde trüber, dickflüssiger, brach sich in den säulengesäumten Fenstern und fiel draußen auf die Straße.

»Möchtest du dinieren?« fragte er.

»Ich möchte gar nichts. Ich will schlafen gehen.«

»Verdammter Banause. Komm schon. Wo ist dieser Ring – hast du ihn?«

Ich trug ihn nicht mehr. Er befand sich in meiner Tasche, jetzt in *seiner* Tasche, und ich holte ihn hervor und reichte ihn ihm. Er wich zurück. »Nein, nein, André. Aber du mußt ihn ihr zeigen.«

»Ihr. Dieser Frau. Hoffentlich ist sie all den Aufwand wert.«

Wir verließen das Haus und gingen gemeinsam die Straße entlang, zwei junge Prinzen in einem demokratischen Paradys, das solche Existenzen nicht länger anerkannte. Aber wer würde mich schon kennen. Ein Schreiberling. Ein paar Leute hatten meine Stücke gesehen und meine Essays und kleinen Novellen im stillen Kämmerlein gelesen. Aber ich war nicht in Mode, trotz meiner Haare und meiner Kleidung. Ich sagte Dinge, die ihnen zu nahe oder nicht nah genug an die gezuckerten Knochen gingen. (Oder vielleicht verstand ich auch nur mein Handwerk nicht richtig.) Drei meiner Pamphlete hatten sogar den City-Senat kritisiert, aber sie hatten gute Miene gezeigt – es war eine Schande. Wahrscheinlich wäre ich lieber in den Kerker geworfen worden – solange man es nicht tatsächlich tat.

»Philippe«, murmelte ich, »wenn ich sterben –«

»Jetzt kommt das schon wieder«, sagte er.

»Wenn ich sterben sollte, sorge dafür – bring diesen elenden Schuft von Drucker dazu, alles zu drucken. Jedes Wort. Selbst alles Unvollendete und all die Arbeiten, die er zurückgewiesen hat.«

»Dieses Ego«, meinte er. »Wen kümmert's denn, wenn du tot bist? Glaubst du, dich?«

»Nein, aber jetzt kümmert's mich. In diesem Augenblick kümmert's mich. Versprich es mir.«

»Na gut. Wie schon gehabt. Ich verspreche es dir.«

»Dir. Dir kann ich vertrauen. Du hast nie eine Zeile gelesen, die ich geschrieben habe.«

»Viele Zeilen. Also, wie ging das noch ... ›Licht sickert aus einem Fenster wie Blut in einem verblassenden‹, wie war das?«

»Ich kann mich nicht daran erinnern. Wahrscheinlich ein Traum, den ich hatte.«

»Wie jener andere Traum. Einmal konnte ich dich soweit bringen. Du hast lauter geschrien als ich. Ich habe es mit Erstaunen vernommen.«

»Du hast etwas gehört«, sagte ich, »aber du hast den *Worten* nicht gelauscht.«

»*Wenn* du stirbst«, sagte er. Er drehte sich auf dem Absatz zu mir um und packte mich am Kragen, am schneeweißen Linnen seines eigenen Gewandes. »Wenn ich dich töte, André, dann werde ich dafür sorgen, daß jede Zeile deines sauertöpfischen Œuvre veröffentlicht wird. Soll ich dir die Pulsader durchbeißen und bei deinem Blute schwören?«

»Diese Frau«, fragte ich, »wer ist sie?«

»Ich habe es dir erzählt.«

»Ihren Namen.« (Nennt mir Euren Namen, hatte der davonlaufende Mann gesagt.)

»Warte nur ab, du wirst sehen.«

Wir gingen weiter durch das trübe, von Bäumen unterbrochene Licht, während die Glocken der Stadt sieben läuteten. Wir hielten uns westwärts, in Richtung des Viertels der Uhrmacher.

»Wo wohnt sie?«

»Auf dem Hügel des Uhrturms.«

»Erzähle mir von ihr.«

Er sagte: »Blutleerer Teint. Haar wie Ebenholz. Ein bleicher Mund, der ihr ins Gesicht gemalt zu sein scheint. Aber das ist er nicht. Augen wie die bodenlose Schwärze.«

Er hatte sich mal als Künstler betätigt. Dies hatte, wenn überhaupt etwas, seine Redeweise geprägt.

»Kein Auge ist bodenlos schwarz. Geht man näher heran und sieht hinein, dann spiegelt das Auge etwas wider.«

»Ihre nicht, André. Ah, sie ist einfach umwerfend: du wirst nicht enttäuscht sein.«

»Und der Gatte?«

»Falls er das ist. Monsieur Baron von Aaron.«

»Immerhin ein Name.«

»Ein fremdländischer Name. Er ist von altem Geblüt. Eine Vernunftehe.«

»Oh«, sagte ich. »Dann hast du sie also besessen.«

»Noch nicht. Niemals, sollte ich annehmen. Sie ist niemand, den man *besitzt.*«

Elegante Flaneure schlenderten über die tiefer gelegenen Spazierwege des Wall Quarters, von Obelisk Gardens zum Observatorium. Einige begrüßten Philippe, manche frivol, andere zurückhaltend, und flüsterten, wenn sie vorüber waren. Oben auf der Observatoriums-Terrasse hatte man Tische hinausgestellt. Dort trafen sich die Schwätzer, Spieler und Trinker, Karten flatterten wie rote und schwarze Tauben durch die Luft, und die Gläser mit schwarzem Kaffee und Alkohol klirrten harzig. Von hier aus konnte man aufgrund einer künstlich angelegten Schlucht durch die City von Paradys den Blick auf das abfallende Häusermeer genießen. Über Münzteller von Dächern und Kaskaden von Treppen zu schemenhaft schattigen Konturen der Parks und kleinen strahlenden Zuckergußkirchen, die dem weichen Sonnenuntergang beigefügt waren, der das Ganze in den leuchtenden Glanz eines alten, unbezahlbaren Gemäldes tauchte.

Wir überquerten die Terrasse und stiegen zum Clock-Tower-Hügel empor, wo, dreißig Meter in die Luft ragend, das güldene weiße Antlitz gleichzeitig in vier Richtungen blickt.

Das Haus, das der Baron von Aaron gemietet hatte, gehörte zu einem der mit Stuck verzierten Häuser auf dem Hügel. Über dem schmiedeeisernen Tor hing eine brennende Laterne. Das Tor selbst stand weit offen. Wir traten hindurch und stiegen die paar Stufen zum Eingang empor, dann läuteten wir.

Ein Diener öffnete die Tür. Philippe reichte ihm sogleich eine Karte. Das war alles. Der Mann, ein Einfaltspinsel, trat zurück, um uns hereinzulassen, und schritt dann, nachdem er die Tür geschlossen hatte, feierlich voraus. Wir trugen noch unsere Handschuhe, als wir die Wendeltreppe zum Salon hinaufstiegen.

Die Karte wurde einem anderen Einfaltspinsel an der Tür überreicht und in den Raum gebracht. Am Salon war weiter nichts Ungewöhnliches bis auf das, im Wettstreit mit den noch wärmeren Strahlen des Sonnenuntergangs in den Fenstern liegende Kerzenlicht, ein erregendes, erwartungsvolles Licht, das, wie immer, dazu führen würde, sich kopfüber in Sinnlosigkeiten zu stürzen. Das Haus schien ansonsten abgeschirmt und klang hohl und leer. Obschon aus den Vasen bei der Treppe Blumen lugten, wirkte das Gebäude tot. Der Salon, in Pastelltönen gehalten und im Stil der Reichen verschwenderisch möbliert, war bereits rauchgeschwängert. Grüppchen von Männern standen herum, und einige Frauen. Sowohl unter den einen als unter den anderen waren bekannte Gesichter. Allerdings niemand, für den man sich hätte interessieren müssen; eher Leute, die man mied. Leise plätscherten die Gespräche dahin. Ab und zu unterbrach Gelächter oder ein Ausruf das Gemurmel. Irgendwo spielte jemand Gitarre.

»Nur Geduld«, sagte Philippe zu mir. »Wart's ab.«

Er mischte sich unter die Gruppen der Männer und die

biegsam wie Weidenruten zurückweichenden Frauen, ging hier und da auf einen Scherz ein, akzeptierte eine Zigarre und murmelte: »Oh, Gott, die ist da?« über eine Frau, über deren Anwesenheit er nicht erfreut war. Weiße Schultern blitzten und weiße Pfeifen dampften zur mit Akanthusblättern verzierten Decke.

Neben den hohen Fenstern stand ein Klavier, an dem der Gitarrenspieler lehnte und vor sich hin klimperte. Auf einem niedrigen Glastisch stand eine Petroleumlampe aus dickem Kristall, die ihren Schein nach oben warf. Sie beleuchtete ihre Hand, als sie Philippes Karte von dem Diener entgegennahm, und ihr Gesicht, als sie einen Blick darauf warf. Dann fing das sanfte Licht ihr winzig, winzig kleines Lächeln ein, während sie die Karte neben die Lampe zu einem Fächer ähnlicher Karten legte.

»Madame«, sagte Philippe. Er verbeugte sich und führte ihre Hand an seine Lippen. »Ich bin so glücklich, daß Ihr mir gestattet habt, wiederzukommen.«

»Ihr müßt meinem Gatten danken.«

»Dann danke ich ihm von ganzem Herzen. Madame, darf ich Euch einen Freund vorstellen?«

»Natürlich«, sagte sie. Wieder verzogen sich ihre Lippen zu einem winzig kleinen Lächeln.

»Der Schriftsteller André St. Jean«, sagte Philippe.

»Von dem Ihr sicher nicht gehört haben werdet«, meinte ich.

Sie hob den Blick und sah mich unverwandt an, eine endlose und zeitlose Sekunde lang.

»Ich fürchte, das ist wahr.«

»Fürchtet Euch nicht, Madame. Denn sollte dies Euch das Fürchten lehren, dann müßte die Hälfte der Stadt Euer Entsetzen teilen.«

Aber ihr Blick hatte sich bereits abgewandt. Ihre Augen schienen in die Lampe hineinzustarren, so daß ich sie weiter an-, aber nicht länger hineinsehen konnte. Wie Philippe mir versichert hatte, waren sie völlig schwarz. So schwarz, daß die kohlschwarzen Schatten ihrer Wimpern, die durch den Lichtschimmer über ihre schweren Lider geworfen wurden, sich vergleichsweise schemenhaft ausnahmen, und auch die schwarzen Brauen blaß erschienen. Diese Augenbrauen waren schmal und nicht gezupft, und die Wimpern lang und sehr dicht. Im blutleeren Gesicht prangte der Mund in einem blassen Elfenbeinrosa, wobei die zusammen oder auseinander führenden Linien der Lippen wie sorgsam mit einem Pinsel gemalt wirkten... Haare wie schwarze Hyazinthen, die Art, die in dicken weißen Wellen fällt. Makellose Schultern, schlank und ohne Knochen, über einem dunklen Kleid. Kein Schmuck bis auf die Trauringe, die ich eingehend betrachten würde, sobald sie ihre Hände wieder hob.

»Sie sehen, Madame von Aaron«, sagte ich, »ich buhle nicht im mindesten um Ruhm. Aber es sind Augenblicke wie dieser, in denen ich wünschte, ich besäße ihn. Wäre ich bekannt, würdet Ihr mir vielleicht ein wenig Aufmerksamkeit schenken. So wie es aber steht, worauf, in aller Welt, darf ich hoffen?«

Ich spürte die schadenfrohe und boshafte Erwartung in jeder Faser von Philippes Körper. Sie hob ihr Antlitz und schenkte mir einen weiteren Blick, einen kalten Blick von überraschender Gleichgültigkeit. Sie wußte nicht, was sie mit mir anfangen sollte oder mit meinem überheblichen Geschwätz, und würde daher gar nichts tun.

Und ich? Nachdem ich mich vor ihr verbeugt hatte, schlenderte ich zu einem Tisch hinüber, an dem die Lakaien Weißwein ausschenkten. Während ich trank, stellte ich mir vor, wie sie zu Philippe sagte: »Wahrhaftig, mein Freund, darf ich Euch bitten, mir in Zukunft solche Bekanntschaften zu ersparen?«

Aber das würde sie nicht sagen. Er gehörte nicht zu ihren Freunden.

Es war die Wahrheit, mit der ich sie konfrontiert hatte. Die anderen mochten kriechen und Abstand halten. Aber, wie es schien, hatte sie für Originalität wenig übrig.

Ich dachte an den Typ Frau, der mich mochte. Einige waren gar von Adel gewesen. Aber sie war nicht von ihrer Sorte. Sie würde hochgewachsen sein, wenn sie sich erhob, fast oder ebenso groß wie ich. Aber ich machte mir auch nichts aus ihr. Sie war so kalt. Ihre Hände (wie es schien, wahrscheinlich sehr schön) würden bei der Berührung kalt wie Eis sein. Wundervolles Haar, und diese Augen. Ansonsten recht wenig. Sie mochte die Illusion von großer Schönheit vermitteln, war aber tatsächlich nicht schön. Trotz ihrer Stimme, die wie die Musik der Nacht klang.

Da fiel mir der Ring ein, jenes Prachtstück in Philippes Brokatweste, und ich ließ zwei Finger hineinschlüpfen, um ihn zu finden. In diesem Augenblick betrat jemand den Salon, und es gab laute, beifällige Begrüßungsworte.

Wer war das? Wer wohl, außer ihrem Gatten, dem angeblichen Fürsten an ihrem Hof. Die Grüppchen wichen zurück, um ihn vorbeizulassen, wobei die Männer ihm die Hand schüttelten oder ihm auf die Schulter klopften. Auch er war hochgewachsen, aber leicht gebeugt und ergraut – vom künstlich gelockten Haar bis zum teuren Rock. Er hielt inne, um jemandes Tabak zu kosten, schüttelte dann betrübt den Kopf. Der fremdländische Stil wirkte hier exotisch. Wenn auch nicht recht greifbar, so besaß er ihn ganz sicher, sein großflächiges Gesicht zeugte davon. Ein schlaues, eher ausdrucksloses Gesicht.

Er ging an mir vorüber – natürlich, ohne mich zu sehen, denn wer war ich schon? – und steuerte auf das Fenster, das Klavier und die Lampe zu. Sogleich erhob sich der Gitarrenspieler, ihn zu begrüßen, und Philippe, der gemeinsam mit vier oder fünf anderen an ihrer Seite geblieben war, blieb dort drüben, glücklich und erwartungsvoll aussehend, der Aufmerksamkeit des Mannes harrend. Der abgestandenste aller Tricks: er war wegen des Ehemannes gekommen, die Frau war lediglich eine vergnügliche Zerstreuung vorweg.

Jetzt verneigte Philippe sich und schüttelte die Hand des alten Bankiers. Würde ich wieder herbeigerufen und vorgestellt werden? Offenbar nicht. Ich hatte mich selbst in Ungnade gebracht. Ich warf ihr einen verstohlenen Blick zu. Sie war wirklich makellos – die Augen, das Haar, die Anmut. Ja, geschickt. Frauen, die mehr zu bieten hatten, machten weniger daraus als sie. Jetzt hob sie die Hände, um ihren Gatten zu begrüßen. Schöne Hände, und da fiel auch der Schein der Lampe auf die großen Silberringe, einer davon mit einem blassen Edelstein. Wann sollte ich ihr diesen hier geben, den mit dem eingravierten ägyptischen Käfer? Gehörte er ihr, dieser Tropfen karmesinroten Blutes? Alles gehörte ihr. Alles.

Jetzt hob der alte Baron die Hände, und die metallische Litze an seinen Manschetten glitzerte. Er hieß uns willkommen. Armer, alter Trottel, glaubte er selbst daran – war sie noch Jungfrau? Sie wirkte unberührt, aber dennoch wissend, durch und durch kalt. Oder lauerte irgendwo die Leidenschaft? (Ihr Wein war stark, ein guter, reiner Wein wie Wasser, in dem sich die Lichter brachen.) Ihre Haut war frisch wie die eines jungen Mädchens, aber sie war kein Mädchen mehr. Irgendwo aus ihren Augen hatten mich hundert Jahre angesehen. Kein Wunder, daß sie sie so rasch vor meinem prüfenden Blick verborgen hatte. Ich stellte mir vor, wie ich auf ihr liegen und wie ihre Haut sich dann anfühlen würde, jede Faser ihres Körpers. Wie ich mich in ihr ausdehnte, tiefer und tiefer, und sie zum Schreien brachte, falls sie das je tat, ihre blicklosen Augen und ihren feingemeißelten, bleichen Mund, der im Ringen um Leben weit geöffnet wäre…

Aber ich begehrte sie nicht. Sie stieß mich ab. Sie war nichts für mich.

»– Und ich weiß, daß Ihr mir alle helfen werdet, mein sittsames Weib zu überreden. Also, Antonina, meine Teure. Ans Klavier, wenn ich dich bitten dürfte.« Er beendete den Satz mit gespielter Ernsthaftigkeit, und, in gespieltem Gehorsam, erhob sie sich und knickste vor ihm, während sie einen langen Blick durch den Raum schweifen ließ, in dem jetzt atemloses Schweigen herrschte. Dann trat sie ans Klavier, das bereits für sie aufgeklappt war. Irgend jemand rückte ihr den Hocker zurecht, während ein anderer ihr die Noten reichte. Ein leichtes Schütteln ihres Kopfes unter dem schweren Vorhang ihrer Haare. Dann, mit ins Nichts gerichteten Augen, meilenweit und hundert Jahre entfernt, glitten ihre Hände über die Tasten des Klaviers.

In den Fenstern des Raumes war die Abenddämmerung hereingebrochen. Wir hätten überall sein können: auf einem Berggipfel, der über andere Berge hinausragte, in einem Schneckengehäuse aus Quarz und Granit, in einem Meer von Luft...

Die erste Note zog mich magisch an. Ich war froh, froh, die Musik zum Vorwand nehmen zu können. Ich ging auf sie zu, immer vorwärts. Alle waren näher gekommen, scharten sich um sie, ohne sie jedoch zu berühren oder mich aufzuhalten. Ich erreichte das Klavier, und die Vibrationen der Musik erreichten meine Flanke. Mein Glas war leer; auch dies schien zu vibrieren. Sie konnte mich jetzt nicht sehen. Ich konnte sie betrachten und ganz durch sie hindurchsehen.

Der Wein oder die Musik hatten mich auf eine zügellose, entkörperlichte Weise trunken gemacht. Ich wünschte, ihr Spiel würde niemals enden. Ich glaube, sie spielte sehr lange, komplette Strophen und Variationen der Themen. Sie klang melancholisch, die Musik, von harten, hellen Arpeggios und fließenden weißen Glissandi, unter deren Strom sich der ewig rollende Fluß des Todes verbarg.

Als das Spiel zu Ende war, hatte es mir alle Kraft genommen. Ich lehnte am Piano und wollte es mir noch einmal in Erinnerung rufen. Hätte es doch nie geendet. Es war wie der tiefste Schlaf, in dem man träumt, jemanden zu umarmen, immer am Rand der Ekstase, um dann verstört, erschöpft zu sein und unfähig, zu erwachen.

Sie erhob sich vom Klavier, ganz Bankiersgattin, und die Gäste applaudierten ihr frenetisch. Ich klatschte abgehackt mit, das leere Weinglas behinderte mich. Mir schwirrte der

Kopf. Mir war übel. Als ob ich sie während des ganzen Spiels besessen hätte und jetzt bei den Haaren fortgerissen und noch vor Sonnenaufgang hinaus auf die Straße geworfen worden wäre.

Nur daß ich beim Klavier stehenblieb. Alle übrigen waren gegangen. In einem winzigen Oval von Klarheit schien ich sie zu erkennen, als sie neben dem Kamin stand, wo ein Sommerfeuer in Gang gehalten wurde, und jetzt einen schlanken weißen Hund, eher eine Art kleiner Greyhound, festhielt.

Philippe befand sich an meiner Seite.

»Nun, ich hatte sie nie zuvor spielen hören. Sie ist eine Virtuosin.«

Ich trat an den Tisch mit Wein und gönnte mir noch ein volles Glas, dessen helles Blut ich zu meinem eigenen goß.

»Was hältst du davon?« fragte Philippe.

»Ein kaltes Frauenzimmer«, sagte ich. »Sieh doch, wie sie ihn vereist hat.«

»Ja«, sagte er hämisch. »Laß uns zu irgendeinem Treff gehen. Irgend jemandes Blut vergießen und den Teufel beschwören, daß er uns aussendet, sie kaltzustellen.«

»Gib ihr den Ring«, sagte ich. Ich fand ihn tatsächlich und holte ihn hervor. »Das wird sie dir vielleicht gewogen machen. Wenn du sie so sehr begehrst.«

Er betrachtete den Ring und fragte: »Ist das ein Skarabäus, dieser Käfer?«

»Das Symbol des sich erneuernden Lebens«, sagte ich. Ich hielt ihn ihm hin, er griff abrupt danach und ging davon. Ich beobachtete, wie er sie ansprach. Was mochte er ihr erzählen? Der Gatte war nicht in unmittelbarer Nähe, aber andere weilten bei ihr. Ich sah, wie der Rubin aufflammte, als Philippe ihn hervorzog. Er erinnerte mich an etwas – an einen Blutstrahl bei einem Duell.

Ja, sie betrachtete den Ring, nahm ihn aber nicht an. Wie erklärte er ihr sein Verhalten. Im Raum herrschte zuviel Lärm, um etwas verstehen zu können. Dann drehte sie sich zu mir herum. Ich starrte zu ihr zurück. Ich wünschte, ich hätte nicht soviel von dem Wein getrunken. Sie setzte sich in Bewegung, und dann stand sie vor mir – mit Philippe und den Rest des Hofstabs im Schlepptau.

»Monsieur«, sagte sie, »habe ich recht verstanden, daß Ihr mir dies offeriert?« Sie lachte in der Art, wie es Frauen für gewöhnlich tun: falsch. Bei ihr erreichte es eine besondere Qualität, äußerst unangenehm. »Das ist gewiß sehr unschicklich.«

»Ihr täuscht Euch, Madame von Aaron«, sagte ich. »Ich bin kein Juwelier. Mein Freund wollte Euch den Ring zeigen. Er meinte wohl, Ihr würdet ihn ungewöhnlich finden. Solltet Ihr jedoch Gefallen an ihm entdecken, wäre ich höchst entzückt.«

»Er ließ mich glauben«, sagte sie, »Ihr wünschtet, daß ich den Ring annehme.« Noch ein leises Lachen. »Und dies vor Zeugen.«

»Gehört er Euch nicht längst?«

»Durchaus nicht. Ich habe niemals rote Steine gesammelt. Ich mag sie nicht.«

»Dann solltet Ihr ihn mir lieber zurückgeben.«

Sie hielt mir den Ring entgegen. Ich nahm ihn zurück. Ihre Hand war wie Eis, und der Ring durch sie jetzt eisig kalt.

»Gewährt mir fünf Minuten allein mit Euch«, sagte ich leise, »und ich kann Euch erklären, wie ich zu diesem Ring kam.«

»Oh, wirklich, Monsieur.« Richtig durchtrieben, wirklich fürchterlich.

»Ich erzähle es Euch nicht, solange andere zuhören können.«

»Lächerlich«, sagte sie.

»Oder kennt Ihr die Geschichte bereits?«

Da blickte sie mir in die Augen. Es war wie der Schock sengender Kälte. Schwarze Spiegel, schwarze Wasser, zu Eis erstarrt, unter der Oberfläche verborgen, um zu erfrieren oder unterzugehen.

»Ich denke«, sagte sie, »Eure Vorliebe fürs Drama reißt Euch mit sich fort, Monsieur. Aber natürlich, erwähnte Philippe nicht, daß Ihr eine Art Schriftsteller seid?«

Und damit wandte sie sich ab und kehrte zu Kamin, Hund und Ehemann zurück.

Allein gelassen setzte ich mein Glas ab und floh zur Tür. Ich war bereits auf der Treppe, als Philippe mir nachgeeilt kam.

Er schwieg, bis der Diener uns hinausgelassen hatte. Dann sagte er: »Das war ihr Name, ehe sie heiratete.«

»Wovon redest du?«

»Antonina Scarabin. Skarabäus. Behauptest du immer noch, es sei nicht ihr Ring? Irgend jemand hat ihn ihr gestohlen. Heute nacht noch wird sie dir einen Brief zukommen lassen, darauf wette ich. Wie geheimnisvoll. Versprich, mir alle Einzelheiten zu erzählen!«

Mein Blut raste.

»Sie wollte den Ring nicht. Ich bezweifle, daß er ihr je gehört hat. Und sie hat mir oder über mich allenfalls nur Schlimmes zu sagen, dessen bin ich sicher.«

»Keine roten Juwelen, dies waren ihre Worte. Auch keine roten Blumen oder Früchte im Haus, ist dir das aufgefallen? Kein Rotwein. *Kein* rothaariger *Mann*. Kein *Rot*.«

»Einmal im Monat muß sie sich damit abfinden«, meinte ich.

Philippe lachte und sprang in die Luft wie ein Kätzchen nach einer Motte. Wir gingen ins *Cockatrice*, dann ins *Surprise*. Wir tranken. Während Philippe sich an zwei der Mädchen heranmachte, hielt ich ein anderes im Arm. Küßte und streichelte sie, bis sie stöhnte und bebte und dann in den Schlaf sank.

Wieder träumte ich von dem großen Fenster, diesmal vielleicht sogar deutlicher. Die lange dunkle Mauer, die sich vor zwei Wochen im Schlummer erhoben hatte, das dolchartig sich entlangwindende Sims. Es lag irgendwo oben in einem

Turm, man spürte ringsum den Abgrund und fast überall freien Raum wie die Wölbung des Himmels. Das Fenster war ein Blattwerk von Glas, rotem Glas, das von Kastanienrot und Blut und Scharlach in Karmesin und Rosa überging, schließlich aber in das blasseste Rosa von allen, fast farblos. Und durch diese Scheiben schien ich in der Ferne Berge wahrzunehmen, aber dessen war ich mir nie sicher. Und wenn das Licht verblich, verblichen auch die Farben und alle Formen. Und auch der Traum.

Sie schrieb mir nicht, und das hatte ich auch nicht angenommen. Ich konnte nur noch an sie denken. Fetzen von Musik kamen wie die Flut und überschwemmten mich ebenso wie die Erinnerung an ihre Augen und ihren Körper, ihr Haar, die Biegung ihres Körpers, als sie durch den Salon geschritten war. Sah ich einen weißen Hund auf der Straße, überschlug sich mein Herz. Ich träumte nicht von ihr, wachte aber mit dem Gefühl auf, sie hätte neben mir im Bett gelegen (dieses durchgelegene Bett mit seinen zerrissenen und verschlissenen Laken), während ihr Haar überall ausgebreitet war und ihre Finger und Lippen auf mir ihre Abdrücke hinterließen. Ich Narr öffnete die Augen aber erst, als sie gegangen war. Ich dachte an sie und brachte ihre Beschreibung immer wieder zu Papier, immer ein wenig verändert.

Ein paar Tage später schrieb ich ihr einen Brief, umging das Postamt und gab ihn einem Boten. Was besagte der Brief? Sicherlich nicht, was die Dichtung, die Poesie gesagt hatte. Ich hatte ihren Körper hundertmal bezwungen und besessen, sie lebendig verschlungen, den Saft ihres Fleisches aufgeleckt, ihre Knochen benagt und mich selbst in ihren Haaren erhängt. Aber, obwohl sie es ahnen mußte, konnte ich die Wahrheit nicht dem Papier anvertrauen.

»Werteste Madame«, besagte mein Brief, »gewährt mir, wenn Ihr die Güte besitzt, eine Minute Eurer Zeit, um meine Entschuldigung zu unterbreiten. Ich fürchte, ich war Euch gegenüber unhöflich. Ich würde mich glücklich schätzen, dies wiedergutzumachen und außerdem mit Euch über den Ring zu sprechen, den Ihr saht. Ich bin, was den Wert von Steinen betrifft, fürchterlich unbedarft und würde Euren Rat zu schätzen wissen. Ich bin Euer Diener, Madame, und verbleibe mit den besten Wünschen für Eure Gesundheit und ein glückliches Leben, A. St. Jean.«

Dies, nachdem ich sie besprungen und gelegentlich voller Wollust gequält hatte. Na schön.

Sie gewährte mir keine Antwort.

Einige Tage darauf spazierte ich zu Philippes Haus hinüber. Er würde mir sagen können, wann der Salon wieder geöffnet wäre.

Er lag im Atrium unter der Platane auf einem Sofa und aß Kirschen aus einer Porzellanschüssel. Er sah elend aus, ein Wrack. Was hatte er getrieben, daß er nicht versucht hatte, mich herumzukriegen?

»O setz dich, setz dich«, sagte er, »du ermattest mich, wenn du so herumstehst.«

Er begann, über Bücher zu plaudern, obschon er, seinen beredten Grimassen nach zu urteilen, sehr wohl wußte, weshalb ich gekommen war. Ich sah ihm beim Kirschenessen zu und rief den zauseligen Hans, daß er gehen und mir auch welche vom Markt holen sollte. Murrend setzte Hans sich in Bewegung.

»Und was hast du so geschrieben, eh, mein teuerster André?«

»Kaum etwas.«

»Kein einziges Gedicht? Wie ich sehe, trägst du diesen Ring wieder.«

»Und ich sehe, daß dich dieser senile Trottel von einem Friseur wieder geschnitten hat?« gab ich zurück, denn sein Halstuch war auf der linken Seite blutbefleckt.

»Wie klug du doch bist«, sagte er, »dich nie von denen hier rasieren zu lassen. Wetzen nur das Rasiermesser und legen los. Und du bist immer so sorgfältig rasiert, das grenzt an ein Wunder.«

»Sei ruhig. Erzähl mir, wann sie wieder eine Gesellschaft gibt.«

»Oh, wer?«

»Deine Bankiershure.«

»Nicht so bald, denke ich«, sagte er. Er senkte den Blick und gestattete sich, sanft zu erröten.

Es war ein heißer Nachmittag, und mich durchzog eine Hitze, so sengend wie die eisigste Kälte.

»Wenn das so ist«, sagte ich, »ist sie wahrhaft eine Närrin.«

»Ach, André«, seufzte er und nahm meine Hand, »welche Überraschungen – sie – oh, sie. Soll ich dir alles erzählen?«

Ich schüttelte seine Hand ab, und er lachte.

»Offen gestanden«, sagte er, »schon eine ganze Weile. Sie und ich. Schon als ich dich mit dorthin nahm. Ich wollte wissen, was du von ihr hältst. Du weißt, wie sehr ich deine Meinung schätze. Sie gehörte schließlich kaum einen Monat zur Society von Paradys. Ich habe sie eines Tages in den Gardens getroffen. Sie saß in ihrem Wagen, verstehst du, und der kleine Hund wollte mal raus. Also verneigte ich mich tief und sagte: Madame, gestattet, daß ich mich Eures kleinen Hundes annehme.«

Mein Herz überschlug sich und grollte. Ich fragte: »Und was war mit ihm? Der Fremde. Er war damit zufrieden, nehme ich an.«

»Höchst zufrieden. Er mag es, wenn sie Liebhaber hat. Natürlich nur als Zierde. Wie ein neues Kleid oder eine neue Perlenkette.«

»Wann rechnest du damit, ersetzt zu werden?«

Er beugte sich vor. »Küß mich«, sagte er. »Vielleicht schmeckst du noch eine Spur von ihr. Versuch's doch mal.«

Ich schlug ihm ins Gesicht; das reichte nicht, und ich mußte noch einmal zuschlagen. Er fiel rücklings aufs Sofa, taumelte auf die Beine und stürzte sich auf mich. Wir rangen im durchbrochenen Schatten der Platane und rollten uns gelegentlich über ihre Wurzeln. Wir hatten schon früher miteinander gekämpft, immer bösartig; unsere Kampfeinlagen während der Kindheit und der Jugendzeit endeten schließlich immer in eher zufälligen Orgasmen, woher die verzweifelte Einheit von Kampf, Vorstoßen und Wollust rührte. Aber dieses Mal schien ich ihn töten zu wollen, und nur diese Erkenntnis in letzter Sekunde hielt mich zurück. Ich ließ ihn unter dem Baum liegen, ging an die Porzellanschüssel und klaubte die letzten Kirschen heraus. Ich kniete mich über ihn und klatschte sie ihm in sein zerschundenes Gesicht, sein schneeweißes Haar und in den Musselin seiner Krawatte und sein Hemd, um beides gründlicher zu besudeln, als das Blut es vermochte. Als das erledigt war, ließ ich ihn fauchend und vor Wut und Scham weinend liegen.

Mein nächster Impuls war, das Haus zu verlassen. Dann besann ich mich eines Besseren. Wollen wir diesen Ahnensitz doch mal nach ein paar antiken Schätzen dieser Eidechse absuchen.

Ich benutzte das dritte der Badezimmer – kaltes Wasser war bei dieser Hitze nicht zu verachten – und kleidete mich, wie schon früher, in einen seiner besonders atemberaubenden Anzüge. Fuhr dann mit seinen Bürsten durch mein rotes Haar, ließ mir durch seine Spiegel zeigen, daß, bis auf einen Riß an meinen Fingerknöcheln, keine Spur des Kampfes an mir war. Der Skarabäus-Ring hatte ihm jedoch einige Blessuren zugefügt, ihm ein blaues Auge beigebracht und die Lippe gespalten. Er war eitel. Würde er so zu ihr gehen, wo seine Schönheit ruiniert war? Vielleicht würde er in seinem Schmerz aber auch auf ihren mütterlichen Trost rechnen.

Dann suchte ich seine Bibliothek auf und entnahm seinem Regal einen meiner eigenen Romane, den ich ihm vor einem Jahr geschenkt hatte, das letzte vollendete Werk, was ich geschrieben hatte. Ich dachte, er hätte es nie gelesen. Nein, nach etwa einem Viertel war eine Seite geknickt und sah nach mitternächtlichem Gähnen aus. Ich hatte ihm keine Widmung geschrieben. Nur *André St. Jean.* (Wenn ich sterbe, müßte es etwas wert sein, denn wenn ich sterbe, wird man begreifen, daß ich ein Genie war. Dann brauchen sie keine Angst mehr zu haben, es zuzugestehen.)

Das Buch unter den Arm geklemmt und in seine besten Kleider gehüllt, verließ ich das Haus. Bislang hatte ich nichts weiter von Philippe gehört, aber ich traf Hans an der Kellertreppe. »Sei vorsichtig«, sagte ich, »wenn du ihm die Kirschen bringst.«

Was sie wohl gerade tat? Die einsame Gebetsglocke läutete von Our Lady of the Wounded Rose, die Schatten unterhalb der Gemäuer, Bäume und Torsäulen wurden länger. Zu dieser Stunde lag sie wahrscheinlich auf dem Sofa wie er, aber im Haus, nicht in der Sonne. Lesend, den kleinen weißen Hund auf dem Schoß. Noch immer zu heiß, um Klavier zu spielen. Und niemand von Intelligenz zum Dinner in den nächsten drei Stunden, seit es Mode war, Soupers um Mitternacht zu geben, oder gar um eins oder zwei in der Früh.

Ich gelangte zum Haus der von Aarons, meldete mich an, wurde eingelassen und wartete. Ich hatte erwogen, einen anderen Namen anzugeben, aber erinnerte sie sich überhaupt an meinen richtigen?

Der Domestik kehrte zurück und sagte: »Entschuldigt, Monsieur, aber Madame ruht und möchte nicht gestört werden.«

»Bitte, richte Madame aus, ohne sie unnötig zu stören, daß ich hier, in ihrer Eingangshalle, bleiben werde, bis ich Madame gesprochen habe.«

Wieder zog er ab und kam dann zurück, um mich die Treppe hinauf zu einem kleinen Salon zu geleiten. »Ihr mögt bleiben, wenn Ihr wünscht«, sagte er, »aber Madame bedauert, Euch noch eine ganze Weile warten lassen zu müssen.«

»Sage Madame, ich warte so lange wie nötig. Ich stelle mir gerade vor«, fügte ich dann hinzu, »wie ihr Dienstboten irgendwann mal das Haus auf den Kopf stellt und mich dann entdeckt, ein Skelett, das immer noch in einem der Fauteuils sitzt. Bitte, frage Madame, in welchem, denn ich würde nur ungern ihren Lieblingssessel ruinieren, indem ich darin dahinscheide.«

Als er fort war, schenkte ich mir einen Brandy aus der Karaffe ein, dann noch einen, denn ich ahnte Fürchterliches, und mir brach der kalte Schweiß aus. Gott weiß, *er* konnte herunter- oder hereinkommen, und dann würde ich mich mit ihm unterhalten müssen, diesem Hahnrei, dem ich schließlich nur gar zu gern neue Hörner aufsetzen wollte.

Eine Stunde verstrich. Eine kleine Porzellanuhr machte mich mit ihrem süßen Klang darauf aufmerksam. Hatte sie sich also doch an mich erinnert, wenn auch nur als jemanden, den sie nicht willkommen hieß? Wenn ja, dann war dies ein geschickter Schachzug, denn wenn sie mich nur lange genug hinhielt, mußte ich ungeduldig oder hungrig werden und gehen. Ich sah mich nach etwas um, das ich mit einer geheimen Nachricht versehen konnte, irgend etwas, das sie entdecken würde. Falls ich überhaupt noch in der Lage gewesen wäre, irgend etwas zu schreiben, hätte ich ihr mit sich selbst und meiner sinnverwirrenden Faszination von ihr geschmeichelt, darüber geschrieben und es veröffentlicht. Ihr ein Exemplar zugesandt. Sie in voller Länge und allen Einzelheiten lesen lassen, was sie mir bedeutet hatte. Mir, dem Magier, der ihr jede Nacht die Seele aus dem Körper zauberte, sie zurück in Fleisch verwandelte und wieder und wieder Besitz von ihr nahm.

Ich rechnete schon damit, daß sie nie mehr käme, aber fünf Minuten später drehte ich mich zufällig herum und sah sie in der Tür stehen. Sie trug ein Nachmittagskleid, ein Gewand zum Ausruhen, dunkel, wie zu erwarten. Ihr Gesicht war ausdruckslos und glatt. War das alles? War sie nur das, niemand sonst oder mehr? Ihre Augen – nach einer schwarz brennenden Sekunde senkte sie den Blick.

»Danke«, sagte ich, »daß Ihr heruntergekommen seid.«

»Ich fürchte, Ihr habt eine Zeitlang warten müssen.«

»Ich fürchte, das stimmt.«

»Es ist keine Besuchszeit.«

Ihre Augen blickten auf und meilenweit hinter mich. Sie suchte den Horizont nach etwas oder jemandem ab. Aber sie war lebendig für mich geworden, indem sie sprach oder überhaupt anwesend war. Ja, sie war mehr, viel mehr.

»Ihr habt meinen Brief erhalten«, sagte ich.

»O ja, richtig, ich habe ihn erhalten.«

»Aber dachtet nicht daran, ihn zu beantworten.« Noch dachte sie jetzt daran. Ich sagte: »Natürlich bin ich niemand, dem Ihr verpflichtet wärt. Aber es hätte mein Gewissen beruhigt.«

»Ihr solltet Euch wirklich wegen einer solchen Bagatelle keine Gewissensbisse machen, Monsieur.«

»Ich habe Euch beleidigt. Das war schlimm genug. Also. Hier bin ich wieder, um Euch erneut zu beleidigen, und wenn nur durch meine schiere Anwesenheit.«

»Mein Gatte«, sagte sie, »ist Bankier, kein Juwelier. Was mich betrifft, so kenne ich mich mit Juwelen nicht aus, bis auf das Übliche.«

»Ich sagte Euch, Madame, daß der Rubin selten und sehr alt ist.«

»Mehr hätte ich darüber auch kaum sagen können.«

»Ich fügte hinzu, daß ich Euch, wenn Ihr mir nur fünf Minuten gewährtet, erzählen würde, wie ich zu diesem Stein gekommen bin. Und da wären wir.«

»Nein«, sagte sie. »Ich bin nicht im geringsten interessiert, Monsieur St. Jean. Bitte, entschuldigt meine Offenheit.«

Ich spürte, wie ich blaß wurde.

Während ich geradewegs durchs Zimmer auf sie zu ging, ehe sie mir ausweichen oder durch die noch halb geöffnete Tür verschwinden konnte, hielt ich ihr mein Buch entgegen. Es war mir kostbar wie alles, was ich geschrieben hatte; selbst wo ich ihre Kümmerlichkeit verachtete, mochte ich keines missen. Ich hatte mir jedes aus dem Leib gerissen. Jedes hatte mein Leben verkürzt, mich seinen speziellen kleinen Tod sterben lassen, ungeachtet all der anderen Dinge, die ich mir je angetan hatte.

»Bitte, nehmt dies, Madame. Mir ist bewußt, daß Ihr nicht daran interessiert sein könnt, ein Buch eines unbekannten Schriftstellers, der für Euch zweifellos gänzlich unbedeutend ist. Aber dennoch.«

»Warum sollte Euch daran gelegen sein, daß ich dieses Buch besitze?« Ihre Augen überschwemmten seine Oberfläche wie schwarzes Wasser.

»Eines Tages lest Ihr es vielleicht, Madame. Sagen wir, in einem Anflug von Geistesverwirrung. Und wenn Ihr mich längst vergessen habt, könnt Ihr vielleicht sogar einen Absatz, einen Satz, eine Phrase hier und da genießen.«

»Oh, mein teurer Monsieur St. Jean. Dieses ewige Theater, mit dem Ihr mich andauernd konfrontiert. Euer blutiger Leib, durch tausend Wunden verstümmelt, und unsere Society, immer an Euch herumnörgelnd.«

Ich drehte mich um und warf das Buch, das kostbare Buch, neben die Karaffe auf den Tisch.

»Dazu habe ich nichts zu sagen«, erklärte ich.

»Wie wahr«, sagte sie. »Glaubt Ihr, ich möchte etwas, das mir nachgeschleudert wurde?«

»Gebt es doch«, meinte ich, »Eurem geliebten Philippe. Ich muß gestehen, daß ich seine Züge ein wenig verschandelt habe, wenn auch nur zeitweilig. Ich hoffe, das wird Euch nicht zu sehr bekümmern.«

Sie starrte mich an, mit offenen Augen, schritt dann an mir vorüber und trat an eines der Fenster.

»Greift Ihr jetzt zum Mittel der Erpressung, Monsieur St. Jean?« fragte sie die Straße vorm Haus.

Ich verspürte die Wut eines Kindes und konnte sie nur noch herunterwürgen, so daß mir absolut nichts zu sagen blieb.

In einem Anfall blendenden, Übelkeit erregenden Grauens dachte ich: Du entkommst mir nicht. Du kommst nicht davon. Die Spitze der Feder, wenn nicht gar die Lanze der Lust, wird dich meinethalben durchbohren. Genugtuung – ich brauchte irgend etwas!

Sie sagte: »Mein Gatte weiß natürlich –«

»Weiß natürlich über alles Bescheid, was Ihr tut, und billigt es. Fragt Philippe. Vielleicht erzählt er Euch von einigen Dingen, die *ich* getan habe. Ich wollte nie mit Steinen werfen, Madame.«

Nachdem ich dies irgendwie hervorgestoßen hatte, marschierte ich davon, hinaus in die Verzweiflung, in eine endlose, niederdrückende Hölle, ohne Ziel.

All die Cafés und Bars meiner Kreise würden mich in dieser Nacht zu Gesicht bekommen, ohne mir helfen zu können.

Als ich wie gelähmt den Hügel hinuntertaumelte, kam jemand mir nachgeeilt. Ich fuhr herum, und da stand der Mann von der Tür vor mir, verneigte sich und versuchte, mir etwas zu geben – ein Buch. Meines.

»In der Hast des Aufbruchs vergessen«, schrie ich ihn an. »Hat sie das gesagt? *Warte.*«

Und dann holte ich meine Streichhölzer hervor, zündete eines an und setzte, nachdem ich es ihm entwunden hatte, das Buch in Brand. Ich verbrannte es, mein Buch, das mir so kostbar gewesen war, vor diesem verblüfften Domestiken und einer Vielzahl Gesichter, die wie weiße Rüben in etlichen Fenstern des Durchgangs erschienen waren, aufgescheucht durch meinen Zornesschrei.

Es verbrannte nicht zur Gänze, aber ein Großteil war zerstört, als ich die Asche und das bröckelnde Leder aufsammelte und das dem Diener entgegenhielt, der geduldig wie angeordnet abwartete.

»Bring ihr das«, sagte ich. »Bring ihr *das.*«

Er widersprach mir nicht. Schwerfällig stapfte er den Clock-Tower-Hügel hinauf. In seinen Händen trug er Asche für Antonina von Aaron.

»Antonina, ich liebe dich – Ich kann nicht sagen: wie ich noch nie zuvor etwas geliebt habe. Denn es gibt andere Dinge, die ich ebenso geliebt habe – die Nacht, die Sonne,

Musik, Schönheit als solche, das *Leben* an sich. Jedoch sind all diese Dinge, die ich einst geliebt habe, jetzt wertlos für mich. Du hast ihnen das Licht genommen. Priesterin der Finsternis, du.

Antonina, selbst dein Name, selbst das Elend, in das du mich gestürzt hast, sind mehr wert als alles, was ich je besessen habe. Ich würde alles für dich geben, selbst die Bruchstücke meines auflodernden Talents, Bruchstücke, die du niemals erkennen wirst, aber die alles sind, was ich habe und was ich bin und für die ich, soweit erinnert, einzig existieren sollte.

Was soll ich tun? Ich würde dich ermorden, ich würde dich anbeten. Ich würde dich martern und mit Gewalt nehmen. Ich würde vor deiner Tür liegen und für dich sterben. Aber du willst nichts davon, nichts von mir. Wer ist er denn, sagst du, wenn du überhaupt etwas sagst. Ah, eine winzige Sekunde der Verärgerung. Und für mich bist du alles, was existiert. Die Seele meiner Seele. Schwarzes Licht, das mich sehen läßt.

Oh, laß mich hinabsteigen und die Quellen der Nacht des Vergessens finden und aus ihnen in den Tiefen der Erde trinken, dich aus der Erinnerung löschen. Das Gedächtnis verlieren an dein Gesicht, deine Stimme, deine Augen, alles an dir, bis nichts bleibt – aber dann würde ich immer noch Qualen leiden, alles von dir vergessen, was doch so unvergeßlich ist, und mich immer begleitend, meine Unterlassungssünde – Lethe läßt mich trauern, wenn ich auch nicht mehr weiß, weshalb.«

Dies schrieb ich ihr und noch viel, viel mehr. Belästigte sie aber nicht damit.

Ein Monat, es schien etwa ein Monat zu sein, verstrich. Tage und Finsternis. Nachtigallen sangen in den Parks, und eines Nachts explodierte ein Feuerwerk über der Stadt. Man feierte die demokratische Dekade des Senats, das Jahr Zehn der Freiheit, ein großes Fest. Ganz Paradys hockte in den Bäumen, stand auf den Dächern und Balkonen, um zuzuschauen. Ich schaute auch zu. Wenn mein Herz doch wie eines dieser Lichter aus Schießpulver zerbersten würde, in Sterne zerplatzen und niederschweben. Aber, das sollte nicht sein.

Tagsüber lag ich auf dem Bett, schlief, wenn ich konnte. Nachts machte ich die Straßen unsicher, die Stadtviertel, die Boulevards. Ich widerstand der Versuchung, zum Clock-Tower-Hügel hinaufzusteigen oder mich wie eine Eidechse zu Philippes Behausung zu schlängeln und gegen seine Türen und Fensterläden zu hämmern.

Ich mied die Frauen in den Lokalen, in denen ich trank. Einige machten sich an mich heran. Ich gab ihnen Geld, damit sie verschwanden.

Allein in meinem Zimmer, versuchte ich ein- oder zweimal im Morgengrauen einen Dämon zu beschwören, oder irgend etwas Totes, um mir Rat zu holen. Von Wein und Brandy betäubt, brennend vor Inspiration und Tatendrang, rief ich die Geister anderer Art zu mir. Der Kerzenleuchter, das Tintenfaß in der Form des Greifs bewegten sich, und einige Blätter Papier flatterten wie Vögel herum. Hitze erfüllte die Kammer, verwandelte sich dann in Kälte, aber all diese Aktionen schlugen letztlich fehl und vergingen, wobei sie nichts außer einem ordinären Durcheinander zurückließen. Der Höhepunkt einer Manifestation war nicht erreicht worden.

Warum mußte es denn so schwer sein, zu sterben, so unmöglich zu leben?

Meine Wirtin kam an die Tür geschlurft und fragte mich, ob sie einen Arzt rufen solle.

»Warum, Madame, seid Ihr krank?«

Sie erklärte, sie nicht, aber ich scheine es zu sein. Ich hatte in der Nacht in Alpträumen geschrien.

»Dort ist ein Fenster«, antwortete ich, »aus ihm tropft Blut, und Tränen rinnen hinaus.«

Auf der schmalen Stiege hörte ich sie sagen, daß ich im

Begriff sei, verrückt zu werden, und aus dem Haus gewiesen werden sollte.

Russe, der mich im *Imago* angetroffen hatte, behielt mich aus einer diskreten Entfernung im Auge, während ich mich im Rinnstein erbrach. Als ich damit fertig war, oder es mit mir, half er mir auf und nahm mich mit nach Hause. Dort wurde ich in ein sauberes Bett gelegt, zwischen Laken, die den Duft von frischem Brot und Lavendel verströmten. Seine Mätresse hielt das Haus für ihn in Ordnung. Angesichts dieses ungewohnten Komforts schlief ich bis weit in den nächsten Tag hinein. Dann kamen die beiden, um sich zu mir zu setzen, während sie mich mit Milch und Obst fütterte.

Nachdem er sie wieder fortgeschickt hatte, sagte er zu mir: »Warum tust du dir das an?«

Ich lag in diesem Prachtbett und betrachtete die über die Decke schwirrenden Schatten von Vögeln. Es gab auch einen Vogel in einem Käfig, der ganz entzückt über sich selbst zwitscherte und nicht das Gefühl zu haben schien, daß er etwas vermißte.

»Jedem von uns ist ein Leben geschenkt worden«, sagte ich, »mit dem man tun kann, was einem beliebt oder was man muß.«

»Es gibt andere Wege in die Gosse und den Tod«, entgegnete er, »profitablere und galantere als deiner.«

»Geh du sie, mein teurer Russe. Du bist so würdevoll. Geh du sie.«

»Wegen einer Frau«, sagte er. »Du verdammter Idiot. Du benimmst dich selbst wie irgendein albernes Weib.«

Ich lachte freudlos, aber nicht ohne Anerkennung seines Humors.

»Das ist nicht sehr nett, mein Freund«, meinte ich. »Pflege mich, wenn du willst, oder wirf mich auf die Straße. Aber laß mich tun, wozu es mich drängt.«

Sein Liebchen begann unten im Haus zu singen, ganz bezaubernd. Ich hatte das nie gewollt, die anheimelnde Nähe eines gemeinsamen Lebens. Nie. Was hatte ich eigentlich mit ihr vorgehabt, mit meiner Herrin der Schatten? Sicherlich nicht, sie ihrem Mann zu überlassen und mich nur bei Gelegenheit mit ihr zu vergnügen. Gleichwohl, die Frage stellte sich nicht.

Um mit dem gestrengen Russe, der wieder zu den Wurzeln seines Blutes zurückgekehrt war und sich für seine Getreuen verantwortlich fühlte, ein kleines Schwätzchen zu halten, fragte ich: »Und wo steckt mein geliebter, ehemaliger Gefährte Philippe?«

»Mein Gott«, sagte Russe. »Du hast nicht davon gehört. Na, du hast wohl die ganze Zeit nichts gehört außer dem Geräusch des Entkorkens deiner Flaschen.«

»Was gehört?« Ich dachte, er ist mit ihr durchgebrannt. Das wird es sein. Es kam mir alles sehr weit weg vor. Es berührte mich nicht.

»Philippe ist verschwunden. Seit fünfzehn Tagen und sechzehn Nächten. Selbst die City Police ist alarmiert.«

Ich sagte: »Nun, du wirst ihn nicht wiedersehen.«

»Was? Was sagst du da?«

»Er wird schon aus der Stadt sein, über die Grenze. Mit ihr.«

»Mit wem? Was weißt du davon, André?«

»Wenn er sie ihm gestohlen hat, dann kann er doch nicht bleiben? Schließlich könnte der alte Bankier Satisfaktion fordern. Alte Banker sind bekanntermaßen unberechenbar.«

»Wenn du«, sagte Russe förmlich, »von dieser von Aaron sprichst, die hat nichts damit zu tun. Sie hält sich zu Hause auf. Sie hält ihren Salon jetzt zweimal wöchentlich ab. Höchst en vogue. Jeder verkehrt dort.«

Das Bett schien unter mir fortzugleiten, ein Schiff, das in See sticht.

»Er hat mir erzählt, er sei ihr Liebhaber.«

»Wahrscheinlich hat er dich belogen. Sie gilt als tugendhaft. Nun komm, André. Philippe – ist *das* der Grund für –«

Ich wollte aufstehen, weshalb, wußte ich nicht recht. Ich hatte die vage Vorstellung, ich sollte zu Philippes Haus gehen, wo ich ihn antreffen würde. Dann würde ich mich, wenn nichts passiert war, möglicherweise auch wiederfinden. Falls ich das wünschte. Sie schien nicht länger ein Teil meiner selbst zu sein. Ich hatte vom Fluß Lethe getrunken, all die schwarzen Gläser voll, und konnte mich schon gar nicht mehr richtig an sie erinnern. Fast schon gesichtslos, gerade noch die Kapuze ihres Haars, die Kohlen ihrer Augen. Ihre Stimme, die mir irgend etwas Verdorbenes zumurmelte.

Russe wollte mich nicht aufstehen lassen. Sein Liebchen kam herbeigerannt und stimmte in seine Mahnungen ein. Ich legte mich wieder zurück.

Mitten in der Nacht, als sie sich unten liebten und der Zwitschervogel schlief, stieg ich aus dem segensreichen Bett, zog mich an und schlich mit den Stiefeln in der Hand zur Tür hinaus. Irgend jemand hatte sie geputzt, diese Stiefel, wie ich im Schein des Mondes und der Straßenlaterne vor dem Haus erkennen konnte. Meine Stiefel poliert, meine schmutzige Wäsche gewaschen und meinen Gehrock gesäubert und ausgebürstet. Genaugenommen war das ja Philippes Jacke. Ich hatte sie behalten, um darin zu saufen, zu schreiben und zu weinen und zu kotzen, während ich sie trug; um darin irgendwo in der Gosse zu sterben. Nun, ich gab sie wohl besser jetzt zurück.

Von Our Lady of Ashes läutete die Glocke vier Uhr.

Ich schlurfte zum Mauer-Viertel, zu der alten Wehrmauer der Stadt, die Paradys einst oberhalb des Flusses abgeschirmt hatte. Manchmal lachte ich dem Mond zu. Die Mondgöttin, sie glich einer Nonne, einer Priesterin, mit ihrem in der Nacht verhüllten, blutleeren Gesicht.

Das verriegelte Haus stand abweisend im Mondlicht. Glich es nicht irgendwie einem gewaltigen Schädel, Augenhöhlen, Nasenlöcher, Mundöffnung mit ausgeschlagenen Zähnen. Und was war mit der Phalanx von runden, altmodischen Fenstern dort oben? Natürlich, die Löcher von Kugeln, die ihm vor langer Zeit ins Hirn gedrungen waren und es getötet hatten.

(In dem Schädel tummelten sich danach die Echsen, flitzten pfeilschnell herum, kämpften, ruhten sich aus. Und sie hatten hinter den Einschußlöchern Kleider gehortet, Schwerter und Bücher, und ein Schaukelpferd.)

Die Glocke ertönte jammervoll. Würde zu dieser Stunde jemand kommen, um mich hereinzulassen? Wie oft war Philippe, mit dem Hausschlüssel, zu viel späterer Stunde heimgekommen, um einen von ihnen, Hans oder Poire, in der Eingangshalle auf einem Holzschemel sitzend und dösend vorzufinden.

Hinter dem Glas flackerte Licht auf. Ein Gesicht wurde gegen die Scheibe gepreßt, wie das eines Gefangenen, und starrte mich an.

Die Tür wurde geöffnet.

»Guten Morgen, Hans.«

»Jawohl, Monsieur.«

»Ist er wach?«

»Nicht hier, Monsieur. Nein. Habt Ihr nicht gehört?«

»Oh, das. Er ist hier. Versteckt sich vor uns allen. Erinnerst du dich nicht, daß er dies als ungebärdiges Kind zu tun pflegte? Er hat sich immerzu vor seiner hysterischen Mutter versteckt und vor seiner Amme. Ich kann mich an all die Verstecke entsinnen.«

Ich trat ins Haus, und Hans ließ mich gewähren. Er wirkte täppisch und beunruhigt, außerdem zeigte er eine bockige Miene, denn ich war hier nicht der Herr im Haus. Ich war der unbemittelte Schriftsteller, Philippes Gast, und sonst noch einiges.

Aber andererseits hatte ich ihnen beigebracht, mir zu gehorchen oder meine Befehle zumindest zu tolerieren.

Er stand jetzt plump vor mir, die Füße breitbeinig aufgesetzt, entspannt.

»Nun komm schon«, sagte ich, »wir werden ihn schon aufspüren.«

»Jawohl, Monsieur.«

Er watschelte hinter mir her. Sehr wahrscheinlich hielt er mich für betrunken und wollte mich nur bei Laune halten. Sonst könnte Philippe vielleicht plötzlich auftauchen und ihn zur Rechenschaft ziehen; Philippe konnte hinter all dem stecken.

Zunächst durchsuchten wir das untere Stockwerk, die beiden Salons und das Eßzimmer. (Den Kellerbereich, die Dienstbotenkammern, würden wir uns bis zuletzt aufheben, sagte ich ihm.) Philippe war nicht da, also begaben wir uns nach oben. Dennoch konnten wir ihn nicht finden. In der Bibliothek verbarg er sich auch nicht hinter den Vorhängen oder zwischen den dicken Bänden. Unter dem massiven Schreibtisch schien ein gutes Versteck zu sein, aber auch dort war er nicht. Wir gingen zu den Schlafzimmern hinauf. Hans wurde müde und begann zu murren, denn ihm wurde das Spiel zu dumm.

»Er ist hier«, sagte ich. »Spürst du das nicht?«

»Nein, Monsieur.«

»Er ist hier.«

Hinter dem letzten Schlafgemach – mit überprüftem Betthimmel, und nachdem sogar der Nachttopf unter den Rüschen des Bettüberwurfs hervorgezogen worden war – führte die Galerie hinüber zu den Bädern.

Die Lampe flackerte in diesem Durchgang, wollte schon den Geist aufgeben, ich war jetzt ebenso desillusioniert wie Hans.

»Stutze den Docht. Ich bin entschlossen, diesen Bastard zu finden.«

Unglücklich schnitt Hans ein Stückchen ab, und das Licht beruhigte sich wieder, als ich in den gefliesten Toilettenraum schaute.

Hier, im oberen Stock, schien Kälte in der Luft zu hängen, vielleicht durch seltene Benutzung, denn offenbar war

Philippe schon die ganze Zeit fort, sechzehn Nächte. Oder irgendein dämonischer Geist war zwischen den Mauern gefangen, übriggeblieben von einer Séance – und von diesem Geistermädchen. Aber es schien eher mit Abwesenheit als mit Anwesenheit zu tun zu haben.

Hans begann, nervös zu niesen.

»Um Himmels willen, sei still«, sagte ich, als fürchtete ich, irgend etwas aufzuscheuchen.

Wieso? Mit Sicherheit wußte Philippe, daß wir ihm auf den Fersen waren.

Das größte der Bäder mit den Resten aus dem Badehaus, das früher getrennt vom übrigen Gebäude gewesen war, zeigte uns im Lampenschein seinen Marmorglanz. Philippe hatte seine runde Wanne besonders zu schätzen gewußt. Ich stieß die Tür mit dem Fuß weit auf, und das trübe Licht fiel in den Raum.

Der untergehende Mond war uns bereits zuvorgekommen und schickte seitlich durch die ins Dach eingelassenen Scheiben sein Licht. Und dort lag Philippe – im Bad.

Hans gab ein hohes Quieken von sich. Er ließ die Lampe nicht fallen; aus Gewohnheit, nehme ich an, keine Gegenstände seines Herrn zu zerbrechen.

Nach einer geraumen Weile sagte ich: »Hast du nie daran gedacht, hier heraufzukommen?«

»Oh, Monsieur«, jammerte er, »erst gestern – und die Mägde, zum Putzen – das wurde immer gemacht, jeden Tag –«

»Dann muß er heute abend heraufgekommen sein.«

»Nein, nein«, sagte er, schluchzte und keuchte jetzt. »Nein, unmöglich –«

»Dann eben nicht durch die Vordertür«, sagte ich. Ich blickte von Philippes nach oben gewandtem Gesicht zu den Dachfenstern hinauf. Eines stand offen. »Ist über den Speicher aufs Dach geklettert«, meinte ich, »und dann durch das Oberlicht. Wie ausgefallen. Wie sportlich.«

Er war mit Hemd und Hosen bekleidet, sein Jackett und

die Wäsche fehlten. Er war barfuß. Er war weiß, von einem getünchten Weiß wie Gips. Die Undurchdringlichkeit seiner Blässe, nicht die Farbe, lastete auf dem Raum, in dem es kühl wie in einem winterlichen Vorratskeller war.

»Geh nach unten«, befahl ich. »Hole Poire und die anderen. Schick jemanden los, die Polizei zu holen.« Er erschauerte.

»Laß die Lampe hier«, rief ich in angemessener Furcht. Er flehte mich an. »Dann nimm sie, es bleibt ja noch der Mond.«

Allein im kalten Mondlicht trat ich zu Philippe und blickte in sein wachsartiges Gesicht. Seine Augen waren geschlossen, und seine Lippen waren leicht geöffnet. Sein Haar war dunkler als die Haut. Er glich niemandem, den ich kannte, und schien schon ein Jahr lang tot zu sein, obwohl es kaum länger als einen Tag sein konnte.

Die Schrammen und Flecke von den Prügeln, die ich ihm verabreicht hatte, waren alle verheilt. Nur der Schnitt des Friseurs an seiner Kehle war noch da, oder es war ein frischer. Von der dunklen Kruste am Hals führte eine Spur geronnener schwarzer Blutstropfen hinunter unter sein Hemd, bis seine Brustwarze sie aufgehalten hatte. In der Innenseite seines linken Handgelenks befand sich eine ähnliche Wunde, und dort war der Hemdsärmel blutbefleckt, pflaumenfarben im Mondlicht.

Dann sah ich es – er war nicht sofort tot gewesen, nachdem er heimgekehrt war. Nein, nicht sofort, denn auf dem Grund der Wanne, in seinem Blut, hatte der Künstler etwas gezeichnet, wie er es einst in der vergossenen Tinte getan hatte... Ich betrachtete es näher. Ich glaubte, die Umrisse eines Pferdes zu erkennen, schlank und im Lauf, mit einem schlanken Etwas, das sich auf seinem Rücken vorwärts streckte – und davor zwei rennende Hunde –

»Philippe«, drängte ich, als könnte er mich hören.

Was sollte ich empfinden? Ich hatte alles bei ihr verbraucht, alles Gefühl, alles Leid. Ich war ausgeblutet und hatte nichts mehr übrig, was ich ihm hätte darreichen können. Ausgezehrt wie das Fenster ohne Licht, wie Philippe ohne Blut.

Ich hockte mich neben der Wanne auf den Boden, in die Kälte seines Todes, um ein Weilchen zu warten und zu sehen, ob er mich mitnehmen könnte.

In der ausgemalten Halle des Senatsgebäudes, in die man mich bestellt hatte, wurden mir wie etlichen anderen verschiedene Fragen unterbreitet. Russe, mein Bürge, schilderte den Offiziellen, während die Bürodiener eifrig mitschrieben, wie ich krank geworden war und eine Nacht und einen Tag in der Pflege und Obhut von ihm und Mademoiselle Y – die er nicht in die Affäre verwickeln wollte, solange es sich vermeiden ließ – in seinem Haus verbracht hatte. Philippe konnte höchstens eine Stunde tot gewesen sein, als er im Badehaus gefunden wurde, hatten die Ärzte eilends bestätigt. Außerdem ließ der Transport über das Dach sowie das Hinablassen durchs Oberlicht auf die Beteiligung mehrerer Personen schließen.

Einer nach dem anderen, eine verdrossene Gruppe bildend, wurden Philippes Freunde, Liebhaber, Geldgeber, Schuldner und sonstige Aasfresser aufgerufen, verhört und entlassen, um im Vorzimmer auf und ab zu schreiten.

Man spürte, daß der Mord an Philippe, nach all dem Dreck, der an die Oberfläche gespült wurde, den Mitgliedern des Untersuchungsausschusses des Senats nicht nur unausweichlich schien, sondern vielleicht gar ins Lebensmuster paßte.

Zu keiner Minute dachte ich, man könnte mir irgend etwas vorwerfen, außer zu einer ungewöhnlichen Stunde aufgetaucht zu sein und über den Aufenthalt der Leiche genauestens Bescheid gewußt zu haben. Aber solch ein Verhalten war zu verdächtig für einen Mörder. Oder sie wollten sich nicht mit mir aufhalten, falls ich einer sein sollte. Schließlich wurden wir alle als Unschuldige auf die Straße entlassen. Das Komitee hatte sich in die Idee verbissen, daß irgendein Feind aus Philippes Vergangenheit die ruchlose Tat begangen haben mußte und dann über die Grenze nach Norden geflohen war. Das hielten sie für einen vernünftigen Plan. Er gefiel ihnen, während wir ihnen allesamt nicht gefielen. Falls sich unter uns ein Mörder befunden hätte, ich glaube, dann wären sie abgestoßen gewesen, denn ganz offensichtlich hatte sie Philippes Lebenswandel nicht erfreut. Sie wünschten nichts sehnlicher, als die ganze Angelegenheit rasch zu den Akten zu legen und in den Karteischrank zu stecken.

Danach sprach man allgemein über Philippes Tod. Viele Theorien wurden in die Welt gesetzt, inklusive die eines originellen Selbstmords. In der *Iron Bowl* kam es zum offenen Streit und im *Cockatrice* zu zwei weiteren, während es im *Surprise* und im *Imago* ruhig blieb. Allerdings sponn man unter den schwarzen Balken des mittelalterlichen Dachs vom *Imago* scheußliche Szenen von Hexerei zusammen. Es war der Teufel, der über Philippes Dachfirst geritten war und die Leiche in die Wanne hatte fallen lassen. War da nicht diese Zeichnung mit Blut überall an den Wänden, der Decke und dem Fußboden gewesen, die das belegte? Erkundigt euch mal bei André, der die Überreste gefunden hat.

Wenn einer von ihnen zu mir kam, um mich auszuhorchen, traf er mich entweder schlafend oder betrunken an.

»Nun, wirst du uns bei der Beerdigung die Ehre geben?« fragte Le Marc, der mich schließlich, nahezu nüchtern, in der Bibliothek im Viertel der Wissenschaften aufstöberte. »Besser, du kommst. Vielleicht möchtest du später darüber schreiben.«

Das war durchaus richtig. Außerdem hatte ich Philippe fast sein ganzes Leben lang gekannt. Ich würde ihn irgendwie der ewigen Ruhe übergeben müssen, und zu sehen, wie sich der Deckel des massiven Sarges über ihm schloß, würde der einzige Weg sein.

Was für ein Begräbnis. Was für eine tapfere Schar von Teilnehmern. Altehrwürdige, gebrechliche Tanten waren aus ihren mit Türmchen und Kaminen bestückten Nestern in den ländlichen Vororten von Paradys gekommen und wurden von ebenso ältlichen Vasallen gestützt. Sich an ihnen mit schwarzen, fingerlosen Spitzenhandschuhen haltend, zitterten sie in Zylinder und Schleier dahin. Hatte Philippe je eine von ihnen kennengelernt oder sich ihrer erinnert, hofften sie, ihn zu beerben? (Es hieß, daß ich in gewisser Hinsicht sein Erbe war. Er hatte mir einen beachtlichen Teil von nicht näher bestimmten, nutzlosen und bizarren Schätzen vom Dachboden hinterlassen, die ich mir selbst abholen sollte. Ein gönnerhaftes, ganz typisches Vermächtnis. Seltsam, daß er überhaupt ein Testament gemacht hatte. Das überraschte uns.)

Seine Freunde, wenn man sie so nennen konnte, trafen ebenfalls am Tor zum Friedhof ein. Und abgesehen von diesen Geiern, kamen die morbid Neugierigen aus der Nachbarschaft herbeispaziert, um sich einen Blick auf die Trauergemeinde zu gönnen.

Der Trauergottesdienst sollte in der Martyr Chapel of the Sacrifice abgehalten werden; danach sollte Philippe in der Familiengruft hinter der Temple-Church beigesetzt werden.

»Geweihter Boden«, sagte Russe, dem Philippe drei riesige Uhren und einen Kleiderschrank hinterlassen hatte, der für all seine Zimmer zu groß war. »Aber er starb natürlich gottlos.«

Einige hatten sogar dunkle Kleidung aufgetrieben. Ich trug die Jacke, die ich ihm beim letzten Mal gestohlen hatte, als ich ihm die Kirschen in Mund und Haare geschmiert hatte.

Die Absurdität seines Letzten Willens, soweit er mir bekannt war, ging mir nicht aus dem Kopf. Die Scherze waren zu zeitgebunden. Sie hätten nicht funktioniert, wenn wir zusammen alt geworden wären. Er mußte gewußt haben, daß er jung sterben würde.

Einspänner nach Einspänner mit Rappen und schwarzen

Bändern fuhr vor, die immer mehr vergessene Tanten ausspien. Zum Schluß kam endlich die kohlschwarze Kutsche, deren Rappen, gleich den Streitrössern Plutos, jeder einen flammenähnlichen schwarzen Federbusch auf dem Kopf trugen. Ihre Decken waren ebenfalls schwarz. Es war ein heißer, stickiger Nachmittag, in dem plötzlich ein luftarmer Wind aufkam, der zwischen den Bäumen des Friedhofs hindurchfegte, während die massiven Felsen der Temple Church sich reglos in den gewaltigen Himmel reckten. Wir dort unten, gezüchtigt und windzerzaust, waren bedeutungslos, fürchteten aber, der Tatsache ins Auge zu sehen, daß wir nur unsere Rolle spielten. Der Sarg kam zum Vorschein, die Nägel waren bereits hineingetrieben. Angenommen, er hätte sich eines anderen besonnen? Das sähe ihm ähnlich, mitten in den Gottesdienst zu platzen, zu fluchen und nach seinem Lakai zu brüllen, unaussprechlich geschmacklos.

Aber die Leichenträger hatten den Sarg bereits geschultert und trugen ihn über den Kiesweg fort. Die Tanten sollten als nächste folgen, dann der Rest von uns. Irgendwie ging ich als letzter, ein Schlußpunkt.

Ich schenkte dem Ganzen wenig Aufmerksamkeit, dem Meer gelber Narzissen, den zerzausten bärenähnlichen Zypressen. Die Kapelle lag, mit ihren farblosen Fenstern, vor uns, und dorthin begaben wir uns alle.

Dann ertönte hinter mir ein Geräusch: noch ein Wagen, verspätet. Kam mit schnaubenden Pferden zum Stehen. Die Insassen kletterten heraus. Die Gaffer am Tor machten murrend Platz. Ich hielt inne und sah mich um. Über den Weg auf mich zu kam der illustre Bankier geschritten, von Aaron, im dunkelsten, grauesten Trauerflor, und an seinem Arm, kaum mit den Füßen den Kies berührend, sie. Ich machte zwei große Schritte rückwärts, wich ihnen aus und stellte mich wie interessiert neben einen Engel auf einem Sockel aus Basalt.

Als sie vorübergingen, nickte von Aaron mir zu, sah mir dabei nicht ins Gesicht, war aber recht höflich, als wollte er

Rücksicht auf meinen Kummer nehmen. Sie sah starr geradeaus. Ihr übliches Schwarz wurde durch einen auffällig dramatischen, schwarzen Schleier betont, wie eine Mantille, der mit einem perlenverzierten Kamm gehalten wurde und ihr Haar sowie das meiste ihres Gesichtes verhüllte.

Als sie vorübergegangen waren, als sie und der Rest der Trauergemeinde in der Kapelle verschwunden waren, folgte ich ihnen. Der Türhüter war gerade im Begriff, das Tor zu schließen, als ich ihn veranlaßte, mich noch einzulassen.

Ein volles Haus. Ich sah mich nicht nach irgendwelchen Bekannten um, sondern hielt mich im Hintergrund, allein.

Die Fenster waren in der spätnachmittäglichen Dämmerung verhangen. Als der Wind das Gebäude erfaßte, flackerten die Kerzen. Schnell, schnell, laß es endlich vorüber sein. Für einen Augenblick lehnte ich meinen Kopf an den Stein einer Säule und fragte mich, wie viele andere, die diese unheimliche Schwäche überkommen hatte, sich hier schon angelehnt haben mochten. Ich mußte nachdenken. Aber warum und worüber?

Zum Beispiel, war dieser eilende Mann auf seiner Flucht damals denselben Weg heraufgekommen, den wir genommen hatten, hatte er diesen Ort erreicht? Ich überlegte. Nicht die Kirche, bestimmt nicht, mit ihrem geweihten Altar, der Schutz gewährte. Sicher nicht, denn wie hätte Satan sich sonst seiner bemächtigen können. Wo, zwischen den Engeln und Wasserspeiern, den marmornen, betenden Kindern und den steinernen Girlanden, hatten die schwarzen Hunde ihn zu Boden gerissen? Ich war zufällig seinem Geist über den Weg gelaufen. Oder hatte ich mir die ganze Begebenheit eingebildet. Hatte ich den roten Ring im Rinnstein gefunden?

Die Kapelle war jetzt vom Gemurmel der Gebete erfüllt, wobei der Priester, gekleidet in ein schwarzweiß gestreiftes Elsterngewand, die Worte vorsprach. Alles wiegte sich vor und zurück, wie ein Schiff in einem trägen Wind. Regen trommelte gegen die Fenster. Es wurde an den geschlossenen Türen gerüttelt. Ein weiterer verspäteter Trauergast wollte herein. Was war da draußen los? Welcher Reiter war da auf welcher langmähnigen Mähre am nachtfinsteren Tag unterwegs? Jener endlosen, unausweichlichen Nacht, die um uns wogte, die uns alle verschlingen würde. Antonina, rette mich vor dieser Finsternis, diesem Abgrund, in den ich stürzen muß –

Gott sei Dank, es war vorüber. Ich wich wieder zur Seite und ließ die Träger mit dem Sarg hinausgehen und die Tanten, die jetzt tuschelten und schnieften.

Der Friedhof hatte sich in eine Wüste verwandelt, über die Wolken segelten.

Es war ein altes Mausoleum und etwas windschief. Sie trugen ihn durch den verfallenen Eingang und ließen ihn dort zurück. Einige der Tanten mußten jetzt gestützt werden. Der Geruch von Schnaps drang den Hang zu mir herauf. Seine Freunde brachen auf und eilten davon. Sie mußten jetzt den Toten beklagen, was sonst? Der Kummer mußte ertränkt werden.

Als sich die Menge auflöste, auseinanderging, einige an mir vorbeischlurften oder vorüberhasteten, bemerkte ich, daß es zu regnen angefangen hatte.

Ich stand im Regen, apathisch zitternd, und beobachtete, wie der Bankier leise mit dem Priester sprach. Die Tür zur Gruft stand offen. Sie befand sich im Inneren. Hielt das niemand für seltsam?

Natürlich scherte sich niemand darum. Staffage, gänzlich unwirklich.

Ich eilte in großen Schritten den Hang hinab, an allen vorbei, die mir wahrscheinlich verwundert nachsahen, und ging zu der schmalen, windschiefen Tür zur Dunkelheit und trat ein.

Dort stand eine Reihe von steinernen Kästen, Philippes Familie war bereits traut beieinander, aber der Sarg, noch nagelneu, schimmerte auf seinem Sockel im Schein der weißen Kerzen.

Sie hatte sich auf die andere Seite gestellt, den Schleier

aus dem Gesicht geschoben und die nackte Hand auf den Sargdeckel gelegt, zwischen den Fingern eine blutrote Rose. Als ich eintrat, ließ sie die Blume los. Ließ sie dort liegen, ein respektloser Farbtupfer in der Düsternis. Das mochte ihr Vorwand gewesen sein, herzukommen, aber war nicht bereits das – wie hatte sie doch zu mir gesagt? – *recht unschicklich*? Die blutige Träne einer Blüte auf den Sarg eines eher seltenen Gastes in ihrem Salon fallen zu lassen. Auch ein Klischee, Madame, eines der übelsten, und Ihr habt, steif wie eine Puppe, hier auf mich oder sonst jemanden gewartet, der Euch dabei beobachten würde.

Ich sagte: »Aber Ihr mögt Rot doch gar nicht. Wollt Ihr ihn damit beleidigen, Madame, seinen armen, wehrlosen Leichnam?«

Sie antwortete: »Mein Gatte ist dort draußen.«

»Keine Sorge«, beschwichtigte ich, »die Ausmaße seines Geweihs würden ihm nie gestatten, durch diese Tür zu kommen.«

»Ihr seid so furchtbar taktlos, arrogant und grob. Das wart Ihr von Anfang an. Glaubt Ihr, die Erde drehe sich um Euch, Monsieur?«

»Um Euch«, sagte ich. »Wie ich das sehe.«

Die Kerzen beleuchteten ihre Augen, die sich den meinen weiterhin entzogen.

»Euch ist nicht entgangen«, sagte sie, »wie meine Lage ist. Ich bin verheiratet und habe eine Position in der Gesellschaft.«

»Und einen Liebhaber, zwischendurch.«

»Für Euch ist *nichts* zu gewinnen«, sagte sie.

Ich wagte nicht zu erwähnen, daß sie Philippe ermordet hatten, einer von beiden oder beide gemeinsam, denn dann würde sie wieder zu ihrer früheren Bezichtigung der Erpressung Zuflucht nehmen. Sonst wäre alles Gesagte überflüssig. Weder der Sockel noch der Sarg waren sehr breit. Ich beugte mich darüber, legte ihr die Hände um den Hals und preßte meinen Mund auf ihre blasse, kühle Haut. Da sie sich nicht sträubte, kam es zu keinen Handgreiflichkeiten, die die Würde des Grabes schänden konnten. Es paßte außerdem ganz gut, daß ich sie über seinem Leichnam küßte.

Sie ließ es geschehen, hinderte mich weder, noch rief sie um Hilfe, aber ihr mangelnder Widerstand war als solcher abweisend genug. Allerdings gab sie auch nicht nach. Sie strömte keinen Geruch aus, gar keinen Duft, vielleicht ein klein wenig von ihrem Haar, wie das saubere Fell einer Katze, die in einer kalten mondhellen Nacht draußen gewesen war. Ihre Augen waren geschlossen, um mich nicht heranzulassen, auch dort kein Entgegenkommen. Dann öffnete sie sie, und ich sah sie hinter mich zum Horizont starren. Ich hatte sie nur sanft auf die Lippen geküßt. Preßte jetzt meinen Mund auf ihre Wange und Schläfe und den geschwungenen Knochen ihres Kiefers unterhalb des Ohrs. Das Ohrläppchen trug keinen Schmuck, aber ein winziges Löchlein war für einen Ring hindurchgestoßen worden. Während ich meiner Zunge nicht gestattet hatte, ihre Lippen zu teilen, erlaubte ich ihr hier kurz, ihre Neugierde zu befriedigen. Dann nahm ich ihre Hände und bedeckte sie mit meinen Küssen, die Handflächen, die starken, schlanken Handrücken, wo sich die beiden Silberringe gegen die Fingerknöchel drückten, die Gelenke; sie waren eiskalt, über und über in flüssige Musik getaucht, und brannten zehn gefrierende Noten auf meinen Mund, ehe ich sie losließ.

»Ihr sagtet zu mir, für mich gebe es nichts zu gewinnen bei Euch. Vielleicht nicht, vielleicht nicht.« Jetzt sah ich sie nicht an. Ich ahnte, daß ich ihrem mich starr und schrecklich fixierenden Blick begegnen würde. »Aber es ist zwecklos, mir irgend etwas zu sagen oder mich in dieser konventionellen Art zu warnen. Ich bin über diese Grenzen hinaus. Was Ihr sagt, ist bedeutungslos. Glaubt Ihr, ich habe keine Seele, Antonina, daß man mir *sagen*, mich *anweisen* könnte, wie ich Euch zu begehren oder nicht zu begehren habe? Haltet Ihr meine Gefühle für so flüchtig, daß sie auf ein schlichtes kleines Wort hin vergehen? Was bin ich? Euer Diener?

Nein. Ihr seid jetzt in meinem Blut. Ihr habt alles besudelt, mich befleckt, wie Blut. Ich bin durch Eure Unvergänglichkeit gebrandmarkt. Nie wird es mehr herausgehen, die blutige Farbe dessen, was Ihr seid. Besudelt durch und durch.«

Jeder Akt, selbst unvollendet oder nicht begonnen, kennt den ihm angemessenen Schluß. Ich ließ abrupt von ihr ab und ging hinaus an die Luft und ans Tageslicht, von denen keines wirklich zu sein schien.

Die schwüle Hitze traf mich wie ein Schlag, die Düsternis. Von Aaron stand besorgt an meiner Seite.

»Monsieur St. Jean, Ihr seht unwohl aus.«

»Wie kommt es«, fragte ich, »daß Ihr meinen Namen kennt?«

»Aber Ihr wart doch so freundlich, uns in Begleitung Eures Freundes zu beehren.«

»Ja. Ich habe kaum angenommen, daß es wegen meines literarischen Ruhmes gewesen wäre.«

»Ich muß wiederholen, Monsieur, Ihr seid gar nicht wohlauf. Diese schockierende Sache mit diesem Gentleman, der verstorben ist... Unsere Kutsche steht unten. Gewährt Ihr uns das Vergnügen, Euch heimzufahren?«

»Warum seid Ihr hergekommen?« fragte ich. Der Regen prasselte vom Himmel, ließ alles verschwimmen; meine Verfassung war ganz unerheblich.

»Natürlich, um ihm unsere Ehre zu erweisen.«

»Natürlich. Ihr solltet Eure Gattin davon abbringen, Blumen für Tote zu vergeuden. Ein alberner Brauch. Sie gehören ins Haus der Lebenden oder wachsen in der Erde.«

»Monsieur, Monsieur, kann ich Euch nicht zur Vernunft bringen?« Er lächelte, wie um mich zu ermutigen. Eine Woge tödlicher Übelkeit durchströmte mich. Ich kämpfte sie nieder. Auf meinen Lippen brannten immer noch zehnfach ihre eisigen Finger, unauslöschlich.

»Ihr seid zu gütig«, sagte ich. »Eurer Gattin würde es vielleicht nicht gefallen, irgendein abgerissener Fremder in Eurer Kutsche, dazu in einem solchen Augenblick. Guten Tag.«

Als ich über den Friedhof ging, war mir, als sähe ich einen alten Mann dort vorüberhuschen und sich hinter die Grabsteine ducken, und zwei schwarze Hunde liefen naßglänzend vorbei, folgten ihm ohne Hast.

Wie in Trance marschierte ich die enge gepflasterte Gasse entlang. Der Regen rauschte wie an jenem anderen Tag. Ich hatte das Gefühl, ich könnte sterben, ehe ich den Fuß des Hügels erreicht hätte. Ich trug irgendeine Krankheit in mir, irgendeine Plage, irgend etwas. Fröhlich hieß ich den Tod willkommen. Komm, du süße Nacht, schließe meine Augen.

Und all die ungeschriebenen Bücher. Nun, vergiß sie.

Und all die ungesungenen Lieder.

Und Philippe in seiner Kiste, der den Regen nicht hörte.

»Sie sind dabei, das Haus zu schließen.«

»Wie auch den verfluchten Sarg.«

»Mit Brettern vernagelt. Die Nachbarn beklagen sich. Nachts hört man Geräusche. Der ehrwürdige alte Vater Mäusebart, dieser Pfaffe, ist gebeten worden, einen Exorzismus durchzuführen. Scheut sich aber. Muß bei Seiner Heiligkeit nachfragen, ob er darf.«

»Inzwischen hält das Gesinde Saufgelage im Keller ab. Die geben nicht *soviel* um Gespenster.«

»Aber was sonst auch sein mag, André«, sagte Le Marc, »wenn du nicht rübergehst und dir die Sachen holst, die er dir hinterlassen hat, wirst du sie nie bekommen. Der Gerichtsvollzieher wird ebenfalls erwartet. Ein oder zwei unbeglichene Schulden, hört man.«

Der Anflug einer sanften und schwachen Krankheit, die nun seit einer Woche ihre Schatten auf mich warf, hatte mich außerstande gesetzt, mein Leben wieder in die Hand zu nehmen. Ich wollte mich nicht länger mit dem Leben herumplagen. Wie einer unerwünschten Geliebten gegenüber, die bald verschwinden würde, konnte ich mir leisten, höflich zu sein. Es könnte noch Monate dauern, natürlich, aber Monate bedeuteten nichts. Selbst ein Jahr oder zwei könnten erforderlich sein, um neu geboren zu werden. Jede kleine Spielart der Krankheit erfreute mich. Sie war genießerisch, wählerisch. Ein Schwächeanfall, Appetitverlust, selbst der Mangel an Durst, das Verlangen nach viel Schlaf. Das vage Ziehen in den Gliedern war wie ein Wiegenlied. Ich mußte mich nur ergeben, zusammenbrechen, damit sich die Krankheit wie ein köstliches Nichts um alle physischen Sinne sponn. Da war auch die Geilheit des Kranken, fiebernd, intensiv und äußerst leicht zu befriedigen, ganz unabhängig vom Objekt. Aus tiefem Schlummer erwachte ich mit der Erinnerung an wundervolle Träume, sprühend vor Freude und Farbe. Von mir selbst befreit, war ich ein Ganzes. Ich hatte zu schreiben begonnen, ein Ausbruch, der mich überraschte und anspornte. Arbeitend erlebte ich die Anflüge vom süßen Schmerz des Schlafs oder der Sexualität, erlebte leuchtende Spruchbänder von Worten, die schneller aus der Feder flossen, als meine Gedanken sie zu formen vermochten, schneller, als die Tinte sie niederschreiben konnte. Bis die unerbittliche Erschöpfung ihren Tribut forderte, mich außer Gefecht setzte und wieder in jene andere Innenwelt entließ, neben, unter, über, wo auch immer, dem Himmel meiner Dichtung, in die Freiheit.

In dieser Verfassung war ich auch zugänglich. Ich hörte aufmerksam zu und war manchmal recht freundlich. Jetzt würde ich aufstehen und für ein paar Münzen einen Karren mieten, um mich zu Philippes Haus zu begeben. Ich würde, wenn auch langsam, auf den Dachboden hinaufsteigen, herumstöbern, einpacken und wieder verschwinden.

Verzweiflung, die schlimmste aller Todsünden, denn sie bedeutet die Verleugnung des Selbst, des Göttlichen-im-Selbst, denn sie ist so verführerisch, wie der Tod im Schnee so warm. Ah, wer würde sich in Stücke reißen, wenn er sich in solche Arme zurücklehnen könnte, in Geborgenheit und Trägheit. Gesegnet seist du, meine Verzweiflung, meine teure und geliebte Verzweiflung. So schmerzlos linderst du meinen Schmerz.

Der Kärrner war sehr besorgt. Heute gehe ein kalter Wind, sagte er, der von Norden her wehe. Er legte mir den breiten Wollschal um den Hals und knöpfte mir den Paletot zu, als sei ich sein Kind. Das war amüsant. Auf der Straße, auf der ich ging, waren Schals und Mäntel überflüssig. Er hatte ein trauriges Leben hinter sich, der Mann, über das er mir alles erzählte, während er den Karren schob und wir unsere Reise zum Mauer-Viertel antraten. Lieber Freund, hätte ich beinahe gesagt, warum laßt Ihr nicht alle Hoffnung fahren. Warum tut Ihr nicht desgleichen wie ich und flüchtet. Vielleicht hatte er sich die Pest bereits bei mir geholt, falls sie ansteckend war. Dann wiederum ließ mich die Vorstellung, ihn als Gefährten auf der Reise in die Unterwelt zu haben, der ununterbrochen Episoden aus seinen unglücklichen Tagen erzählte, wie jetzt, gegen eine Teilnahme an meinem Unternehmen entscheiden. Man könnte Charon natürlich bitten, ihn aus dem Boot in den Styx zu stoßen. Aber bei Charon konnte man nie sicher sein. Ich hatte schon Fährmänner wie ihn erlebt, die ihre schlanken Boote im Morgendunst über den Fluß der Stadt setzten und dabei nach Fischen Ausschau hielten oder den Ertrunkenen der letzten Nacht, bei denen vielleicht noch eine Gemme oder Taschenuhr zu holen war, oder ein hübscher Haarschopf, den man abhakken und dem Perückenmacher anbieten konnte. Charon würde möglicherweise von der Sorte sein. Von irgendeiner üblen Sorte jedenfalls, denn ich ging nicht davon aus, daß hinter dem Großen Tor alles aufhörte.

Ich schlief im Gehen ein, und der Kärrner weckte mich behutsam, als wir das Haus erreicht hatten. Ich erinnerte ihn daran, daß er auf mich warten sollte. Er entgegnete nichts. Warum sonst war er gekommen?

»Paßt auf Euch auf«, sagte er. »Ihr seht nicht gerade wohl aus, junger Herr.«

Die Bediensteten waren inzwischen alle aus dem Haus – oder verbargen sich wie die Mäuse unter den Dielenbrettern. Nirgends war Licht zu sehen, obschon auf der Straße die

Nacht bereits ihre Schatten warf. Im Westen, von den Dächern gerahmt, ein roter Sonnenuntergang. Auf der Kuppel des Observatoriums schien ein geflügelter Drache zu hokken, aber das war nur eine Wolke oder eine Halluzination. In angenehmer Verwirrung wandte ich mich ab und benutzte den Schlüssel, den Philippes Testamentsvollstrecker mir ausgehändigt hatten.

Innen im dämmrigen Haus würde es bald dunkel sein. Ich wollte mich nicht damit aufhalten, eine Lampe anzuzünden. Oben müßten sich ein paar Kerzen finden lassen. Als ich hinaufstieg, fiel hier und da ein fleischroter Lichtstrahl durch die Ritzen der Fensterläden. Einer davon traf auf den rubinroten Skarabäus, den ich heute wieder trug. Rot auf Rot, eine Farbe, die die Augen berauschte. Ich verharrte eine ganze Minute und starrte darauf, bis die Sonne weitergewandert war. Waren ihre Lippen, ihre Wangen so rot gewesen, nachdem sie Philippes Blut getrunken hatte? In den alten Märchen hieß es so, aber ich traute dem ebensowenig, wie ich glaubte, daß ihre Hände je warm werden könnten.

Der Teufel, der Teufel steckt darin. Aber wo?

Auf jedem Absatz blieb ich stehen, um zu verschnaufen, und stützte mich aufs Geländer. Während ich mit einem wahren Genuß die Luft einatmete, mir der Funktionen von Herz und Lungen beglückt bewußt war. Ohne einen Anfall von Übelkeit oder ohne auch nur zu schwanken, durchquerte ich den Gang vor den Badezimmern. Auf dem letzten Absatz unterhalb der Treppe zum Dachboden spürte ich eine Veränderung. Ich hatte begonnen, in langen keuchenden Zügen zu atmen. Mein Herz schlug unregelmäßig. In meinem Kopf drehte sich alles, aber das rührte nicht von Schwäche, sondern von dem erschreckenden Erwachen neuer Kräfte.

Meine Muskeln, mein ganzes Skelett, schienen sich zu straffen. Blut schoß durch meine Adern. Mir wurde schwarz vor Augen, dann klärte sich mein Blick zu geschärftem Wahrnehmungsvermögen.

Ich starrte hinauf zu den Schatten, wo der Dachboden begann. Dann nahm ich die letzten Stufen, öffnete die Tür und ging hinein.

Hier befand sich das Gerümpel von Jahrhunderten, vieles älter als das Haus. Jede der flüchtigen Eidechsen hatte etwas hinterlassen, wie ein Kiesel, den man auf ein Hünengrab gelegt hatte. *Erinnert* euch an mich!

Was hatte Philippe eigentlich hinterlassen? Was hatte er mir hinterlassen? Einige unbezahlbare Buchbände, einige Trachtenmieder seiner Mutter, die mit Perlen übersät waren? Nein, das interessierte mich überhaupt nicht. Ich suchte bereits, ohne Zögern, zwischen den Stapeln und Bergen, den Säulen und Grabsteinen von Dingen. Und dort, ein rundes Fenster, nicht verschlossen, in dem das letzte Himmelsrot brannte. In seinem Strahl wiegte sich das hölzerne Schaukelpferd, schwarz lackiert, mit seinem furchteinflößenden Grinsen, seinen Mänadenaugen und der dünnen Blutspur, die der Sonnenuntergang auf seinen Rücken zeichnete.

Ich schritt weiter, stakte über und um andere Sachen herum. Als ich an ihm vorbeikam, berührte ich seinen Rumpf und setzte es in Bewegung. Es quietschte und fiel gemächlich in seinen Schaukelrhythmus, wobei es wie ein Ruder in seiner Klampe knarrte. All die Sünden, die dieses schwarze Pferd kannte, all die Bekenntnisse. Der erste Vorgeschmack von Lust durch den Druck seines harten Lacksattels zwischen den Schenkeln, der erste Vorgeschmack von Flucht, vom Sich-Entziehen, Poesie, Vision, Todessehnsucht, Träume –

Überall auf dem Boden Bücher, und ich trat darauf. Dort, wo die italienische Truhe quer vor dem Fenster stand, auch eine Bewegung. Dann stand sie im verglasten Feuer, schwarz umhüllt, mit einer Kapuze wie ein Priester. – Ja, der Teufel steckte dahinter.

Ich spürte ihre Augen, ehe ich sie sah; sie zogen mich an. Wenn ich gefesselt gewesen wäre, körperlich nicht in der

Lage, zu ihr zu gehen, wäre meine Seele, ungeachtet des Fleisches, zu ihr gekommen und mein Herz aus dem Körper gesprungen. Nein, dafür bestand keine Notwendigkeit. Keine Kette hätte mich aufhalten können, als ich sie dort sah, während ihre Augen in die meinen blickten.

»Ich habe auf Euch gewartet«, sagte sie. Ihre Stimme klang sehr tief, sehr dunkel. Sie schien gar nicht von ihr zu kommen, sondern aus dem Licht, dem Schatten. »Seit dem Begräbnis bin ich jeden Abend hergekommen. Sieben Tage, sieben Nächte.«

Er mußte ihr einen Schlüssel gegeben haben. Oder war sie durch die Wände geglitten, wie ihre Art es zu tun pflegte, nicht ihr *Geschlecht*. Es gab nur Antonina.

»Erst diese Beteuerungen«, sagte sie, »dann läßt du mich warten.«

»Ich war hier bei dir«, sagte ich. »Ich muß hier gewesen sein.«

»Ja, ich glaube, du warst hier. Manchmal, ein Aufblitzen deines Ärmels, dein Haar, das aufflammte. Hier oder dort. Dein Geist. Aber jetzt bist du hier.«

Rings um die Truhe lagen ebenfalls Bücher verstreut. Wie sie auf ihnen stand, gleichgültig wie ich, war sie größer als ich. Sie stand über mir im Rund des verblassenden Fensters, wie eine Madonna. Ich konnte nur die Blässe ihres Antlitzes ausmachen, das ich geküßt hatte, den bleichen Mund. Aber die Augen blieben, wie die Stimme, einer anderen Dimension vorbehalten. Sie lebten und funkelten eigenständig.

Ich fragte sie nicht, warum sie ihre Haltung mir gegenüber geändert hatte. Das war überflüssig; außerdem ergab alles andere keinen Sinn. Verleugnen wäre Lüge gewesen.

»Dein Mann?« erkundigte ich mich ohne Überzeugung.

Sie antwortete steif: »Er wird tun, was ich ihm sage. Er ist nur mein Diener. Er dient mir. Ihm muß ich erklären und befehlen, was er von mir verlangen darf.«

»Was jetzt?«

»Was immer du wünschst«, sagte sie.

»Und du?« fragte ich. »Du, oh, du.«

Da streckte sie die Hand aus und berührte mich, erst die Stirn zwischen meinen Augen, dann die untere Partie meiner Kehle, dann die Stelle über meinem Herzen. Schließlich nahm sie meine linke Hand und berührte den Rubinring. Ich spürte jede Berührung – kalte Flamme, wie der Kuß auf meiner Stirn –, die das Herz in meiner Brust in Raserei versetzte. Selbst durch den Edelstein des Ringes spürte ich sie.

Sie sagte: »Ich vermute, daß du begreifst, André St. Jean.«

Ihre Augen hielten mich fest, ganz dicht bei ihr, hielten mich auf Distanz. Noch konnte ich nichts mit ihr tun. Sie würde mir sagen, wann, und das schon bald.

»Philippe kann uns nicht zusehen«, bemerkte ich.

»Ich dachte, du könntest dir vorstellen, daß er es doch kann.«

»Nein. Er glaubte an nichts. Keinen Gott. An nichts, außer an sich selbst, so wie er war. Nichts nach dem Tode. Also ist er tot.«

»Aber du glaubst etwas anderes. An Gott, glaubst du an Gott, André?«

»Tod ist Gott«, sagte ich. »Leben ist Mensch. Am Tag unserer Geburt beginnen wir unsere Liebesaffäre mit dem Tod.«

Jetzt, sagten ihre Augen.

Ich trat zu ihr auf die Bücher, und sie glitt ein wenig tiefer, den Kopf an meiner Schulter, bog sich zurück und öffnete die Lippen. Ihr Haar glich einem Bach, der durch meine Hände floß, und der Kapuzenumhang, darunter ihre Haut, nur irgendein seidenes Ding zwischen uns, und ihre kleinen, ihre wundervollen Brüste –

Wir sanken neben der geschnitzten Truhe in den Staub auf die Bücher, während das Fenster über uns matt und grau wurde. Wir glitten in die Dunkelheit –

(Einmal, irgendwo an den Gestaden jener schwarzen Zwischenräume, rührte sich das Schaukelpferd, ruckartig, als wäre jemand auf seinen Rücken geklettert.)

Welch langsamer Rhythmus, jetzt der Rhythmus des Todesflusses – es war sie, die mich durch die Windungen des Flußlaufes führte, seine tiefsten Stellen. Sterne erfüllten den Dachboden, zerplatzten in der Luft.

Die Ekstase war immer greifbar, kam und ging, anschwellend, singend, sich ausdehnend, nie vollendet, nie begonnen. Ihre Kälte war jetzt warm, wie Schnee. Ihre Lippen, die so sanft meine Kehle berührt hatten, brannten jetzt. Ihre Lippen waren wie Feuer. Sie zog mich immer weiter hinab in die Gefilde der Nacht, wo ich mich manchmal, weit entfernt, stöhnen hörte oder ihre murmelnde Stimme, die einer davonschwebenden Feder glich. Ihr Mund war aus Feuer, und ihr Körper aus Schnee, und die Nacht wiegte uns beide in den Schlaf. Die langen, endlosen, vibrierenden Spasmen kamen und gingen, kamen und gingen wie gezupfte Saiten, wie die Kreise im Kielwasser eines schlanken Schiffes. Sie war der Fährmann. Ich konnte wohl nicht davon ablassen, sie anzusehen. Kein einziges Mal hatte sie ihre sich in die meinen sengenden Augen geschlossen.

Es war fast Morgen, und alle Sterne waren verblaßt... Wessen Gesicht war das, das so schmerzlich in das meine starrte? Und diese verdammten Hände, die sich an mir zu schaffen machten, sich um mich kümmerten.

Ich stieß ihn fort. Er schreckte zurück.

»Oh, Monsieur. Gott weiß, ich dachte, Ihr wärt ein toter Mann.«

Ich lag ausgestreckt auf den Büchern und den alten Teppichen auf dem Dachboden. Über mir erhob sich ein Gebirge aus geschnitzter Truhe, und dort drüben stand das hölzerne Pferd mit seinen verrückten und erbarmungslosen Augen. Dazwischen, Meilen über mir, der Kärrner mit einer Kerze, den das trügerische Morgengrauen durch das Fenster beleuchtete.

»Ich habe auf Euch gewartet, Monsieur. Und dann, ich gesteh's, bin ich fortgegangen, um mir ein, zwei Gläschen zu genehmigen. Es war ein kaltes Unterfangen, dort draußen zu warten. Aber ich dachte, nun, er wird schon wissen, was er will, dachte ich mir. Aber dann kam ich zurück, fand nichts auf dem Karren, und die Uhr schlug schon Mitternacht. Ich klopfte an die Tür. Keine Antwort. Daraufhin habe ich mich auf meinem Karren zusammengerollt, versteht Ihr, und mir eine Mütze Schlaf gegönnt. Kein Problem. Einmal ging irgendeine Frau vorbei. Ich fragte mich, kommt die jetzt aus dem Haus? War es *das*? Aber dann verschwand sie, und ich dachte nicht mehr daran. Dann blies ich mir wegen der Kälte in die Hände, wünschte, ich hätte dasselbe bei meinen Zehen tun können. Und schließlich hörte ich es fünf Uhr schlagen. Wieder an die Tür. Diesmal war sie offen. Da dachte ich, Ihr wünschtet, daß ich hinaufkomme, und so kam ich. Was für ein Haus, Monsieur. Grauenvoll, so düster und leer. In dieser Schenke erzählte man sich, daß der junge Mann hier herumspukt, der hier umgekommen ist. Ein heimtückischer Mord. Aber das wißt Ihr ja. Dann höre ich eine Stimme. Ich vergehe fast vor Angst, ich scheue mich nicht, es zuzugeben.«

Während dieser Erklärung hatte ich auf dem Rücken gelegen, lächelnd, und mit den Augen die Lichtstrahlen an der spitz zulaufenden Decke aufgesogen, beobachtet, wie das Licht von den Toten zurückkehrte und der Himmel noch überlegte, ob es rosa oder einfach fahl werden sollte. Was für ein Geräusch konnte er gehört haben? Vielleicht irgendein Stöhnen von mir, der ich hier ausgebreitet mit offenem Hemd und aufgeknöpften Hosen lag. Ein albernes Durcheinander nach einem Traum von einer Frau, die ich hatte besitzen wollen.

»Es war dieses Schaukelpferd«, fuhr der Kärrner fort, »das immerzu quietschte und bockte. Keiner darauf, es sei denn, Ihr wärt's gewesen, Monsieur, und heruntergefallen. Nun, aber hier seid Ihr ja. Ich dachte schon, man habe Euch überfallen. Blutspritzer auf Eurem Hemd. Aber da ist dieser Biß an Eurem Hals. Der stammt von einer Ratte, kein Zweifel.

Das Haus wimmelt davon, überall huschen sie hinter den Wänden herum. Wenn Ihr auf mich hört, dann sucht Ihr gleich einen Arzt wegen dieses Bisses auf. Außerdem hättet Ihr hierher keine Lady bestellen sollen.«

Immer noch auf dem Rücken liegend, kramte ich etwas Geld aus der Hosentasche und warf es ihm zu. Er fing es auf, sah mich aber vorwurfsvoll an.

Während er mich beobachtete, setzte ich mich auf und richtete meine Kleider. Das Blut, das mein Hemd befleckt hatte, trug im Zwielicht die Farbe von überreifen Pflaumen. Genauso war Philippes Blut mir vorgekommen. Als ich mich erheben wollte, kippte ich um.

Der Kärrner half mir all die Stufen hinunter.

Also war es wahr. Kein, kein Traum. Antonina –

»Und Ihr habt Fieber, Ihr seid ganz heiß«, beglückwünschte mich der grämliche Kärrner.

Ich hatte mein Erbe nicht abgeholt. Der Kärrner, nicht ich, schloß die Tür von Philippes Haus mit der Aufmerksamkeit eines Bediensteten. Dann, mit starken Armen, hob er mich auf seinen Karren, wo ich halb bewußtlos, euphorisch, liegenblieb. In dieser Haltung wurde ich, zum Mißfallen meiner Wirtin, nach Hause gezogen.

Ich warf mich aufs Bett, in den Kleidern und völlig verwirrt. Sollten sie doch den Tag haben, alle, die ihn wollten. Schlaf, laßt mich schlafen. Heute nacht würde ich zu ihr zurückkehren. Und sie würde zu mir kommen.

Als ich so an sie dachte, wie sie sich mir gegeben hatte, stürmte alles wieder auf mich ein und überwältigte mich. Ich stürzte hinab, in den Abgrund des Bettes, an einem grinsenden Schaukelpferd mit dem Gespenst von Philippe vorüber, das auf seinem Rücken Kapriolen schlug. Vorüber an Baron von Aaron in Livree, an Seiten meines Buches vorüber, vorüber an all den Stunden meines Lebens, die ich vor mir sah wie ein Ertrinkender.

Unvollendet lag das Manuskript auf dem Tisch vor dem

Fenster. Es bestand keine Veranlassung, weiter daran zu schreiben. Laßt es mich jetzt durchleben, rasch, bis zum letzten Satz. Und dann Ende. Amen.

Als ich wieder erwachte, war es bereits sehr spät. Ich erwachte mit dem Wissen, einen schwerwiegenden Fehler begangen zu haben. Oh, Gott, von Our Lady of Ashes drüben am Fluß läutete es Mitternacht. Was hatte ich nur getan?

Ich mußte aufstehen, saubere Wäsche finden, quer durch die Stadt zum Haus hinübereilen –

Ich erinnere mich, daß ich noch an den Tisch mit dem Manuskript kam. An nichts weiter.

Ich erwachte wieder, wie in einem Alptraum, irgendwie auf dem Bett, und der Morgen graute. Irgend jemand mußte mir jetzt helfen. Ein Dämon oder ein Engel. Mein Schädel hallte wider von galoppierenden Hufen, so sehr beeilte ich mich. Aber ich war stärker. Ich konnte mich allein waschen. Ich konnte in den fleckigen Spiegel sehen und sogar das Rasiermesser mit ruhiger Hand halten.

Wie lange noch, bis ich fertig war, bis ich die Treppe betreten konnte, die Straßen? Mein Plan war bereits gemacht. Ich mußte mich direkt zum Haus am Clock-Tower-Hill begeben. Sie hatte gesagt, er sei ihr Diener, nichts weiter. Das einzige Hindernis war Antonina selbst gewesen, als sie sich noch vor mir fürchtete, ehe sie sich der Wahrheit hingegeben hatte.

Auf der Fahrbahn lag Stroh. Das bedeutete, daß irgend jemand in dieser wohlhabenden Allee schwer erkrankt sein mußte. Man hatte es ausgelegt, um die Räder und Hufe der Gefährte zu dämpfen, es gab aber darüber hinaus auch einen livrierten Mann am Tor, der auf absolute Ruhe achtete und vielleicht auch Besucher fortschickte, ehe sie die Türglocke läuten konnten. Es war ihr Torweg, in dem er saß, und er trug die Livree des Bankiershaushalts.

Ich trat zu ihm. »Was ist geschehen? Ist der Baron nicht wohlauf?«

»Nein, Monsieur. Es ist Madame, die sehr krank ist.«

Ich starrte ihn mit offenem Mund an, und er, eher vorsichtig, mich. Ich war reichlich zerzaust. Der Tag, der heiß werden würde, brannte auf uns beide nieder.

»Du sagtest – sie – Madame von Aaron – sei krank.«

»Jawohl, Monsieur, bitte geht nicht zur Tür.«

»Aber ich – muß – ich will mich beim Baron erkundigen –«

»Sehr wohl, Monsieur. Ich werde mich bemühen. Wen soll ich melden?«

Ich schluckte, meine Kehle schien wie zugeschnürt und schmerzte. Ich starrte den Mann hochmütig an. »Sag, André St. Jean.«

»Sehr wohl, Monsieur. Einen Augenblick.«

Und indem er seinen Posten verließ, verschwand er aus meiner Sicht, wahrscheinlich durch einen Nebeneingang. Ich wartete ein paar Minuten, rechnete damit, abgewiesen zu werden und auf dem Gehsteig vor dem Haus eine Szene machen zu müssen, stellte mir vor, wie ich zu einem Fenster rannte und mich hineinstürzte.

War es eine Plage, die uralte, genannt der Tod? Hatte es uns beide erwischt, sie und mich, in jenem Haus nahe dem Obelisken, wo man vor Jahrhunderten die Leichen verbrannt hatte? Vor erst hundert Jahren war sie wiedergekehrt, die Pest. Der Tod im schwarzen Umhang war durch die City gewandert. Die Schornsteine der Krematorien hatten den Tageshimmel schwarz und den Nachthimmel blutrot werden lassen, während sie unaufhörlich rauchten – so viele Dichter jener Zeit hatten es in ihren Tagebüchern festgehalten.

»Bitte, kommt mit mir, Monsieur.«

Der Torhüter war zurück. Er geleitete mich zur Vordertür hinauf, die jetzt offenstand. Drinnen führte mich ein anderer über das polierte Parkett zu jenem kleinen Salon, in dem ich damals gewartet hatte, und ließ mich allein.

Würde es abermals geschehen? Sie, die hereinkam und

mir sagte, sie bedaure, daß ich hatte warten müssen. Und würde ich dann wie ein Wolf über sie herfallen, unfähig, weder Lust noch Entsetzen zu beherrschen? Warum hast du dein Haus derart versperrt? Oh, um für dich frei zu sein, nur für dich, würde sie antworten.

Die Blenden waren vorgezogen. Das Zimmer versank in einer trüben pergamentartigen Dämmerung. Selbst die kleine Uhr hatte das Ticken aufgegeben. Meine Hände zitterten. Rastlos lief ich hin und her. Dann öffnete sich die Tür. Mit einem unterdrückten Schrei drehte ich mich um. Der Baron kam herein.

Er sah unsicherer aus als ich, das war das erste, das einzige, was mir wirklich auffiel.

»Es ist sehr gut, daß Ihr vorbeikommt«, sagte er.

Ich starrte ihn an. Wir waren beide verrückt geworden. Es war also überflüssig, so unruhig hin und her zu gehen.

»Erzählt mir, was geschehen ist!« rief ich.

»Ich bedaure – eine Unpäßlichkeit, ein Erbleiden. Wir hatten gehofft –«

»Die Ärzte«, sagte ich, »wer betreut sie?«

»Natürlich die besten Mediziner, Monsieur, das versichere ich Euch. Und in unserem Hause ist man mit dem Umgang mit Heilkräutern vertraut – aber auf alle Fälle...« Er unterbrach sich. Mit plötzlicher, ernster Ruhe sagte er: »Ihr solltet nicht zu optimistisch sein, Monsieur St. Jean.«

Ich hielt mich an einem der Sessel fest und fragte: »Was meint Ihr damit? Ihr würdet sie sterben lassen –«

»Oh, Monsieur. Bitte. Ihr bestürzt mich.«

»Laßt mich sofort zu ihr! Wo ist sie? Ich durchsuche das Haus. Werft mich hinaus, und ich komme mit der Stadtpolizei wieder. Ihr seid kein Bürger, Baron. Ein Fremder – damit wird man fertig werden –«

»Bitte, Monsieur, diese Drohungen, diese Ausbrüche sind fehl am Platze und kosten Euch nur Kraft.«

»Ihr sagtet mir, sie stirbt –«

»Ich erkläre Euch, daß keinerlei Hoffnung besteht.«

Ich stand da und starrte ihn an. Ich starrte, sah aber nichts, und als er mir Cognac einschenkte und mir das Glas in die Hand drückte, trank ich es in einem Zug leer, obwohl es ebensogut Gift hätte sein können. Was kümmerte es mich?

»Ich werde Euch sagen, Monsieur St. Jean, was das Beste für Euch ist. Geht jetzt und kommt, vielleicht am frühen Abend, zurück.«

»Ich muß sie sehen«, sagte ich. Ich nahm seinen Arm, seine Hand, flehte ihn an. »Bitte, um Gottes willen –«

»Also heute abend, wenn Ihr wollt«, sagte er. »Jetzt ist es nicht möglich.«

»Ihr erwartet, daß ich gehe und Euch dabei gewähren lasse, sie umzubringen –«

Er war jetzt sehr ernst angesichts meiner Raserei. Er sagte zu mir: »Aber sie hat Euch doch meine Position erklärt, nicht wahr?« Er entzog seine Hand sachte meinem Griff. Dann legte er mir die Hand auf die Schulter. »Tut jetzt wie Euch geheißen, Monsieur. Es liegt nicht an uns, aber ich werde Euch beistehen, so gut ich kann und so lange ich kann. Ihr besitzt mein Mitgefühl.«

Ich lachte, das hätte ich zu ihm sagen sollen.

»Ich liebe sie«, erklärte ich. Wie schal die Worte klangen. »Wenn Ihr jemanden töten müßt, ich stehe zur Verfügung.«

»Ich weiß, daß Ihr sie liebt. Ich habe nichts mit irgendwelchen Morden zu tun.«

Ohne zu wissen, was ich tat, ging ich zur Tür. Ich konnte die Treppe hinaufstürzen und alle Türen aufreißen – die Aufregung könnte ihr den Rest geben, wenn es stimmte, was er gesagt hatte. Aber alles war so unwirklich. Sie durfte nicht sterben.

Draußen im Korridor blickte ich die geschwungene Treppe hinauf und hörte für einen Augenblick Klavierspiel, oben im Salon, aber die Musik erklang nur in meinem Kopf.

»Also, Monsieur«, sagte der sanftmütige Hahnrei. »Jetzt tut, wie ich Euch geheißen. Kommt heute abend zurück. Sollte irgendeine Besserung eintreten, lasse ich nach Euch schicken. Aber das ist natürlich unwahrscheinlich. Ausgeschlossen.«

Als er zu Ende gesprochen hatte, zerriß ein grauenvoller, überirdischer Schrei das Haus. Der Schock ließ mich erneut zu ihm herumfahren. Fast wäre ich ihm an die Gurgel gegangen. »Was, in Gottes Namen, –«

»Das ist ihr Hund, Monsieur. Er heult. Die Hunde wissen es, Monsieur.«

Erst nachdem ich das Haus verlassen hatte, erst, als ich wieder auf dem Hügel angelangt war, gestand ich mir ein, was ich die ganze Zeit gewußt hatte. Ich war der Mörder. In diesem seligen Strudel der Anbetung, des todessehnsüchtigen Deliriums, hatte ich nie daran gedacht, *ich* könnte das Gift sein. Oder hatte sie es vorhergesehen – hatte sie mich deshalb von sich ferngehalten? War das die Furcht, die sie mir schließlich in die Arme getrieben hatte?

Ich besaß jetzt keine Kraft mehr. Gar keine. Aber ich würde abends wiederkommen, ganz wie er gesagt hatte. Komm wieder und stirb mit ihr.

Das gedämpfte Piano spielte immer noch in meinem Schädel, und ab und zu heulte dort auch der Hund, oder Stimmen redeten mit mir, als sprächen sie in mein Ohr. Die Grenzen zwischen Bewußtlosigkeit und Wachsein, zwischen Traum und Realität waren längst verwischt.

Über dem Eingang zum *Cockatrice* warf das Zeichen des schuppigen, schlangenköpfigen Basilisken einem einen Blick zu und schüchterte einen ein. Dann ging man in den feuchten, schmuddeligen Keller, wo sich oft nicht mehr drehte als der Fleischspieß und manchmal farbige Laternen an der Decke baumelten, als wäre es die Hölle. Heute war es düster.

Sie hatten mich alle gemieden, die intellektuellen Sprücheklopfer der Taverne. Ich trug die Pest in mir, ich war verdammt, und das wußten sie instinktiv. Niemand, den ich je gut gekannt hatte, war anwesend. Ich verteidigte mein Eckchen wie ein verwundeter Hund, und niemand rückte mir zu nahe. Mir wurde eine Mahlzeit serviert, die ich nicht verzehrte, und Wein. Manchmal schrieb ich die eine oder andere Zeile auf einen Fetzen Papier, den ich in der Jackentasche gefunden hatte. Im allgemeinen schlief ich. Die Zeit stand still. Der Tag wollte nicht vergehen, er hockte auf den Bänken der schlitzäugigen Fenster. Die Glocken, die Uhren, immerzu schlugen sie dieselbe Stunde, drei Uhr, immerzu. Wann würde ich es endlich hinter mir haben?

Dann wachte ich auf, und fand neben dem verschütteten Wein einen neuen Schatten vor. Die Fenster waren nähergerückt, und der Tag hinausgedrängt worden. Ich schenkte mir das letzte Glas ein und trank. Im Raum war es ungewöhnlich still, und vor mir am Tisch standen zwei Männer in Schwarz. Wie lange mochten sie schon da sein? Waren sie jetzt wirklich da, oder hatte ich sie nur herbeigezaubert?

»Seid Ihr denn wirklich?« fragte ich mit einer Keckheit, die mich selbst unangenehm berührte.

»Ihr werdet mit uns kommen«, sagte der eine zu mir.

In der Höhle des Schlangenhahns richteten sich funkelnde Augenpaare auf uns. Wir waren ein Ereignis.

»Sergeant Tod, wollt Ihr mich verhaften?« fragte ich. »Wer hat Euch geschickt, und weshalb muß ich mit Euch kommen?« Mein Herz war stehengeblieben, ich konnte den Herzschlag nicht mehr fühlen. »Von Aaron? Ist sie tot?«

»Wir gehören nicht zum Baron. Aber es handelt sich um das Haus. Steht auf, Monsieur.«

»Sonst werdet Ihr mich zwingen?«

»Falls nötig.«

»Es wird nicht nötig sein.« Ich setzte das Glas ab. Mein Herz flatterte, es hatte nur geschlafen. Ich fühlte mich noch nicht am Ende. Ich war gespannt, erwartungsvoll. Was mochte geschehen sein? Oh, sie lebte. Das mußte so sein. Sie war am Leben. Sie hatte nach mir geschickt. Ja, sie gehörten zu ihr, diese weißgesichtigen Kreaturen in Schwarz.

»Also gehen wir«, sagte ich. »So schnell es Euch beliebt.«

Übermütig ging ich mit den Totenköpfen hinaus, je einen an meiner Seite. Im Grunde war ich ein Gefangener auf dem Weg zur Hinrichtung. Ja, das seidene Seil um meinen Hals, der Dolch der Freude, der immer wieder zustieß.

Menschen drehten sich auf der Straße nach uns um. Die diabolische Eskorte, der glückliche Verdammte. Sie hinderten mich nicht, ein populäres Lied zu pfeifen oder eine Blüte von einem Busch zu pflücken, der aus einer Mauer sproß, und wie irre damit herumzufuchteln. Manchmal sprach ich mit meinen Hütern. Ich fragte sie, ob es ihnen Schwierigkeiten bereitet habe, mich zu finden. Kaum, sagten sie. Meine Stammplätze seien bekannt. Einmal antwortete der eine, einmal der andere, aber beide schienen die gleiche Stimme zu besitzen.

Einmal blickte ich von einer Anhöhe aus zurück und sah den Fluß, ein blanker Krummsäbel, gleißend weiß, wo die City in die Seichtigkeit des sterbenden Nachmittags sank. Ein oder zwei Schiffe zogen über das Wasser, die Bruderschaft von Charon war früh unterwegs.

Dann bogen sie in die Gassen ein, wobei sie die Terrasse des Observatoriums mieden und sich im Rücken der riesigen, viergesichtigen Uhr auf dem Hügel hielten. Sie wollten nicht, daß mich die Einflußreichen oder Tonangebenden des Viertels sahen.

Meine Erregung stieg. Lust und Qual mischten sich, Zweifel und ängstliches Entzücken. Das meiste Stroh war von der Straße gefegt worden. Kein Mann versperrte den Torweg zum Haus. Ich eilte die Stufen hinauf und läutete. Und sie folgten mir, die beiden schwarzen Hunde, die mich gejagt und sanft in ihrer Schnauze durch die Stadt getragen hatten.

Die Tür wurde geöffnet. Ich stürmte hinein und sah mich dann um, als gehörte mir das Anwesen.

»Wenn Ihr Euch hinauf in den Salon begeben möchtet, Monsieur«, sagte der Lakai.

Ich rannte die Treppe hinauf. Während des ganzen Marsches hierher hatte ich das Pflaster nicht unter meinen Füßen gespürt. Während ich die Blüte herumzwirbelte, hatte ich gedacht: niemand führt mich oder verfolgt mich. Ich gehe ganz allein dorthin. Es lag etwas Unverdorbenes darin. Nur dem gereinigten Novizen sei gestattet, den Tempel des Hohen Priesters zu betreten.

Der Salon war vom letzten Leuchten der Abendsonne erfüllt, die Blenden hochgezogen. Der betäubende Glanz konzentrierte sich in einem flammenden Zentrum vor dem Kamin.

Dort stand Antonina.

Es war nicht Antonina.

Ein Mann im weißen Satinmantel, ganz in Weiß bis auf das lange schwarzgelockte Haar, das der Freiheitsmode von Paradys für Männer und Frauen entsprach. Ihre schwarzen Brauen waren vielleicht ein wenig stärker betont, ihre Augen mit den schweren Lidern stark in Schwarz umrandet, so daß sie in dem weißen Dreieck ihres Gesichts schwarz brannten, das größer und kühner geschnitten war. Jetzt so hart wie weißer Granit.

Er sah mich an, aus einer anderen Distanz, denn er war einige Zoll größer als ich. Er sagte nichts, tat nichts. Nur die linke Hand, die auf dem Kaminsims ruhte, die linke Hand, die ein Paar weiße Glacéhandschuhe in den langgliedrigen Fingern hielt – exakt ihre Hand, nur ein oder zwei Nummern gewachsen, eine Männerhand, gepflegt, unberingt – zuckte leicht, die Andeutung einer Geste.

Ich vermag nicht zu sagen, wie lange dieser Moment anhielt, während er mich und ich ihn ansah, sie sah, sie verlor.

Allmählich bemerkte ich, daß von Aaron an der einen Seite stand und neben ihm zwei andere Männer, Ratgeber oder Anwälte, oder einfach nur Zeugen. Aber selbst dann konnte ich den Blick nicht abwenden, mußte sie ansehen. Meine Arme hingen schlaff herunter. Sie waren schwer wie Blei. Das Hämmern meines Herzens schüttelte mich. Und die schwarzen Augen fuhren fort, sich in meinen Schädel einzubrennen. Das war alles, was zählte.

Dann sprach der Baron leise, vielleicht gar furchtsam, von der Seite her.

»Monsieur St. Jean. Ich kann Euch nicht vorbereiten. Es gibt schlimme Neuigkeiten. Meine Frau – wir haben sie vor ein paar Stunden verloren. Ich sehe, daß Ihr es bereits wußtet. Gut. Dieser Gentleman –« Er sprach nicht weiter. Ich spürte, wie er sich wieder zurückzog, uns nur stumm anstarrte.

Daraufhin sprach der Mann in Weiß zu mir.

»Ich bin ihr Bruder. Vielleicht ist dies offensichtlich?«

»Ja, ganz offensichtlich.«

Er nickte, als hätte ich etwas Gescheites gesagt, ein raffiniertes Kunststück vollbracht.

»Und Ihr?« fragte er. »Wer seid Ihr? In meinen Augen, was seid Ihr? Es ergab sich zufällig«, erklärte er mit seiner deutlichen und musikalischen Stimme, »daß ich hier eintreffe und dies vorfinde. Ihr Gemahl«, er blickte ihn nicht an, »will nichts unternehmen, aber André St. Jean, mir ist die Ehre meiner Schwester nicht gleichgültig oder die Ursache ihres Todes.«

Sie konnte nicht sterben. Aber ich brachte nicht einmal das heraus.

Das Licht und die Dunkelheit kamen mit der Brandung meines Herzens, Ozean gegen Klippen.

Nun, lassen wir ihn weitersprechen.

»Was sagt Ihr dazu?« fragte er.

Ich zuckte die Schultern und ließ dabei die Blütenrispe auf den Boden fallen.

»Ich werde Euch meinen Namen nennen«, sagte er. »Er lautet Scarabin. Anthony Scarabin. Sie sind im Besitz eines gewissen Ringes, glaube ich. Ein Rubin mit einem Skarabäus. Ja, Ihr werdet ihn zurückgeben. Ich werde ihn mir morgen zurückholen, wenn ich mit Euch fertig bin.«

»Ihr wollt mich töten«, hörte ich mich sagen. »Wird es so leicht sein?«

»Nichts leichter als das.«

Er verließ die Feuerstelle und kam auf mich zu. Mit seinen Handschuhen schlug er mir ins Gesicht, so sanft, daß es eine beiläufige Zärtlichkeit hätte sein können. Er lächelte. Ihr Mund, verändert. Und die Haut, schön und frisch wie ihre, aber etwas trockener und rauher vom Rasieren.

»Was wählt Ihr?« fragte er.

»Was immer Euch beliebt.«

»Also Pistolen. Das ist in Eurer Stadt so Mode, glaube ich. Pistolen bei Sonnenaufgang. Könnt Ihr mit einer Schußwaffe aufwarten? Wie entzückend. Ist Euch sechs Uhr morgens genehm?«

»Ganz und gar nicht. Ich bin kein Frühaufsteher.«

Er zog eine seiner schwarzen Brauen hoch. Kalt, wie sie einst gewesen war.

»Keine Spielchen«, warnte er. »Antwortet.«

»Ich werde Euch den Gefallen tun«, sagte ich.

Er erklärte: »Wie ich höre, ist der Wald oberhalb des Observatoriums der bevorzugte Ort. Bringt Eure Sekundanten mit. Ich werde mit meinen kommen.«

Sonst sprach niemand ein Wort. Im Haus war kein Laut zu hören. Nur das Sonnenlicht schien leicht zu kratzen, als es durchs Fenster kroch.

Was nun? Ich brauchte mich nur abzuwenden und den Raum zu verlassen. Alles war arrangiert, und ich mußte noch einiges erledigen. Wie irdisch das war. Ich hatte die Gewöhnlichkeit des Todes nicht vorhergesehen.

Ich würde nicht darum bitten, ihren Leichnam sehen zu dürfen. Es gab keine Leiche. Alles, was von ihr geblieben war, war hier, war *er*, dieser andere.

Ich verspürte weder Euphorie noch Furcht. Als ich den Salon verließ, hörte ich ihn einen wortlosen, zufriedenen kleinen Laut ausstoßen, wie einen Ton oder einen Akkord von Musik, ziemlich tief.

Keine Spielchen. Antwortet mir, das hatte er damals zu mir auf dem Sacrifice Hill gesagt.

Er würde wissen, daß ich mich an ihn erinnerte. Aber damals, bei jener ersten Gelegenheit, hatte er sich abgewandt, als ich ihm den Ring hingehalten hatte, und seine Verfolgungsjagd fortgesetzt. Erst hatte all das andere geschehen müssen. Außerdem war er damals nur ein Dämon gewesen.

Satanus est.

Ich kehrte in die Stadt zurück und suchte einen Notar auf. Bei spärlichem Kerzenlicht ordnete ich meine Angelegenheiten, so gut ich konnte, und verteilte die Habseligkeiten, die von irgendeinem Wert sein mochten. Nie hätte ich geglaubt, daß ich so etwas täte oder daß mir genügend Zeit bliebe, es zu tun. Denn ich würde irgendwo auf der Straße gemeuchelt werden oder in geistiger Verwirrung dahindämmern. Jetzt gab es auch keinen Philippe mehr, unsolide, leidenschaftslos, der mein Werk zu den Druckern tragen konnte, falls er das überhaupt getan hätte. Würde mich der Gedanke an mein unveröffentlichtes Werk je im Grab oder in der Hölle dauern? Wer würde sich in einem Jahr oder zwei noch meiner erinnern? Aber wer würde sich in zwei Jahrhunderten überhaupt noch an jemanden erinnern, und in hundert mal hundert Jahren würde alles Papier zu einer zerfallenden Substanz transformiert sein, zu Staub. All die Worte, all die Konzerte, all das Geschrei und Geheule, verloren im Vakuum des Lebens. Oh, weg damit.

Der Besuch beim Waffenschmied dauerte nicht lange. Der beim Barbier dauerte länger.

Mir kam in den Sinn, vielleicht einen Priester aufzusuchen und die Beichte abzulegen. Aber schließlich stellte ich mir alles so bildhaft vor, daß mir war, als hätte ich es getan. Und ich wollte auch nicht wieder alle meine Sünden erinnern. Statt dessen verfaßte ich einen zweideutigen Brief an Russe. Ich bat ihn nicht um Beistand. Ich wollte niemanden bei mir haben außer dem Tod selbst, wenn ich starb. Er sollte auf seine Kosten kommen.

Nachdem ich meine Wirtin bezahlt und ihr nur gesagt hatte, daß ich fortginge, legte ich mich schlafen.

Zunächst wachte ich immer wieder auf, nach Luft ringend und von Panik erfaßt. Dann schlief ich tief und fest. Ich wußte, ich würde mit dem Vier-Uhr-Läuten aufwachen, und so war es auch, durch eine leichte Erschütterung, als habe eine Welle mich an den Strand gespült.

Da ich in aller Öffentlichkeit sterben mußte, hatte ich in meiner Eitelkeit am Vorabend entschieden, dies in größtmöglicher Schönheit zu tun. Ging dann am Abend zum Barbier zu einem Bad, dann Haarewaschen, Aufdrehen und frisch mit »marsrotem« Henna gespült. Aus der Wäscherei kam das Hemd mit gestärkten Rüschen, Leinen und Musselin makellos rein, (Philippes Jacke) und so fort. Meine Eitelkeit reichte sogar bis zu den Stiefeln, die ich wieder mit roter Melasse aufpolierte, um ihr Rot herauszuarbeiten.

Ich streifte den Ring über. Er würde ihn mir selbst von dem Finger ziehen müssen.

Dem Waffenschmied hatte ich gesagt, daß er sich allein mit der Pistolenschatulle zum Austragungsort des Duells begeben müsse. Aber er wußte Bescheid. Wie Scarabin schon gesagt hatte, es war der bevorzugte Treffpunkt jener, die danach trachteten, sich gegenseitig umzubringen. Der Senat drückte bei diesen ungesetzlichen Schießereien die Augen zu. Wer wollte schon sagen, was sich bei Sonnenaufgang im dichten Wald unterhalb des Ausgucks des Observatoriums tat, von dem aus man nur das All mit seinen Sternen sah?

Der Himmel zeigte nirgends eine Spur von Helligkeit, als ich die Treppe hinunter und hinaus in die Stadt ging. Ganz Paradys schien wie gelähmt unter einem gewölbten schwarzen Lid zu liegen. Kein Fenster war erhellt. Die Straßenlaternen glommen nur, wie ausgelaugt; viele waren erloschen. In der Luft lag eine Ahnung von Frost.

Zwei- oder dreimal hielt ich inne, um aus einer kleinen Brandyflasche zu trinken, einem wertlosen Ding aus Metall, von dem ich mich in letzter Zeit nie getrennt hatte. Jetzt war ich darum froh. Jedwedes natürliche Gefühl war gewichen, trotzdem schien die Welt sehr viel wirklicher und so bedrängend. Sie rieb ihre knochigen Seiten an mir. Zu sterben hatte all seinen Reiz verloren, denn die Vorbereitungen hatten mich angewidert. Dennoch sehnte ich mich mehr danach denn je, mit einer Art Hunger und einer verzweifelten Angst vor möglichen Komplikationen.

Mir kam es eher so vor, als streifte ich umher, statt zielstrebig zu laufen, aber mir blieb noch reichlich Zeit. Ich ging sogar ein kleines Stück den Fluß entlang, aber aus dem Nebel tauchte kein schlankes, unheilverkündendes Boot auf.

Dann, als ich mich anschickte, die Häuserschlucht hinaufzusteigen, hinauf zum Observatorium, verspürte ich wieder neuen Elan, geradeso wie auf der Treppe in Philippes Haus. Eine erschreckende Klarsicht, eine schwelgerische Furcht. Nicht die Realität, durch die ich gestolpert war, sondern die wahre Wirklichkeit hieb ihren Schnabel und ihre Klauen in meine Eingeweide und trug mich auf ihren Schwingen davon.

Das Himmelsgewölbe hatte sich ein wenig erhoben, und im Osten hatten einige Schelme den Himmel in Brand gesteckt. Ich gelangte an die Umzäunung, kletterte hinüber und stieg die Anhöhe mit dem reifüberzogenen Gras hinauf zum Wald.

In der Senke, wo es vollbracht werden sollte, warteten sie bereits. Hier ein Grüppchen von drei Männern, dort ein Grüppchen von zweien, wo der Klapptisch mit den Schatullen der Waffen aufgestellt worden war. Daneben saß der Arzt auf einem Stuhl, an der Tasche neben sich zu erkennen, hatte die Arme gekreuzt, Gleichgültigkeit ausstrahlend. Oberhalb des der Senke gegenüberliegenden Hanges standen einige Einspänner unter den Bäumen. Sie waren wohl den Weg gekommen, der hinter dem Observatorium entlangführte, und würden denselben Weg zurück nehmen. Ich fragte mich, ob ich in einem davon abtransportiert oder einfach liegengelassen werden würde, wie es manchmal geschah.

Nachdem er mich hatte kommen sehen, überprüfte der Gehilfe des Waffenschmiedes jetzt Scarabins Pistolen, während einer von Scarabins Sekundanten die meinen untersuchte. Seine Pistolen waren für diesen Anlaß nicht gemietet worden. Sie sahen weiß aus, körperlos im Zwielicht. Auch er in seinem weißen Rock schien zwischen Erde und offenem Himmel zu schweben.

Ich hatte vergessen, daß ich ihn dringend sehen *wollte*, ihn betrachten wollte. Ich wurde von ihm angezogen, über die Entfernung hinweg. Aber plötzlich stellte sich mir der Mann des Waffenschmiedes in den Weg. Ich versuchte, das Hindernis beiseite zu schieben.

»Nein, Monsieur, wartet einen Augenblick. Hier ist etwas nicht in Ordnung.«

Ich zögerte.

»Oh«, sagte ich. »Was?« Ich dachte, er würde mich darauf aufmerksam machen, daß ich einen Freund bei mir haben müsse, zumindest einen, aber ich würde mich darauf berufen, daß ich auf diese Formalität verzichten könne.

»Die Kugel in der Waffe dieses Herrn – es gibt nur die eine, und nur in dieser einen Pistole.«

Ich sah ihn an. »Also?«

»Nun, sie ist aus –«

Ich fragte: »Silber?« Er nickte.

Ich ließ den Kopf sinken, erschauderte, und der Gehilfe des Schmiedes packte mich am Arm. »Monsieur, Ihr habt jedes Recht, dagegen zu protestieren.«

»Ja, ja.« Ich schüttelte ihn ab. Ich ging weiter auf dieses Wesen im weißen Gehrock zu. Fast wie eine Ikone, wenn nicht die schwarzen Stiefel fest auf dem Boden gestanden hätten. Von dem schwarzen Haar umrahmt, wie von der Kapuze eines Priesters, *ihr* Antlitz, fremd und doch dasselbe, seine grausam veränderten Lippen zusammengepreßt. Und die Augen, die mich erwarteten.

Über mir, über den Baumwipfeln, hatte sich der Himmel zu einem Perlmuttgrau ausgeblutet.

»Seid Ihr bereit?« fragte er.

»Warum ist Eure Waffe mit Silber geladen?«

»Eine Laune. Laßt mir das Vergnügen.«

»Ich kann dagegen Einspruch erheben, sagt der Mann.«

»Aber das werdet Ihr nicht«, entgegnete Scarabin. »Ihr werdet nur vom Allerfeinsten durchdrungen.«

Einer der Männer gluckste schleimig in sich hinein. »Ist wohl ein Erbstück«, sagte ich. »Geweihtes Silber von irgendeinem Priesterkreuz.«

Er stand da und erwiderte meinen Blick, arrogant und abschätzend.

Ich sagte: »Vor mir war schon ein anderer da. Was ist mit dem? Oder erwartet Ihr von diesem keine Schwierigkeiten? Habt Ihr ihr immer solche Dienste erwiesen?«

Die Männer, seine Sekundanten (obschon ich nicht annahm, daß er sie näher kannte, wahrscheinlich gehörten sie zum Clan des Barons), waren nur schwache Umrisse hinter seinem Rücken. Begriffen sie, wovon wir sprachen, oder dachten sie, wir seien verrückt?

Ich sagte zu Scarabin: »Ich bedaure, daß ich mich auf Pistolen eingelassen habe. Zu naheliegend. Ich bin sicher, Ihr seid mit dem Schwert vertraut, ich nicht, sonst würde ich jetzt auf geschliffenen Klingen bestehen. Gern würde ich Euch diese Fratze aus dem verdammten Gesicht schneiden.«

»Wie schade«, sagte er.

Ich machte einen Schritt auf ihn zu und schlug ihn hart auf die linke Wange. Seine Haut war so empfindlich, daß ihm das Blut sofort hineinschoß.

»Also«, sagte ich und hätte beinahe lauthals gelacht. Die Berührung seines Fleisches – hatte mich angespornt. »Ich bin bereit, wenn Ihr es auch seid?«

»Oh, dann wollen wir mal«, meinte er spöttisch.

Wir gingen zu dem Tisch hinüber. Er legte die Hand auf die erste der weißen Pistolen.

»Ich verlange nur diese«, sagte er. »Ihr mögt Euch beider Waffen bedienen, wenn Ihr wollt.«

»Eine wird reichen.«

Einer der Männer trat zwischen uns und zitierte die Litanei.

»Gentlemen, Eure Zeugen haben zur Kenntnis genommen, daß diese Begegnung in gegenseitigem Einverständnis stattfindet und Ihr beide die entsprechenden Vorkehrungen getroffen habt. Es besteht Einigkeit darüber, daß die Affäre nur durch den Tod beigelegt werden kann. Also, Gentlemen.«

Ich schmeckte Reif in meinem Mund, aber die Morgenbrise wischte bereits über den Himmel. Vögel sangen. Der krächzende Schrei einer Krähe flatterte wie eine Fahne, als er in die Stadt gellte. Ich sah nur die Augen des Mannes, der mich töten mußte.

»... bis zu zehn Schritten. Und bei zehn dreht jeder sich um und feuert nach Belieben.«

Der Sprecher trat beiseite.

Wir, Scarabin und ich, standen in der Dämmerung. Dann drehten wir uns wie geheißen um und traten unseren Gang an.

»Eins«, sagte der Mann, der zählte, »zwei... drei...«

Das Band, das uns vereinigte, wurde enger, als wir uns voneinander entfernten. Es straffte sich, bereit, zurückzuschnellen und uns nach Hause zu schleudern, Brust an Brust, Auge in Auge.

»... sechs... sieben...«

Aber hier ist der Tag, und bald wird es vorüber sein. Hier bin ich heute, aber wo morgen?

Er geht auf Sicherheit, mit seinem Silber. Antonina ist der Streitpunkt zwischen uns, die jetzt bequem in ihrem weißen Sarg liegt, einen toten, weißen Hund zusammengerollt zu ihren Füßen. Er würde mir den Ring vom Finger streifen, aber ich würde die elektrisierende Kälte seiner Berührung nicht spüren.

»Zehn!«

Ich drehte mich abermals um, in einem lautlosen Wirbelsturm von Licht, brachte die Pistole in Anschlag, zielte, ohne etwas zu sehen. Nur die schimmernden Umrisse von ihm gegen den Morgendunst. Ich bewegte den Arm, ließ die Pistole zur Seite kippen, um ihn zu verfehlen, und feuerte. In derselben Sekunde feuerte er auf mich.

Ich hörte den Schuß. Ich hörte ein reißendes Geräusch.

Es gab einen Aufprall. Er warf mich um, und die Erde prallte gegen meine Schultern.

War das also der Tod? Nein, er hatte mich nicht getroffen. Nein.

Gegen den weißen Himmel ragten plötzlich die dunklen Gestalten von Männern auf. Ich lag unter der Wasseroberfläche und blickte zu ihnen hinauf. Die Männer flatterten um mich herum und wurden beiseite gescheucht.

Der Schmerz bohrte sich wie ein Nagel in meinen Arm. In meiner Brust herrschte ein wundes Gefühl. Also hatte er mich doch getroffen. Der linke Arm. Ich würde weiterhin schreiben können. Irgend jemand hielt mich fest, als ich so am Boden lag, und stützte meinen Kopf. Russe? Nein. Russe war nicht bei mir.

Ich schlug die Augen auf, und der Arzt beugte sich vor. Er starrte mich an. Wie unscheinbar und menschlich seine Augen waren. »Es gibt nichts, was ich noch für Euch tun könnte«, sagte er zu mir. »Ihr seid ein toter Mann. Versteht Ihr mich?« Dann hob er den Blick und sagte zu jemandem: »Ihr habt Eure Genugtuung, Monsieur. Ihr werdet meine Eile verzeihen. Guten Tag.«

Er erhob sich abermals gegen den Himmel und war verschwunden. Sie waren alle verschwunden. Dort hinten auf der Wiese stand eine einsame Gestalt in dunkler Livree, und an einer Leine bewegte sich zwischen Sein und Nicht-Sein die Gestalt eines schwarzen Hundes, ein Phantom, und daneben noch einer. Ihre schwarzen Augen starrten mich an. Sie witterten Blut.

Wer hielt mich dann, meinen Kopf auf seinen weißen Schenkeln, das Blut auf seinen weißen Rock tropfend?

»Seid Ihr es?«

Mir schien, ich brachte kein Wort hervor, aber er hörte mich. Er antwortete:

»Ich stehe außerhalb Eurer Stadtgerichtsbarkeit und fürchte mich daher nicht zu bleiben.«

»Um ganz sicherzugehen. Wo – bin ich getroffen?«

»Ins Herz. Es ist erstaunlich, daß Ihr noch lebt.«

Ich schwebte über dem Schmerz. Ich konnte ihn nicht sehen, nur das rote Haar und das rote Blut, das sich auf dem Hemd unter dem Rock ausbreitete.

»Nehmt den Ring«, sagte ich.

»Noch nicht.«

»Wann?«

»Bald.«

Die Tränen rannen mir aus den Augen, aber ich fühlte weder sie noch Trauer. All mein Dasein war auf ein *bald* reduziert.

»Nun fahret dahin«, sagte er zu mir. Seine wunderschöne Stimme, schimmernd wie dunkler Samt. »Ihr könnt nicht bleiben.«

»Ich habe keine letzten Worte«, sagte ich. »Man wird sie für mich erfinden müssen. Irgend jemand. Sterben gleicht den letzten Augenblicken des Liebesaktes. Das Ahnen, das galvanische Beben, mit dem es sich ankündigt, dann das unvermeidliche Zerfließen, das Überschwappen, das Versinken. Ja, ich hatte recht. Bin ich schon einmal gestorben, daß ich dies weiß?«

Aber ich hatte längst aufgehört zu sprechen. Meine Lippen waren für die Worte, die ich nicht geflüstert hatte, leicht geöffnet, meine Augen weit aufgerissen. Und dann näherte sich seine kalte Hand langsam meinem Gesicht und schloß meine Lider, behutsam, wie eine Mutter ein Blatt vom Gesicht ihres schlafenden Kindes wischen mochte. Und ich war tot.

Der Vogel pickte gegen die Innenseite der Schale. Ich hörte seinen scharfen Schnabel, das Geräusch ging mir auf die Nerven. Tack, tack, tack.

Sei still. Laß mich denken.

Ich wurde getragen, es war nicht unangenehm, in der Dunkelheit getragen zu werden. Es war ein Boot, sicherlich, denn es war ein Ding aus Holz.

Tack, tack, tack.

Der Vogel pickte weiter gegen die Schale. Ich empfand Tageslicht, ich wollte raus.

Aber ich wollte keine Helligkeit, nur die friedvolle Dunkelheit. Meine Gedanken, unfähig meine Augenlider zu heben oder irgendeinen Teil meines Körpers zu bewegen, schlingerten hin und her.

Dann fiel das Boot abrupt nach unten. Ich rollte hin und her, bewegte meine Hände und Füße und meinen Kopf, wie ich es zuvor selbst nicht gekonnt hatte.

Dann das Geräusch von Erde, die auf meinen – Sarg prasselte. Ich hatte das Land des Schattens nicht erreicht: Ich war immer noch am Leben, und lebendig begruben sie mich.

Ich versuchte zu rufen. Ich hatte keine Stimme. Ich fürchtete mich nicht. Ich lag in der Dunkelheit und hörte der Erde zu, die mich langsam bedeckte.

Der Schatten, er war so nah, der Fluß, so nah mit all seiner gewaltigen Ausdehnung. Alles war möglich, dort. Wie hatte ich mich bloß verirren können.

Tack, tack, machte der Vogel immer noch. Noch mehr Erde polterte herunter. Tack, tack.

Als das Begraben erledigt und das letzte vage Rütteln und Stoßen aus meiner alten Welt verebbt war, nahm der flüchtige Gedanke in mir Gestalt an. Obwohl der Vogel mich weiterhin durch sein unerbittliches Picken irritierte, gestattete mir dieser Zustand zu erkennen, daß ich meiner wieder bewußt war. Ich verzichtete auf die alten Empfindungen, und während ich in mich hineinsackte, erhaschte ich einen Blick auf die erste Existenz, die ich verloren hatte, ganz plötzlich so nah und greifbar – und in diesem Augenblick fetzte der Schnabel wie ein Messer durch die Schale.

Ich schrie laut und schlug die Augen auf. Meine Hände flogen nach oben und stießen gegen den stümperhaft gezimmerten Sargdeckel und zertrümmerten ihn. Er zerbarst, und die Erde ergoß sich über mich. Ich drängte nach oben. In einem schwarzen Schwall von Erde, Steinen und Holzsplittern stieß ich aus dem Loch hervor. Durch den Sauerstoffmangel nahezu bewußtlos, kniete ich in dem aufgebrochenen Grab, würgte und rang hustend nach Luft: alle Schrekken der Geburt.

Später, als ich so dalag, ging der Mond auf. In der Nähe hörte ich Glocken läuten. Wo war ich? Irgendein verfallener Friedhof mit einer kleinen Kirche. Ein Sarg aus Sperrholz, und die Totengräber begierig, zu verschwinden und das Geld für die Arbeit zu versaufen. Ein Armengrab, der einzige Grund, weshalb ich herausgekommen war.

Was für eine Stadt war das? War dies Paradys oder irgendein anderer Ort? Es war nur ein Traum, vielleicht.

Der Mond war kalt, wie er mir so ins Gesicht starrte. Er ließ außerdem etwas aufblinken, das neben mir lag. Ich hatte es mit aus dem Grab gebracht, eine Art Silbermünze. Ich nahm sie in die Hand. Sie war verdreckt und verkrustet, aber doch wohl echt.

Um diesen Ort verlassen zu können, mußte ich mich durch Dornengestrüpp kämpfen und über umgestürzte Grabsteine klettern – ein wüster Ort. Als ich die Kirche erreichte, war die Türe verriegelt.

Wie ich so dastand, glaubte ich, einen weißen Greyhound über den Friedhof huschen zu sehen. Wonach stöberte er hier? Ich drehte mich um, damit ich besser sehen konnte.

Da hörte ich normale Stimmen, und ein Licht näherte sich schwankend zwischen den Dornensträuchern. Zwei Männer tauchten auf, Galane, die durch den Totengarten von einem Fest heimkamen. Sie waren betrunken. Als sie mich erblickten, riefen sie mir zu. Der mit der Laterne kam zu mir her und beugte sich vor der Kirchenmauer über mich, während er das Licht in die Höhe hielt.

»Was ist denn mit Euch passiert, eh?«

Meine Stimme würde mich verraten. Ich sprach sehr leise.

»Wie Ihr seht, etwas höchst Unerfreuliches.«

»Nun, wenn Ihr Euch an solchen Orten herumzutreiben pflegt. Warum seid Ihr so gekleidet? Irgendein Schwein hat Euch dazu gezwungen, nicht? Der gemeine Schuft. Was hat er sonst noch verbrochen?«

Er legte mir die Hand auf den Kopf, kraulte mit seinen Fingern mein Haar. Er lehnte sich schwer gegen mich. Erinnerte ich mich an solche Dinge? O ja, es war lange her.

»Nenn mir deinen Preis.«

Sie stellten die Laterne zwischen das Unkraut auf den Boden. Der erste nahm mich als erster, hastig. Dann war sein Gefährte an der Reihe und ließ sich Zeit. Als sie fertig waren, überließen sie mir ein hübsches Sümmchen Geld, und während sie sich noch ihre Hosen zuknöpften, sagte der erste zu mir: »Du hast Glück gehabt, an uns geraten zu sein. Beim nächsten Mal solltest du etwas vorsichtiger sein, Herzchen. Geh jetzt nach Hause und zieh dich richtig an.« Der andere sagte: »Wenn sie sich als Mann verkleiden will, hab ich nichts dagegen.«

Und er grinste mir zu, ehe sie zwischen den Sträuchern im Mondlicht davoneilten.

Ich begegnete einer alten Lumpensammlerin, einer alten, gebeugten Frau, als ich den Friedhof verließ. Sie starrte mich ebenso an wie zuvor der Mond. »Oh, Lady«, sagte sie, »oh, Lady, Ihr seid ja übel zugerichtet.«

»Mir wird's bald besser gehen.«

»Ich dachte, es sei ein Mann«, sagte sie, »ein Junge. Aber in Eurem Haar ist Graberde.«

»Wißt Ihr, ob sich hier in der Nähe ein Denkmal befindet – ein Mahnmal für die Pest?«

»Oh, ganz in der Nähe. Weißt du nicht, wo du bist, Mädchen? Hältst wohl Ausschau nach jemandem, schätze ich, um noch einen auszunehmen. Ja, es ist eine traurige Welt.«

»Was für ein Ort ist das hier?«

»Wie soll ich das wissen? Irgendein Ort ohne Namen. Wie lautet mein Name? Wie deiner?«

»Ich habe ihn vergessen – meinen Namen –«

»Da siehst du. Und genauso steht es mit dem Ort. All diese namenlosen Gebeine. Die Grabsteine verwittert und verkommen, wenn es überhaupt welche für sie gegeben hat.«

»Junge Männer, die im Duell getötet wurden, sind hier begraben.«

»Ja«, keifte sie, »und auch alte, die's hätten besser wissen sollen.« Sie richtete ihren gramgebeugten Körper etwas auf und hielt meine Hand fest, während sie zu den Obelisk Gardens zeigte. Ich trug keine Ringe. Sie konnte mich allenfalls um meine Jugend beneiden.

Ich schleppte mich die ehrwürdige Allee entlang; ich hatte solche Schmerzen in der Seite, unter meiner Brust. Ich preßte die Handfläche auf die Stelle. Meine Stiefel waren mir zu groß.

Zwischen den Pflastersteinen wuchs Gras, das hier und da von den Schafen abgeweidet worden war, die am Vortag hier gegrast hatten, auf dem Markt – aber was für ein Markt war das jetzt? Und der Obelisk? Ja, das Pest-Monument, nach dem ich gefragt hatte. Ich erinnerte mich. Ganz in der Nähe befand sich das Haus. Das Haus würde mir helfen, vielleicht, wenn mir niemand auf der Treppe begegnete...

Noch mehr Glockengeläut. Ich begriff nicht, welche Stunde sie schlugen. Die Nacht schien voller Vorahnungen und gewährte mir zwischen Dunkelheit und Morgengrauen gerade so viel Zeit, wie ich benötigte, meinen Zufluchtsort zu erreichen.

Und in der Tat, es war wie der mächtige Altar eines Tempels, das Haus, mit dem Mond im Hintergrund und der tief im Schatten liegenden Straße.

Die Stufen empor, und, ah, das Stechen in meinem Herzen, ich ging langsam und lehnte meine Stirn gegen die Tür. Abgeschlossen wie die Kirche, und ich hatte doch einen Schlüssel – vielleicht? Ich durchwühlte die Taschen meiner merkwürdigen Kleider und fand einen Schlüssel, welcher derjenige zu sein schien, den ich suchte. Er schob sich ins Schlüsselloch und bewältigte es mit der höflichen Geste eines Händeschüttelns.

Ein schwarzer Schornstein, das Haus, mit der nach oben kletternden Treppe als Rückgrat. Vertraute Gerüche erloschen. Neue Gerüche der Leere. Mit dem Wechsel der Jahreszeiten würde die Feuchtigkeit kommen, Käfer würden sich durchs Holz fressen und Mäuse durch die Wände nagen. Zum Schluß würde das Haus in sich zusammenstürzen, wie ein abgestorbener Baum.

Ich stieg die Treppe hinauf, wobei ich manchmal innehielt und mich gegen das Geländer lehnte. Diese Schwäche war purer Luxus. Falls ich wollte, könnte ich mich fallen lassen und einfach liegenbleiben. Wer würde schon kommen, um mich in meiner Ruhe zu stören? Trotzdem mußte ich unter die Decke des Schädels gelangen, auf den Dachboden. Warum denn noch? Irgend jemand hatte mir etwas hinterlassen – es mußte abgeholt werden, denn es gehörte mir.

Der Dachboden strahlte eine Vertrautheit aus, die ich im übrigen Haus vermißt hatte. Zum Beispiel entsann ich mich, die Bücher, die auf dem Fußboden lagen oder sich im Regal versteckten, gelesen zu haben. Oft hatte ich das Schaukelpferd geritten. Es war bei einem dieser Ritte, als ich, ein Kind vielleicht von neun oder zehn Jahren, entschied, daß ich nicht als Mädchen oder Frau leben wollte. Damals hatte ich ständig ein Gegenbeispiel vor Augen, einen blonden Jungen in meinem Alter. Er hänselte und provozierte mich. Obschon ich ihn immerzu nachahmte, gelang mir das nur unvollkommen, denn ich blieb weiblich. Schließlich zog ich die logische Konsequenz. Ich veränderte mich. Ich wurde, was er war: ein Junge. Und blieb später, als ich erwachsen wurde, maskulin. Hier stand ich nun in den Kleidern der beiden, denen von dem blonden Philippe und denen des jungen Mannes, welcher ich noch kürzlich (aber wie kürzlich?) gewesen war.

Als erstes öffnete ich den Schrank, in dem Philippe einen Teil der Garderobe seiner Mutter aufbewahrt hatte. Sie war eine schlanke, hochgewachsene Frau gewesen; wir waren gleich groß. Die Kleider würden mir zunächst seltsam vorkommen, wie auch meine Stimme. Aber das würde sich geben. Mein Körper selbst war eine kaum wiederzuerkennende Hülle. Auf der Hemdbrust befand sich ein großer Blutfleck, aber die Haut über meinem Herzen war unversehrt. Der Schmutz vom Grab war ebenfalls abgefallen, er war auf geheimnisvolle und zufriedenstellende Weise verschwunden, was nur gut war, denn in den Zisternen für die Bäder würde kein Wasser mehr sein, keine Seife in den Schalen. Aber hier fanden sich Bürsten aus Elfenbein für mein Haar und der Nagelknipser mit Perlmuttgriff. Wie sah ich jetzt aus?

Meine Nachtsichtigkeit, durch das Begrabensein vielleicht geschärft, hatte bislang für mein Herumlaufen und Suchen gereicht, aber als ich mir eine Schärpe um die Taille band, hatte ich das Bedürfnis, mich zu *betrachten*. Ich entdeckte eine Kerze in einem Halter, die ich mit einem Streichholz aus einer Schachtel in meinen abgelegten Männerkleidern anzündete. Mit dem Licht in der Hand trat ich vor das eine runde, nicht vernagelte Fenster am Ende des Dachbodens. Es gab keinen anderen Spiegel.

In dem dunklen Glas sah ich mein staubiges Spiegelbild, eine junge Frau mit langen, lockigen Haaren, die mit »Mars«-Henna rotgefärbt waren. Nichts war an ihr zu bemängeln, nur eine schwache Druckstelle an der linken Seite der Kehle. Sogleich ging ich wieder zum Schrank und wikkelte mir ein Stück von einem Ballen Spitze um Hals und Brust.

Ich hatte gerade eines der Häkeltäschchen mit den Habseligkeiten aus meinen Männertaschen gefüllt, als ich vier

Stockwerke unter mir die Haustür knarren, zögern und dann mit einem Krachen aufspringen hörte.

Das ganze Haus hallte vom Keller bis zum Dach wider. Ein feines Zittern lag in der Luft.

Dann kamen Schritte, trampelnd, mehrere Stufen auf einmal nehmend, rennend und stolpernd herauf, genau den Weg, den ich gekommen war, nur zielstrebiger und entschlossener.

Ich nahm mein Täschchen und die abgelegten Dinge von André St. Jean und schlich leise zur anderen Seite des Speichers, als die Schritte polternd näherkamen und das Haus in seinen Grundfesten erschütterten. Ich stellte die brennende Kerze auf einen Stapel Bücher beim Schaukelpferd – während ich an dem Tier vorbeiging, legte ihm eine Hand auf die Hinterbacke und versetzte ihm einen Schubs. Neben dem Fenster stand eine große, italienische Truhe. Nachdem ich ihren Deckel angehoben hatte, warf ich die Kleidungsstücke hinein, auch die Tasche, und kletterte dann selbst hinterdrein. Da lag ich wieder in meinem Sarg. Ich ließ den Deckel herunter, als die Tür zum Dachboden mit einem lauten Krachen aufgestoßen wurde.

Es waren zwei Ankömmlinge, sie blieben stehen. Dann hörte ich in meiner Holzkiste:

»Sieh dir die Kerze an! Und das schaukelnde Pferd – mein Gott, irgend jemand *war* hier in diesem Raum.«

»Aber jetzt ist niemand da.«

»Man sagt, er sei verhext, dieser verfluchte Ort. Wieso auch nicht, nach allem, was sich hier zugetragen hat? Oh, vielleicht.«

Ich kannte die beiden Stimmen. Wie heißen sie noch? Eine tiefer als die andere, bleiern.

»Die Vordertür war aufgesperrt. Können Geister nicht durch Türen gehen? Brauchen die Schlüssel und Kerzenlicht? Nun, wer weiß. Dieser Narr. Warum konnte er sich nicht in seinem Brief klarer ausdrücken?«

»André ist – war verrückt. Er und Philippe.«

»Ich ahnte, daß er etwas Unkluges tun würde. Dieser Wahnsinn wegen der Frau. Dann ihr Tod.«

»Ich erzählte dir doch, Russe, daß ich sie im *Iron Bowl* erwähnen hörte, man habe noch einen toten Duellanten im Wald beim Observatorium gefunden.«

»Das ist nicht ungewöhnlich.«

»Man hat die Leiche begraben, wie immer – keine Identität und keine Fragen. Das war gestern vor Sonnenaufgang. Aber wann hat er den Brief an dich abgeschickt?«

Ich lauschte verwundert. Als er sagte, dieser zweite Mann, dessen Name mit Sicherheit Le Marc lautete – als er sagte, gestern vor Sonnenaufgang, und meinte, vor einem Tag und einer Nacht. War es denn möglich, daß ich all diese Zeit zwischen Ende und Anfang dort gelegen hatte, ehe ich mich bewegte und aus dem Gefängnis entfloh? Mir war es nur wie Minuten vorgekommen.

»Vielleicht ist André auch nur fortgegangen. In seiner Pension glaubt man das. Das geht aus seinem Brief hervor. Mich verwirrt nur der Hinweis auf eine Schuld gegenüber diesem Mann, diesem Anthony Scarabin.«

»*Ihr* Bruder – Russe, Russe. Verstehst du nicht? Scarabin hat ihn erschossen. André ist tot und in einem Grab. Wir haben die ganze Stadt durchsucht. Wo sonst könnte er sein, als unter der Erde?«

»Hier in diesem Haus.«

»Jawohl, *in diesem Haus*. Wir suchen nach ihm, sehen Licht schimmern und brechen hier ein – wo aber steckt André? Verrate mir das. Oh, er ist hier. Er ist hier. Aber nicht aus Fleisch und Blut, Russe. Ah, *Gott!*«

Der Schrei kam plötzlich und war irgendwie voll dankbarem Entsetzen.

Russe fluchte nur auf seine schwerfällige Art.

Ich begriff, daß die Kerze plötzlich ausgepustet worden war, von einer unsichtbaren Kraft.

Ich hörte den Lärm des anderen, von Le Marc auf der Treppe, bis er unten war und auf die Straße rannte.

Aber Russe blieb, er sagte: »André? André, bist du wahrhaft tot und wahrhaft hier?« (Ich verspürte den Wunsch zu antworten, mit Grabesstimme, aus dem Bauch. Aber er würde meine jetzige Stimme nicht erkennen.) »Ah, André, falls du da bist, ich habe dich gewarnt. Grauen und Kummer, gottlose Sachen. Du warst ein Narr, dich darauf einzulassen, André. Nun, ich werde zum Haus des Barons gehen. Ich werde ihn ganz offen fragen. Es muß geklärt werden.«

Ich kroch in die Mitte der Truhe und hörte, wie Russe jetzt ebenfalls die Treppe hinunterging. Dann erhob ich mich. Ich hielt einen Moment inne – denn im Fenster schimmerte der erste Anflug des neuen Tages. Ich konnte im Morgengrauen die Kerze erkennen, sie qualmte.

Vielleicht hatten Philippe und ich unseren Freunden wieder einen Streich gespielt.

Von wem hatte Russe gesprochen? Dieser Baron. Ich mußte den beiden Männern folgen und es in Erfahrung bringen.

Der Deckel der Truhe klappte auf, schloß sich – möglicherweise für immer – über den blutbesudelten Kleidern von André. Ich hatte jedenfalls eine Kugel abbekommen. Sie mußte wie ein Splitter herausgewachsen sein.

Ich nahm einen der mit einem Schleier geschmückten Hüte, das Häkeltäschchen und ein paar elegante Handschuhe und stieg hastig die Treppe hinunter, wobei ich das leise Knarren und Zischen des Hauses ignorierte. Ich verschloß die Haustür und warf den Schlüssel so hoch wie die Baumwipfel an der alten Stadtmauer.

André hatte den Weg zum Haus des Barons gekannt, aber ich war mir nicht so sicher. Das einzigartige Licht vor Sonnenaufgang zeigte mir die Gestalten der beiden Männer, die etwa hundert Meter vor mir entschlossen die Straße entlangeilten. Falls sie sich zufällig umsehen würden, würden sie mich lediglich für irgendeine Dame der Nacht halten, die ihrem Lotterbett zueilte, oder für eine tugendhafte Lady, die zur Kirche ging.

Ich fühlte mich bereits viel kräftiger. Mir war zum Lachen zumute, und ich fühlte kaum noch Schmerzen in der Brust.

Und wie sonderbar sich die Damenschuhe auf dem Pflaster anhörten.

Wir gingen hügelabwärts und überquerten eine Terrasse und hörten, weit unter uns, die Stadt langsam erwachen.

Sie erklommen wieder einen Hügel, meine Führer, mit einem Uhrturm darauf. Ich folgte ihnen.

Wir gelangten zu einer Straße auf der anderen Seite des Hügels, und hier meldete sich unvermittelt mein Gedächtnis. Die stuckverzierten Häuser schliefen alle noch, alle bis auf eines. Dort herrschte bereits eine gewisse Betriebsamkeit. Draußen vor dem Tor standen zwei Kutschen, die mich an andere Kutschen erinnerten, oder waren es dieselben, die unter den Bäumen oberhalb der Mulde gestanden hatten, wo das Duell stattgefunden hatte? Reitknechte hatten die Köpfe der Pferde gehalten; jetzt kam ein Kutscher und kletterte auf den Bock des ersten Gefährts. Russe stand auf dem Gehweg und stritt sich mit einem Bediensteten. Beide sprachen sehr erregt, leise, um niemanden aufzuwecken. Manchmal mischte sich Le Marc ein, während sie auf das Haus, die Kutschen und den Himmel deuteten.

Von der anderen Straßenseite aus beobachtete ich sie, verborgen in einem Torweg.

Le Marc hatte sich zum Eisentor gewandt, das jetzt offen stand, und wollte zur Treppe. Der Diener versuchte, ihn zurückzuhalten. Die Stimme von Russe schwoll plötzlich an.

In diesem Augenblick wurde die Haustür geöffnet. Irgend etwas kam aus dem Haus. Im Zwielicht – so bleich, als schien es von eigener Kraft zu schweben, ein gesichtsloses schimmerndes Ding – von zwei Dienern getragen. Es war ein milchweißer Sarg. Die Stufen hinunter durch das bereits geöffnete Tor. Ein Knecht öffnete den Schlag der Kutsche. Man schob den Sarg hinein.

Dieses Manöver zeigte Wirkung. Le Marc war wie erstarrt, verblüfft. Russe hatte verdutzt den Hut abgenommen.

Und jetzt kam der Baron, der Bankier, von Aaron – ich erinnerte mich sehr wohl an ihn – die Treppe herunter. Ich lauschte mit größter Konzentration und hörte ihn zu Russe sagen: »Dies ist weder der Zeitpunkt noch der Ort. Was wollt Ihr?«

»Wir machen uns Sorgen«, sagte Russe, der immer noch seinen Hut hielt, »um das Wohlbefinden unseres Freundes. Monsieur St. Jean. Ich glaube, Ihr oder Euer Gast könntet uns in dieser Angelegenheit behilflich sein.«

»Ich? Was könnte ich da ausrichten? Ihr Bruder, ich nehme an, daß Ihr auf ihn anspielt, besteht darauf, daß der Leichnam meiner Frau mit ihm zu – ihrem früheren Wohnsitz zurückkehrt. Ich muß dem Wunsch nachkommen. Wie Ihr seht, die zweite Kutsche ist bereits mit meinem Koffer und mit weiterem Gepäck beladen. Jetzt bleibt keine Zeit, über irgend etwas zu reden. Wenn Ihr darauf besteht, besucht mich nach meiner Rückkehr.«

»Wann wird das sein?« fragte Russe.

»Ich bin mir nicht sicher, Monsieur. Ihr müßt mich jetzt entschuldigen, wirklich. Ich bin über Euren Mangel an Takt erstaunt, Monsieur. Mich in einem solchen Augenblick zu behelligen, fast über den Leichnam meiner Frau hinweg.«

Russe stand da, runzelte die Stirn und war angesichts dieses Vorwurfs um Worte verlegen.

Anthony Scarabin kam zur Straße und erklärte im Vorübergehen: »Ich kann Euch nur soviel sagen: Euer Freund hat Ärger gemacht. Deswegen habe ich ihn erschossen, vorletzten Morgen. Ihr werdet sein Grab wohl auf dem Armenfriedhof finden, der im allgemeinen für diese Leute benutzt wird. Und wenn Ihr jetzt bitte beiseite treten würdet.«

Als könnten sie nicht anders, gehorchten sie. Als er die erste Kutsche bestieg (die den Sarg enthielt), knurrte Le Marc: »Mörder!«

Aber Russe hielt Le Marc am Arm zurück. Von Scarabin kam keine Entgegnung (und aus den Fenstern ringsum lugte auch kein Gesicht heraus). Der Knecht schloß den Wagenschlag. Der Kutscher schwang die Peitsche. In die Pferde kam Leben, sie preschten vorwärts. Mit einem murrenden Krächzen kam die Kutsche in Fahrt. Sie holperte die Straße entlang bis zur Anhöhe hinauf. Wir sahen ihr nach, sahen sie davonfahren. Sie glich einem schwerelosen Schatten, als sie um den Uhrturm bog. Dann, den Weg abwärts einschlagend, war sie schnell verschwunden.

»Wir sind noch nicht fertig«, sagte Russe.

Le Marc wollte losbrüllen, versank aber rasch wieder in Schweigen.

»Ich werde die Angelegenheit den Anwälten übergeben«, erklärte Russe.

Von Aaron nickte.

»Nach meiner Rückkehr stehe ich Euch zur Verfügung. Aber jetzt müßt Ihr mich entschuldigen.« Er nickte ihnen zu, drehte sich abrupt um und marschierte zurück ins Haus. Die Tür wurde von dem Diener geschlossen, der ihm gefolgt war. Die andere Kutsche, vollgestopft mit Gepäck und noch ohne Kutscher, neben der lediglich der Knecht stand, wartete im kalten Licht wie ein Gebilde aus Stein.

Le Marc setzte seine Verwünschungen noch ein Weilchen fort. Dann übernahm Russe das Kommando. Er erklärte, daß es keinen Sinn machte, wenn sie dort noch länger herumlungerten. Sie würden sich jetzt geradewegs zum Justitiariat begeben und dort sein, wenn es um acht Uhr öffnete.

Als sie gegangen waren, holte der Knecht ein Stück Brot und ein Stückchen dunkle Schokolade aus der Tasche und begann hungrig zu essen.

Als ich meinen Torweg verließ, die Straße überquerte und mich der Kutsche näherte, blickte mich der Knecht ohne irgendein besonderes Interesse an. Als ich den Wagenschlag öffnete und einstieg, sagte er bloß: »Also –«, sonst aber nichts. Nur angewiesen, die Pferde ruhig zu halten, gehorchte er mir nicht, noch sagte er irgend etwas.

Ich nahm auf der gepolsterten Bank Platz, richtete meinen Schleier, so daß mein Gesicht nur undeutlich zu erkennen war, legte die Handschuhe über mein Täschchen und wartete darauf, daß von Aaron zurückkehrte.

Es dauerte nicht lange. Wahrscheinlich war er nur hineingegangen, um Russe und Le Marc zu entrinnen. Jetzt kam auch der Kutscher, ging auf die andere Seite und kletterte auf den Bock. Mit gesenkter Stimme hörte ich den Knecht sagen: »Irgendein Mädchen ist in die Kutsche gestiegen.« Der Kutscher grunzte, ohne jedes Erstaunen.

Aber von Aaron erstarrte mitten im Betreten des Gefährts, als der Knecht ihm die Tür öffnete.

»Wer, zum Teufel, seid Ihr?«

»Eure Reisegefährtin.«

»Dies ist«, erklärte er immer noch in gekrümmter Haltung, »eine private Kutsche.«

»Stimmt.«

»Dann steigt bitte aus, Mademoiselle.«

»Das werde ich nicht«, sagte ich. »Ihr solltet statt dessen lieber einsteigen.«

Sein gefurchtes Gesicht ragte vor mir auf, wirkte verlegen. Dann mühte er sich hinein und setzte sich mir gegenüber hin. Der Knecht lungerte an der Tür herum, und von Aaron registrierte diese Tatsache mit einer unwilligen Handbewegung.

»Muß ich Euch hinauswerfen lassen, Mademoiselle?«

»Zieht das gar nicht erst in Erwägung.« Ich starrte ihn durch den Schleier an. »Ich gehe dorthin, wo Ihr hingeht.«

»Und wo ist das?«

»Dem anderen nach. Dem Mann in Weiß und dem weißen Sarg. Es ist ganz einfach. Warum sollen wir uns aufhalten?«

Er schob eine Hand unter eine Manschette aus durchwirkter Spitze und zog ein Spitzentaschentuch hervor. Er betupfte sich damit Stirn und Lippen. Seine Augen ließen mich nicht los. Schließlich sagte er: »Mich dünkt, ich kenne Euch, Mademoiselle.«

»Durchaus nicht.«

»Doch. Ich habe Euch schon einmal gesehen. Ich –« Plötzlich wurde sein Gesicht weiß und starr. Die Lippen öffneten sich, und die Augen maßen mich von oben bis unten. Es bestand kein Zweifel, ich war eine Frau. Er fragte sich wohl, ob ich eine Verwandte von André St. Jean sei. Eine Kusine vielleicht oder eine Schwester. Schließlich blickte er weg, zu dem herumlungernden Knecht hinunter, und befahl ihm, sich zu entfernen und den Wagenschlag zu schließen. Der Knecht tat wie geheißen, trat in den Torweg zurück und blieb dort stehen, während er zu uns herüberschaute, nicht sonderlich beeindruckt, und sich verstohlen Schokoladenstückchen in den Mund schob. Von Aaron sagte: »Ihr werdet mir Euren Namen nennen, Mademoiselle, sofort.«

Ich senkte die Augen. Mit Bedacht sagte ich: »Mein Name lautet Anna Sanjeanne.«

Es entstand eine Pause. ›Sanjeanne‹ unterschied sich kaum von dem, den er erwartet hatte, es beschäftigte ihn. Er ließ sich den Namen durch den Kopf gehen und leckte sich dabei die Lippen. Das Taschentuch flatterte. Ich schloß die Augen und faltete die Hände über meinem Täschchen im Schoß.

»Und Ihr –« begann er, »wollt nicht aussteigen?«

»Nein, ich will nicht aussteigen.«

»Schert Euch zum Teufel«, sagte er. Er fluchte. Dann zerknüllte er das Taschentuch und steckte es wieder in den Ärmel. Schließlich lehnte er sich aus dem Fenster und schrie dem Kutscher etwas zu. Als von Aaron sich wieder auf seinen Platz sinken ließ, knallte draußen die Peitsche, und das Vehikel erzitterte. Wir setzten uns in Bewegung, rollten vorwärts, während die Räder über die Pflastersteine schrammten, wie ich es bei der ersten Kutsche beobachtet hatte.

Schlaf oder Schwäche überfiel mich. Ich lehnte meine Wange gegen die gepolsterte Kopfstütze des Sitzes, den Kopf vom Baron abgewandt zum Fenster gerichtet. Die Welt verschwamm und zerfloß, ganz Paradys zerfloß. Mir fielen die Augen zu.

Von weit weg sagte von Aaron zu mir: »Mademoiselle, ich

werde kein einziges Wort mehr mit Euch wechseln. Das werdet Ihr verstehen.«

»Ganz wie es Euch beliebt«, murmelte ich.

Er lachte verbittert, nur einmal.

Das Ruckeln der Kutsche, die ihre Geschwindigkeit beschleunigte, gesellte sich zu dem rasenden Klopfen meines Herzens. Das Dröhnen der Hufe und Räder hämmerte in meinem Kopf. Bewußtsein, Paradys, beide entließen mich. Die Stadt verschwand, blieb zurück, als ob wir uns in den Morgenhimmel erheben würden. Irgendwo, dünn und hart und rein, führte ein Faden aus dem Labyrinth, an dessen anderem Ende vor uns eine funkelnde Perle in Weiß dahinflog.

Die Kutsche setzte ihre Reise durch den Tag fort, ebenso wie die Sonne. Es gab nur einen kurzen Aufenthalt.

In den ersten Stunden sah ich vom Fenster aus recht wenig. Einmal, nachdem wir über eine große Brücke geholpert waren, die im Norden die letzte Flußwindung überspannte, gewährte mir die kurvenreiche Straße einen abschließenden Blick auf Paradys. Es lag hinter uns in einem Lichtertal, glitzernd wie Wasser, denn der Tag begann bereits sehr heiß zu werden. Die Türme und Kuppeln waren in diesem Schmelztiegel zerflossen. Es war eine einsame Landschaft, nur ab und zu bewohnt. Und danach gehörten die einzigen Glokken, die wir hörten, der sprachlose, schwitzende Baron und ich, zu den Schafen in den Obsthainen und auf den Weiden an der Straße.

Später kam der Staub und legte sich auf die Fenster. Wir eilten durch eine pollenbestäubte Welt, verloren in der gleißenden Hitze. Als wir in den Wald kamen, wurde es dunkler in der Kutsche. Hier und da entsprang den Felsen eine Quelle, oder ein Bachlauf verbreiterte sich, glitzerte wie Diamanten.

Ich schlief oder döste, tauchte ein in tiefe Stille, schreckte durch das Rattern der Räder und das Stöhnen des Gefährts wieder hoch. Ich befürchtete nicht, daß er über mich herfallen würde, mein Begleiter, daß er mich bewußtlos auf die Straße werfen würde. Er hatte sich gefügt. Er hatte sich in sein Schicksal ergeben, das meine Gestalt angenommen hatte.

Mittags stand die Sonne im Zenith, beschoß das Dach der Kutsche mit ihren Lanzen. Ich erhob mich aus meiner Benommenheit und verfiel in eine andere, eine aus unerträglicher Hitze und unbändiger Erregung. Ich war dorthin unterwegs, wohin ich mußte. Ich war ein Geschöpf außerhalb aller Gesetze und Barrieren. Darauf konnte ich mich ausruhen, in der Hitze halbtot und unsterblich, während der Baron sich das Gesicht abwischte und Wasser aus der Reiseflasche trank.

Es wurde Nachmittag, und alles schlief, außer uns. Schwarze Schafe lagen im Schatten gewaltiger Eichen. Krähen standen wie versteinert auf einem gepflügten Acker. Blonder Weizen teilte sich im Fahrtwind, wenn wir vorüberglitten, und schloß sich wieder wie die Rippen eines Fächers. Schwarz wie Achat glänzten die Reben am Weinstock über den grauen und staubigen Blättern –

Etwa um drei Uhr nachmittags machten wir Rast. Es gab eine Schänke oberhalb der Straße, und die Pferde mußten auch gewechselt werden. Wie auf Bestellung tauchte ein Mann vor dem Fenster des Barons auf und reichte einen Korb herein.

Der Baron klappte für sich ein aufstellbares Tablett auseinander und breitete eine Serviette auf den Knien aus. Er aß manierlich, nahm dann ein bauchiges Glas aus dem Korb und eine Flasche, entkorkte sie und goß den Rotwein ein. Er leerte das Glas mit einem Zug.

Kurz ehe wir wieder aufbrachen, entledigte von Aaron sich der Überreste seiner Mahlzeit, verstaute Tablett und Serviette, beugte sich schräg zu mir herüber und bot mir ein Glas von dem Wein an.

»Es ist ein äußerst heißer Tag.« Er entschuldigte sich für diese Geste der Freundlichkeit oder des Mitleids, da er seinen Schwur zu schweigen gebrochen hatte. Aber ich respektierte den Schwur. Ich hob den Schleier des Hutes und trank ein wenig von dem Wein. Sehr wenig – ich wollte nicht Gefahr laufen, von der Natur gezwungen zu werden, die Kutsche zu verlassen. Obwohl er aus purem Aberglauben nicht wagte, mich hinauszuwerfen, mochte ein freiwilliges Verlassen das Schicksal binnen Sekunden wenden.

Als ich das Glas absetzte, starrte er mich in verzweifelter Angst an. Er schüttelte den Kopf, füllte den Kelch nach und leerte ihn bis auf den Grund. Dann ergriff er wieder das Wort. »Mademoiselle St. Jean, wenn Ihr nichts dagegen habt. Habt Ihr dieses Gasthaus gesehen? Es ist sehr angenehm dort. Ich habe Geld bei mir – und ich muß diesen Weg zurück nehmen und könnte dann… Bestimmt –«

»Nein.«

»Warum diese Sturheit?« flehte er. »Was könnt Ihr Euch erhoffen?«

Wahrlich, was? Die Hoffnung, gespenstisch, unerwartet, durchströmte mich auf diese Frage hin wie Feuer.

»Wir wollten uns doch nicht unterhalten, dachte ich. Und Ihr habt meinen Namen falsch verstanden.«

Der Mann tauchte wegen des Korbes am Fenster auf, und von Aaron schob ihn ihm hin. Er ließ eine Münze in die Hand des Mannes fallen. Korb, Mann und Wein verschwanden.

Es mochte eine Viertelstunde vergangen sein. Der Kutscher brüllte eine Frage vom Bock herunter. Der Baron rief ihm zu, weiterzufahren. Im übrigen äußerte der Baron weder den Wunsch noch das Begehren, die Kutsche zu verlassen.

Die neuen Pferde preschten ebenso stürmisch voran wie die alten.

Gegen Sonnenuntergang, als ein rosafarbener Glanz das Gefährt erfüllte, ergriff der Baron wieder das Wort.

»Ich denke, Mademoiselle St. Jean, wir sollten uns unterhalten.«

»Vorhin dachtet Ihr noch anders darüber. Damit hattet Ihr ganz recht.«

»Mademoiselle – Mademoiselle St. Jean –«

»Sanjeanne, wenn schon.«

»Damit seid Ihr schlecht beraten.«

»Das glaubt Ihr.«

»Dieses Wagnis. Laßt mich Euch verraten, was ich vermute. Daß Ihr irgendeinen merkwürdigen, verrückten Traum von Rache hegt.«

»Rache wofür, bitte?«

»Für den Tod Eures Bruders.«

»Ich habe keine Brüder, Baron.«

»Der – Gentleman, den Ihr aus meinem Haus kommen saht – mit dem ist nicht zu spaßen. Ihr solltet nicht... Ich muß Euch sagen, Mademoiselle, daß Ihr Euch auf einen gefährlichen Pfad begeben habt.«

Ich lachte. Das Lachen eines Mädchens. Es kam für mich unerwartet und erheiterte mich für einen Augenblick.

Wir stürmten weiter durch das strahlende rosafarbene Licht, und am Straßenrand tauchten die ersten Nadelbäume auf, als es allmählich bergauf ging, immer weiter bergauf.

Als ich hinaufstarrte, sagte er ziemlich munter: »Ihr werdet die Nordgrenze überqueren müssen, Mademoiselle, wenn Ihr hiermit fortfahren wollt. Besitzt Ihr Papiere?«

Aber es war die Schönheit des Sonnenuntergangs, die wirklich war. Der Baron begriff das Wesen der Realität offenkundig nicht, seine Durchlässigkeit, seine Elastizität.

Als die Sonne untergegangen war, schlossen sich die Wälder um uns. Es wurde jetzt kühl. Zeitlos verrann die Zeit.

Es war kurz vor Mitternacht, und ich war steif und kalt. Anscheinend hatte ich weitergeschlafen oder war zumindest nicht in der Kutsche gegenwärtig gewesen, in der mein Körper reiste. Die Kutsche hatte wieder angehalten.

Dies und die verstohlenen Bewegungen des Barons hatten mich wachsam gemacht, aber ich ließ es nicht erkennen. Ich lag reglos da, kaum atmend, die Augen geschlossen. Bald hörte ich, wie der Wagenschlag leise geöffnet wurde. Irgend etwas kletterte hinaus, und dann wurde die Tür sanft wieder geschlossen. Ein Schritt auf dem Erdboden. Eines der Pferde schnaubte und stampfte, und die Kutsche schaukelte und fing sich dann wieder. Sonst nichts.

Ich öffnete die Augen. Hinter den Fenstern drückten die Tannen gegen die Kutsche. Zwischen ihnen hing leuchtend hell wie Tageslicht der Vollmond.

Von Aaron war fort. Nicht von irgendeinem natürlichen Drang getrieben...

Ich öffnete das Fenster und schaute vorsichtig hinaus.

Die Straße war einem besseren Pfad gewichen, der mit Erdklumpen und kleinen Schieferbröckchen bedeckt war, zwischen denen manchmal die Wurzeln der Bäume hervorlugten. Und da war tatsächlich der Kutscher, der Bock war also verlassen, und erleichterte sich zwischen den Tannen.

Ein Stück weiter stand eine zweite Kutsche und blockierte den Weg. Sie war wie ein Phantom: es waren keine Pferde angeschirrt, und es gab auch keinen Kutscher.

Ich öffnete meine Tür und kletterte hinaus, auf der dem Kutscher abgewandten Seite. In der mondhellen Nacht lief ich den Fuhrweg entlang, passierte die beiden Paare der Rappen und das freie Stück zwischen den beiden Kutschen.

Im Innern des Gefährts, das den Weg versperrte, befand sich ein weißer Sarg. Er stand auf dem Boden, wo man eine der Bänke entfernt hatte, um Raum zu schaffen. Auf der gegenüberliegenden Bank lag ein Paar Glacéhandschuhe.

Ich trat hinter die Kutsche, mußte dazu den Weg verlassen und zwischen den Tannen gehen. Der Fuhrweg fiel ab und stieg wieder an, und genau auf dem Kamm standen zwei Männer. Ich hörte die Stimme des einen, zögerte und schlich dann weiter, bis ich etwa neun bis zehn Meter entfernt war.

»Nun, Ihr müßt sie wieder zurückschicken.«

»Ich glaube, sie besitzt keine Papiere«, sagte von Aaron. »Sie könnte nicht über die Grenze.«

»Na dann.«

»Das ist Euer letztes Wort.«

»Wie Ihr seht.«

Scarabin, hochgewachsen und schlank, eine Säule aus Eis, über deren Rücken sich die schwarze Mitternacht ergoß. Der andere kriecherisch, beschwichtigend, ängstlich und hilflos. Vor den beiden das Reich der Nacht. Der Mond zog seine hohe Bahn, hielt für niemanden inne.

»Sie hat geschlafen«, sagte der Baron.

»Vielleicht.«

Von Aaron blickte sich unsicher um, sah mich direkt an, starrte mir ins Gesicht und sah mich doch überhaupt nicht.

»Habt Ihr eine Vermutung? Aber wohin könnte sie sein?« Er blickte jetzt wieder Scarabin an. »Ich werde sie fortschaffen, wenn Ihr es so befehlt, Anthony. An diesem Ort wird sie sich ohnehin verlaufen. Laßt mich mit Euch kommen, wie es vereinbart war.«

»Wer hat das vereinbart? Ihr. Eure ewigen Erklärungen. Kehrt in diese Stadt zurück, wo Ihr sie habt tun lassen, was sie wollte.«

»Ich? Wie hätte ich es verhindern können – wie soll ich Euch antworten –, welche Worte würdet Ihr akzeptieren? Es wart *Ihr* –«

Sie sprachen längst nicht mehr über mich, sondern über eine andere. Von Antonina.

Und in diesem Augenblick drehte Scarabin sich auch um und stieß von Aaron von sich.

»Ich bin es leid, mir dies anzuhören. Ihr habt hier überhaupt nichts zu sagen, sondern werdet tun, was ich Euch heiße. Jetzt verschwindet. Geht mir aus den Augen.«

Aber: »Da kommen die Pferde«, gab von Aaron nicht auf und deutete nach vorn zum Fuhrweg. Dort waren Bewegungen zwischen den dunklen Tannen wahrzunehmen. Ein frisches Gespann wurde für die vordere Kutsche gebracht, um die bereits ausgeschirrten Pferde zu ersetzen. Irgendwelche hiesigen Dörfler oder andere Gefolgsleute von Scarabin.

»Anthony«, sagte von Aaron gerade, »möglicherweise benötigt Ihr mich doch noch.«

Es lag kein Sinn darin, sie noch weiter zu belauschen. Ich wandte mich ab und ertastete mir den Weg durch die Dunkelheit den Waldsaum entlang zu Scarabins Kutsche. Drinnen hingen feine Schwingungen in der Luft, geruchlos, wie Musik. Ich legte die Hände auf den Deckel des weißen Sarges. Gesichert? Aber ich hatte schon mal eine solche Kiste aufgebrochen.

Ich konnte den Deckel mit Leichtigkeit aufklappen, er war nicht verschlossen.

In dem dunkel ausgeschlagenen Seidenbett zeichneten sich deutlich die Umrisse einer Frau ab. Ich hatte gewußt, daß ich sonst nichts vorfinden würde. Ich hatte gewußt, daß Antonina nicht hier war, nicht *hier*. Daher stieg ich in das Seidenbett und legte mich in ihren Abdruck, in den ich genau hineinpaßte. Dann zog ich den Deckel wieder herunter. Diesmal klinkte irgend etwas ein. Der Sarg hatte sich geschlossen.

Ich verbarg die Tasche in den Falten meines Rockes und kreuzte die Hände über der Brust. Nie zuvor hatte ich so ausdrucksvoll und formvollendet dagelegen.

Wie friedlich die Dunkelheit war, fern vom grellen Mond.

Nach einer kurzen Weile hörte ich, wie die Pferde herbeigeführt und angeschirrt wurden. Ein Mann sprang auf den Kutschbock. Dann wurde die Tür geöffnet. Er stieg in die Kutsche, er, Scarabin. Ich erkannte ihn am Schritt, dem Rascheln seines Gehrocks, dem schwachen Ein- und Ausatmen. Jetzt setzte er sich, hob die Handschuhe auf und warf sie wieder hin. Dann rief die eigenartige Stimme dem Kutscher ihre Befehle zu.

Hufe trappelten, und Räder drehten sich. Die Kutsche wurde gewendet und setzte sich Richtung Norden auf dem Fuhrweg langsam in Bewegung und stob dann, nach diesem kleinen Vorspiel, mit großer, geradezu wahnsinniger Geschwindigkeit voran. Der Boden holperte unter mir. Ich war wie betäubt durch diese Unmittelbarkeit und die Lautstärke der Bewegung. Dann hörte ich das Klacken von Stiefelabsätzen. Anthony Scarabin hatte die Füße auf den Sarg gelegt.

Wir erreichten die Grenze.

Inzwischen war ich in meinem Gefäß wie gebannt. Ich hörte oder spürte das Anhalten der Kutsche. Vor dem Fenster bestanden gedämpfte Stimmen höflich darauf, daß der Fahrgast aussteigen müsse. Das tat er. Draußen auf der Straße hörte ich einen Mann zu ihm sagen: »Und der Sarg. Bedauerlicherweise müssen wir ihn inspizieren.« Als Antwort konnte ich nur den Tonfall seiner Stimme ausmachen, keine Worte. Aber dann wurde die Tür geöffnet, und grobe, nervöse Hände bemächtigten sich des Deckels meines Gefäßes.

Sogleich hörte ich zu atmen auf; diesen Trick hatte ich im Grab gelernt. Als der Deckel gelöst wurde, besprenkelten mich Mondlicht und Schatten wie kühles Wasser. Ein Mann holte scharf Luft und stieß sie dann mit einem langen Seufzer wieder aus. Ich spürte, sah es aber nicht, wie er sich bekreuzigte. Dann wurde der Deckel behutsam wieder an seine Stelle geschoben, rutschte noch etwas, bis die Zinken sich wieder verfingen, und die Dunkelheit, meine Bettdecke, hüllte mich ein.

»Eure Papiere sind in Ordnung. Mein Beileid. Der Tod Eurer Schwester ist ein großes Unglück. Ah, ein trauriger Verlust, so jung. Sie sieht aus, als ob sie schliefe.«

Scarabin stieg wieder in die Kutsche. Auf der Straße wurden Befehle erteilt. Dann fielen die Pferde wieder in ihren Trab. Wir preschten über die Nordgrenze.

Er hatte die Kiste zur Tarnung aus Paradys mitgenommen. Er hatte sich auch Papiere besorgt. Wenn sie dieses Gepäckstück leer vorgefunden hätten, hätten die Wachhunde an der Grenze vielleicht die Bescheinigung zerrissen, aber ein leerer Sarg war kein Verbrechen, eine Exzentrizität, wie eine Silberkugel...

Aber belegt, so ein trauriger Verlust... die junge Schwester... sieht aus, als ob sie schliefe. Jetzt wußte er, daß er Gesellschaft hatte.

Würde er reden? Würde er eigenhändig den Deckel heben? Und würde ich dieses Antlitz erblicken, diese Augen?

Er konnte alles mögliche tun.

Er hatte das Silber von Antoninas Trauringen eingeschmolzen und daraus die Munition für das Duell mit mir hergestellt. Er war erfinderisch, zu allem fähig und verschwiegen wie eine Fee, genau wie ich.

In den nächsten Minuten geschah gar nichts.

Dann rief er dem Kutscher wieder etwas zu, und das Gefährt kam zum Stehen. Der Kutscher sprang herunter und trat ans Fenster.

Scarabin fragte: »Siehst du das?«

Gemeinsam hoben sie den Sarg vom Boden der Kutsche, und ich wurde, wie mir schien, ein kleines Stückchen von der Straße fortgetragen.

Vorsichtig, während ich mich mitsamt dem Sarg in ihren Händen befand, drückte ich gegen den Deckel. Ich konnte ihn kein Quentchen bewegen. Irgend etwas an dem Verschluß ermöglichte das Öffnen nur von außen.

»Hier. Das wird genügen«, sagte Scarabin über mir.

Der Sarg wurde ein wenig gesenkt und fallen gelassen. Ein kleiner Sturz, aber er erschütterte jeden Knochen in meinem Leib. Ich unterdrückte den Drang, über diese Gemeinheit zu lachen.

Ich nahm ihre Schritte wahr. Sie entfernten sich.

Dann, etwa eine Minute später, hörte ich von irgendwo die Kutsche anrollen und abfahren. Danach herrschte große Stille.

Während ich mich ungestüm aus meinem Erdgrab befreit hatte, lähmte mich das unlösbare Problem des Sarges. Ich lag da und unternahm gar nichts, dachte nicht mal daran. Ich dachte nur an die Kutsche, die über die Wege und Straßen zwischen den Tannen rumpelte. Wie sollte ich sie wiederfinden? Wie sie einholen?

Meine Gedanken flogen ihm nach, ließen ihn nicht entkommen. Aber das würde ich nicht schaffen. Wo immer er sich auch hinbegeben mochte, mein teuerster, geliebter Feind, in welche düsteren, unsichtbaren Sphären, zu guter Letzt mußte ich ihn doch zu fassen bekommen, durch Planung oder Zufall. Man konnte uns nicht trennen.

Ich entspannte mich, beruhigte mich.

An dem Holzdeckel kratzte etwas. Als ich erwachte, war ich zu klug, um zu rufen. Vielleicht hatte mich irgendein Räuber gefunden. Er würde zu Tode erschrocken sein, wenn die Leiche ihn herzlich begrüßte. Oder vielleicht war es irgendein Vogel oder ein großes Insekt, das sich durch den Lack fraß.

Dann bewegte sich der Sargdeckel. Strahlendes Tageslicht drang wie ein Dolchstoß herein. Als ich schützend die Hände hob, wurde der Deckel abrupt losgelassen und fiel zur Seite. Gegen ein blendendes Spitzentuch aus Himmel und Blattwerk sah ich das heidnische Antlitz von Satan selbst auf mich herabstarren. Ein hübscher, schwarzer Ziegenbock mit einer langen römischen Nase und spiralenförmig gewundenen Hörnern.

Mit einem Freudenschrei setzte ich mich auf, und er sprang davon.

Ich stieg aus dem Sarg und stand auf einer jungfräulichen Wiese. Das Fleckchen wurde von Tannen gesäumt, zwischen denen auch einige Obstbäume blühten, wo die Ziegen grasten. Der intensive süße Duft von morgendlicher Sonne auf Klee und der durchdringende Gestank der Herde wurde hier und da vom leichten Fäulnisgeruch heruntergefallener Äpfel ergänzt. Nirgends war eine Spur oder ein Hinweis auf eine Straße oder einen Fuhrweg zu erkennen.

Ich riß mir den Hut mit dem Schleier herunter und warf ihn in den Sarg, aus dem ich die Häkeltasche nahm, deren Inhalt ich auf dem Seidenlager verstreute. Wie die Lilie auf dem Felde, so schien auch ich weder Geld noch Papiere noch Streichhölzer zu benötigen. Also vergrub ich letztere, aus Furcht, sie könnten sich selbst entzünden und die Wiese in Brand stecken, und ließ den Rest zurück. Welch ein Anblick, der offene Sarg im Gras mit den Papieren, den Münzen und dem Hut. Nur die Silberkugel verbarg ich in meinem Mieder.

Dann schlenderte ich über die Wiese davon, zwischen den fressenden Ziegen, klaubte einen Apfel auf und aß die rote Schale und das weiße Fleisch.

Vielleicht würde ich einen Ziegenhirten treffen. Ich würde fragen: Wo ist die Straße? Und er oder sie würde Anna beziehungsweise André in die Augen sehen, erröten und mich mit heiserer Stimme davon in Kenntnis setzen, daß es hier überhaupt keine Straßen gab: dies sei Elysium.

Aber ich begegnete keinem Ziegenhirten.

Licht und Schatten besprenkelten die Landschaft. Dann, auf einer Anhöhe hinter der Baumwiese, entdeckte ich schließlich einen Pfad, für ein Fuhrwerk zu schmal, aber ich folgte ihm. Was machte es schon, wenn ich den Weg verlor? Ich würde ihn wiederfinden. Irgendwo fand sich immer Hilfe. Und er konnte sich, ebensowenig wie der Mond am Nachthimmel, nicht allzulange verborgen halten.

Der Tag war idyllisch. Nie zuvor hatte ich einen solchen Tag erlebt. Vielleicht hatte ich, als André, einmal ein Picknick oder einen Ausflug in die Berge oberhalb der Stadt gemacht.

Ich war in der Landschaft ganz allein, es gab keinen Hinweis auf Menschen, nur Sonnenschein, Bäume und Wildblumen, nur die Sandbänke der Flüsse und gewaltige moosbedeckte Findlinge. Vögel flatterten und zwitscherten herum. Und obwohl ich spielende und fressende Tiere sah, konnte ich nirgends einen Stall oder eine Scheune ausmachen, geschweige denn ein Dorf oder die Fata Morgana einer in der Ferne liegenden Metropole.

Wie schnell alles kam und verging.

Der Mittag war vorüber wie ein Wellenschlag, der Nachmittag wie ein weiterer. Die Sonne stand am Horizont, die Welt glitt wieder hinter die Schatten zurück.

Droben, zwischen den Tannen, gelangte ich zu einem Stein, der ein Altar hätte sein können. Dahinter lichtete sich der Wald. Weit entfernt, meilenweit entfernt, eine beträchtliche Strecke entfernt, entdeckte ich ein architektonisches Gebilde, das ich aus irgendeinem Traum kannte.

Als ich den Hang hinunterging, verlor ich es aus den Augen, fand dafür aber einen breiten, ganz und gar nicht seichten Bach. Er wand sich nordwärts unter den Bäumen entlang. Nicht unbedingt ein Fluß, aber auf den Kieseln lag ein langes, schmales Boot mit einer langen Stake und wartete.

Wenn auch nicht unterirdisch, wand sich der Hadesfluß zwischen den Bäumen hindurch, und die Nacht begann, sich über die Niederungen zu senken und das Abendglühen zu verdrängen. Dann kam Nebel auf, aus verborgenen Quellen im Flußbett; kalt und wohlduftend. Ich stand im Boot und stakte meinen Weg vorwärts. Oftmals riß mich eine Strömung mit sich, ohne daß ich etwas dazu beigetragen hätte.

Dunkelheit breitete sich aus, und schwarze Weiden streiften den Fluß. Ich stakte meinen Weg zwischen den Trauerschleiern hindurch. Die Tannen glichen eher Tieren als Pflanzen. Waren sie mitgewandert, mit sanften Riesenschritten, als ich vorbeigeglitten war? Der Nebel wallte um meine Hüften, meine Taille, stieg aber nie höher. Und jetzt war ich selbst Charon.

Angenommen, dies wäre nicht der richtige Weg? Dann werde ich ihn zu einer anderen Stunde finden.

Habe ich Zeit? Alle Zeit und keine.

Wie wundervoll war es, das Gefühl der Verlassenheit. Nichts existierte, außer einem angepeilten Ziel. Und diese Unberührtheit und Gewißheit, was immer sich dazwischen ergab oder ergeben würde. Freiheit. Wahrheit. Zwei Namen zu haben, und doch niemand oder ein anderer zu sein, vielleicht auch das Ganze. Hier herrscht die Finsternis, und hier bin ich ein *Teil* der Finsternis.

Ich folgte dem anmutigen Bach.

Es kam überraschend, mit einem gräßlichen Schrei. Ich konnte nicht erkennen, was es war, hob nur die Stake und hieb mit ihr danach. Ich traf nur auf einen schwachen Widerstand, aber die Stake vibrierte, und das Boot schwankte. Ohne den Stab loszulassen, stürzte ich in die Knie.

Aus der Dunkelheit zwei Albinoaugen, ein Schnabel wie brennendes Drahtgeflecht. Flügel. Wieder stürzte es sich auf mich.

Irgendein Nachtvogel, den ich aufgescheucht hatte, oder ein Wegbegleiter.

Die Federn seiner schwarzen Flügel glühten, während es sich immer wieder auf mich warf. Feuer schoß aus einem Auge, dann hieb der Schnabel nach meiner Kehle oder meinem Augenlicht. Eine Kralle riß mir die Hand auf. Es stürzte sich auf mich, um mein Blut zu saugen, und ich ließ die Stake fahren, packte sein Genick wie das einer Schlange und brach es.

Ich schleuderte den Kadaver in den Fluß, in die Nacht.

Grauen und Hölle herrschten ringsumher. Mir fehlte jede Kraft. Ich war auf den Boden des Bootes gestürzt und hatte den Stab verloren, meine einzige Waffe.

Dummkopf, die Realität und Gesetze der vernünftigen Welt zu verlassen, mich auf diesen gefährlichen Kurs einzulassen.

Jetzt lag ich im Boot wie in einem Sarg, weniger zuversichtlich denn je und nur von der Strömung getragen.

Ich kann also nicht bewaffnet zu dir kommen. In einer Rüstung nähere ich mich voll Stolz, mit einem Buch, einer geladenen Pistole, sie blieben doch nutzlos.

Der Fluß strömte jetzt schneller vorwärts und ohne Windungen. Ich tauchte wieder unter dem offenen Himmel auf.

Der Mond war noch nicht aufgegangen, war aber bereits zugegen, hinter den Bäumen. Das Boot schaukelte ans Ufer, lief auf und weigerte sich, weiterzuschwimmen.

Ich folgte dem Mond. Ein Landmond, der die Oberfläche der Erde überzog. Sie schimmerte zwischen den Bäumen. Ich räsonierte darüber, daß dies ein Mann oder eine Frau sein mußte, die eine Laterne trug.

Das Dorf, zu dem der Mond mich leitete, war verlassen. Es lag außerhalb einer Palisade von Bäumen, alle in Schrägneigung wie umgestürzte Steine. Als ich seine grasbewachsenen Wege betrat, zwischen den umgekippten Schornsteinen, sah ich zuerst etwas Flirrendes in der Gestalt eines Mädchens. Sie durchschritt die Häuser, als sei sie nicht stofflich, nicht aus Fleisch und Blut.

Am Ausgang des Dorfes öffnete sich die Landschaft zu einer schwarzen Spiegelplatte, einem Bergsee. Das Mädchen, jetzt eine Viertelmeile von mir entfernt, schien darüberzugleiten, eine tanzende Flamme, aber als ich ebenfalls das Ufer erreichte, fand ich einen festen Übergang aus gewaltigen Steinquadern, die sogar eine Kutsche getragen hätten.

Hinter dem Damm und dem Bergsee tauchte das Gebäude auf, das ich bei Sonnenuntergang gesehen hatte.

Es war eine Ruine, natürlich. In der Dunkelheit bot sich der Eindruck von einzeln aufragenden Mauern, die mit glaslosen Sprossenfenstern durchsetzt waren, gigantischen Rädern gleich, denen ähnlich, die man in alten Kirchen findet. Hoch über dem obersten Fenster stieß ein Turm in den Himmel. Er störte das harmonische Bild der Landschaft, jedenfalls schien es so, zu hoch, wie ein aus schwarzer Nacht gesponnener Schornstein, oben wie ein Trichter geweitet, als habe die Hand Gottes hineingestoßen.

Die flimmernde Gestalt des Mädchens taumelte zu den Gemäuern hinauf und durch die Ruine wie eine Motte, die von Wärme oder Licht angezogen wird. Dort war Licht. Als ich näher kam, konnte ich es erkennen.

In eine Mauer vor dem Tor war eine unauffällige Tür eingelassen, zu der einige Stufen hinaufführten. Oberhalb dieser Tür pulsierte in einem Fenster wie Spinnweben ein Licht.

Der Geist, wenn sie einer war, war verschwunden. Keine Kutsche, auch keine Pferde waren zu entdecken. Nur das erleuchtete Fenster. Der Turm bog sich und ächzte, als der Nachtwind durch sein Treppenhaus, die zerfallenen Gänge und die Fensterräder seufzte.

Ich erklomm die eingefallenen, ungleichmäßigen Stufen und berührte die Tür, die sich öffnete.

Es war die Zelle eines Priesters, vielleicht war die Ruine tatsächlich die eines religiösen Anwesens. Das Licht stammte von einem bleichen, spuckenden Feuer und von Kerzen in Silberleuchtern. Es gab einige große Kisten aus einem weichen grauen Samtstoff, einen langen Tisch aus tiefdunklem Mahagoni, der dicht vor dem Feuer stand und auf dem sich einige Gegenstände befanden, darunter ein Glas, das die Flammen einfing und aufs Holz reflektierte. Auf dem Kaminsims standen drei silberne Kruzifixe, und darüber hing an schwarzen Ketten ein Schwert. Mehr schien sich nicht im Raum zu befinden.

Ich schloß die Tür und ging über die nackten Fliesen. Als ich am Tisch vorbeikam, verwandelte sich ein kristallener Apfel in roten Bernstein, dann in eine imaginäre Perle, während die Flammen darin funkelten und verloschen.

Auf der gegenüberliegenden Wand befand sich ein Gang mit einem zur Seite geschobenen Vorhang. Von dort tönte, zurückgeworfen durch den Klangkörper des mächtigen Turms, ein zaghaftes Geräusch. War das Musik, was ich hörte, oder eine Sinnestäuschung, das Zischen der Kohlen im Feuer oder das Singen meines Blutes oder einfach die Stille?

Nein, der unheimliche Laut war jetzt eindeutig zu hören, wanderte durch die Steine zur Öffnung des Ganges.

Hoch droben im Turm spielte Antonina Klavier, wie in

dem gemieteten Haus in Paradys. Sie spielte die Kutschenfahrt, die wilde Jagd über die Weiten der Finsternis, den holprigen Pfad und das Peitschen der Tannenwipfel – sie spielte die Trägheit des Hadesflusses, die Mattigkeit des Willenlosen, Obsession und dunkle Nacht...

Dicht neben mir schmiegte sich das Geistermädchen in ein Kissen. Hatte ich sie mir aus irgendeinem verdorbenen, okkulten Spiel in Philippes Haus in Erinnerung gerufen, aus irgendeiner Séance? *War* sie ein Mädchen oder eine alte Hexe? Sie kam mir bekannt vor und doch wieder nicht. Sie vibrierte von Kopf bis Fuß im Rhythmus der Musik.

Ich sagte zu ihr: »Was tust du hier? Deine Zeit ist vorbei.« Und sie löste sich in Nichts auf. Sie war verschwunden.

Das Klavier erklang wie Donnerhall. Es schwoll an und floh die Tonleiter hinunter, suchte neue Abgründe und Höhepunkte von kalter Brillanz, Kraft und Bedrohung. Es war nicht Antonina, die da spielte.

Mit einem Mal verebbte die Musik. Ich wandte mich von der Tür ab und zog mich an die eine Seite des Kamins zurück. Es war zwar ein Rückzug, aber ein taktischer. Ich hatte mich auf eine Pose besonnen, die Philippes Mutter einst eingenommen hatte: den Rücken gerade, den Kopf leicht erhoben, die Hände über der Taille und dem Faltenwurf ihres Gewandes gefaltet. Mir hatte das gefallen, und als ich seinen Schritt auf der Treppe vernahm, auf dem Weg ins Zimmer, drehte ich mich nicht zu ihm um.

Er trat an den Tisch, aber dieser stand zwischen uns. Aus den Augenwinkeln konnte ich ihn sehen. Er war nicht mehr in Weiß gekleidet. Das Feuer zischte, er schrak auf.

»Eine unerwartete Überraschung«, bemerkte er.

Aus einer Karaffe auf dem Tisch goß er sich Wein in einen Becher – roten oder weißen Wein? »Ich habe vermutet«, sagte er, »daß Ihr unter diesen Umständen den Wunsch haben würdet, heimzukehren.«

»Ihr Haus ist verflucht«, sagte ich. »Vielleicht bin ich nur ein anderer Geist.«

»Hier gibt es keine Geister«, antwortete er, hob sein Glas an die Lippen und trank.

Ich drehte mich um und schaute ihn an. Er war ganz in Schwarz gekleidet, wie ein Priester. Seine Blicke bohrten sich in meine Augen, mit einer Schwere, die ich nicht ertrug. Ich senkte meinen Blick. Er sagte: »Aber Ihr seid ohne Papiere, Mademoiselle, Ihr könnt nicht zurück über die Grenze.«

»Wer, glaubt Ihr, bin ich?« fragte ich ihn.

»Darüber denke ich nicht nach. Eure Identität ist Eure Angelegenheit.«

»Ihr Untergebener, von Aaron, wird mir einen Namen gegeben haben.«

»Von Aarons Zuweisungen sind üblicherweise falsch.«

»Und deshalb habt Ihr ihn weggeschickt...«

»Ihr habt es herausgefordert.«

Ich hob den Blick und starrte ihn an. Ich starrte ihm in die Augen, die ihre Augen waren, wie die ganze Zeit schon ihre Augen die seinen gewesen waren.

»Ihr mißbraucht mich, wie sie es getan hat«, sagte ich. »Ihr wollt mir weismachen, daß, wenn mir nichts gegeben wird, ich mir auch nichts *nehmen* darf. Daß ich verhungern muß.«

»Dann nehmt zumindest einen Schluck«, sagte er. »Ihr habt eine lange Reise vor Euch.«

Er trat vom Tisch an den Kamin, wie auch ich vom Kamin an den Tisch trat. Ich griff nach dem Wein und stellte fest, daß er von tiefem Rot war und lediglich seine Kleidung und Stimmung widergespiegelt hatte. Er besaß jedoch den Geschmack wurmstichigen Holzes, als ich ihn kostete.

Ich lächelte und sagte, während ich in den Wein starrte: »Ihr habt hier keinen Ehemann, hinter dem Ihr Euch verstekken könntet. Oder habt Ihr in einem der oberen Gemächer eine passende *Gattin* versteckt? Ist jede Attacke unterschiedlich, oder sind alle gleich? Eine Schlange, die ihren eigenen Schwanz verzehrt.«

»Mademoiselle«, sagte er. »Ich überlasse Euch für diese

Nacht alle Räume. Ich verlange nur, daß Ihr mir dieses kleine Refugium überlaßt, meine Privatsphäre.«

»Was gedenkt Ihr zu tun«, fragte ich, »in Eurem Eckchen der Nacht? Euch liebend der Dunkelheit hinzugeben?«

Ich setzte mein Glas ab. Feuer erfüllte es, und Blut erfüllte mein Herz.

Ich ging um den Tisch herum und stellte mich dicht vor ihn, wenn auch nicht dicht genug, um ihn zu berühren. Die Flammen warfen ihre unsteten Schatten an die Decke.

»Laßt mich«, sagte ich, »Euch in Wut versetzen, aus der Fassung bringen und Euch Kummer bereiten. Laßt mich Euch die Wahrheit sagen, Anthony, ein einziges Mal. Nein, weicht meinem Blick nicht aus. Wenn ich die Courage besitze, Euch in die Augen zu sehen, so respektiert wenigstens meine Courage, so wenig Ihr sie auch wertschätzt oder wünscht. Befinden wir uns nicht alle auf einem Schlachtfeld? Ich betrüge mich selbst, ich bin mein eigener Feind. Sie gab mich Euch in Ketten wie dieses Schwert. Ihr seht, ich biete Euch nichts mehr an, kein Buch, keinen Gedichtvers. Ihr mögt glauben, ich hätte dies geschrieben, aber falls dem so wäre oder je sein würde, kommen diese Worte aus der Luft, dem Zauber oder aus einem Traum. Bedenkt nur, wie seltsam es ist, daß ich Euch eine ganze Kathedrale aus dem Nichts errichtet habe, wo das Schicksal für Euch nichts weiter ist als ein Kieselstein, ein Augenblick quälender Belästigung. Ihr seid es, der das Monster geschaffen hat, wo ich geflügelte Wesen erfand. Nun, ich liebe Euch. Nichts hat sich geändert. Ich besitze weniger Ruhm denn je, sonst hätte ich Euch mit der Offerte bestechen können, Euch unsterblich zu machen. Ihr hättet es ohnehin mit Füßen getreten, bis es zu spät gewesen wäre. Dann, vielleicht. Aber wer wird sich meiner erinnern? Und wer wird sich Eurer erinnern?«

Nach dieser Rede senkten wir beide den Blick. Auch das Feuer brannte herunter. Die Nacht schwieg.

»Nun«, sagte er schließlich, »Ihr habt gesagt, was Ihr sagen wolltet.«

»Und Ihr habt weiter geschwiegen.«

»Kehrt heim, Mademoiselle«, sagte er. »Wir sind unterschiedlicher Auffassung.«

»Werft mich hinaus. Ich werde auf der Schwelle liegenbleiben.«

»Oh, bitte«, sagte er. »Müssen wir jetzt so anfangen.«

»Ihr könnt nach Belieben über mich hinwegsteigen oder auf mich treten. Ich würde es mir nicht wünschen, würde aber nicht aufbegehren, wenn Ihr es tätet.«

»Es gibt andere Mittel, mit Euch fertig zu werden. Ihr seid sehr lästig.«

»Das liegt in der Natur des Lebens. Kein Wagnis ohne Risiko. Ihr verfahrt nach Eurem Gutdünken. Und ich werde desgleichen tun. Euch zu verlassen, bedeutet meine Vernichtung. Wie schon gesagt, entscheidet über Euer Tun. Über meines werdet Ihr nicht entscheiden.«

Er hob sein Glas, und für einen Augenblick dachte ich, er wollte trinken, aber statt dessen warf er es mit schrecklicher Kraft quer durch den Raum. Es traf auf irgendein Hindernis, vielleicht eine Säule, und zersplitterte in einem Glasregen.

»Das ist also Eure Rache«, sagte er.

»Eure mag vielleicht etwas – konventioneller gewesen sein.«

Seine Hand zuckte hoch, als wollte er mich schlagen, aber er hielt inne. Im Gegenzug nahm ich seine Hand. Sie war kalt. Was hätte ich tun sollen, als sie einen Augenblick zu wärmen, ehe er sie mir entziehen konnte.

»Wo ist der Ring?« fragte ich.

»Das werdet Ihr nie herausfinden.«

»Ich werde. Ein Blutstropfen in dieser Palette von Gemächern und Schatten in einem Schattenturm. Vielleicht im Wein?«

»Aber gewiß. Seht nach.«

»Also nicht dort.«

Ich ließ die kalte Hand los, die sich mir entzog.

Seit wir uns so viel näher gekommen waren, schienen

seine Augen in der glühenden Dunkelheit verlorengegangen zu sein.

Ich fragte: »Habe ich Euch dazu gebracht, mich zu hassen? Das ist besser als Desinteresse. Ich werde Euch etwas im Tausch gegen den rubinroten Skarabäus geben. Soll ich?«

Ich griff an meine Brust und zog jenes stumpfnasige silberne Ding hervor. Er starrte darauf. Weder fragte er, was es sei, lehnte es ab oder nahm es an, und ich sagte nicht: Sieh, selbst das hat nichts genützt. Weniger heftig als er das Glas geworfen hatte, ließ ich die Silberkugel ins sterbende Kaminfeuer fallen.

Das Feuer war verwundet an dieser Stelle. Es nahm ein eigenartiges Rot an. Als ich darauf starrte, wandte er sich von mir ab, zur Tür mit dem Vorhang. Das Klirren der Ringe, als er den Vorhang hinter sich zuzog, klang in den Raum wie das Plätschern von Wellen.

Ich lauschte jahrhundertelang diesem Geräusch.

Nachdem das Feuer erloschen war, blieb ich auf den Platten vor dem Kamin sitzen. Ich verspürte einen tödlichen Frieden, nichts weiter. Wenn die Sonne aufging, würde ich gehen müssen. Ich mußte das Unwirkliche wählen, denn die Wirklichkeit, die im Namen der Unwirklichkeit gehandelt wurde, würde mir nicht länger Schutz gewähren. Aber ich war endlich verloren: deshalb, bleibe ruhig sitzen und erwarte das Morgengrauen.

Aber die Nacht hielt sich lange hier auf, sie fühlte sich wohl an diesem Ort.

Nachdem ich kein Papier mehr besaß, schrieb ich mit einem Stück Holzkohle aus dem Feuer auf die Steine. Alles in einzelnen Zeilen. Was ich ihm zu sagen hatte und anderes.

Auch weinte ich einmal. Falls es einen Unterschied zwischen Annas Weinen und dem wütenden Kummer von André gab, bemerkte ich ihn nicht. Ich fragte mich, ob die Fliesen dieser priesterlichen Halle meinen Schmerz lang genug bewahren würden, nachdem ich bereits gegangen war.

Dann graute der Morgen. Das Spinnwebenfenster verwandelte sich in Silber. Selbst aus der Tiefe des Kamins tropfte das bleichsüchtige Harz. Plötzlich sickerte von hinter dem Vorhang der Innentür eine Pfütze Blut hervor.

Ich richtete mich auf. Ich starrte auf die Offenbarung. Langsam, als hätte ich Angst, ging ich hinüber, trat hinein und watete etwa eine halbe Minute darin. Dann griff ich nach dem Vorhang und zog ihn beiseite.

Was wie ein schwarzer Trichter gewesen war, der Turm, war nun die Öffnung einer brennenden Rose.

Hoch, hoch droben, direkt an der Bruchstelle des Turms, hing die Wunde eines mächtigen Schwertes, die Blumenkrone eines Glasfensters, magenta- und maronenfarben, krimson und karmesin, Blut, Scharlach, Krapp und Granatapfel – es *blutete*, dieses Glas, jede Blüte, und da es nach Osten lag, zum Sonnenaufgang, gleißte dieser durch jede errötende Nuance der Rosen. Tränen von Blut – ich kannte seinen Namen, hatte es in der Stadt benannt, als es in meinen Träumen Gestalt annahm. Dahinter eine Bergkette am Horizont, pastellfarben und fein, wie mit einem Pinsel gemalt. Das ganze Gebiet ringsum war eine Berglandschaft, die ich ahnungslos erklommen hatte, mit einem Saum von Nadelwald und Wasser. Dinge wie Berge erkennt man nur, wenn sie weit entfernt sind.

Mein Fuß fand die erste Stufe. Ich mußte dieses Fenster erreichen. Durch einen Dunst karmesinfarbenen Lichtes emporklimmend – wenn es denn ein Strahl war, denn auch das Licht schien aus Glas gemacht. Vögel aus zartem Alabaster hätten eingefügt sein können oder springende gemeißelte Fische. Durch den hohlen Schacht stieg ich hinauf. Er besaß einen Duft, eine Farbe, wie der Gardeniarauch in manchen Tempeln, und einen Ton, ein tiefes und düsteres Dröhnen.

Zitternd, die Luft, das Licht, hatte ich eine kleine Plattform erreicht. Die Fenster schienen freischwebend, und da man sich hier umdrehen konnte, war es möglich, das Glas zu berühren. Große Tropfen regneten herunter, einige durchsichtig, einige milchig trüb, einige lichtundurchlässig – sie rannen an mir vorüber in die Tiefe. Ich fühlte mich jetzt schwindelig, die Tränen schienen tatsächlich zu fallen. Ich legte meine Hand auf die Scheiben. Aber sie waren nicht feucht. Sie waren kühl und trocken, und unter meinen Fingern wie sahniger Stein, nicht wie Glas. Ich hatte die Perle von Antoninas Ehering gefunden. Ja, es stimmte. Noch in der ovalen Silberfassung ohne den Reif, jetzt ins Glas eingesetzt, für sich eine Scheibe. Dann blickte ich das Fenster entlang hinauf und sah dort eingefügt eine rubinrote Träne, einen Käfer mit gefalteten Flügeln eingraviert.

Man hätte ein Jahr hinaufstarren und es nicht sehen können, oder eine Sekunde und es in dieser Sekunde entdecken. Wie bei jedem Rätsel.

Ich reckte mich zur vollen Größe und weiter. Hätte ich noch Andrés Statur besessen, es wäre nicht so schwer gewesen. In meinem Rücken das unsichere Geländer der Galerie, der mögliche Sturz in die Tiefe. Vor mir das Blutjuwel mit dem Skarabäus. Meine Finger fanden es, und meine Nägel kratzten am Rand. Laß es herauskommen. Es gehörte mir. Es bewegte sich. Es drehte sich, hakte aus und fiel mir in die Hand. Da es noch mit dem Reif verbunden war, blieb es ein Ring. Er verbrannte mir die Hand, so eisig war er. Ich streifte ihn mir über den Finger, für den er, da er schlanker war als Andrés, geschrumpft zu sein schien, um ihn zu umfassen.

Ich drehte mich um, ging die Galerie entlang und betrat einen kleinen Gang.

Der erste Raum war sehr kahl. Ein Klavier stand darin. Die Lampen waren erloschen, und eine große Kerze mit Wachs umkränzt. Es gab einen Tisch, auf dem große alte Bücher ausgebreitet waren, ein Ständer mit Federkielen, ein Schachbrett mit nur zwei oder drei auf ihren Feldern stehenden oder liegenden Figuren darauf. Das rote Licht aus dem großen Fenster war hereingedrungen. Es beleuchtete den Schriftzug auf der Seite eines einzigen Buches: *Benedictus qui venit in nomine Domini*.

Der zweite Raum, vom ersten aus zu erreichen, verfügte über eigenes Licht, ein Ostfenster aus schlichtem Glas. Hier war der Morgen weiß.

Wie weiße Porträts auf marmornen Grabplatten, so lag er auf dem Bett. Die Kissen, die Decken waren um ihn aufgeworfen wie Sand oder Schaumkronen des Meeres. Er war infolge der Ereignisse gestrandet, das Haar ausgebreitet, leblos. Sein Schlaf glich dem Tod, war das so seltsam?

Ich trat näher. Es war unmöglich, ihn aufzuwecken. Davor brauchte ich keine Angst zu haben. Möglich, er wachte nie mehr auf.

Es sah aus, als hätte jemand das Laken beiseite gezogen, so daß linke Schulter und linker Arm unbedeckt waren, ausgestreckt. Die linke Hand ruhte nach oben geöffnet, als hätte sie irgendein Geschenk oder eine Zärtlichkeit erwartet. Eine verletzliche Hand. Er schlief ohne sein Hemd.

Ich stand jetzt über ihm, und mein Schatten fiel auf sein Gesicht. Ohne die geöffneten Augen wirkte das Gesicht wie eine Maske. Ich beugte mich hinunter und berührte mit meinen Lippen seine Wangenknochen und sein Kinn – mit leichter Überraschung spürte ich das Kratzen eines sprießenden Bartwuchses gegen meinen Mund. Die Augäpfel bewegten sich unter den weißen Lidern. Diese waren so zart wie die Lippen... Der verhaltene Kuß weckte ihn nicht. Nein, nichts vermochte das. Nichts, nichts.

Wie Psyche, die in der Hölle nach ihrem Geliebten gesucht hatte, beugte ich mich über sein Fleisch. Aber der Mythos erfüllte sich nicht. Ich war nicht Psyche, obwohl man ihn hätte Amor nennen können.

Er bedeutete Liebe, und er war Antonina. Er und Antonina waren eins, wie Anna und André. Vampire, Gestaltwechsler, incubussuccuba – welch hohle Namen.

Ich zog das Laken beiseite und starrte auf ihn hinab, wie er so dalag. Er schlief weiter. Was durfte ich nicht tun?

Ich streifte alle hindernden Kleidungsstücke ab und schlüpfte zu ihm ins weiße Bett wie in eine Schneewehe.

Meine Haut berührte seine Haut. Ich heftete meine Lippen auf die seinen. Sein Mund öffnete sich. Ich sog ihm die Seele aus dem Mund, und im Schlaf, nicht erwachend, preßte er sich gegen mich, als lägen wir unter dem Meeresspiegel.

Weise mich jetzt zurück. Nein? Du wirst es nicht tun. Dies wirst du tun und dies.

Ich lag auf ihm, an seinen Körper geschmiegt. Im Schlaf hatte seine Erregung die meine erwidert. Wir schwammen jetzt gemeinsam. So wunderschön, mein Geliebter, du bist so wunderschön. Deine Stärke und all der Schmerz und der Zauber deines Körpers, deine schlanken Glieder, dein sich biegendes silbernes Rückgrat – jetzt, jetzt –

Das weiße Licht brach, erstarrte. *Noch nicht.* Wie beim ersten Kuß suchten und schlossen sich meine Lippen um sein Fleisch.

Denn gewiß, ich bin sie und sie ist du, und du bist ich. Ich halte dich und werde gehalten. Du bist mein Sklave, und ich der deine. Du zerstörst mich und wirst zerstört. Ich gebe mich selbst und empfange mich selbst. Wir sind eins und alles. Und nichts. Wir sind nichts.

Ich fühlte und hörte ihn den Atem anhalten. Ich brauchte nicht länger warten. Ich hob den Kopf und schrie laut unter dem Schwert des Todes.

Und das gebrochene Licht brannte, aber nur wie Feuer.

Wie das Innere des Sarges ihren Körperabdruck getragen hatte, so war auf der Matratze sein Umriß erhalten. Es gab keinen anderen Hinweis, abgesehen von zwei oder drei langen, schwarzen, gewellten Haaren.

Das Zwischenspiel mochte kein Schlaf gewesen sein. Eine Bewußtlosigkeit, die dem Höhenflug und dem Niedergang folgte. Was war geschehen? Oder war es nur das? Ich stieg aus dem Bett und ging zögernd im Zimmer umher.

Im Bogenfenster zeigte sich die so umrahmte Landschaft unter einer hoch stehenden Sonne. Es war Mittag, vielleicht.

Es hatte einen Fehler gegeben. Irgend etwas fehlte oder

war falsch ausgeführt worden. Erinnerte ich mich, was es war? Ich wickelte die schwarzen Haare um meinen Finger, um den Skarabäus-Ring. Ich war deprimiert und fühlte mich schwach. Ich verließ das Schlafgemach und durchquerte das Zimmer mit dem Klavier, das große Fenster war am Tage nur eine Symphonie in Purpur, nichts weiter. Ich stieg den Turm mit einem seltsamen Gefühl der häufigen Wiederholung oder Erinnerung hinunter. In der Halle machte sich eine Frau am kalten Kamin zu schaffen. Sie rieb mit einem Lappen herum und löschte die Worte aus, die ich nachts geschrieben hatte.

Ich stand da und sah sie an. Was war sie? War sie das Geschöpf der Normalität oder ein Phantasma oder war sie aus irgendeinem Loch dazwischen gekrochen? Ihr Putzlappen gab ein heiseres Geräusch von sich. Wie konnte sie es wagen, die Signale meines Herzens wegzuwischen? Analphabetin, die sie war, konnte sie nicht lesen und hielt sie nur für Schmutz.

»Was tust du da?« fragte ich. »Hör sofort damit auf.«

Zu meiner Befriedigung unterbrach sie ihre Arbeit. Sie stand auf und beobachtete mich. Sie besaß ein stilles Gesicht.

»Wo steckt er?« fragte ich. »Gehörst du zu ihm?« Aus irgendeinem Grund fiel es mir schwer, seinen Namen auszusprechen, jede Silbe davon. Aber jetzt nickte sie. Sie war irgendeine Dörflerin aus irgendeinem Dorf, ein Dienstbote.

»Nun«, sagte ich, »wohin ist er gegangen?«

Sie starrte mich an. Er ging und kam nach Belieben. Woher sollte sie das wissen.

Ich seufzte. Was wollte ich eigentlich?

Eine fürchterliche Müdigkeit meldete sich, fast schon Abneigung. Ich hatte ihn besessen, und es war vorbei. Jetzt blieb nur noch Konvention. Alles war derart dramatisch verlaufen, endete es jetzt in diesem unoriginellen Akt der Lust? Der Sturm des Orgasmus war so schnell vorüber. Was sagte man hinterher, Lebwohl oder: noch einmal und Lebwohl.

Oder: auf immer und ewig, Amen, und Gott bewahre uns alle vor diesem Amen. Leidenschaft reproduziert sich nicht selbst. Sie muß lichterloh brennen und verzehren. Sie muß immer im Zweifel sein und schmerzerfüllt und vielleicht gar qualvoll – dagegen war die körperliche Liebe nichts. Es wäre besser, während des Aktes zu sterben. Solch ein Feuerwerk, nur um dann im gewöhnlichen Dunkel unter den miesen Dächern zu verlöschen?

Die Frau, die sich ihren Pflichten entzogen hatte, um mit mir Konversation zu treiben, hatte sich abgewandt und ging zur Tür hinaus. Ich folgte ihr. Sie ging die Stufen hinunter, die bei Tageslicht verwittert aussahen, und wandte sich zum Wasser. Wie mochte die übrige Landschaft wohl tagsüber aussehen? Ich hätte es nicht sagen können. Ich war nur auf der Durchreise gewesen. Der riesige See glänzte hart wie eine Perle. Meine Augen schmerzten im schonungslos die Wahrheit erhellenden Sonnenlicht. Ich beschattete sie mit der Hand und war froh, als die Frau sich einem anderen Eingang in einem der Gemäuer zuwandte.

Ich fand uns beide in einer Art Küche wieder mit großen Herdplatten und einem Kamin. Neben dem offenen Herd saß ein Mädchen mit schneeblondem Haar. Sie blickte mich nicht an, sondern nahm ein Baby aus einem Körbchen, höchstens ein paar Tage alt. Sie fütterte den Knaben, der nackt auf ihrem Schoß saß. Sein feiner Haarflaum war noch weißer als ihre Haare, und eines seiner Augen heller als das andere. Sie glichen jemandem, den ich gekannt hatte, beide, das Mädchen und der Knabe. Ich erkannte, daß es sich um eine unleugbare Ähnlichkeit mit Philippe handelte.

Die ältere Frau machte sich jetzt daran, ein Feuer im Herd zu entfachen. Nachdem dies vollbracht war, nahm sie einen Besen, einen von der ländlichen Art aus zusammengebundenem Reisig, und begann, den Boden zu kehren, hin und her, ohne gezielt vorzugehen.

Ich hockte mich nieder, damit ich das Mädchen ansehen konnte, und strich mein rotes Haar zurück.

»Ist dies dein Kind? Wann wurde er geboren?«

Sie warf der kehrenden Frau einen Blick zu, aber die kehrte unbeteiligt weiter. Das Mädchen spitzte die Lippen, konzentrierte sich und sprach dann zu mir.

»Nicht meines, das eines anderen Mädchens. Aber er läßt Sachen geschehen. Also bring' ich ihn fort.«

»Läßt Sachen geschehen – was meinst du damit?«

Ihre Haut war durchscheinend, jetzt errötete sie.

»Na, er macht's eben.«

Da drehte der Knabe sich um und starrte mich an. Er mochte höchstens zehn Tage alt sein, vielleicht weniger, vielleicht mehr. Aber seine seltsamen Augen schienen mich mit einem Wissen und einem verschlagenen Spott anzublikken, den ich von Philippe kannte.

»Meinst du«, sagte ich sanft, verschwörerisch und beugte mich vor, um dem Mädchen in die Augen zu sehen, »daß sich Dinge bewegen, wenn er im Zimmer ist – daß, sagen wir, eine Kerze von selber verlöscht oder irgendein hängendes Ding hin und her zu pendeln beginnt?«

Sie nickte. »Und das Webschiffchen vom Webstuhl fährt hin und her.« Sie senkte die Wimpern. »Der Priester, er sagt, es wird aufhören, wenn das Kind größer wird. Es ist kein Dämon, aber der Geist ist rastlos.«

Hinter uns fegte die Frau den Boden, immer im Kreis herum.

»Aber du bist ziemlich oft hier«, stellte ich fest. »Wenn *er* da ist. Der Fürst dieser Ruinen.«

Sie lächelte. Jetzt würde sie mich nicht mehr ansehen.

Ich stand auf. »Du mußt heißes Wasser bereiten und es mir nach oben bringen«, sagte ich. »Für das Bad im oberen Zimmer. Hast du mich verstanden?«

Das Kind stieß die Lederflasche fort. Er schrie. Ah! Philippe schrie, zwischen den Schenkeln einer Bäuerin geboren, siehst du, ich bin wieder da, um dich zu peinigen und zu verspotten.

Aber ich drehte mich um und verließ eilig die Küche. Wie

fliegende Pfeile durchdrang das Licht die durchbrochenen Fenster. Wände krümmten sich, als wollten sie einstürzen. Vögel flatterten von den Bäumen auf der abgelegenen Sandbank auf; vielleicht ritt Scarabin dort auf einem seiner Rappen. Oder waren alle Rappen nun in Metamorphose zu Schimmeln geworden?

Ich fragte mich, ob das Mädchen mir gehorchen würde, aber als ich wieder in den Turm hinaufstieg, kam sie mit zwei Eimern und füllte die Porzellanwanne mit siedendem Wasser.

Ich gebot ihr, in der Kammer zu bleiben, als ich badete. Sie war scheu und würde mich nicht betrachten, aber sie schlenderte sicherer als ich durchs Zimmer, wobei sie ab und zu einen Gegenstand anfaßte: eine Bürste, das Rasiermesser aus der Schüssel, einen elfenbeinernen Federkasten, der unter dem Fenster lag.

»Du bist mit diesen Dingen vertraut«, sagte ich. Sie gab keine Antwort. »Und mit diesem Bett ebenfalls. Er hat dich gehabt. Stimmt das?« Sie warf mir einen langen Blick zu. Es war also wahr. Sollte das Eifersucht sein, die in mir loderte? Nein, es war der Schock über die Vulgarität, daß ich auch nicht mehr gewesen war. Eine Frau, die er besessen hatte, und ein Mann, den ich besessen hatte.

Ich trocknete mich ab und legte wieder das Gewand von Paradys an. Es war kein Fleck darauf, kein Riß in seinem feinen Gewebe. Und ich, befleckt durch das unheilige Fenster, unauslöschlich, und durch Silber zerrissen – ich war verdammt, weil ich versagt hatte.

»Komm her«, sagte ich zu dem Mädchen. »Kämm mir nun die Haare.«

Mit langen sanften Strichen bürstete sie mir die Haare, sehr viel besser als ihre Freundin den Boden gefegt hatte.

»Hier«, sagte ich. »Wir sind Freundinnen.«

Ich stand über ihr, einige Zoll größer als sie. Ich nahm ihr Gesicht in meine Hände und küßte ihren frischen Mund. Er hatte sie geküßt. Ich küßte, tief, und sie lehnte sich gegen mich, ließ sich streicheln, ihre blütenzarte Haut, ihre warmen Brüste. So wie Anna bei Philippe in mir gewesen war, so kostete André jetzt dieses Mädchen für mich, um meinetwillen, da Anthony ihr beigewohnt hatte. Sie war selbst wie Philippe, so wie das Kind. Sie und ich besaßen denselben, waren, flüchtig, derselbe. Und ich erinnerte mich meiner Verfechtung des Verzichts auf die sexuelle Erlösung des Verlangens. Natürlich war das alles nichts wert.

Als ich sie freigab, fragte ich sie nach ihrem Namen. Zitternd sagte sie, ihre blitzenden Augen auf meine gerichtet, man nenne sie Oula. Da wunderte ich mich, weshalb ich gefragt hatte. Was scherte mich ihr Name?

In dem Moment ertönte von unten ein lautes Klirren.

»Das Kind!« schrie sie. Und indem sie sich abwandte, lief sie davon, aus den Gemächern und wieder zum Turm hinaus. Ich blieb ihr auf den Fersen. Und als ich am Fenster der blutigen Tränen vorbeikam, dachte ich, passiert, wieder passiert und somit vorbei. Also fällt es nicht weiter ins Gewicht. Ich habe mich inzwischen daran gewöhnt.

Unten in der Halle hatte die Frau mit dem Besen sich wieder an ihre Arbeit gemacht und das Kind in seinem Tragekörbchen mitgebracht. Seine Spinnwebenmähne und seine Anemonenarme lugten aus dem Geflecht hervor. Inzwischen war eines der drei schweren Silberkruzifixe vom Kaminsims gestürzt. Jetzt begann ein anderes zu schweben, wie gewichtslos. Die Frau beobachtete das, hielt mitten in der Bewegung inne, zeigte aber keinerlei Anzeichen von Entsetzen. Das Mädchen Oula rief irgend etwas im Dialekt des Nordens, noch eine Sprache, die ich nicht beherrschte. Das Kind gurgelte und lachte.

Oula eilte über die Fliesen und hob ihn schwungvoll auf. Sie hielt ihn hoch und schüttelte ihn leicht. Das Miniaturgesichtchen glühte vor boshafter Freude. Auch das zweite Kruzifix polterte auf den Fußboden.

Ich sah das Besenweib an und brüllte: »Nimm ihn. Bring ihn raus. Tu, was man dir sagt, Alte.«

Sie machte einen vagen Schritt zu dem Mädchen und dem feindseligen Kind hinüber. Genau in dem Augenblick erhob sich die Karaffe vom Tisch. Sie kam mir entgegen, und instinktiv schlug ich mir die Hände vors Gesicht. Unter einem stechenden Blitz zersprang das Glas zu meinen Füßen. Der Alkohol spritzte auf mein schönes, altes Kleid, als wäre es Blut.

Ich rannte hinüber und schlug dem Baby ins lachende, höhnende Gesichtchen. »Ja, ich erinnere mich an die Prügelei und die Kirschen. Jawohl. Das reicht. Verschwinde und vergiß es. Dies hat nichts mit dir zu tun.« Und das Gesichtchen fiel, enttäuscht, in sich zusammen. Zahnlose Gaumen versuchten zu beißen. »Gib ihn ihr«, sagte ich zu Oula und zeigte auf die Frau. »Er muß hier raus.«

Aber das Kind war plötzlich völlig erschöpft. Es wurde wieder in sein Körbchen gelegt. Die ältere Frau, die ihren Besen gegen einen der Pfeiler gelehnt hatte, nahm es wortlos und watschelte zur Tür und die Stufen hinunter.

Würde sie in den See gehen, dort versinken und irgendein Wasserungeheuer werden? Nein, sie trottete einfach den Weg entlang zum Damm. Oula und ich, die wie zwei Hausmütterchen in der Tür standen, sahen ihr nach, bis sie außer Sichtweite war.

Oula legte mir schüchtern ihre Hand auf die Taille. Ich wies sie zurück.

Gemeinsam stellten wir die Kruzifixe wieder an ihren Platz. Würden sie auch nur ein Jota davon abweichen, würde es sicherlich bemerkt werden. »Feg das Glas auf.« Sie kehrte es zusammen und trug die Splitter fort.

Trübselig stellte ich mich vor den Kamin. Was für ein öder Ort war dies doch, wenn er nicht hier war.

Im Grunde genommen glaubte ich nicht an die Form von Oulas Existenz, Dorfmädchen oder sonst etwas. Sie und alle anderen gehörten zu einer anderen Ebene, aus der sie auftauchten und wieder verschwanden und die mir nicht zugänglich war. Daher konnte ich nirgendwohin entrinnen.

Wenn er zurückkam, was sollten wir dann noch miteinander anfangen, er und ich? Bei Antonina, als es noch Antonina und André waren, war die Entwicklung unvermeidlich, der Sturz in die Tiefe, das Fallen in das Loch dunkler Verzükkung. Aber das hier. Du lieber Gott, sich vorzustellen, es würde zur Gewohnheit?

Aber andererseits die Vorstellung, er käme nicht zurück.

Entsetzen erfaßte mich. Voller Furcht und Elend lehnte ich mich gegen den Kamin. Und wurde, trotz dieser gewaltigen Erschütterung, gewahr, daß ich froh über diese beiden war.

Kurz nach Sonnenuntergang hörte ich Oula unten am Strand lachen. Ich hatte unterhalb des Turmfensters gestanden und beobachtet, wie das Licht nachließ, ob es sich so vollzog, wie ich es einst beschrieben hatte. Ihr Lachen kam wie ein fliegendes Ding und flatterte um mich herum. Als ich es vernahm, wußte ich, daß Anthony zurück war und hier irgendwo mit ihr in der Ruine sein mußte.

Meine bösen Vorahnungen zogen mich wie magisch in die Halle mit den Pfeilern zur Tür. Als ich hinaussah, bemerkte ich Rauch aus dem Schornstein der Küche aufsteigen.

Der See war eine Wanne Wein, der gesamte Himmel war zu einem roten Fenster geworden und färbte all die offenen Sprossenfenster rot, der Turm wurde zur schwarzen Säule.

Auf der Schwelle zur Küche lagen ein paar farblose Blumen verstreut. Drinnen ein Ölbild, allerdings nicht von Philippes geschicktem Pinsel. Eine bleiche Oula zündete zwei hängende Öllampen an, während der düster blickende Anthony Scarabin neben dem Kachelofen stand.

Als ich die Abenddämmerung mit dem Schließen der Tür aussperrte, schauten beide mich an. Sie hatten sich gegen mich verbündet. Ich mußte ausgeschlossen werden.

Vor einer Wand stand ein aus Brettern gezimmerter Tisch mit zwei Holzbänken. Hier saß ich wie im *Cockatrice* oder im *Imago*. Nach einer Weile nahm er mir gegenüber Platz, ohne etwas zu sagen oder mich eines Blickes zu würdigen. Oula brachte einen Tonkrug und stellte ihn auf den Tisch, dazu ein Glas für ihn.

»Bring mir ein Glas«, sagte ich.

Sofort trat sie an den Schrank, holte ein anderes Glas heraus und reichte es mir.

Er hob den Krug an und goß, zu meiner Überraschung, mein Glas als erstes voll. Heute abend wurde etwas wolkig Trübes getrunken, ein Absinth, der im Mund brannte.

Währenddessen und danach saßen wir in Schweigen versunken, und das Mädchen bereitete ein Mahl vor, wobei sie sich zwischen offenem Feuer und Herd hin und her bewegte. Scarabin trank ständig weiter. Sein Ausdruck war stumpf, aber seine Gesichtszüge klar, seine Augen waren starr in die Ferne gerichtet. Sie wirkten blicklos, so unergründlich tief und schwarz, ließen nichts an sich heran. Der Mund war verdrießlich und grausam. Im schummrigen Lampenlicht erschien mir das Gesicht manchmal wie das eines gutaussehenden Mannes, manchmal wie das einer schönen Frau.

Als das Essen fertig war, brachte Oula es auf den Tisch. Weißes Fleisch und Brot und ein Teller mit Käse und Äpfeln.

»Setz dich«, sagte er zu ihr. Der Raum erzitterte bei seiner Stimme, als ob man eine Münze in einen Brunnen geworfen hätte. Als sie aber neben ihm stehenblieb, faßte er nach ihr und zog sie sanft neben sich.

Dann, als wäre sie eine Spielzeugpuppe, begann er, sie zu füttern. Er schien nichts zu essen, nur den Absinth zu trinken, aber sie fütterte er mit unendlicher Hingabe, Nachdruck und Aufmerksamkeit. Diese Aufmerksamkeit oder das Essen brachten das Blut wieder in ihre Wangen. Selbst ihr Haar wurde rosa, als ob es leicht errötete.

Draußen vor der Tür hatte die Dämmerung ihren Vorhang vorgezogen.

»Warum essen wir, Oula?« fragte er. »Warum trinken wir?

Könnten wir nicht ohne Nahrung auskommen, meinst du nicht auch?« Aber sie hatte bereits aufgehört zu essen, oder er, sie zu füttern. Sie lehnte sich an ihn, den Kopf an seiner Schulter, und spielte ab und zu mit den Knöpfen seines Gehrocks. Für ein Dienstmädchen besaß sie feingliedrige Hände, und die Nägel waren sauber und geschnitten.

»Was ist Wirklichkeit denn schließlich«, sagte er. »Erfinden wir dies nicht alles, sind wir nicht Gott, ein jeder und alle unter uns?« Er legte seine ebenfalls gepflegte Hand auf den Tisch. »Ich könnte mit der Hand durch den Tisch gleiten wie durch Wasser. Jeder Mann, jede Frau könnte dies tun, der dann, aus Angst vor sich selbst, zurücktritt und sagt: Sieh nur diese gewaltige Maschinerie, über die ich keine Macht habe.«

Ich meinte: »Sie wird Euch nicht begreifen. Und ich weiß dies alles bereits.« Aber er ignorierte mich.

Kurz darauf erhob er sich und zog das Mädchen mit sich. Zärtlich sagte er zu ihr: »Wohin jetzt?« Von ihr kam gedämpftes Gelächter. Sie gingen fort.

Der Raum, in dem das Feuer noch prasselte, wurde kalt, nüchtern und totenstill.

Über dem See standen die Sterne. Ich konnte sie durch die Türöffnung sehen, riesige Sterne, die zu hell strahlten.

Ich schloß die Augen und sah Philippe als verrücktes Kind von elf Jahren auf dem Schaukelpferd, wie er schneller und schneller ritt, den Kopf weit zurückgeworfen.

Ich hatte nichts zu schreiben bei mir. Die Alte mit dem Besen war bereits mit dem Säubern der Fliesen fertig gewesen, als ich sie ohne Aufsicht zurückließ. Also mit der Stimme schreiben, in die Luft, oder mit den Nägeln in den Brettertisch. Oder mit Feuer, die Küche durch Brand reinigen.

Nachdem ich mir selbst drei lockige Haare ausgerissen hatte, drehte ich sie mit den schwarzen Haaren zusammen, die ich im Bett gefunden hatte (welche Farbe hatte mein Haar vor diesem »Marsrot« von Paradys gehabt?). Dann verbrannte ich die Haare.

Wasser war Trauer, Luft eine Vision, Erde war Denken. Aber Feuer, Feuer war der Wille.

Da die Realität und die materielle Welt nur Chaos waren, nur in der Illusion geordnet, durchmaß ich vielleicht nicht die Nacht auf festem Boden oder irrte durch Ruinen von Stein. Klettern, was hatte ich erklommen außer den Höhen der Bedeutung? Mit Sicherheit war der Turm größer geworden. Ich befand mich hoch oben in ihm auf einem einsamen und ungeschützten Gipfel, wo die Luft dünn und voller Reif war. Es gab keine Dimensionen, oder es waren andere... Nein, es waren die üblichen. Ein Schlafgemach im Kerzenlicht, ein Mann und eine Frau in inniger Umarmung.

Ich ging langsam um sie herum, einmal, zweimal. Sie wußten nicht (oder doch?), daß ich anwesend war. Hungrig verschlangen sie einander mit den Mündern.

Ich legte meine Arme über ihre, umschlang ihn, und legte meine Hände auf die ihren – und ließ sie seinen Körper hinuntergleiten. Auf dem Rücken bleibend, löste ich sie vorsichtig aus seinem Griff, und als ich sie hatte, legte ich meinen Mund an ihr Ohr und flüsterte: »Das ist vorbei. Was machst du hier?«

Sie öffnete die Augen und sah mich mit dem Lächeln einer Schlafwandlerin an. Dann, so wie ein Mädchen vom Lande, das mit einer Aushilfstätigkeit betraut war, murmelte sie noch kurz eine alberne kleine Höflichkeitsfloskel und huschte sogleich durchs Zimmer. Sie verschwand durch die Tür, nackt.

Er stand da und sah mich an, bereits im Hemd, die Erregung eines Wüstlings im Gesicht, die Augen träumend dem Tod hingegeben.

»Es ist«, sagte er, »alles eins. Du oder sie, ganz gleich. Also komm her.«

Ich trat zu ihm und sagte, als er nach mir griff: »In diesem Fall nicht. Hierfür kommen nur ich oder du in Frage«, und ich nahm Besitz von ihm, wie er Besitz von mir genommen hatte.

Das Bett empfing meinen Körper wie eine Wolke. Wie lange die Kerzen brannten, der Raum schien wie in einen dunklen Sonnenuntergang getaucht... Im Abendrot der Wolke lag sein Gewicht auf mir mit der Hitze des Feuers. In der Hölle der Ekstase waren die Höhlen aus Flammen und der Fluß geschmolzen. Hinab und hinab, sink mit mir hinab in die Unterwelt der roten betäubenden Nacht. Ich bin der Fährmann. Lethe ganz und gar Lava. Mein Mund ist an deiner Kehle, während du dein Gesicht in die Kissen preßt und mich deine Hände umklammern...

Und in den wogenden Schatten auf- und niedersteigend, zerbarst das Licht zu Karmesin, durch und durch Karmesin, eine Farbe, die sich nie mehr herauswaschen ließe, mochten auch die Wunden eines Heilands alle Sünden und Makel auslöschen. Karmesin, Karmesin, die Höhlen, der Fluß, Blumen und Früchte und Kristall und Blut. Karmesin, der Segensspruch; die Flut, Karmesin, die nie endete und nie ihren Anfang nahm, und nie ihren Anfang nehmen oder nie enden würde.

Und am Morgen lag er reglos neben mir. Er schlief nicht; als ich seine Haut küßte, war sie nur ein wenig kühl, denn alle Kälte strömte von ihr aus. Die Gelenke hatten keinen Puls, kein Herzschlag in der Brust. Die Beschaffenheit des Kinns war unverändert. Heute würde es keiner Rasur bedürfen. Die langen Lider, fest geschlossen, beherbergten Dunkelheit.

Einige Blutstropfen hatten das Laken benetzt. Unter dem linken Handgelenk hatte das Blut eine seltsame Spur hinterlassen, aber so sehr ich mich auch bemühte, ich konnte sie nicht deuten oder mich an ähnliches entsinnen.

Ich hatte nicht versagt. Alles war wie es sein sollte. Antonina mit André. Anna mit Anthony. Erst der Verlust der einen, dann des anderen. Zu sagen, sie oder er sei tot, bedeutete eine zu große Vereinfachung. Der köstliche Geschmack seines Blutes – erinnerte ich mich überhaupt daran? Hatte sie den Geschmack des meinen erinnert?

Ich streckte mich auf seinem Körper aus und hielt ihn eine kurze Weile fest, zögerte, ihn zu verlassen.

Aber der Raum selbst verbot durch das leise Knarren des Holzes oder das Murmeln der Bettvorhänge, noch länger zu verweilen. Ich mochte trauern, wenn ich wollte – und Trauer gehörte sicher zu diesen neuen Gefühlen, Euphorie und Angst, ein Bacchanal, das keines Weines bedurfte –, aber nicht hier. Ich mußte schleunigst von hier fort und von jedem anderen Ort, wo sich so etwas in Zukunft ereignen könnte. Wälder, Berghänge, Boulevards, welch eine Fülle von ihnen würden mich vor den Ereignissen hier fliehen sehen. Hinter welchen Bäumen und in welchen Hainen würde ich mich verstecken?

Als ich den Turm hinunterstieg, versuchte ich mich meiner ketzerischen Arbeit in Paradys zu entsinnen, ohne zu wissen, was ich jetzt fühlen, sein oder tun sollte. Ich hatte mehr als nur das Geschlecht gewechselt. Vielleicht würden sich diese unermeßlichen Empfindungen allmählich abnutzen oder abstumpfen, und dann mußte der letzte Akt kommen…

Aber noch war es nicht soweit.

Ich rannte am See entlang. Der Schmerz zehrte an mir wie eine Geburt. Er pfählte mich in die Erde und schleuderte mich gegen den Himmel.

Gegen Abend überquerte ich den Damm und ging in das verlassene Dorf hinunter, das zum Leben erwacht war.

Ich war nicht erstaunt, dies zu sehen. Die grasüberwucherten Wege, auf denen Menschen spazierten, und die zerbrochenen Fenster, hinter denen Lichter glänzten. Ein Hirte trieb seine kleine Schafherde über einen Hang unter die Bäume. Auf dem kleinen Platz, auf dem zuvor nur ein paar Blätter herumgewirbelt sind, hatte man jetzt Tische aufgestellt, Fässer und Flaschen mit Wein und Platten mit Essen. Frauen trugen Petroleumlampen herbei. Drei sehnige alte Männer hockten an einem Feuer, einer hielt einen Stecken darüber, an dessen Spitze man ein Kaninchen erkennen konnte. Ein anderer spielte die Fiedel. Der dritte eine mit bunten Bändern geschmückte Flöte. Das war ein Dorffest. Ein kräftiger Mann in einer ordentlichen Jacke mit Oula am Arm und ein junger Mann mit sich wölbenden Armmuskeln und noch ein paar Klatschweiber standen auf dem Platz. Ein hübsches Paar, nicht wahr? Oula und ihr bäurischer Liebhaber.

Ich blieb am Rand der Lichter stehen. Es würde immer Helfer geben. Immer zur Hand, Sklaven, Opfer und andere Darsteller in diesem Stück. Einer rief sie wie Geister herbei, aber zuverläßlicher als Geister kamen sie bei Bedarf auch. Dies hier – nun, es stammte direkt von den Radierungen und Aquarellen, die man in der Stadt sah, die ländliche Idylle von Paradys aus gesehen.

Als ich weiterging, musterten die Dörfler mich mißtrauisch, aber nicht ablehnend. Der kräftige Mann, Oulas Onkel oder Vater, kam zu mir herüber und reichte mir eine gelbe Rose.

»Für Euer Haar, Mademoiselle. Endlich seid Ihr zur Feier erschienen. Ihr seid herzlich willkommen.«

Also steckte ich die Rose in meine Schärpe und nahm an Oulas Tisch Platz.

Das Bier und der herbe kräftige Wein schäumten in den Bechern. Sie schaufelten sich die Mäuler mit Essen voll und tanzten wie verrückt, als Fiedel, Flöte und Trommel eine wilde, stampfende Melodie anstimmten.

Ringsum glänzte der Feuerschein auf den Gesichtern, und in den Schatten eilten die jungen Liebenden in die Felder hinter den Fuhrwegen.

Ein bleicher Mond ging auf.

Oula tanzte mit ihrem Beau, der sich wahrscheinlich nichts daraus machte, daß der Gutsherr sie defloriert hatte. Die stämmigen Arme schwenkten sie immerzu im Kreis herum. Hinter ihnen bemerkte ich eine Frau, die ein Baby säugte. Sie glich niemandem, den ich kannte, aber das Baby war das Kind, das Dinge bewegte und vermutlich von Philippes Geist besessen war. Oula wirbelte gerade in einem Tanz fliegender Röcke an mir vorüber.

»Würdet Ihr mir die Ehre erweisen?« fragte der stämmige Mann.

Ich stand auf. Er ergriff meine Hand und meine Taille, und wir tanzten. Es war eine Parodie der bekannten Freiheitstänze, und ziemlich derb.

»Derjenige, der Euch zuletzt berührt hat«, fragte er, »was ist aus ihm geworden?«

Ich blickte in das füllige Gesicht auf, in die besorgten Augen. War dies das Gesicht des Bankbarons, war dies Baron von Aaron in unerwarteter Maskerade. Er sah jünger aus. Er trug keine durchwirkte Spitze an den Manschetten, er roch nach Knoblauch und Tabak.

»Aus wem geworden?« fragte ich, als er mich in diesem Narrentanz herumschwenkte.

»Aus *ihm*. Ist es vollbracht? Hat es stattgefunden?«

»Möglich. Wenn ich Euch recht verstehe.«

»Gütiger Gott«, sagte er. Er keuchte vom schnellen Tanzen und rief Oula einen fröhlichen Gruß zu, als sie vorbeiwirbelte. »Wir alle«, sagte er, »sind Körnchen im Mühlbach des Schicksals.«

»Ich glaube nicht – an Schicksal.«

Wir stampften jetzt so schnell, daß wir beide nach Luft rangen.

»Glaubt daran. Ihr werdet es begreifen, denn die Fakten liegen jetzt alle vor Euch auf dem Tisch, oder fast alle. Er haßt, was aus ihm wird. Das ist sein Vergnügen, der Haß, und die Ursache, zu bestrafen und Vergeltung zu üben. Bei ihr ist es dasselbe.«

»Sprecht Ihr von Eurer Tochter? Vielleicht von einem widerspenstigen Sohn.«

»Tanzt, tanzt!« schrie er.

Ein durchdringendes und häßliches Geräusch schoß wie ein Speer über den Tanzboden.

Alles hielt inne. Die herumhüpfenden Tänzer verwandelten sich in Stein, und die winzige Kapelle stand stumm, die Instrumente in der Luft, da, und in ihren Augen das blanke Entsetzen, während die Gerippe der Kaninchen an ihren Spießen hingen. Die Lampen glitzerten unter dem Meer der Sterne wie Tränen.

Der kräftige junge Baron ließ mich los.

Die Furcht traf mich wie ein elektrischer Schlag.

»Was ist das für ein Geräusch?« fragte ich.

»Ein Hund«, sagte er, »ein heulender Hund.«

Als ich mich von ihm abwandte und über den gefegten Platz ging, sahen sie mir mit einem merkwürdigen Mitleid und mit Erleichterung nach, mit Abscheu und in Schweigen.

Und hinter dem Dorf? Dort lag der Bergsee wie ein Spiegel, und der Damm, der unter dem Mond wie eine Kuppe aus Gerippen aussah.

Ich warf einen Blick zurück. Dort, wo das Fest und der Tanz stattgefunden hatten, waren jetzt zwischen den Bäumen keine Lichter mehr zu sehen.

Als meine Füße die Erde berührten, schien in mir eine seltsame Vitalität aufzusteigen. Tau war gefallen. Ich fürchtete mich. Oh, laß mich die Furcht fühlen und streicheln. Ganz nah wie ein Liebhaber umfing sie mich.

Die Nacht pulsierte vor Furcht, das ganze Land befand sich in Angst und Schrecken, doch wo war die Quelle der Furcht?

Oben am Waldsaum ein bleiches Glimmen. War Oula mir nachgelaufen, um sich von mir trösten zu lassen? Oder der Geist, der Geist irgendeiner meiner Vorfahren? Wie ätherisch sie war, diese Weiße, doch es war weder ein Mensch noch ein Geist. Dort und dort, zwischen den Stämmen der Tannen hin und her huschend, hier und da...

Mit einem Mal sprang etwas hervor, und dann noch etwas, zwei Geschosse flogen den Hang über Entfernung und Finsternis hinweg auf mich zu.

Zwei weiße Hunde.

Ich hob meine Röcke hoch und rannte. Ich rannte zum Damm, schrie laut. Ich hatte die Quelle der Angst gesehen. Es waren zwei weiße Hunde, mager und langgestreckt, mit vorgereckten Schakalsköpfen. Und hinter ihnen kam eine Gestalt auf einem Schimmel geritten, ganz in Weiß gekleidet, schimmernd im Mondlicht, mit einer Haube wie eine Priesterin –

Das Allerheiligste – wo war es? Die Ruine, der Hochaltar mit dem Karmesinfenster und das weiße Bett, befleckt mit Karmesin. Lauf, lauf, blick dich nie um.

Ich spürte die Hitze ihres Verlangens. Ich spürte die Zähne der Hunde den Saum meines Kleides zerfetzen und ihre Krallen mein wehendes Haar durchkämmen.

Der Damm hallte unter meinen Füßen. Auf jeder Seite das Wasser wie ein Abgrund. Und jetzt schimmerten dort drei lange Bänder aus Feuer.

Wie schnell lief ich, da der Teufel hinter mir her war? Ich hatte begriffen, aber ohne es zu wissen, und mir bleibt nicht die Zeit für Erklärungen. Und sie ist eine Frau, der Teufel, Fürstin der Finsternis, ganz in Weiß gehüllt. Sie ist Antonina, die mich jagt. Ich habe ihnen zweimal meine Seele verkauft.

Ich kann keinen Laut von mir geben, habe keine Luft mehr dafür, aber jetzt habe ich das andere Ufer erreicht. Ich stürze auf die Stufen zum Turm, komme dann taumelnd auf die Beine und hetze weiter. Die Tür hinter mir schließe ich nicht. Was würde das noch nützen?

Von der anderen Seite der Halle starren die silbernen Kruzifixe auf mich herab. Ich befinde mich jetzt auf der inneren Treppe. Mein Herz ist gespalten und schlägt bei jedem Schlag doppelt. Ich kann das Fenster nicht sehen, nur eine längliche Pfütze von Tinte.

Ich bin im Schlafgemach. Das Bett ist natürlich leer.

Ich höre meinen eigenen Atem wie den eines Sterbenden. Was auch zutrifft.

Jetzt stehe ich hier und warte, mit dem Gesicht zur Tür. Der Mond scheint durch das Ostfenster, durchteilt die Nacht und zeigt mir alles, was ich sehen muß. Sie ist auf der Treppe. Sie kommt zu mir. Sie ist der Tod.

(Eines Tages, oder in Finsternis, werde ich den rubinenen Skarabäus von meinem Finger streifen. Auf irgendeinem Friedhof auf irgendeinem Hügel werde ich jemand anderen wie mich selbst finden, jemanden, der die wahre Natur der Wirklichkeit begreift – Gestaltwechsler. Nur dann kann ich mich dieses Grauens und dieser erschreckenden Freude entledigen. Dann ist Schluß. Aber jetzt noch nicht. Ich bin im ewigen Kreislauf, mit beiden und mit meinen beiden Selbst. Die Schlange verzehrt ihren eigenen Schwanz. Daran ist nichts Angenehmes.)

Der Eingang nahm langsam eine andere Gestalt an. Er glühte, und strahlende Helligkeit betrat das Gemach. Dahinter ein Hund, fahl wie Zink, und daneben ein zweiter.

In der weißen Haube das bleiche Gesicht und die schwarzen, auf mich gerichteten Augen.

Dann sprach sie.

»Ich bin seine Schwester. Vielleicht könnt Ihr dies erkennen?«

Vor Entsetzen lächelte ich. Ich fiel auf die Knie.

»Ich werde Euch meinen Namen nennen«, sagte sie. »Vor meiner Eheschließung hieß ich Antonina Scarabin.«

Ich kniete ihr zu Füßen. Sie näherte sich mir, in ihrer eigenen weißen Helligkeit schwebend. Tief in meinem Fleisch verzehrte André sich danach, sich ihr entgegenzustrecken. Sie sah ihn in meinem Blick und neigte den Kopf. Sie küßte meinen Mund, langsam und süß, und stieß den Stahl des Dolches, weit wärmer als ihre Lippen, in mein vor Leidenschaft rasendes Herz.

Sie hielt mich in den Armen, bis ich tot war, dann schloß sie mir sanft die Augen.

Bosheit in Safran

Every Night and every Morn
Some to Misery are Born.
Every Morn and every Night
Some are Born to sweet delight.
Some are Born to sweet delight.
Some are Born to Endless Night.

William Blake

Ein junges Mädchen mit fahlgelbem Haar spazierte zwischen den Weizenfeldern entlang, die Arme ließ sie hängen, und den Blick hielt sie gesenkt. Es war noch sehr früh am Morgen, und die Sonne war eben erst aufgegangen und wurde am Himmel der hohen nördlichen Berge gesehen, schwarz vor Tannen, und weiter unterhalb einiger schwarzer Ziegen, die auf einem Feld eifrig fraßen.

Während das Mädchen weiterging, schrie eine laute Männerstimme ihr etwas zu.

»Jehanine!« Jehanine zögerte, blieb dann stehen. Sie blickte über die Schulter und sah ihren Stiefvater, Belnard, den Pfad auf seinem zottigen Esel heranreiten. Mit einem Mal befürchtete sie nicht nur Ärger, sondern Gefahr. Brutal und gemein, wie er war, stark wie ein Bär, prügelte er sie regelmäßig und belästigte sie gelegentlich. Er war in der Gegend ein bedeutender Mann. Er hatte es zu einem eigenen Hof gebracht, nachdem er seinen Lehnsherrn mit treuen Diensten erfreut hatte, der Belnard vor zwanzig Jahren sogar zu einem Kreuzzug ins Heilige Land mitgenommen hatte, von dem er nicht nur mit Narben, sondern auch mit gewissen Reichtümern zurückgekehrt war. Da er eine Schwäche für Jehanines Mutter gehabt hatte, heiratete er sie, obwohl sie bereits ein Baby (Jehanine) säugte. Danach schenkte die Frau Belnard mehrere Söhne und Töchter. Von denen war Pierre der Liebling, von durchsichtiger Schönheit (und wie man munkelte, war Pierre ihnen allen eine Freude). Im Lauf der Jahre wurde Jehanines Mutter schwerkrank. Belnards leibliche Töchter waren Schlampen, und seine anderen Söhne großmäulige Trunkenbolde wie ihr Ahn. Der schöne Pierre, für den sogar der Lehnsherr Interesse zeigte, war jetzt siebzehn und seit drei Monaten in der traumhaften Hauptstadt im Süden, um im Atelier eines großen Künstlers ausgebildet zu werden. Er sollte ein berühmter Maler werden, und ein Prinz würde sein Mäzen sein.

Inzwischen:

»Was trödelst du denn hier herum, eh?« fragte Belnard und ritt zu seinem Stiefkind hinüber.

»Die Ziegen sind ins Korn gelaufen«, antwortete sie.

»Dann jag sie raus«, sagte er.

Also lief Jehanine in die Hände klatschend und rufend ins Feld und scheuchte die Ziegen auf die dahinterliegende Wiese. Als sie dort war, erwog sie, nicht wieder zurück zum Weg zu gehen, aber Belnard, der möglicherweise damit gerechnet hatte, war ihr durch den Weizen nachgeritten und näherte sich ihr jetzt unter den Birnbäumen.

»Vermißt du deinen Bruder?« fragte Belnard, während er neben Jehanine herritt.

»Ja«, sagte Jehanine.

»Ja. Mir schien, du und er hättet euch immer sehr nahegestanden. Zu nahe vielleicht für Bruder und Schwester. Hat dir einiges beigebracht, denk' ich, was? Und du ihm auch das eine oder andere.«

Jehanine senkte den Blick und ballte die Fäuste. Sie bekam allmählich Angst.

Belnard griff nach oben und pflückte eine Birne. Aber sie war noch nicht reif, und nach einem Bissen spie er aus und warf den Rest weg. Diese Verschwendung gehörte zu der Prahlerei, mit der er seinen Besitzerstolz zeigte. Er konnte hier tun und lassen, was ihm beliebte.

»Wir hingegen«, sagte Belnard, »sind überhaupt nicht miteinander verwandt. Ich bin nicht dein Vater. Der Himmel weiß, welcher Hurensohn dich ihr verpaßt hat.«

Jehanine hob ihre Röcke und begann zu laufen.

Mit einem herzhaften Lachen, in sich hinein, setzte Belnard den Esel in Galopp. Ohne Umschweife ritt er das Tier gegen das fliehende Mädchen und brachte sie unter einem

Baum zu Fall. Zunächst versuchte sie, sich gegen ihn zu wehren, aber er sagte nur lächelnd: »Erhebe nicht die Hand gegen mich, meine Kleine. Oder ich brech' dir die Nase. Glaubst du, ich täte das nicht? Also. Lieg still.« Und so lag Jehanine still wie ein Holzklotz. Er schob ihr das Kleid hinauf und drang in sie ein. »Beim blutenden Heiland, noch Jungfrau.« Eine Minute später war dies nicht mehr der Fall. »Rühr dich«, grunzte er, »beweg dich, du Miststück.« Also bewegte Jehanine sich gehorsam. Bald war er fertig und sackte auf ihr zusammen. Als er sich beruhigt hatte, stand er auf und ließ sie in ihrem Blut auf der Erde liegen. Er sah ihr nur einmal flüchtig in die bernsteinfarbenen Augen, die jetzt fast so bleich waren wie ihr Gesicht. »Das war nicht besonders«, meinte er. »Vielleicht kommt das mit der Zeit. Nun vergeude nicht den ganzen Tag hier. Es muß noch gemolken werden. Und laß dich von keinem meiner Leute so erwischen. Zieh die Röcke runter, du Hure.«

Jehanine zog sich den Stoff über die Schenkel und blieb unter dem Birnbaum liegen, während sie Belnard nachsah, als er davonritt. Sobald er außer Sichtweite war, kniete sie sich nieder und übergab sich. Dann weinte sie, aber nicht sehr lange.

Als Jehanine an diesem Abend gemeinsam mit ihren jüngeren Schwestern und den Mägden den Männern das Abendessen brachte, schien Belnard vergessen zu haben, was er ihr auf der Baumwiese angetan hatte. Da es für ihn kaum Folgen nach sich ziehen konnte, außerdem war es nun einmal geschehen, gelüstete es ihn vielleicht, das Wagnis noch einmal einzugehen. Sicher, der Akt war schon eine Sünde gewesen. Jungfrauen waren immer etwas heikel. Belnard fühlte sich vielleicht verpflichtet, die Beichte abzulegen und dem Priester des Lehnsherrn ein wenig Geld zu geben. Jehanine würde, da alle Frauen durch den Sündenfall der ersten, Eva, besudelt waren, die Schuld zugewiesen werden.

Jehanines Mutter jammerte und klagte während des

Abendessens. Anschließend zankten sich zwei Brüder draußen im Hof und kehrten mit Blessuren zurück. Viel später, als der Mond aufgegangen war, wurde das Bauernhaus von Schnarchen und Seufzen erfüllt, die Familie und das Gesinde schliefen. Jehanine lag am Rand des Lagers, das sie mit ihren Schwestern teilte, und lauschte. Sie dachte an Pierre, der zu ihr immer freundlich gewesen war und der ihr vor seinem Weggehen ein Versprechen gegeben hatte. »Wenn ich reich bin, werde ich dich nachkommen lassen. Du wirst das Haus für mich in Ordnung halten. Von den anderen würde ich niemandem trauen. Aber du bist rein und klug. Wir werden Dienstboten haben, und du darfst ihnen befehlen. Wenn ich heimkomme, nachdem ich auf irgendeine Kirchenwand Engel gemalt habe, oder Göttinnen in einem privaten Speisezimmer eines Prinzen, werde ich meinen Kopf in deinen Schoß legen, und du kannst mir durchs Haar streichen und mir vorsingen. Ich werde dir drei Seidengewänder schenken, chinesische Seide.« »Du wirst heiraten«, hatte Jehanine gemurmelt. »Heiraten? Ich nicht. Ein, zwei Mädchen, vielleicht. Aber du bist die einzige, die ich in meinem Haus dulden werde.«

Zwischen ihnen hatte es keine sexuellen Vertraulichkeiten gegeben, aber Jehanine war immer in ihren goldhaarigen Bruder verliebt gewesen. Er war das einzig Schöne, was sie je gekannt hatte, abgesehen von natürlichen Dingen wie dem Wetter, dem Land und dem Vieh, dessen Schönheit durch den alltäglichen harten Umgang für sie auf immer verloren war.

Als sie aufgehört hatte, an Pierre zu denken, dachte Jehanine an die Vergewaltigung durch ihren Stiefvater und die Wahrscheinlichkeit, daß er dies wiederholen würde. Dann lauschte sie einem Wolf, der seine Ekstase einsamer Freiheit hinausheulte.

Mitten in der Nacht stand Jehanine auf und zog sich leise an. Ebenso leise öffnete sie die Kleidertruhe und nahm eines der Capes ihrer Schwestern heraus, das von guter Qualität und viel haltbarer war als ihres. Obwohl sie vormals nie ein derartiges Vorhaben in Erwägung gezogen hatte, begriff sie jetzt, daß sie einen Plan schmieden mußte. Rasch und leise führte sie ihn aus. Zunächst sprach sie sanft auf die großen Hunde ein, die vor dem Kachelofen lagen. Dann ging sie in die Speisekammer und nahm einen Kanten Brot und ein Stück Käse und wickelte beides in ein Tuch. Dann nahm sie einen Krug Milch und leerte ihn bis auf den Grund.

Als sie das Haus verließ und sich über den Hof am Brunnen, dem Hühnerstall und dem Ententeich vorbeischlich, empfand Jehanine weder Bedauern noch Angst.

Vorsichtig eilte sie an den Hütten der Arbeiter vorbei, denn deren Hunde kannten sie nicht alle und würden vielleicht anschlagen. Als sie den Feldweg erreicht hatte, ging der Mond gerade unter. Noch eine lange Stunde bis Sonnenaufgang, und vor dem rührte sich kein Belnard.

Der Weg mündete auf eine Straße, langsam begann es zu dämmern. Jehanine lief an Feldern und Wiesen entlang und sah in der Ferne den Turm einer Kirche.

Obwohl draußen auf den Feldern Männer und Frauen waren, bemerkten nur wenige Jehanine, und wenn, dann glaubte man offensichtlich, sie sei auf einem Botengang. Nachdem sie die bebauten Äcker des Lehnsherrn hinter sich gelassen hatte, führte die Landstraße in den Tannenwald hinunter. Im Winter ein ungastlicher Ort mit hungrigen Wölfen und heruntergekommenen Räubern – so erzählte man jedenfalls. Manchmal lauerten sogar Bären im Wald, vom Teufel ganz zu schweigen. Aber bis zum Winter war es noch lang, und die Stadt war doch sicher schon nah?

Zwischen einigen brachliegenden Feldern hörte Jehanine hinter sich Hufgetrappel auf der Straße. Hastig sprang sie an den Straßenrand, aber nirgends war Platz, sich zu verstekken. Plötzlich fürchtete sie, ihr Stiefvater könnte ihr auf den Fersen sein, denn es klang nach seinem Esel – nur die Söhne des Lehnsherrn besaßen Pferde. Sie kauerte sich nieder.

Tatsächlich, der Esel kam zockelnd die Straße herunter.

Auf seinem Rücken saß ein bulliger, haariger Junge, zwar nicht Belnard, aber einer seiner jüngeren Söhne. Er ritt vorbei und riß dann an den Zügeln den Esel herum. Er hatte seine Schwester in der flachen Mulde erspäht. Die Kapuze war ihr vom Kopf gerutscht, und die Sonne ließ ihr Haar wie eine bleiche Fackel lodern.

»Da steckst du also, du Katze«, sagte Belnards Sohn, Jehanines Halbbruder. »Er meinte, du würdest bestimmt diesen Weg nehmen. Als die Luder aufwachten und dein Fehlen entdeckten, sagte er zu mir: Setz deinen Arsch in Bewegung und bring sie zurück. Sie hat genug Arbeit. Außerdem hat er mir noch was erzählt«, sagte Jehanines Halbbruder und ritt zu ihr hinüber. Sein Schatten fiel zwischen sie und die Sonne. Mit einem Satz war er vom Esel herunter, ließ sich gegen sie fallen und rollte sich mit ihr im Graben. »Wenn du's mit ihm getrieben hast, kannst du's jetzt auch mit mir machen.«

Jehanine wehrte sich nicht. Ihre Augen wurden groß und ausdruckslos. Sie sagte: »Wenn du willst. Aber nicht hier.«

»Hier, hier und jetzt«, sagte er und griff nach ihr.

»Nein. Der Priester könnte vorbeikommen.«

Ihr Halbbruder dachte darüber nach. Wenn der Priester vorbeikäme oder der Verwalter des Lehnsherrn, was auch möglich war, würde Belnards Sohn mit einer Geldbuße belegt oder gar an den Pranger gestellt werden, denn sie waren blutsverwandt, er und sie.

»Also, dann steh schnell auf«, sagte er. »Komm, da hinten, wo die Bäume stehn.«

Er zerrte sie über den holprigen Acker, aber nicht so hastig, daß sie nicht hätte stolpern und sich dabei einen spitzen, faustgroßen Stein aus der Erde mitnehmen können.

Sobald sie die Bäume erreicht hatten, drückte er sie gegen einen, und Jehanine schlug ihm ins Gesicht und gegen die Stirn, so fest sie konnte. Sie überraschte ihn, er taumelte und stürzte blutüberströmt zu Boden. Dann sprang sie um ihn herum, trat nach ihm und hieb mit dem Stein nach ihm, einmal von dieser, einmal von jener Seite, bis sein Heulen und Stöhnen verstummte und er still dalag. Diese brutale Rache verschaffte ihr Genugtuung, aber sie hatte auch Angst bekommen. Als sie zur Straße zurückblickte, konnte sie dort niemanden entdecken. Der Esel war zu einem Fleckchen mit Klee getrottet. Sich selbst überlassen, würde er fröhlich den ganzen Tag lang fressen und vielleicht nicht wieder zurückfinden. Belnard würde glauben, daß sein Sohn die Entlaufene nicht gefunden und dann eine Schänke aufgesucht hätte, um sich zu betrinken.

Sie war nicht sicher, ob sie ihren Halbbruder nicht doch getötet hatte, obwohl er noch atmete. Seltsam, es schien, als hätte ein versteckter Winkel ihres Hirns Pläne geschmiedet, während sie ihn bewußtlos schlug.

Er war zwar größer als sie, besaß aber andererseits Kleider, die ihm zu klein waren, handelte es sich doch um die abgelegten Stücke vom schlanken Pierre. Sie stopfte die Stiefel mit Laub und Fetzen ihres Leibchens aus, um sie passend zu machen. Und mit einem Streifen ihres Leibchens band sie sich auch die Brüste flach, ehe sie seine Tunika und seinen ärmellosen Rock überzog. Mit der Unschuld des Unbedarften stopfte sie sich ebenfalls ein Stück des Stoffs in seine Hose – jetzt die ihre –, an die entsprechende Stelle.

Sie ließ ihn nackt unter den Bäumen liegen und lief wieder zur Straße zurück. Sie konnte nicht reiten und traute sich im übrigen auch nicht, den Esel ihres Stiefvaters zu stehlen.

Die Stiefel, bei weitem zu groß, würden sie noch vor Ablauf des Tages wund scheuern. Aber die Kleider gewährten ihr eine ungewohnte Bewegungsfreiheit, und ihr Geruch, der sie nicht kümmerte, würde ihr eine zusätzliche Tarnung bieten.

Sie hatte sich jetzt so weit vorgewagt, daß sie die Richtigkeit ihres Tuns erkannte. Sie schritt zügig aus, ihr war leicht ums Herz.

Eine Stunde später ließ sie die Ländereien des Lehnsherren hinter sich und gelangte an den Saum des Nadelwaldes. So weit war sie noch nie zuvor gewesen. Dies würde ihr zum Talisman gereichen.

Der Fußmarsch nahm etliche Tage in Anspruch, aber Jehanine zählte sie nicht. Alles war für sie so ungewohnt: die Landschaft, ihr Alleinsein, ihre Flucht überhaupt. Am zweiten Tag war sie davon überzeugt, daß Belnard keine weiteren Anstrengungen unternehmen würde, sie zu verfolgen, oder daß sie inzwischen immun gegen seine Nachforschungen wäre. Das Wetter war unverändert schön, und selbst die Nächte, in denen sie auf der Erde schlief, wurden nur vom Geheul der Eulen gestört.

Sie marschierte südwärts, was nicht schwer war, obwohl die zunächst eingeschlagene Straße gleich am ersten Tag endete. Später gab es andere Wege und bessere Straßen. Manchmal kam sie durch ein Dorf, wo sie um Essen bettelte. Im allgemeinen gab man ihr etwas; der Sommer war fruchtbar gewesen. Man hielt sie für einen Jungen, der aufgebrochen war, sein Glück zu machen. Obwohl ihre Kleider Spuren ihrer Wanderung zeigten und nicht neu waren, blieben sie doch die eines wohlhabenden Bauern, und ihre feingemeißelten Gesichtszüge ließen die Frauen glauben, daß sie der uneheliche Sproß irgendeines Herzogs wäre. Ab und zu kam Jehanine auch an dem Besitz irgendeines anderen Adligen vorbei, und einmal erhob sich eine Festung über den Baumwipfeln. Aber sie bekam keine Schwierigkeiten. Wieder veränderte sich die Landschaft, hügelig und abfallend, mit Wildblumen übersät und verfallenen Türmen, dann Weinberge.

Schließlich hatte sie das Glück, auf eine Art Karawane zu stoßen, die Wagen eines Gerbers und eines Apothekers und einiger anderer, die unterwegs in die große Stadt waren, die nur noch einen Tag entfernt war.

Der Apotheker schien begierig darauf zu sein, den Jungen (der sich als Jehan vorstellte, als man ihn drängte, seinen Namen zu nennen) als Lehrling zu nehmen. Wie dem auch sei, seine Annäherungsversuche waren harmlos, und es bereitete ihm Freude, seinen Reisegefährten zu verköstigen, dem er gestattete, zwischen Phiolen und alten Flaschen, verschüttetem Puder und getrockneten Skorpionen im Wagen mitzufahren.

»Die große Stadt ist ein wundervoller Ort«, sagte der Apotheker wichtigtuerisch. »Du warst noch nie dort? Halt dich an mich, ich paß' auf, daß du nicht auf Abwege gerätst. Nimm dir noch eine Wurst.«

Mitten am Nachmittag steckte Jehanine den Kopf zum Wagen heraus und sah weiter unten eine hügelige Ebene, im bernsteinfarbenen Licht flimmernd, wie vom Meer überflutet. In langen, feurigen Schleifen durchschnitt ein Fluß die Ebene.

»Dort liegt Paradys«, erklärte der Apotheker noch aufgeblasener, als hätte er sie selbst erbaut, und deutete zur Ebene hinunter. Jehanine konnte nichts außer der Landschaft erkennen, dann, ganz allmählich, begann sie etwas zu sehen. Es erschien ihr wie eine himmlische Stadt, überall weitgespannte Bögen und losgelöste Türme, die auf einem Mauerwall zu schweben schienen, auf halbem Wege in den Himmel.

Da begann der Apotheker, ihr Bein zu streicheln, und Jehanine sah sich gezwungen, ihn mit einem schroffen »Hände weg« anzufahren.

»Sachte, Bürschchen. Dies ist die City. Hier gibt es riesige Märkte und breite Prachtstraßen. Wir bauen gewaltige Kirchen zum Ruhme Gottes. Wir sind hier kultiviert. Vergiß deine bäuerliche Engstirnigkeit.«

Jehanine dachte an die Blasen an ihren Füßen. Mit gesenktem Blick sagte sie: »Nun, vielleicht heute abend.«

Nachdem sie dies gesagt hatte, verharrte sie in Schweigen, während der Knecht des Apothekers den Wagen über den Fluß kutschierte, eine gewundene verkehrsreiche Straße entlang, einen Hügel hinauf und endlich durch den Ring der

Stadtmauern. Sogleich steckten sie in einem Gewimmel von Maultieren und Karren. Jehanine entfernte sich unter Hinweis auf ein natürliches Bedürfnis aus dem Wagen und entwischte somit dem Apotheker.

Sie befand sich jetzt in dem berühmten Paradys – ohne einen Heller oder einen Krumen Brot, in die Kleider ihres Bruders und den Umhang ihrer Schwester gehüllt und in der Gestalt eines Jungen. Nichts kennend, außer dem Namen eines Künstlers, dem Pierre überantwortet war. Aber damit und mit dem vom Apotheker spendierten Mahl gerüstet, blickte Jehanine sich zuversichtlich um.

Sie wußte nichts über Paradys, kannte kaum seinen Rang, und somit fast ebensowenig, wie Paradys über sich selbst wußte.

Sie spazierte eine Zeitlang herum, nahm von allem beiläufig Notiz, denn alles war anders als das, was sie bisher gekannt hatte, und daher betrachtete sie es durch die Linse vertrauter Maßstäbe und bewertete es entsprechend. Die Leute drängten und schubsten um sie herum wie Viehherden. Die dickwanstigen, ausladenden und schräg stehenden Gebäude, die sich in den engeren Passagen gelegentlich über ihrem Kopf trafen, erinnerten sie an Engpässe in den Bergen oder schmale Pfade in hochwipfligen Wäldern. Die Luft, ranzig oder süß durch die Gerüche des Kochens, von Parfüm, Menschsein und Kot, war lediglich eine aushäusige Variante der Luft in Bauernhaus oder Kate. Da sie nichts zum Stehlen Lohnendes besaß, versuchte niemand, sie zu berauben, oder falls doch, dann geschah es – enttäuschend – ohne ihr Wissen. Als sie die Hügel bei Sonnenuntergang erklomm, erhaschte sie einen Blick auf etwas Massives oberhalb von ihr, genauer, ein Gebäude, das im Entstehen begriffen war. Braune Mauern und ein skelettartiges Baugerüst ragten in den Himmel. Dies glich nichts bereits Gesehenem und mußte eine der Kirchen sein, die der Apotheker erwähnt hatte, als er sie zur Sünde verführen wollte. Sich noch gut eines Gesprächs zwischen Pierre und Belnard erinnernd, hielt sie einen Hausierer zurück, die einzige Kreatur, die in diesem Moment zu sehen war.

»Ist dies die große Tempelkirche, die da gebaut wird?«

»Stimmt«, sagte der Hausierer, ein hochgewachsener Zwerg, wie sie jetzt bemerkte, dessen rote Haarkrone ihr bis an die Rippen reichte. »Der Tempel des Opfers des Heilands.«

»Dann«, sagte Jehanine, »wohnt Meister Motius« – der Name des Künstlers – »also hier in der Nähe?«

»Oh, willst du einer seiner Schüler werden oder für die Klasse Modell stehen? Vielleicht kaufst du ein schönes Band für dein Liebchen. Hier, sieh –«

Jehanine stieß den Bauchladen beiseite. Sie machte ein ungehaltenes Gesicht.

»Sag es mir«, befahl sie in dem Ton, den Belnard seinen Leibeigenen gegenüber benutzte. »Oder ich werfe deinen Laden in den Dreck und färbe dir die Augen blau.«

»Böses Kerlchen«, meinte der Zwerg, als er zurückzuckte. Er grinste. »Du bist hinter einem der jungen Männer her. Um wen handelt es sich? Ich wette, du findest ihn hier nicht. Er wird zu Hause sein. Oder in der Schenke. Ich kann dich dorthin führen, wo die Schüler des Meisters Motius zu trinken pflegen. Kauf ein Band für deine Schwester.«

»Ich besitze kein Geld«, sagte Jehanine. »Steck dir die Bänder wohin.«

Der Zwerg spie gezielt auf die Pflastersteine zwischen ihnen.

»Siehst du diese Gasse? Man nennt sie den Satansweg.«

»Dann nimm sie und geh zur Hölle«, sagte Jehanine. Ihr männliches Gehabe, das ihrer Zunge freien Lauf ließ, gefiel ihr. Sie ließ den Zwerg stehen und setzte ihren Aufstieg zu den klaffenden Höhlen der teilweise fertiggestellten Kirche fort. Zu ihrer Verärgerung mußte sie jedoch feststellen, daß der Zwerg ihr nachlief. Es lag auch nichts Geeignetes herum, das man ihm hätte nachwerfen können. Im Augenblick mußte sie ihn einfach ignorieren.

Oberhalb der engen Gasse, die die Kirche umrundete, führte eine Straße mit gepflegten Häusern zu einem alten, von Mauern umgebenen Garten. In der Mitte der Straße stand ein Trog neben einem beeindruckenden Brunnen, zu dem Stufen hinaufführten und dessen geschwungenes Dach von geschnitzten Figuren getragen wurde. Wieder flackerte etwas in Jehanines Gedächtnis auf. Das war genau die Straße, wo der Künstler wohnte und wo sich sein Atelier befand.

Jehanine lief zum ersten Haus hinüber und klopfte spontan an die Tür.

Ein kleines Türfenster wurde geöffnet. Ein plumpes Gesicht schaute heraus.

»Was denkst du dir dabei?« erkundigte sich eine Stimme. »Verschwinde.«

»Wartet!« schrie Jehanine, und ihre Stimme wurde schrill. »Ist dies das Haus von Meister Motius?«

»Ist es nicht. Verschwinde.«

Und damit schloß sich das Fenster.

Aus den Augenwinkeln bemerkte Jehanine, daß der lästige Zwerg sie immer noch beobachtete. Sie marschierte zum Brunnen hinüber, löste den Eimer aus seiner Befestigung und ließ ihn ins Wasser hinab. Als sie ihn wieder hochkurbelte, wurde ein anderes Haus geöffnet, diesmal mittels einer schmalen Seitentür, und eine fette Frau in einer Schürze und mit Schlüsseln am Gürtel erschien, begleitet von einem Jungen mit einem Knüppel.

»He! Was tust du da?« keifte die Frau.

Jehanine beugte sich zum Eimer hinunter und trank daraus. Die Frau stürzte herbei, der Junge folgte ihr auf den Fersen.

»Das seht Ihr doch«, sagte Jehanine. »Ist Gottes Wasser nicht für alle da?«

»Ganz und gar nicht. Wir zahlen dafür Steuern«, widersprach die Frau. Sie betrachtete Jehanine, für sie Jehan, mit kritischem Blick. »Aber der Schaden ist angerichtet. Bete zu

Gott, daß du nicht irgendeine Krankheit ins Wasser abgegeben hast.« Jetzt wurde aus dem kritischen ein lüsterner Blick. Jehanine spielte ihre Rolle. Sie lächelte der Frau zu und lehnte sich gegen eine der geschnitzten Figuren des Brunnens. »Lady«, erklärte Jehan, »ich bin auf der Suche nach meinem Bruder, einem gewissen Pierre Belnard –«

»Ah!« rief die Frau aus und warf die Hände in die Luft. »Was für eine Schönheit er ist! Und diese Ähnlichkeit. Du bist wohl einer dieser jüngeren Brüder. Zu Hause ist doch nichts passiert?«

»Ich muß ihn sofort finden.«

»Ist nicht da«, sagte die Frau. »Meister Motius hat den ›Herbsthusten‹. Heute wurde nicht gearbeitet. Warum er allerdings seinen Husten nicht kurieren kann, wo er soviel weiß –. Komm einen Augenblick ins Haus. Mein Herr ist in Geschäften unterwegs – immer wegen irgend etwas unterwegs. Ich werde dich aufpäppeln, mageres Bürschchen. Er wird nichts davon erfahren.«

»Aber – eine Trinkstube...«, versuchte es Jehanine ungeduldig.

»Ja, dein Pierre, dieser ungezogene Junge, es ist wahr. Drüben jenseits des Flusses. Das *Cockatrice*, dort trinken sie, die schlimmen Kerle, und lassen sich auf alles mögliche ein. Du solltest dich lieber in acht nehmen. Warum kommst du nicht herein?«

Aber Jehanine rannte bereits mit brennenden, blasenwunden Füßen davon. Gekränkt drehte sich die Frau um.

Der Zwerg war bereits vom Ort des Geschehens verschwunden.

Dunkelheit umfing Paradys. Aber die nächtliche Stadt war nicht schlimmer, nicht undurchdringlicher, als eine Nacht auf dem Lande. Auch diese hatte ihre eigenen seltsamen Geräusche, ihre eigenen Fallgruben, aber im allgemeinen spendete die City mehr Licht als die Wälder, Hügel und Felder, die lediglich durch Glühwürmchen, Schwämme, Sterne und den Mond erhellt wurden. Der Stadtmond war wie angelaufenes Silber, doch unter ihm strahlten andere Lichtquellen. Hohe Rundbogenfenster in den verschiedenen Türmen eines Colleges, in dem die Studenten noch spät nachts über Büchern und Pergamentrollen brüteten, gedämpfte Lichtstreifen hinter Eisengittern und Fensterfüllungen aus Schafshäuten. Manchmal loderten Fackeln auf Ständern vor vornehmen Häusern oder am Fluß und längs seiner Brükken. Aber am unteren Ufer schmiegten sich die Hütten tröstend in der Dunkelheit aneinander, wenn auch hier und da ein Feuer auf dem Pflaster der Straßen flackerte.

Jehanine hatte ziemlich lange gebraucht, um das *Cockatrice* zu finden. Sie hatte falsche Richtungen und Seitenstraßen eingeschlagen und war nicht immer geschickt gewesen. Zwei-, dreimal hatten Dirnen ihr Übles nachgerufen, als der junge Mann, als der sie gekleidet war, ihre Dienste abgelehnt hatte.

Oberhalb der Tür der Schänke hing das Schild eines Hahnes mit einem Schlangenkopf. Aus Aberglauben sah Jehanine nicht richtig hin. Im Dorf des Lehnsherren, es war erst zwanzig Jahre her, kam eines Nachts ein Mann betrunken nach Hause und entdeckte einen echten Basilisken in der Winterlandschaft. Er hatte sich sogleich in Stein verwandelt. Die Stelle war noch zu sehen und auch der Stein, vor Entsetzen gekrümmt und inzwischen dick mit Efeu überwuchert.

Als sie unter dem Schild am Eingang der Schänke stand, hüllte Jehanine sich von Kopf bis Fuß in ihren Umhang. Natürlich hatte Pierre sie nie zuvor in Männerkleidung gesehen oder auch nur im Traum daran gedacht. Sie fühlte, daß ihn dies irgendwie verletzen könnte.

In diesem Augenblick kamen zwei Männer miteinander streitend aus der Schänke. Sie stürmten an Jehanine vorbei und warfen sie beinahe gegen den Pfosten. Ihre Mienen und Gesichtszüge trugen jenen merkwürdig feindseligen Ausdruck, den das Mädchen von den Gesichtern der Burschen gewöhnt war. Da sah sie, am Saum der Finsternis im Schein der geöffneten Tür, den hochgewachsenen Zwerg in einer Gasse lauern. Offenbar hatte er sie während ihres ganzen Herumirrens verfolgt. Jehanine eilte ins *Cockatrice*.

Es war ein Lokal, dessen Beleuchtung nur die Düsternis zu unterstreichen schien. Dicht über dem Kopf kreuzten sich ein paar Lichtstrahlen, ein Feuer flackerte und Spieße drehten sich. Finstere Schatten belagerten die Tische und Bänke in der ockerfarbenen Dämmerung. Dazu war die Luft dick von Lärm und Gerüchen. An solch einem Ort steckte ihr Bruder?

Langsam bahnte sie sich ihren Weg vorwärts, wobei sie aufmerksam die bedeutungslosen Gesichter neben sich musterte. Humpen klirrten gegeneinander oder wurden umgestoßen. Männer schrien sich an. Serviermädchen kreischten. Dann vernahm sie sein Lachen, so vertraut, klar wie Musik und alle umarmend durch das Getöse. Instinktiv wandte sie sich in die Richtung, prallte beinahe mit einer der Servierinnen zusammen – die sie flüchtig beschimpfte, hielt sie sie doch für einen Mann – und drängte sich zwischen den Tischen zu einer Nische durch.

Dort saßen fünf oder sechs junge Männer, die man in dem fahlen Licht nicht unterscheiden konnte und die auf ewig miteinander verschmolzen schienen. Aber in ihrer Mitte ein heiliges Antlitz, aus Elfenbein geschnitzt und von der Sonne getönt, und das Haar von einem Meister seines Handwerks mit in Honig getauchtem Blattgold vergoldet.

»Pierre«, sagte Jehanine.

Es war keine bloße Anrede, sondern ein Zauberwort, ein gesprochenes Amulett.

Aber als er es aus einer unerwarteten Ecke hörte, drehte sich ihr hübscher Bruder nur um und starrte sie ausdruckslos an.

»Was soll das, eh, süßer Prinz?« wollte einer der Kumpane wissen, der Pierre den Arm um die Schultern gelegt hatte. »Wieder mal den Schülerinnen der Straße erlegen?«

Pierre lächelte und schüttelte den Kopf.

»Ich kenne sie nicht«, erklärte er.

Tief ins Herz getroffen, stand Jehanine schweigend da. Zum ersten Mal seit ihrer Flucht wußte sie nicht weiter. Sie konnte sehen, daß es wahr war. Er erkannte sie nicht.

»Also, was will sie dann?« fragte ein anderer junger Mann. Ihr am nächsten, packte er sie plötzlich und drückte ihre Hüfte. »Wir sind für deine einzige Begabung noch nicht gerüstet. Probier es später mal mit uns.«

Alle brachen in Gelächter aus, und Pierres wundervolles Lachen erklang mit dem der übrigen.

Jehanine schüttelte entsetzt ihre Kapuze ab. Sie griff sich mit beiden Händen an die Kehle. »Pierre – Pierre –«

»Oh, die ist aber zäh wie Leim.«

»Pack dich, du freches Luder. Scher dich fort.«

»Warte«, sagte Pierre. Jetzt war seine Stimme leise und erschüttert. Plötzlich griff er über die anderen hinweg und zog eine ihrer Hände herab. »*Bist du das*?«

»Ja –«

»Was, in Christi Namen – was machst du denn hier? Bin ich betrunken und träume von dir?« Dann, sich durch seine gaffenden und sich anstoßenden Freunde schiebend, kam Pierre zu ihr herüber. Den nächsten Aufschrei ignorierend, begann er, sie hinter sich her in eine dunkle Ecke zu ziehen. Vage bemerkte sie die von der Decke hängenden Stränge Zwiebeln über sich, vage hörte sie den Lärm hinter sich verebben wie ein fernes Grollen in der Erde.

»Warum bist du hier, Jehanine? Was ist geschehen?«

Auf einmal schien alles in ihr zusammenzubrechen. Sie wollte nur weinen und sofort mit ihm einen einsamen Ort aufsuchen, wo er sie trösten sollte. Aber irgend etwas an ihm, irgend etwas Neues und Ungewohntes, irgend etwas Altes und Wohlbekanntes, warnte sie, sich bei ihm anzulehnen oder ihre Tränen zu zeigen.

»Ich konnte nicht bleiben«, erklärte sie. »Er hat mich geschändet.«

»Wer?« fragte er ruhig, ohne Interesse, nur etwas verwirrt.

»Belnard.«

»Willst du sagen, dein Vater...«

»Dein Vater. Ja. Er hat mich vergewaltigt. Und später war noch einer darauf aus, aber – ich –« Irgend etwas unterbrach ihre Schilderung, wie sie den spitzen Stein benutzt hatte. »Was hätte ich sonst tun sollen –«

»Oh, Jehanine«, unterbrach Pierre sie. »Was erzählst du da? Als ob er so etwas tun würde.«

Und jetzt war es an ihr, ihn erstaunt anzustarren.

»Oh, schon gut«, sagte Pierre. Er senkte den Blick, unangenehm berührt, daß solche Themen zwischen ihnen erörtert werden mußten. »Vielleicht hast du dich einem Mann gegenüber unklug verhalten. Ich würde dir keine Vorwürfe machen. Aber zu behaupten, dein Vater habe dir das angetan... Das ist abscheulich.«

Sie schloß die Augen. *Es ist wahr*, schrie sie ihm stumm entgegen und schlug und kratzte ihn mit ihrem Herzen, während sie reglos stehenblieb, ein für allemal besiegt. Ah, Pierre. Strahlender Held, aber ein Mann. Was hatte sie denn erwartet?

»Nun«, seufzte er. »Ich muß dich wieder auf den Hof zurückschicken.«

Ein Wort sprang von ihren Lippen wie die Frösche nach Hexereien in den Märchen. »*Nein.*«

»Sei nicht öde, Mädchen. Das kostet mich Zeit. Mir gefällt dies nicht gerade, das kann ich dir sagen. Ich habe anderes zu tun.«

»Nein – nein – laß mich bei dir bleiben. Ich werde für dich sorgen und –«

»*Beim Barte Jesus'*, du Närrin, Jehanine. Ich hause in einem Schweinestall. Du kannst da nicht mitkommen. Du mußt heimkehren.«

Und während sie so im Dunkeln standen, brannte das gedämpfte Licht in seinen Augen, auf seinem Haar, und zündete plötzlich auch einen Funken unterhalb seiner Kehle.

Nachdem sie dies einmal bemerkt hatte, vermochte sie den Blick nicht mehr abzuwenden, obwohl sie nicht begriff, um was es sich dabei handeln konnte – ein Tupfer mysteriösen Feuers oder das Auge einer in seiner Tunika lauernden Kreatur.

»Nein«, murmelte sie abermals, aber ihre Entschlossenheit war dahin. Sie sprach jetzt nur noch in einem sterbenden Reflex. Er aber antwortete aufgebracht: »Jawohl, bei Gott. Du wirst nach Hause gehen, du verdammte, dumme Gans. Herzukommen und mich derart bloßzustellen. Habe ich dich gebeten? Dämliche Närrin, eher würde ich mich aufhängen, als zu erzählen, daß du meine Schwester bist. Hier hereinzutanzen wie irgendeine Dirne.«

Und da sah sie, was der Funken Feuer, das Auge, tatsächlich war. Es handelte sich um einen Edelstein, einen makellosen Topas, der mitten in ein goldenes Kruzifix eingepaßt war. Das war der legendäre Schmuck, den Belnard seinem Sohn zum Abschied versprochen hatte. Ein Geschenk für den Jungen, die Schändung für das Mädchen. Nach der Vergewaltigung nun diese groben Worte, dieser Verrat, oh, was noch?

Jehanine flüsterte: »Vergib mir, Pierre, was soll ich tun?«

Ihr Herz war inzwischen gestorben, und sie empfand nichts, als er es ihr brüsk erklärte. Sie hörte nicht mal zu. Für die Toten besteht keine Notwendigkeit, weiterhin aufzupassen oder zu gehorchen.

»Was ist los mit dir? Da haben wir's… Willst du reden? Ich hör' zu.«

Jehanine schlug matt nach ihm, aber der heruntergebeugte Schatten wich ihrem Hieb aus. Der Schatten bewegte sich ein Stückchen und lehnte sich dann gelassen an eine Mauer. Er sang: »Fero, fero, fero.« Dann: »Ich hätte dir das sagen können. Was immer du sein magst, Mädchen oder Junge, diese Sorte – die benutzt dich nur und wirft dich dann weg. Sinnlos, in dieser verpesteten Welt um Erbarmen zu flehen.

Steine statt Brot, Gift statt Milch, Tritte, Flüche, Kerker und Hiebe statt Liebe.«

Es war der Zwerg, der ihr weiterhin gefolgt war. Sie glaubte wohl, daß er sich mit Steinen und Flüchen auskannte. Aber deswegen wurde er ihr auch nicht sympathischer.

Von ihrem Bruder angewiesen, sich in eine Nische beim Eingang der Schänke zu setzen, hatte sie desgleichen getan, wie ein Hund, der dem Kommando seines Herrn folgt, obwohl es ihm nichts bedeutet, nur der Stimme wegen. Sie konnte sich an den Wortlaut nicht mehr erinnern. Abgesehen von ihr und einem schlafenden zahnlosen alten Weib war die Nische leer. Ansonsten kamen die Trinker und tranken, blieben oder gingen wieder. Pierre hatte auch gesagt, er werde wiederkommen und Jehanine abholen, wenn er fertig sei. Obwohl sie die Worte nicht vernommen hatte, war die Heftigkeit seiner Verärgerung doch bis zu ihr durchgedrungen.

Nach einer Weile, als sie einsah, daß sie sich mit noch längerem Warten nur lächerlich machte, verließ sie die alte Frau und das *Cockatrice* und begann, durch die Stadt zu streifen.

Irgendwo – unbeleuchtete Häuser, vielleicht ein offener Platz unter einem großen gemauerten Bogen – sank sie neben eine Mauer und begann zu weinen.

Sie wußte nicht, weshalb, und nahm an, das Schluchzen würde bald verebben, wie immer. Aber das tat es nicht. Da näherte sich der Zwerg.

»Wie du siehst«, sagte der Zwerg jetzt, »ist die Welt nicht von Gott, sie ist des Teufels. Satan ist der Herr. Du hast einen schweren Fehler begangen, als du auf den anderen gesetzt hast. Denk dir nur, wie es ihn, Prinz Luzifer, Sohn der Morgenröte, Morgenstern, kränken muß, übergangen worden zu sein.«

Diese Blasphemie wurde einfach dahergeplappert. Jehanine weinte. Sie erhob sich schluchzend und schob sich an dem Zwerg vorbei, wanderte durch den offenen Torbogen und ging immer weiter, fort.

Sehr viel später setzte der Regen ein. Der Mond war nicht mehr zu sehen, es brannte kaum noch irgendwo Licht. Nur Glocken läuteten durch das Meer der Nacht. Dann rauschte die Flut auf die Weiden und Höhlen der Stadt hinunter.

Etwas Merkwürdiges geschah. Obwohl sie es fast vergessen hatte, folgte ihr immer noch jemand. Und jetzt wurde dem Mädchen bewußt, daß er, indem er ihr folgte, sie *führte – vorantrieb*, wie der Schaf- und der Ziegenhirte ihre Herden. Sie begriff nicht ganz, wie das vor sich ging, doch genau das war geschehen. In ihrem Kummer dahindämmernd, hatte er sie irgendwie durch die ganze Stadt getrieben, und jetzt war sie durch ein Labyrinth von engen Gassen in den Regen gekommen und schließlich zu einer langen, hohen Mauer. Und dann kam ein Toreingang mit dicken, eisenbeschlagenen, schwarzen Türen, die fest verschlossen waren.

Jehanine suchte Schutz in dem Toreingang und sank gegen die Türen.

»Klopf an«, sagte der Zwerg, »damit jemand kommt.«

»Warum hast du mich hierhergeführt?« fragte sie.

»Ich? Dich geführt?« Er lächelte. Regen statt Augen und Zähnen. »Fero, fero. *Klopfe.*«

Sie hob die Faust und sah sie nur schwach, wie ein nasser bleicher Knochen. Sie klopfte an die Tür.

Sogleich knarrte ein Gitter über ihr. Jehanine mühte sich nicht, den Kopf oder das Gesicht zu heben. Sie kauerte im Regen. Die Stimme einer Frau flüsterte zu ihr: »Demoiselle, was wollt Ihr? Wünscht Ihr, hereinzukommen?«

Jehanine dachte: Das wird ein Bordell sein.

Die Stimme klang so sanft.

»Ihr befindet Euch am Tor des Nonnenklosters zu den Engeln. Ich öffne gleich das Tor. Fürchtet Euch nicht.«

Jehanine empfand das dringende Bedürfnis, davonzulaufen. Sie blickte sich nach dem Zwerg um, damit sie sagen könnte: Er hat geklopft, nicht ich. Aber der Zwerg war wieder verschwunden. Dann wurde die Tür aufgeschlossen, einer der Torflügel schwang nach innen auf. Eine in ein langes Gewand gehüllte, weibliche Gestalt erschien, die eine Laterne vor eine auffallend weiße Halskrause hielt. Eine Nonne.

Jehanine erhob sich langsam, die Braut Christi half ihr, und die Laterne hüllte sie beide ein und geleitete sie herein. Eine andere Nonne schloß das Tor ab. Hinter dem Lichtkegel herrschte Dunkelheit, und ein schwach erkennbarer Glokkenturm. Plötzlich hörte der Regen auf.

»Kommt nur«, sagte die Nonne mit der Laterne. »Hier seid Ihr endlich sicher. Unser Herr hat Euch hierher geführt.«

Jehanine lachte. Gott war männlich. Jesus ein Mann.

Schwarz bei Nacht, so wandelte sich das Nonnenkloster bei Tag in ein weißes Gebäude.

Jehanine erwachte in diesem Weiß, dem Duft von Zitronen und den fernen weiblichen Tönen von Gesang. Von solchen Dingen wurde dieser Ort erfüllt.

In einem kleinen Wäldchen, nördlich zum Tor, lagen die sechs Zellen, die Gästen und Wanderern zur Verfügung standen, und Jehanine befand sich in einer davon. Ihre Kammer lag zum Klostergarten hin, in dem sich ein Brunnen und drei Zitronenbäume befanden. Durch einen Torbogen des Klosters konnte man in einen gepflasterten Innenhof schauen, der vom Kirchentor und dem Turm beherrscht wurde. Von dessen Höhe kündete die Glocke alle drei Stunden, bei Tag und bei Nacht, und die Nonnen summten, pünktlich wie die Glocke, ihre Geistergesänge zu Gott.

Als Jehanine sich auf den Weg nach Paradys gemacht hatte, war sie durch ein leichtes Fieber gewandert, durch Schlaf und Zeit, zu einem hohlen, erstaunten Erwachen. Wie zuvor hatte sie die Tage nicht gezählt. Aber es flöteten dieselben Vögel, dieselben Glocken stöhnten, und es erhob sich derselbe unheimliche Gesang.

Eine junge Nonne stand am Fußende des Lagers. Ihr Gesicht schwebte ausdruckslos über ihrer Halskrause. Darunter wartete unterwürfig ihr Körper in der Tracht des Ordens, gelbbraun, die Herbstlaubfarbe eines gelben Fuchses.

Die Nonne stellte Jehanine keine prüfenden Fragen. Sie sagte schlicht: »Ihr seid hier. Erinnert Ihr Euch, wo Ihr seid?«

Jehanine starrte sie schweigend an.

»Das Kloster zu dem Engel. Ihr könnt bleiben oder gehen, wie es Euch beliebt.«

»Ich habe kein Zuhause.«

Die Nonne sagte: »Das kommt manchmal vor. Wir erbitten nichts von Euch, aber Ihr seid stark und gesund, vielleicht könnt Ihr einige kleine Aufgaben im Haushalt für den Orden übernehmen als Gegenleistung für das Obdach. Steht jetzt auf. Ich bringe Euch zum Refektorium. Vielleicht wollt Ihr beten. Ich werde Euch die Kapelle zeigen. Später wird die Mutter Oberin wohl nach Euch schicken.«

Jehanine, unwissend und sich unbehaglich fühlend, fragte: »Wenn ich bleibe, muß ich dann Nonne werden?«

»Das liegt in Eurer Wahl. Der Orden verlangt das nie.«

Während Jehanine sich in die Leihgabe der Nonnen hüllte – ein langes Hemd, Leinenstrümpfe und Strumpfbänder, ein schlichtes Gewand und abgetragene Leinenschuhe ohne Absatz –, stand die Nonne ikonengleich mit abgewandten Augen daneben. (Die Männerkleidung war verschwunden und kein Wort darüber verloren worden.)

Die Nonne geleitete Jehanine aus dem Garten über den Hof, an der Wölbung der Kirchentür vorbei ins Refektorium. Das Morgenmahl, um sieben nach dem Stundengebet der Prima Hora ausgeteilt, war bereits vorüber. Aber hinter einer rechtwinkligen Abschirmung aus Holz, am Ende des langgestreckten Saales, waren Tasse, Löffel und Teller auf einem Tisch ausgelegt. Jehanine empfand nur eine unbestimmte

Scham, dann nur noch Hunger und genoß das warme Porridge und das Schwarzbrot aus vollem Herzen. Während sie aß, stand die Nonne wieder neben ihr, die Hände in den weiten Ärmeln gefaltet, den Blick gesenkt. Sie konnte kaum mehr als neunzehn oder zwanzig Jahre alt sein. Dennoch wirkte sie alt, in gewisser Hinsicht gesetzt, vielleicht sogar weise.

Der Krug enthielt Wasser. Jehanine war enttäuscht, denn der Priester zu Hause hatte Bier oder Milch oder Wein getrunken.

»Seid Ihr fertig?« fragte die Nonne. »Ihr habt Gott nicht für die Speise gedankt.« Jehanine, deren Tragödien diese Kleinigkeit bei weitem übertrafen, errötete dennoch und biß sich auf die Lippe. Aber die Nonne sagte: »Es ist nicht notwendig. Kommt aber trotzdem jetzt mit zur Kirche. Ich werde Euch zeigen, wo Ihr beten könnt.«

Das Essen hatte Jehanine wieder schläfrig gemacht. Sie überlegte, daß sie sich in der Kirche unbemerkt ein Schläfchen gönnen könnte. Oder vielleicht entdeckte sie auch eine Öffnung in der Mauer des Gartens, der neben dem Refektorium lag, durch die sie in den Pflaumenhain gelangen konnte.

Hinter dem Garten, auf der Südseite der Kirche, befand sich das Kloster mit einem ausgetrockneten Brunnen auf dem von der Sonne versengten Gras. Aber sie eilten durch eine enge Tür in den Schatten. Von innen sah man die abweisend hohen, schmalen Kirchenfenster, vielleicht dienten sie zur Verteidigung. Nach Osten ausgerichtet lag der Altar, auf dem etwas Metallenes glühte und über dem ein seltsam überirdischer Spiegel hing. Jehanine hatte nie zuvor buntes Glas gesehen, und es verwirrte sie. Sie hatte den Eindruck von Bewegung und Kraft, wo keine war, nur große, vom Licht verzauberte Farbflächen, von denen ein breiter Strahl auf sie herabfiel, denn die Sonne schien jetzt direkt darauf.

Der Strahl fiel ungehindert in den Chor und erfaßte eine

weißgekleidete Statue, die unmittelbar über dem Boden zu schweben schien.

Jehanine blieb stehen. Die Figur machte ihr angst – instinktiv drehte sie sich schutzsuchend zu der Nonne um. Aber diese blieb nicht stehen, sondern eilte weiter durch das Kirchenschiff. Als Jehanine sich wieder umwandte, bemerkte sie, daß der Sonnenstrahl weitergewandert und schwächer geworden war, das weiße Bildnis war nicht mehr da.

»Was starrt Ihr so?« fragte die Nonne. »Dies ist das Große Licht.«

»Was für ein Bild ist das?« fragte Jehanine.

»Das ist der Engel«, sagte die Nonne, machte einen Knicks dabei zum Altar hin, wobei sie Knie und Kopf beugte und mit ihren Händen Stirn und Brust berührte.

Der Engel im Fenster flammte aus einem Sonnenkranz von geschmolzenem Messing. Sein Sonnenblumenhaar wurde von einem Heiligenschein umkränzt wie von einer Münze neuen Goldes, und in seinen weißen Schwingen durchzogen feurige Adern jede Feder. Sein Blick war starr nach unten gerichtet, und einer seiner Füße ruhte auf einer schimmernden Erdkugel. In der Hand hielt er ein Feuerschwert. Er war wunderschön. Er erinnerte sie an jemand anderen... an Pierre. Jehanines Augen füllten sich mit Tränen. Voll Zorn und Schmerz wandte sie sich ab.

Nördlich des Altars befand sich eine kleine Kapelle. Dort konnten die Gläubigen von außerhalb ihre Gebete sprechen.

Pflichtschuldig kniete Jehanine sich auf den steinernen Boden. Sie nahm nichts weiter wahr.

Eine ganze Zeit lang gab sie vor, Gebete zu murmeln. Dann sah sie sich verstohlen um, die wachsame Nonne hatte sie allein gelassen.

Jehanine erhob sich. Der Gedanke an Schlaf war vergessen. Ihre Haut war angespannt. Sie dachte an das, was sie getan und was man ihr angetan hatte und daß sie in einer Art Gefängnis oder Falle saß, aus der sie nicht entkommen konnte. Als sie darüber nachdachte, merkte sie, daß sie zum Hochaltar zurückblickte, um zu sehen, ob der Strahl noch einmal durchs Fenster fiele, aber die Augenblicke des Lichts waren vorüber.

Kleine Plättchen von safranfarbenem Glas, nichts weiter, zierten die Kerzenleuchter und das Tuch. Als Jehanine sie ansah, mußte sie an das Topas-Kruzifix denken, das Pierre von ihrem Stiefvater Belnard geschenkt bekommen hatte.

Dann, in einem Anflug von auflodernder, gedankenloser und unbeschreiblicher Verzückung, fiel sie wieder auf die Knie. Ohne abzuwägen und ohne Ritus, schrie sie all ihre Qual hinaus. Weder war es ein Flehen noch ein Gebet, auch kein demütiges Akzeptieren. Sie war keine Heilige und gewiß auch keine unbefleckte Jungfrau mehr, die mit den schneeweißen Rosen des Martyriums gekrönt wird.

Die Glocke, die weit über ihr schwang, läutete zu den Offizien der Terz und scheuchte sie auf. Wie ein schuldiges Kind rannte sie aus der Kirche.

Tage vergingen, Blätter fielen, Vögel zogen nach Süden.

Jehanine diente dem Kloster zu dem Engel. Sie fegte die Höfe und schrubbte neben den jungen Mädchen, manche jünger als sie, die als Novizinnen hier waren, die Steinböden. Die Novizinnen hatten keinen Anspruch auf einen eigenen Habit, sondern trugen schlichte Gewänder wie sie, ihr hochgebundenes Haar war mit einem weißgebleichten Schal umhüllt. Manchmal kicherten sie unbekümmert, erzählten sich Geschichten oder sangen bei der Arbeit traurige, sanfte Lieder. Eine war sehr fromm. Ihr Name war Osanne. Sie hielt sich von den anderen fern, wischte und schrubbte für sich allein, murmelte dabei Gebete, rutschte auf den Knien, bis diese wund und ihr Rücken steif waren. Zum Ruhme Gottes.

Manchmal arbeiteten sie zwischen den spät blühenden Büschen im Garten, schnitten Zweige nach und zupften Unkraut, pflückten Pflaumen, sammelten Beeren und Kräuter zum Trocknen und Blüten zum Pressen. Sie wuschen Wäsche und die braungelben Kleider und hängten sie in den frischen Duft der Sonne. Sie schöpften Wasser aus den beiden Brunnen im Garten, von denen einer alt und brackig war, so daß man sein Wasser nur zum Putzen verwenden konnte.

Manchmal gingen die Novizinnen ins Haus des Noviziats, um aus den Büchern zu lernen, und ließen Jehanine allein. Sie sprachen selbst in ihren Tagträumen von ihrer Hochzeit und dem weißen mit goldenen Tränen bestickten Brautkleid, der Hochzeit, nach der sie ein für allemal ihrem Herrn gehören würden, dem Sohn Gottes. Sie benahmen sich wie alle jungen Mädchen vor der Heirat. Halb verängstigt, halb sich verzehrend vor Liebessehnsucht.

Jehanine konnte an ihrem Wagnis nicht teilhaben. Sie würde keine Nonne werden. Außerdem waren sie von vornehmer Geburt, diese Mädchen, überzählige Töchter, die man fortgeschickt hatte. Jehanine war ein Bauernmädchen aus dem fernen Norden. Sie konnte nicht lesen und kannte keine Lieder. Sie akzeptierten ihre Anwesenheit, denn sie war sehr freundlich, und ihre hochgewachsene schlanke, blonde Erscheinung ließ eine Wahrheit erahnen, die sie fühlten, aber nicht begriffen.

Jehanine fürchtete und verachtete, bewunderte und mochte sie. Osannes fanatischer Hochmut erschien ihr am natürlichsten, und wenn überhaupt, so fühlte sich Jehanine dabei wohler.

Außerhalb der dicken Mauern des Nonnenklosters pulsierte die Stadt und führte ihr eigenes Dasein. Gelegentlich drangen Geräusche herauf und oft die Ausdünstungen des dahinwelkenden Jahres. Inner- und außerhalb der Mauern blieb das Wetter dasselbe. Sollte sie in die Stadt, die Welt, zurückkehren wollen, Jehanine hätte es nur sagen müssen. Aber nachdem sie sich selbst ins Exil begeben hatte, konnte sie nicht mehr zurück.

Hatte Pierre jemals nach ihr gesucht? Zunächst glaubte sie, daß er dies getan hatte und sich um sie sorgte. Aber allmählich starben diese Hoffnungen auf Liebe und auf einen Neubeginn. Das gehörte einfach zum Heilungsprozeß. Sie begriff schon bald, daß sie intakt war, wenn auch voller Narben.

Sie war nicht unglücklich. Die anfallenden Arbeiten im Nonnenkloster waren nichts gegen die Schufterei auf Belnards Hof. Das Essen, wenn auch nicht so variantenreich und nicht immer so frisch, war ihr sicher. Und in das Haus der Frauen konnte die Bedrohung männlicher Gemeinheit und Brutalität nicht eindringen.

Ab und zu, wenn sie ihre unschuldigen Ballspiele im südlichen Garten oder im leerstehenden Hospiz spielten, erkoren die Novizinnen Jehanine zum Jungen. Sie mußte schiedsrichten, sie mußte drohen. Ein- oder zweimal küßten sie sie. Ebenso beiläufig wie man dem steinernen Kind, vielleicht einem Knaben, der die Schale des ausgetrockneten Brunnens hielt, einen Kranz auf die Stirn drückte.

Die Mutter Oberin hatte allerdings nie nach Jehanine schicken lassen. Vielleicht war sie über das Beachten solcher Waisen erhaben. Für eine Weile hatte Jehanine geglaubt, bei der weißen Gestalt handelte es sich um diese Mutter Oberin, die Königin des Bienenstocks, die als Lichtstrahl durchs Fenster gelugt hatte. Aber an besonderen Tagen erschien die Oberin im Refektorium und las persönlich aus der Schrift, während die Nonnen schweigend aßen. An ihrer Trennwand vorbei beobachtete Jehanine sie, noch ein Fuchsgewand, ein stolzes rundes Gesicht und plumpe Hände. Die Lichtvision, ungeklärt, blieb daher Jehanines Eigentum, alles, was sie besaß.

Der Garten und die Bäume wurden braun.

Hier habe ich also gelebt, dachte Jehanine, womit sie meinte, daß sie dreißig Tage oder mehr im Kloster verbracht hatte, obwohl sie die Zeit nicht recht abschätzen konnte. Fast war eine Jahreszeit vorüber.

Inzwischen konnte sie vom Hören her die Rufe zu den verschiedenen Offizien während des Tages unterscheiden. Sie kannte drei Ballspiele und einige weltliche Lieder der Novizinnen, obwohl sie sie nicht sang. Sie erlernte den Gebrauch der Gartenkräuter und, unbewußt, Mythos und Lehre der Kräuter, über die eine ältere Laienschwester aus einem Buch vorlas.

Wer war sie früher gewesen?

Einmal, im Zwielicht, sah sie vor sich eine weißgewandete Frau durch die überdachte Passage zwischen der Kirche und dem Haus der Novizinnen gehen. Am Ausgang der Passage verschwamm das weiße Gewand und war fort. Hinten im Hospiz befand sich niemand. Also war es ein Geist. Jehanine erfaßte Furcht – und Enttäuschung.

Sie sah sich in der Gastzelle um, in der sie immer noch die paar Stunden in der Nacht schlief. Ein welkender Zweig in einem zerbrochenen Krug, ein Holzkreuz an der Wand und ein Strohsack auf dem Boden, eine niedrige, schlichte Truhe, die ihren Umhang und ihr bißchen Wäsche enthielt und auf der ein Kamm lag und ein Schälchen Wasser stand, in dem eine Fliege ertrunken war. Das waren ihre Habseligkeiten. Sie hatte nie viel besessen. Als Kind eine Puppe von ihrer Mutter, die die Halbschwestern kaputtmachten, geschnitzte Stöckchen und Kiesel, die ein Junge namens Pierre ihr geschenkt und sich dann wiedergeholt hatte.

Der Geist gehörte allen, die ihn sehen konnten. Er mochte ihr Übles tun, gehörte ihr aber nicht allein.

Die Glocke läutete zur Vesper.

In jener Nacht betrat die Oberin das Refektorium. Sie schlug die Bibel auf dem Pult auf und las folgende Worte: »Gott haßte also seinen Sohn, so daß Er ihn der Welt überließ, damit die Welt sich seiner bemächtigte.«

Im Traum sah Jehanine die Stadt bei Nacht vor sich, sie glich einer öden Felswüste. Nichts regte sich, kein Licht war zu sehen. Der Mond hing niedrig. Dann schien im Osten ein heller Stern aufzugehen, der seine Strahlen über die Dächer sandte und ihre Firste beleuchtete. Heller und heller wurde der Stern, und dann öffnete er sich wie eine Blüte, und Dinge ergossen sich daraus.

Zunächst dachte sie, es seien Insekten, dann Vögel, dann Männer und Frauen, die über die Dachfirste von Paradys ritten. Aber auf der Kirche zu Hause hatte es einige grob gehauene Wasserspeier gegeben, und jetzt konnte sie die galoppierende Menge identifizieren – es waren Dämonen mit Menschenkörpern, mit Frauenbrüsten, aber den gehörnten Schädeln von Ziegen. Und Echsenmäuler schnappten und grimassierten unter ihren wilden langen Mähnen. Ihre Leiber besaßen die Farbe des erschöpften untergehenden Mondes und schimmerten grau. Ihr Reitgetier war mannigfach: riesige schwarze Hunde, geflügelte Körbe und Pfähle oder andere Kreaturen wie sie selbst...

Sie waren grauenvoll, lachten jedoch miteinander, riefen sich etwas zu und erfüllten die Luft mit dem unausrottbaren Gestank von Fäulnis.

Jehanine, träumend, war von panischem Entsetzen erfaßt, man werde sie sehen und greifen, aber sie bemächtigten sich eines anderen, der nicht weit entfernt gestanden hatte. Er schwang sich zu ihnen empor, und in dem Augenblick, als er an Jehanine vorbeikam, auf einer monströsen Bestie hokkend, die halb Schwein halb Fledermaus war, sah sie ihn. Es war Pierre, aber er bemerkte sie nicht und ritt mit seinen fröhlichen Höllenfreunden von dannen.

»*Jhane*«, schrie die Finsternis. »Jhane!«

»Jhane. Wach auf, Jhane.«

Jehanine öffnete die Augen und löste sich aus dem Schlaf.

Vor ihr, dunkel in der Dunkelheit, beugte sich eine Gestalt zu ihr. Jehanine war entsetzt, dann verblüfft. Kein Monster, sondern die hochnäsige Osanne, die als einzige der Novizinnen nie zuvor Jehanines Namen derart abgekürzt hatte.

»Was wünscht Ihr, Demoiselle?«

»Nennt mich nicht so. Ich werde eine heilige Schwester sein. Sagt das. Sagt *Schwester.*«

»Schwester.«

»Ihr macht mir Sorgen«, sagte Osanne. Sie setzte sich neben den Strohsack. Über ihrem langen Hemd trug sie ein Cape. Aber ihr Haar war nicht zusammengebunden und fiel ihr in ungeordneten Locken über die Schultern. »Habt Ihr geträumt? Hört auf damit. Hört zu. Ich möchte, daß Ihr mir erklärt, warum Ihr nicht in die Geborgenheit dieses Ordens eintreten wollt. Sturheit. Eure niedrige Herkunft, Eure Unwissenheit – das ist unbedeutend. Liebt Ihr Gott?«

Jehanine schwieg. Osanne atmete schneller.

»Antwortet mir, Mädchen. – *Liebt Ihr Gott?«*

»Wenn ich muß«, sagte Jehanine. Was für eine lauschige Nacht. Die Hölle ritt nicht über die Dächer. Der Traum verblaßte.

»Sünderin! Üble Sünderin! Wie kann Gott leben außer durch Liebe? Jedes dieser Worte ist ein Nagel in den frischen Wunden.«

»Demoiselle – Schwester Osanne – laßt mich allein.«

»Nein. Ich muß Eure Seele retten. Das weiß ich jetzt. Gott hat es mir aufgetragen. Steht auf. Kniet Euch neben mich.«

»Geht«, sagte Jehanine.

»Ich werde Euch zwingen, wenn es sein muß. Dummes Ding. Wollt Ihr auf ewig im tiefen Schlund brennen?«

»Was für ein Schlund ist das?«

»Närrin. Der lodernde Höllenschlund. Der riesige Kessel lebenden Feuers, wo Luzifer König ist. Nie endende Folter. Habt Ihr die Lektion nicht gehört, die die Mutter Oberin heute zum Abendessen verlesen hat? Gott hat die Welt so geliebt, daß er seinen eigenen Sohn, Jesus, gesandt hat, damit er uns errette.«

»Aber sie sagte –« entgegnete Jehanine und brach wieder ab.

Osanne, die nicht zugehört hatte, krümmte sich vor wie eine Schlange, packte sie und zog sie unter dem Laken hervor. Sie schlang die Arme um Jehanine und vergrub ihren Mund, heiß wie das Feuer, von dem sie brabbelte, an Jehanines Hals. »Jhane, Jhane, bete jetzt mit mir. Ich werde dich retten. Teure Schwester in Jesu. Du trägst die Zeichen des Guten in dir. So schön wie ein Kind, jedoch stark wie ein Junge – leg die Arme um mich, Jhane.«

Das tat Jehanine. Osanne fiel auf sie, und als sie so flach auf dem Strohsack lagen, wogten mächtige Wellen des Erschreckens aber auch der körperlichen Lust und des Entsetzens durch Jehanine. Die Dunkelheit des Raumes, in der alles halb verborgen blieb, schien alles fremd, entfernt und möglich zu machen. Osanne wand und krümmte sich. Sie lag jetzt unter Jehanine. Sie umklammerte Jehanine mit Armen und Beinen (ein Dämon, beritten), stieß plötzlich einen heiseren, irren Schrei aus, ein Stöhnen, ein Grunzen, und fiel wieder zurück.

»Was hast du getan«, keuchte sie. Sie stieß Jehanine beiseite. »Du bist böse. Schmutzig und verdorben. Besessen. Ein Monster – einer von Satans Handlangern. Oh, laß mich gehen –«

Schluchzend und würgend kroch sie an die frische Luft. Der Raum schien plötzlich eisig kalt zu sein. Wie unangenehm würde es im Winter sein.

Als Osanne, deren Geräusche durch die Angst vor Entdekkung gedämpft wurden, fort war, zog Jehanine sich an. Sie zitterte so heftig, wie sie es selbst nach der Vergewaltigung durch ihren Stiefvater nicht getan hatte.

Nachdem sie barfuß die Zelle verlassen hatte, überquerte sie den Hof in Richtung des südlich gelegenen Gartens, den sie im mondlosen Nichts der Nacht durchschritt. Ein kleines Backhaus, jetzt kaum benutzt, stand an der Außenmauer, wo auch ein bereits blattloser Baum in den Himmel ragte. Ohne Mühe kletterte Jehanine hinauf, zog sich die Mauer empor und sah sich zum ersten Mal in Paradys um, ohne zu träumen.

Sie hatte nie genau gewußt, wo sich das Nonnenkloster eigentlich befand. Jetzt sah sie die unbestimmten Schluchten der Gassen, der Gebäude, keine Lichter und das kühle Funkeln der Sterne. Dann sprang sie von der Mauer in einen Abgrund, der zweieinhalbmal so tief war wie sie groß.

Sie fiel in rauhe und unebene Weichheit – ein Haufen Säcke, von denen einige vielleicht mit Mehl, andere mit Daunen gefüllt sein mochten, denn bei ihrem Aufprall staubte es und Weiches wirbelte herum.

»Na, du hast mich ja lange warten lassen«, sagte eine Stimme. »Das ist der einzig vernünftige Weg, weißt du, dieser Baum, dann runter. Aber ich hätte gedacht, du würdest ihrer früher überdrüssig werden. Hier. Sieh mal, was dein Freund dir mitgebracht hat.«

Jehanine, die noch auf den Säcken lag, blickte im trüben Licht einer Laterne nach oben in ein grinsendes Gesicht und auf zwei baumelnde Hände, eine Tunika, ein Hosenbein und einen Stiefel aus glattem Leder. Das war ein Traum. Wie der andere. Und da Träume ihre eigenen Gesetze haben, stand Jehanine auf und packte den Zwerg.

»He, he. Du kannst sogar zurückkehren. Wir werden uns darum kümmern, bestimmt. Aber zunächst müssen wir woandershin. Zieh das an. Du kannst nicht als Mädchen herumlaufen. Ich schaue in die andere Richtung.«

Jehanine schlug dem Zwerg ins Gesicht. Diesmal traf der Schlag auf Fleisch und wirbelte ihn herum. Er ließ das Zubehör für eine männliche Erscheinung fallen, beinahe auch die Laterne. Jehanine beugte sich zu den Kleidungsstücken hinunter und hob die Sachen auf.

Das war nicht so ein Lumpenzeug wie das ihres Halbbruders. Dies hier schien ungetragen zu sein, die Kleidung eines weltgewandten Herrn, protzig, elegant – was ein Mann stehlen würde, der im Stehlen geschickt war.

Es war ein Traum.

»Scher dich dort rüber«, sagte Jehanine. Sie begann, die Unterhosen und Beinkleider unter ihrem Rock hochzuziehen, sobald der Zwerg sich abgewandt hatte. Sie schob und zerrte die geraubten Sachen zurecht; das war eine prachtvolle Rüstung. Sie rollte ihre Kleider zusammen, wie eine abgelegte Haut, und ließ das Bündel auf den Säcken zurück. In einem Traum, wer sollte sie schon finden?

»Gut. Los komm, hier entlang«, sagte der Zwerg und stürmte voran.

Plötzlich flammte seine Laterne hell auf. Jetzt war keine Vorsicht mehr erforderlich.

Jehanine hatte vergessen, welche Bewegungsfreiheit diese Kleidung gewährte, wie sie ein Junge, ein junger Mann gewesen war, aber jetzt erinnerte sich ihr Körper selbst daran. Plötzlich mußte sie lachen, und der Zwerg sagte: »Hier entlang, Jehan. Gepriesen sei der Prinz, es ist eine schöne Nacht.« Sie eilten die Gassen entlang, sie kamen an Flußwindungen vorbei, die sie hinter den schwarzen und verfallenen Mauern sehen konnten. Zwischen einigen Hütten brannten unheimliche Feuer, und hier und da schaute ein gespenstisch erleuchtetes Gesicht zu ihnen herüber. Auf einer gepflasterten Straße prasselten zwei Fackeln vor einem Haus mit hellerleuchteten Fenstern. Es war eine Schänke mit einem hin und her schaukelnden Schild, das eine geisterhafte Figur mit Flügeln zeigte – eine Erscheinung. Der Zwerg trat durch einen Nebeneingang ein und stieg eine baufällige Treppe hinauf. Jehanine folgte ihm. Im Gang, wo ihr Kopf beinahe gegen die durchhängenden Balken stieß, klopfte der Zwerg an eine Tür. Sie wurde von innen geöffnet. Sie traten in das Rund des Raumes, umringt von Gesichtern. Dicke Kerzen spiegelten sich auf Krügen und Messerklingen.

»Hier kommt Fero.«

»Willkommen im *Imago*«, sagte der Zwerg. Dann, in den Raum hinein: »Wie ihr seht, meine Freunde, habe ich ihn mitgebracht, wie ich versprochen habe. Was haltet ihr von ihm?«

Jehanine stand stocksteif da. War dies ein erneuter Verrat? Selbst in Träumen mochte dergleichen vorkommen. Leise aber deutlich sagte sie: »Wen kümmert's, was sie von mir halten. Wer trifft hier die Wahl?«

In dem Raum befanden sich Männer und Knaben. Jeder ein Dieb, das konnte man auf den ersten Blick sehen. In jedem Gürtel zumindest ein Messer, in jeder Maske die gierigen Augen; sie trugen Tracht und Zeichen von Männern, die ihren Rang mit Klauen und Zähnen verteidigten.

Der Traumzwerg, pervers und verrückt, hatte sie hergebracht, damit sie sich zu ihnen gesellte. Warum? Weil er ihre verbrecherische Aura witterte.

»*Wir* wählen«, erklärte ein Mann aus dem Kreis. »Aber du siehst geschickt und begierig genug aus. Der Zwerg irrt sich selten. Er hat auch mich gefunden, nicht wahr?«

»Dann«, sagte ein anderer, »wollen wir die Gabe sehen, das Einbringsel.«

»Weißt du, was er damit meint, mein Junge?«

»Ich werde ihm sagen, was ich meine. Ich meine etwas Kostbares von ihm an uns. Einen Judaskuß. Ein Spiel. Beweise. Was hat er uns also anzubieten?«

»Sich selbst, das würde ausreichen«, erwiderte einer.

Der Zwerg, Fero, schlich schlurfend von Jehanines Seite. Jehanine, Jehan, sie-er stand allein da, die Tür im Rücken, die rauhbeinige Schankwirtschaft und die schwarzen Tunnel der nächtlichen Großstadt unter ihr. Sie sagte: »Ihr könnt ein Geschenk bekommen.« Sie fühlte sich selbst bis zur Schädeldecke erbleichen, sie bemerkten es und warteten ab. »Ich habe Verwandtschaft in der City, jemand, der mich betrogen hat. Den überlass' ich euch.«

»Was soll das bringen? Ist er wohlhabend?«

»Nicht sonderlich.«

Ein oder zwei fluchten. Ein Mann trat dicht an sie heran und legte seine Hand ohne Umschweife auf ihren Schritt. Sie wich zur Seite, ehe er merkte, daß er nur einen täuschenden Stoffwulst berührt hatte – und haute ihm auf die Nase. Als er sich abwandte, tränenblind und wutschnaubend, lachten die anderen und zollten ihr Beifall. Sie hatte ihre Halbbrüder und ihren Stiefvater kämpfen sehen. Wie es schien, hatte sie sich ihre Tricks gemerkt.

Sie erklärte: »Was ich anzubieten habe, ist mein Bruder. Ich hasse ihn. Ich kann es so einrichten, daß ihr ihn allein erwischt. Er trinkt bis spät in die Nacht im *Cockatrice*, und vielleicht ist er jetzt dort. Seine Kleider sind gut. Zieht ihn aus und entblößt ihn. Er ist hübsch. Tut, was euch gefällt. An seinem Hals baumelt ein goldenes Kruzifix. Mit einem Edelstein.«

In ihrem Kopf drehte sich alles. Sie schloß die Augen.

Irgend jemand fing sie bei den Schultern auf, und ein Becher stieß gegen ihre Lippen. Sie trank herben Wein.

»Um was geht es, Junge, um Rache?«

Es war der Mann, der als erster gesprochen hatte und außerdem der Protegé des Zwergs war. Offenbar gefiel ihm Jehans Äußeres, und vielleicht würde er ihn, also *sie*, auch beschützen. Sie schob seinen Arm beiseite.

»Meine Rache ist euer gewünschtes Einbringsel. Noch was?«

Da es ein Traum war, wußte sie, daß ihr Bruder, der schöne Pierre, in jenem anderen Gasthaus sein würde. Sie wußte, wenn sie sie dorthin führte, fänden sie ihn.

Der Zwerg saß an einem Tisch und trank; er machte keinerlei Anstalten, an dem Spaß teilzunehmen, zeigte kaum Interesse, aber sechs oder sieben seiner Kumpel bedrängten sie jetzt. Gemeinsam gingen sie die Wendeltreppe hinunter, polternd, und ins Freie. Jehanine kannte den Weg zum *Cockatrice* nicht, aber die anderen. Sie stiefelten wie eine Räuberbande daher, Strolche, großspurig und furchtlos. Das war ihr Revier, dieser Weg am Fluß mit seinem Schlick und den Rattenlöchern. Manchmal wurden sie provoziert, oben von einer Mauer oder aus den Tiefen einer Hütte, Parolen wurden getauscht, Pfiffe oder Hundegebell, und einmal ließen zwei Männer Wasser in einen Brunnen, um einen alten Schwur zu erfüllen. Dann überschritten sie eine unsichtbare Grenze. Die Formation des Trupps änderte sich. Jetzt waren sie wachsamer und marschierten zu zweit oder dritt mit dem Messer in der Hand.

»Kein eigenes Messer?« Jehans Beschützer legte ihr seine freie Hand auf die Schulter. »Dieser Bruder – hat er dir Ärger wegen des Geburtsrechts gemacht, ja?« fragte er und setzte damit den vorhergegangenen Dialog fort. »Meine Hurensöhne von Brüdern haben das mit mir auch gemacht.«

Unversehens tauchte das *Cockatrice* auf, das Jehanine zu ihrer Überraschung wiedererkannte.

»Wartet hier. Ich sehe nach.«

»Keine krummen Scherze«, sagte einer, aber mehr nicht. Als hätte sie sie schon seit Jahren gekannt, wäre mit ihnen nach verzweifelter Kindheit auf den Dunghaufen von Paradys wie die wilden Blumen aufgewachsen.

Sie steuerte Richtung Schlangenhahn, wobei sie jungenhaft ausschritt, wie die unbequemen Stiefel ihres Bruders es sie gelehrt hatten. Unter dem Wirtshausschild spie sie aus. Die Schenke lag im Halbschlaf, von sterbenden Kerzen flakkernd kaum erhellt. Bis auf einen Schläfer am Ofen und einen Mann, der auf einem der Tische mit einer Dirne zugange war, schienen alle Trinker fort zu sein.

Aber es war ein Traum, und daher mußte Pierre geblieben sein. Wo hatte er damals gesessen, in jener Nacht, als sie ihn angefleht hatte? Sie war sich nicht sicher.

Zwei Männer kamen eine Treppe herunter. Während sie sich unter den Zöpfen von Zwiebeln hindurchbückten, gähnten sie und brummten vor sich hin. Sie waren bei einem Mädchen gewesen, die sie vor dem Hahnenschrei hinausgeworfen hatte. Der alte Motius würde heute außer sich über ihre Verfassung sein. Doch der alte Motius war ein intellektueller Trottel, der zwar esoterische Riten vollzog, aber glaubte, Mäuse hätten die Grundierfarbe gefressen, die seine Schüler stahlen und verhökerten. Motius war ganz verliebt in Pierre. O ja, das war er. Ein Blick aus seinen strahlenden Augen, und der alte Knabe würde ihre Hurereien wahrscheinlich noch aus seiner eigenen Tasche bezahlen.

Als Pierre an ihr vorüberkam, nahm Jehanine seinen Ärmel zwischen ihre Finger.

Er drehte sich um und starrte sie an. Seine Schönheit, der seine Ausschweifung keinen Abbruch getan hatte, drehte ihr das Herz im Leibe um. Er sah sie an, als habe er ein Gespenst vor sich.

Er sagte nichts. Sein Kamerad sagte voller Verwunderung: »Dein lebender *Schatten*, Pierre.«

Jehanine sagte zu Pierre: »Du mußt mit mir kommen.«

Der andere Student entgegnete: »*O* nein. Komm, Pierre. Das ist irgendein Schelm.«

Jehanine vertrat ihnen den Weg. Sie schubste den Studenten beiseite. Leicht beschwipst und ermattet, und auch nicht die Kraft ihres harten Lebens besitzend, stürzte er zwischen die abgenagten Knochen und die Kaminasche. Dort blieb er verblüfft liegen und übergab sich dann, was Mißfallensäußerungen aus etlichen finsteren Ecken des Gasthauses zur Folge hatte.

Während sich dies abspielte, zog Jehanine ihren Bruder hinter sich her. Sie starrte ihm in die Augen, faßte ihn dann aber nicht mehr an. Er folgte ihr, ohne zu wissen, weshalb.

Als sie ins Freie traten, fragte er: »Wer seid Ihr?«

»Deine Schwester«, sagte Jehanine. Aber nicht laut.

Fast lustlos führte sie ihn in die Gasse, wo die *Imago*-Diebe warteten. Sie zerrte ihn an einer unsichtbaren Leine. Dann, in der Gasse, nahm sie ihren Bruder bei der Hand und zog ihn vorwärts.

»Hier«, sagte sie zu den Dieben. Ein Licht flackerte auf und erlosch. Drei von ihnen stürzten sich auf ihn und stülpten ihm einen Sack über Kopf, Schultern und Arme. Sie droschen auf ihn ein, er fiel hin und wurde fortgeschleift. Sie zerrten ihn in die Gosse, wo die Ratten davonstoben.

Sie stand daneben, sie sah zu – von Ferne leuchtete eine Lampe, das Zeichen irgendeines Bordells –, als sie Pierre die Kleider vom Körper rissen, den gefärbten Ledergürtel und die eleganten Schuhe. An seiner Kehle funkelte der Topas. Den bewahrten sie sich bis zum Schluß auf. Pierre lag stöhnend da, sein Kopf steckte immer noch in dem Sack.

»Was jetzt?« fragte einer.

Die Bande grinste und zog ihrem Gefangenen langsam das Tuch vom Gesicht.

»Eindeutig deine Sippschaft.« Sie drehten ihn auf den Bauch. »Willst du ihn?«

»Inzest«, sagte Jehan. Jehan lächelte. Stiefelte dann davon und lehnte sich an einen Pfahl, ohne sich noch anzusehen, was Pierre Belnard von der ganzen Bande angetan wurde.

Aber Jehanine hörte Pierre mehr als einmal aufschreien, ein heiseres männliches Kreischen. Bei ihrer eigenen Vergewaltigung hatte sie nicht geschrien. Auch hatte man sie nicht so zu würdigen gewußt, denn seine Schänder sprachen Liebesworte zu ihrem Bruder.

Schließlich herrschte Schweigen bis auf den Herzschlag der Stadt, ein merkwürdiges Geräusch, das Jehanine plötzlich wahrgenommen hatte, der Zusammenklang aller schlagenden Herzen von Paradys. Die Hand von den Augen nehmend, bemerkte sie, daß das ferne Türlicht an Helligkeit zugenommen hatte. Irgendwo in einer Gasse krähte ein Hahn. Dann läuteten, eine nach der anderen, die Glocken auf der anderen Seite des Flusses, näher, der Ruf zur Prima Hora, Morgendämmerung.

Jehans Beschützer, dessen Name sie als Conrad verstanden hatte, rüttelte sie an der Schulter. Er schwitzte und strömte einen strengen Geruch aus. Sie wich vor ihm zurück. »Du hast es uns bewiesen«, sagte er. »Du bist einer von uns. Sünde um Sünde.« Die anderen murmelten zustimmend. »Mach du es jetzt mit ihm.«

»Nein«, sagte Jehanine.

Sie ging zu dem Fleischhaufen, der ihr Bruder war. Er lag jetzt auf der Seite, vielleicht bewußtlos, und atmete durch den geöffneten Mund. Er war nackt, besudelt mit Blut und Schleim. Sie neigte sich zu ihm und zog seinen Kopf an dem beschmutzten Haarschopf ein Stückchen empor. Die Morgenröte ergoß sich über die Welt. Seine Augen klappten auf. Er sah sie an, erkannte sie wieder, wenn er nicht sogar wußte, wer sie war. Der Blick war so grauenhaft, so gepeinigt und zerstört, so ohne jedwede Hoffnung auf Hilfe oder Mitleid, daß er sie an das Antlitz des gekreuzigten Heilands erinnerte, und bei diesem Gedanken erschauerte sie.

»Es ist niemals geschehen«, sagte sie leise zu Pierre. »Etwas so Widerwärtiges.« Dann erklärte sie den anderen: »Ich will ihn nicht. Ich will etwas anderes.« Sie riß ihm das Kruzifix vom Hals und ließ sein Gesicht wieder in den Dreck fallen.

Die Räuberbande beäugte sie im dämmernden Licht.

Einer deutete auf Pierre. »Besser, wir töten ihn. Dann verscharren.« Zu Jehanine hinzufügend: »Du gibst das her.«

»Das gehört mir«, sagte Jehanine.

Es war ein Traum; sie schüttelte sie mühelos ab.

Es war ein Traum, aber in der Hand hielt sie das Topas-Kreuz.

Also gut, wach endlich auf. Aber es gab kein Erwachen.

Sie sah vor sich das Nonnenkloster, das sich aus einer Brandung angespülter Straßen erhob. Hier waren die Wohnungen von besserer Qualität, und der Fluß, eine kristallene Straße, die von einem Schiffsmasten eingeschnitten wurde, befand sich nicht weit entfernt – diese Dinge hatte sie zuvor nicht wahrgenommen.

Sie gelangte an die Stelle der Mauer, hinter der sich das alte Backhaus befand, und sah die Wipfel des Baumes, den sie hinaufgeklettert war, zweieinhalbmal so groß wie sie, über sich aufragen. Die Säcke waren nicht mehr da, aber ihre Kleider lagen zum Bündel zusammengerollt noch genauso da, wie sie sie zurückgelassen hatte. Und von einem dicken Ast baumelte ein Hanfseil an der Mauer herunter. Der Zwerg war wiedergekommen, um ihr zu helfen, denn es war eben doch kein Traum gewesen.

Sie befestigte die Frauenkleider an ihrem Körper, packte das Seil und kletterte die Mauer empor. Im Baum löste sie das Seil, rollte es zusammen und nahm es beim Abstieg mit hinunter.

Im Gebüsch unterhalb des Baumes wechselte sie die Kleider, alles war noch feucht von Tau, denn die Nonnen würden gleich aus der Kirche kommen und zum Refektorium gehen, wo einige ältere Laienschwestern bereits das Porridge vorbereiteten.

Während sie irgendwie mit den in ihren Röcken verborgenen Sachen ihre Zelle erreichte, auf Ausreden vorbereitet, begegnete sie niemandem.

Jehanine legte ihre neue Habe in die Truhe. Das Seil, die Männerausstattung, ein Messer, das Conrad ihr auf dem Marsch zum *Cockatrice* zugesteckt hatte. Zuletzt aber legte sie das Topas-Kreuz auf ihr Lager. Die Kette war gerissen und verlorengegangen. Sie würde sich ein anderes Band suchen, dann konnte sie es unter ihrem Kleid tragen.

Bleicher als die Morgendämmerung schimmerte der Edeltopas nur für sie. Von den Wüsten nahe eines Salzsees, am Fuß der Berge, wo Gott gewandelt war und in dessen Gestein Er seine verheerenden Gebote gemeißelt hatte, von den Gräbern der Propheten und des Messias, von den überwältigenden Heiligtümern der Ungläubigen stammte dieses Juwel.

Sie sah das entsetzte Antlitz ihres Bruders vor sich.

Sie verstaute das Kruzifix in der Truhe.

Schwester Marie-Lis blieb unter einem Rundbogen im südlichen Kreuzgang stehen, da Jehanine sie anschaute. Sogleich schwebte die junge Nonne, die Hände in den weiten Ärmeln gefaltet, hinaus auf das Fleckchen Gras. Der ausgetrocknete Brunnen, dessen Schale von dem Kind mit dem ungebändigten Haarschopf gehalten wurde, war wieder geschmückt. Das Kind trug eine Art Dornenkrone aus einem blattlosen Schlinggewächs. Schwester Marie-Lis schien solchen Dingen keinerlei Beachtung zu schenken. Sie eilte zum gegenüberliegenden Flügel des Klosters, wo das Mädchen aus dem Norden und drei der Novizinnen fegten.

»Kommt her, Jhane.«

Jehanine ging auf sie zu. Ihr Haar wurde von einem Schal

gebändigt, aus dem sich einige Strähnen wie Strahlen der Wintersonne verflüchtigt hatten. Ansonsten sah sie sittsam aus, immer im Widerstreit mit ihrem guten Aussehen.

Die junge Nonne musterte sie, dann sprach sie die Novizinnen an.

»Wo ist die Novizin Osanne?«

Die Mädchen sahen sich um.

»Aber sie ist doch hier –«

»Sie ist mit uns herausgekommen. Sie hat nicht gefrühstückt. Sie hat sich selbst eine Buße auferlegt.«

»Die Oberin sagt, Osanne sei hochmütig in ihrer Demut…«

»Scht«, sagte Schwester Marie-Lis. »Osanne hatte heute morgen die Aufgabe, in der Krankenstube Dienst zu tun.«

»Nun, sie wird dies mit Freude übernehmen.« Die Krankenstube bedeutete kranke, senile Nonnen und Waschzuber, um besudelte Laken zu kochen.

Schwester Marie-Lis sagte: »Unser Herr hatte Mitleid mit den Kranken. Mit allen, die ihn anriefen.«

Jehanine hob den Blick. Sie lauschte und hörte Schwester Marie-Lis sagen:

»Hat er die Welt nicht gegen den Willen seines mächtigen Vaters geschaffen? Hat er nicht alles gewagt und verloren, damit die Menschheit leben möge? Und als er fiel, entfachte er das Feuer von Mond und Sternen und den Gipfeln der Berge.«

Da rief eine der Novizinnen: »He, dort ist Osanne. Sie rutscht auf den Knien, schrubbt die Steinplatten und *leidet.*«

Weiter hinten im Kreuzgang, jenseits der Streifen von Sonne und Schatten, schaukelte die mystische Gestalt von Osanne mit ihrem Lumpen wie eine Schlange hin und her.

»Osanne«, rief die junge Nonne nun streng, »laßt diese Arbeit und begebt Euch sofort in die Krankenstube.«

Osanne schien nicht zu hören. Schwester Marie-Lis machte einen Schritt, sachte, als ginge sie übers Wasser, auf die kniende Gestalt zu. Und in diesem Augenblick erhob sich Osanne. Ohne einen Blick oder ein Wort wandte sie sich ab, ging durch den Kreuzgang hinaus in den Garten. Ihr Kleid blitzte grellweiß auf, ehe sie verschwand.

»Das war nicht Osanne, Schwester!« sagte eine der Novizinnen. »Und seht – die Steine sind nicht einmal feucht.«

»Scht«, sagte die junge Nonne nun noch einmal. Sie besann sich der Hand in ihrem Ärmel und berührte damit Stirn und Brust.

Jehanine verspürte das Verlangen, Osanne als Jehan zu folgen. Oder sie könnte einen der Diebe hereinschmuggeln, wahrscheinlich Conrad, und ihm Osanne überantworten, wie sie – jenen anderen –

Ein fürchterlicher Schmerz zerriß sie, zerschnitt sie. Sie sank plötzlich auf den Boden und blieb reglos liegen. Als die Novizinnen aufkreischten und zu ihr liefen, um sie besorgt anzustarren, bedeckte Jehanine ihre Augen mit den Händen. Die junge Nonne war gegangen. Da läutete die Glocke: Terz. Die Novizinnen umflatterten sie aufgeregt. Sie mußten zum Stundengebet in die Kirche, aber was sollte mit Jhane geschehen?

Jehanine stand langsam auf. Ihr war nichts Besonderes passiert, sie bekam nur ihre Monatsblutung, weiter nichts.

Als die Novizinnen davoneilten, wurde ihr klar, daß sie in den nächsten Tagen nicht zu den Räubern zurückkehren konnte, denn in diesem Zeitraum konnten sie sie wittern, wie eine Hündin, und damit die Wahrheit über ihr Geschlecht erfahren.

Was Pierre anging, so hatten sie ihn wohl umgebracht, entweder durch das, was sie ihm angetan hatten, oder anschließend mit ihren Messern.

Sie mußte davon ausgehen, daß er tot und sie seine Mörderin war. Darauf lief alles hinaus.

Als sie zu dem von Osanne zurückgelassenen Eimer und Scheuerlappen hinüberging, bemerkte sie einen seltsamen und köstlichen Duft. Er verflüchtigte sich augenblicklich.

Nachdem sie sich niedergekniet hatte, begann sie, die Steinplatten sorgfältig abzuwaschen.

An den folgenden Tagen wurde Osanne bei ihren Pflichten und religiösen Übungen unablässig, aber nicht lückenlos beobachtet. Offenbar war sie krank, oder ihr fanatischer Glaube zwang sie häufig zu einsamen Gebeten – denn am meisten sah man sie in der Kirche. Wenn aber die anderen hereineilten, ging sie weg, war fort. Sie redete mit niemandem. Man erzählte Jehanine, die Oberin lasse nach Osanne schicken, aber offenbar gehorchte Osanne der Oberin nicht.

»Seht doch. Da geht sie«, sagte eine der Novizinnen zu Jehanine, als sie gemeinsam die überdachte Passage von der Nordwand der Kirche zum Noviziat durchschritten. Das Wetter wurde allmählich frostig, aber sie trugen ein Faß mit dicken Kerzenstummeln zwischen sich, die zu neuen Kerzen umgeschmolzen werden sollten, und das war eine schwere, wärmende Arbeit. Osannes huschende Gestalt bot ihnen Anlaß, kurz innezuhalten und das Faß abzusetzen. »Seht, wie weiß ihr Rock ist, und der Schal. Sie muß die Sachen immer wieder gebleicht haben...«

Der Vorgang des Bleichens, zu dem unbedingt Maultierurin gehörte, war äußerst unbeliebt, aber Osanne würde zweifellos darin schwelgen.

»Osanne!« rief die Novizin. »Laufen wir hinter ihr her, um sie einzuholen.«

Sie rannten, holten sie aber nicht ein. Hinter dem Durchgang war der Hof des Wohnheimes leer und der anschließende Kirchhof ebenfalls.

Sie kehrten zu ihrem Faß mit Kerzen zurück, und die Novizin begann von ihrer Vermählung mit Christus zu erzählen.

Kurz nach dem Mittagsläuten träumte Jehanine, der Zwerg käme zu ihr in die Zelle. Auf der Schulter trug er eine Steinschale, deren Inhalt – Feuer – er auf den Boden goß.

»Fero, Fero«, sagte er. »Warum hast du mich an der verdammten Mauer warten lassen?« fragte er. »Steh auf und komm mit zur Schänke der Erscheinung. Den Weg kennst du, du kannst ihn finden.«

Jehanine öffnete die Augen, und sowohl der Zwerg als auch das Feuer waren verschwunden. Ihre weibliche Blutung war vorüber, und nachdem sie aufgestanden war, klappte sie die Truhe auf und besah sich die darin befindlichen Gegenstände: die Männerkleidung, das Seil und das Topas-Kreuz.

Bald darauf verließ ein langhaariger Junge die Zelle und stahl sich leise über die Höfe. Die Nonnen gaben sich in der Kirche ihrem Gesang hin, im Garten zwitscherte eine aufgeschreckte Nachtigall trauernd, daß der Sommer dahin war. Hier und da hatte der Garten angefangen, seltsam zu riechen. Der Gestank der Abfallgrube hatte abgenommen, aber der Komposthaufen, wo sich streunende Katzen zu erleichtern pflegten, schien in der Nachtkälte beißender zu stinken. Der alte Brunnen roch übel und hätte einer Reinigung bedurft. Der heimliche Junge schlich weiter, fand seinen Baum, kletterte hinauf, schlang das Seil darum und begab sich in die dunkle Stadt. Die Nöte des Klosters waren für die nächste Zeit nicht mehr die seinen.

Das *Imago*, das seinen lateinischen Namen einer obskuren Geschichte verdankte, der zufolge die römischen Truppen einst an diesem Flußufer gelagert hatten (als Paradys nur eine Aneinanderreihung von kümmerlichen Hütten war), hatte sich nicht verändert: es wurde gegrölt und geprügelt, und als Jehan die Treppe zum oberen Zimmer hinaufstieg, konnte sie auch keinerlei Beachtung gebrauchen.

Jehanine klopfte nicht an. Sie stieß die Tür auf. Dort waren sie versammelt und starrten sie an. Den Zwerg konnte sie nicht sehen, aber Conrad sprang fluchend auf. Andere stürzten vor, hielten dann aber inne. Sie glaubten, daß sie, jetzt er, zu ihnen zurückgekehrt war. Was hatten sie vor?

»Dieb«, sagte der Dicke.

»Verdammtes, ausgekochtes Schwein«, sagte der Mann mit der Narbe auf der langen Nase.

Jehan zuckte lässig die Schultern.

»Hast du's mitgebracht?« brüllte Conrad.

»Was?«

»Den Edelstein.«

»Der gehört mir. Ich bin nicht aus Bußfertigkeit zurückgekommen.«

»Packt ihn«, sagte Narbennase. Wieder schwappte eine Woge vor, die dann, vielleicht wegen Jehans hoher, noch nicht mutierter Stimme, stockte.

»Ich besorge euch etwas Besseres.«

Sie drängten gegen sie, aber aus dem bösartigen Ansturm war kratzbürstiger Zweifel geworden. Sie trat um sich und schüttelte sie ab.

»Wer führt den Haufen an?« fragte sie.

»Niemand. Wir sind eins. Eine Bruderschaft. Gleicher Anteil, gleiches Stimmrecht für jeden.«

Da kam ihr der Gedanke, daß der Zwerg in Wirklichkeit über die Bande regierte. Das hatte sie geahnt. Aber es war ihnen unangenehm, die Tatsache einzugestehen, sie schützten Gegenteiliges vor und nahmen Zuflucht zu groß tönenden Phrasen von Brüderlichkeit.

»Dann werde *ich* euer Anführer«, sagte Jehan. »Noch einmal.«

Sie wurde ausgelacht. Sie nahm keine Notiz davon. Während sie in Rock und Schürze nichts zu sagen gehabt hatte, hatte sie jetzt, mit flachgebundenen Brüsten und einem bißchen Stoff in der Hose etwas zu sagen, und sie würde es sagen.

»Ruhig, ihr Schweine. Hört zu. Habe ich euch nicht schon einmal zu netten Spielchen verholfen?«

»Und uns dann aufs Kreuz gelegt.«

»Was ist so ein kümmerliches Stückchen buntes Glas? Für mich besaß es einen Wert, nicht für euch.«

Eine Sekunde war sie drauf und dran zu fragen, ob sie ihr Opfer abgestochen hatten, Pierre, ihren Bruder. Irgend etwas ließ ihr aber die Zunge am Gaumen kleben, und als sie wieder sprechen konnte, sagte sie: »Am oberen Hang der City, bei der großen Kirche, die sie da hochziehen. Ich kenn' da eine Frau. Es ist ein wohlhabendes Haus. Ihr werdet erleben, wie wir seinen Geheimnissen auf die Spur kommen.«

Der Gedanke an die fette Frau, die Haushälterin mit den Schlüsseln, die sie an jenem ersten Tag bei dem Statuenbrunnen auf der Straße angesprochen hatte, war Jehan erst an jenem Morgen gekommen, als sie im Anbau der Krankenstube Kräuter sortierte. Daß es sich um ein reiches Haus handelte, war offensichtlich. Daß die Frau ihm vorstand, wahrscheinlich. Der Hausherr war »alt« und »immer in Geschäften unterwegs«. Komm herein, hatte sie Jehan gedrängt.

Eine Zeitlang besprachen sie sich und lehnten ab. Aber wie sie so schweigend in der Tür stand und die Bande mit wachen Augen beobachtete, bekam sie sie herum. Conrad erklärte, dieser Junge sei ein Dämon, und ein anderer, daß Dämonen den Abgefeimten Glück brächten, und alles lachte und sprach vom schwefelgelben Haar, und anschließend gingen zehn von ihnen mit ihr die Stiege hinunter, und nur drei blieben mürrisch zurück.

Unterhalb der Mauer des üppig bewachsenen Parks, im Schatten der Tempelkirche, starrten die Diebe zum Haus hinüber, das Jehan ihnen gezeigt hatte. Und die Glocken der Stadt läuteten das Morgengebet.

»Ihr bleibt also hier, während ich die Madame wecken gehe«, sagte Jehan. »Wenn ich im Haus bin, Conrad – dann kommst du rüber und wartest an der Tür. Sonst keiner, erst wenn er das Zeichen gibt.«

Leichtfüßig eilte Jehan, eine düstere Gestalt in der Dämmerung, zur Seitentür und rüttelte daran. Wie sie vermutet hatte, hielt der Junge, den sie gesehen hatte, dort Wache. Und schon hörte sie sein Maulen durch die Türbretter.

»Ist dein Herr zu Hause?« fragte Jehan.

»Nein. Der Herr ist fort«, tönte die hohe Stimme, töricht vor Schlaf und Widerwillen.

»Die Haushälterin aber. Deine Herrin.«

»Die ist zu Bett.«

»Weck sie«, sagte Jehan in tiefem, furchteinflößendem Tonfall.

Durch die Tür hörte Jehan den Jungen davonstolpern.

(Von der Mauer auf der anderen Straßenseite erklang meuterische Unruhe, die sie ohne einen Ton oder eine Geste abwürgte.)

Dann wurde oben in einem pilzförmigen Erker ein Fenster hell. Abermals vernahm Jehan menschliche Laute des Ärgers.

(Conrad war vorgetreten und stand jetzt bei dem überdachten Brunnen. Jehan stieß einen Arm zum Ausdruck ihres Zorns in die Luft, und er ging hinter dem Trog in Dekkung.)

Das Trampeln der Plattfüße der Frau war im Haus zu hören. Welch ein Glück, daß die beiden allein waren. Wie es schien, kein weiterer Dienstbote, und der alte Mann »fort«.

»Wer ist da? Wer seid Ihr? Gesindel...«

Die Stimme der Frau klang atemlos, aber nicht beunruhigt, nicht im geringsten auf Ärger vorbereitet. Vielleicht hatte sie nichts gegen nächtlichen Überraschungsbesuch. Jehan legte ihren Mund an die Tür und stöhnte: »Gütige Frau, laßt mich um Christi willen ein. Ihr kennt mich – jener Bruder eines der Studenten von Meister Motius, Pierre –« Bei diesem Namen bebte ihre Stimme, was nur günstig war. »Ich bin überfallen worden. Räuber. Helft mir –«

Dann berechtigte Entrüstung und Zorn jenseits der Tür, und Riegel und Sicherheitsbalken wurden entfernt.

Im Nachtgewand wallte die Frau in die Türnische. Sie steckte die Kerze hinaus, und Pierres hübscher Bruder Jehan stand schwankend und schwächlich, sich mit einer Hand die Seite haltend und um Luft ringend, im Lichtkegel.

»Beim Odem Gottes. Armer Junge. Komm sofort herein. Hier. Stütze dich nur ruhig fest auf mich. Ich bin gut gepolstert.«

»Ich kannte sonst niemanden«, sagte Jehan.

»Und wie steht's mit deinem feinen Bruder? Eine Schande. Und dazu noch das Schoßhündchen des Meisterkünstlers.«

»Er wollte mich nicht kennen. Wies mich ab. Es wird unserer Mutter das Herz brechen.«

»Wo steckt er denn, der Unwürdige?«

Jehan erwiderte: »Ich weiß nicht mehr als Ihr.« Und taumelte.

»Wo tut's dir weh?«

»Es ist nichts Schlimmes.«

»Ja, du scheinst nicht verwundet zu sein.«

»Am meisten im Herzen.«

In der Küche ließ sich Jehan auf einen Stuhl sinken. Mit einem Blick erkannte sie, daß die Pfannen von bester Qualität waren und der große Herd und sein Backofen auf verschwenderische Braten schließen ließen. Die Frau hatte sogleich drei weitere Kerzen angezündet – auch eine Verschwendung. Dann benutzte sie einen ihrer Schlüssel und holte Wein. Auf ihre Weise war die Lady ebenfalls eine Diebin.

»Trink dies. Das wird dir guttun. Und ich leiste dir auf ein Tröpfchen Gesellschaft. Er hat soviel davon, er vermißt nie das eine oder andere Schlückchen, das ich mir gönne. Ein übler Kerl. Zahlt mir kaum einen Heller und läßt mich bis zum Umfallen schuften. Ich muß leben. Du verstehst schon. Hat mich auch um den Ehemann betrogen. Ich hatte durchaus Möglichkeiten – alles vorbei –«

Jehan kostete den Wein, dick wie Samt, und begann wieder aufzuleben.

Jehan erkundigte sich nicht nach dem alten Mann und seinen Besitztümern. Brauchte sie nicht, denn die Frau plauderte unaufgefordert, wobei sie ab und zu Jehans Knie tätschelte. Goldene Teller und Kerzenleuchter, ein Nachtgeschirr mit goldenen Griffen, eine Kassette mit Geld – der einzige Schlüssel, den er ihr vorenthielt (kein Problem, wenn man einen Dolch ansetzte), eine weitere mit Ringen und Halsketten, die er vor ihr versteckte, als ob sie sie auch nur anrühren würde. Gott möge ihm verzeihen. Dann gab es auch eine Bibel und ein Buch von einem Meister der Schwarzen Zunft, der ein Zauberer war. Beide mit Edelsteinen besetzt. Und ein mit Goldfransen eingefaßtes Gewand und Handschuhe, die mit Perlen bestickt waren – was für ein Schatz! –, und sie war ohne ein anständiges Kleid für die Feiertage.

Jehan, bestens erholt, schenkte der Frau mehr Wein nach. Dabei gab Jehan ihr einen Kuß auf die Wange und ließ in ihren Becher ein paar zerstoßene Kräuter aus der Krankenstube fallen.

»Also, du vorwitziges Bürschchen«, sagte die Haushälterin mit Entzücken. »Allmählich glaube ich, niemand hat dich überfallen. Du bist einzig aus einem unartigen Grund gekommen.«

Jehan senkte den Blick, und in dem gedämpften Licht waren seine Augen so golden wie die Teller eines reichen Mannes. Jungenhaft lächelnd streckte Jehan die Hand aus und zwickte der Frau in den üppigen Busen.

Welche Schreie. Die Nachbarn mußten denken, sie würde ermordet, es sei denn, sie hörten des öfteren solche Geräusche, was wahrscheinlich war. Dann ein erfreulich großzügig eingeschenkter Becher.

»Und dabei noch so ein junges Bürschchen.«

»Aber darum auch lernwillig.«

»Ja, ja. Man kann eben heutzutage nachts nicht mal mehr die Tür öffnen.«

Abermals trank sie, in einem gewaltigen Zug, ohne den Wein zu schmecken, während ihre Augen funkelten und die Brüste wogten. Der ganze Zaubertrank war weg, in ihr. Sie streckte die Arme aus, griff nach Jehan und zog ihn zu sich herunter, wobei sie seine Hinterbacken und Schenkel rieb. Jehan schnappte nach Luft, knetete verschiedene Rundungen, teilte Küsse aus und schmeckte im weinsüßen Mund die bittere Spur von Kräutern, das wirksame Schlafmittel –

Ehe die unermüdlichen Hände ihren Irrtum herausfinden konnten, fielen sie plötzlich schlaff zur Seite. Die dicke Frau sackte zurück, die Augen überrascht aufgerissen, als der erste Schnarcher bereits ihr Fleisch erschütterte. Dann schlossen sich ihre Augen. Protestierend, schnarchend, gefangen in Bewußtlosigkeit, glitt sie vom Stuhl auf den Boden und blieb neben einer mit Käse präparierten Mausefalle liegen.

Draußen auf der Straße schimpfte ein Dieb. Sie begannen ärgerlich zu werden. Als Jehan die Tür öffnete, stürzte Conrad ins Haus. Er warf ihr einen Blick zu und ging dann noch einmal hinaus. Er gab einen Vogelruf von sich, und einer nach dem anderen eilten die übrigen fledermausgleich über die Kluft zwischen den Schatten.

Conrad und ein Kumpan entdeckten den Jungen schlafend am Fuß der Treppe und versetzten ihm einen gehörigen Schlag auf den Kopf, ehe sie ihn ausgestreckt liegen ließen. Bei der neben der Mausefalle mit gespreizten Schenkeln liegenden Frau gerieten einige der Männer in Versuchung. Sie hielten sie für sturzbetrunken. Ihre Schlüssel fehlten. Einer bestieg sie. Sie ächzte unter ihm, gurgelnd, nichts bemerkend und wurde so als ungefährlich eingestuft.

Im oberen Stock durchkämmte die Bande das Haus, nachdem Jehan sie informiert hatte, was zu holen war. Alles fand sich, selbst der Nachttopf und das Schmuckkästchen, welches lediglich zwischen die Matratzen gestopft worden war, eine übliche Gepflogenheit.

Anschließend schlangen Conrad und die anderen ihre Arme um Jehans Hals, krönten ihn mit einer Goldkette und gossen einen Becher Weißwein über seinen Kopf, um ihn in ihrer Brüderschaft aufzunehmen, nachdem sie auch die Weinfässer entdeckt hatten. Während all der Akte der Fleischeslust und des Feierns verhielten sie sich leise.

Das Haus, sonst so stabil und sicher, sah aus wie ein Schlachtfeld. Nur in der Küche brannte Licht, und hier erholten sie sich, nachdem sie ihre Beute herbeigeschleppt hatten, in Bettvorhänge gewickelt, und tranken über der betäubten Frau.

Es blieb genügend Zeit. Die Stadttore würden nicht vor Morgengrauen geöffnet, erst in gut einer Stunde. Selbst wenn der alte Knabe zurückkommen sollte, konnte er nicht vor Sonnenaufgang in die Stadt, und bis dahin würden sie fort sein. Was für eine Überraschung sie ihm bereitet hatten.

»Wie der Zwerg fluchen wird, wie Fero sich in den Hintern beißen wird, wenn er erfährt, was er versäumt hat!«

Auf dem Boden atmete die dicke Frau nur stoßweise und sabbernd. Ihr Gesicht war grau und ihre Lippen aschfahl. Es war eine großzügige Kräuterdosis gewesen.

Aber der Wein war gut, und da man ihn nicht mitnehmen konnte, und sie nicht einsahen, warum sie so viel zurücklassen sollten, tranken sie ihn. Das Gelage ging weiter. Und mittendrin hockte Jehan auf dem Tisch, blickte unter ihren (oder seinen) Lidern hervor, sprach nicht und hatte den kaum angerührten Becher abgesetzt.

Dann verwandelte sich die Dunkelheit, die durch das Guckloch des Eingangs fiel, in ein tiefgraues Licht. Sie wandten sich zum Gehen. Sie wollten nicht gesehen werden.

Sie stopften die Beute in die Taschen ihrer Umhänge, Jakken und Lendentücher, als Geräusche aus der sprachlosen Nacht zu hören waren. Es waren die Hufe eines Maultiers, die über das Pflaster trappelten. Genauer, zweier Maultiere, die hintereinander gingen.

»Nicht jetzt«, sagte Conrad, »beim Barte des Propheten, nicht jetzt.«

Aber die Maultiere trappelten zierlich weiter, kamen näher, kamen zur Tür und wurden dort zum Stehen gebracht. Und jetzt erklangen Stimmen vor dem Haus. Ein respektvolles Murmeln, das bestimmende Brummen eines alten Mannes.

»Er ist reich«, sagte Narbennase. »Er muß die Wachen bestochen haben, damit sie das Tor öffneten. Zu früh zurück, er soll verrecken.«

»Wenn er reinkommt, wird er toben. Alle Welt wird herbeigelaufen kommen.«

»Dann müssen wir ihm«, sagte Jehan, »wenn er drin ist, das Maul stopfen.«

»Ich höre zwei, die alte Ratte und einen Jüngeren.«

»Beide Mäuler zum Schweigen bringen«, sagte Jehan. Sie ging von der Küche zur großen Vordertür. »Die hat ein Schloß. Haltet euch bereit.«

Als sich der große Schlüssel in der großen Tür drehte, wartete das Innere bereits auf ihn, von Leibern gesäumt.

Der alte Mann trat ein, rief irritiert nach dem Burschen, während sein grauer Schädel und sein pelzverbrämtes Gewand, sein alter Körper, nur ein paar Zoll neben Jehan an der Tür ächzte. Dann, aus der Finsternis, schlug ihn jemand nieder. Der Schlag schien seinen Schädel zu spalten, schwärzliche Flüssigkeit spritzte, und er stürzte ohne einen Schrei in den Strudel vollendeter Taten.

Draußen, im Zwielicht, gab der Diener gerade seinem Maultier Wasser aus dem Trog des Brunnens zu trinken.

Leise rief Jehan ihm zu: »Sieur, Sieur.«

Als er sich von einer Mädchenstimme so höflich angesprochen hörte, drehte er sich um. Verblüfft, nicht beunruhigt, kam er zur Tür, fand alles leer und unbeleuchtet. Er war ein junger Mann, stark und gutaussehend. Seine Statur hob sich gegen die Dämmerung ab, als all die Augen, unsichtbar, auf ihn gerichtet waren. Dann trat er ein.

Zwei der Diebe stürzten sich sogleich auf ihn. Aber er war nicht so ein leichtes Opfer wie der Alte. Aus irgendeinem Grund rief er nicht um Hilfe, als er sie abschüttelte, aber seine Fäuste stießen zu, seine Füße. Die Bande umstellte ihn, und die Wände schienen zu zittern, Stöhnen war zu hören, irgend etwas fiel mit einem Poltern um, Flüche wurden laut. Als sich das Blatt wendete, mischte Jehan sich ein. Sie hob den Arm, hielt das Messer, das Conrad ihr gegeben hatte, und stach dem Diener in den Bauch. Es war ein tödlicher Stich, aber nicht sogleich. Benommen, überrascht, sog er die Luft ein, um zu schreien und die Toten aufzuwecken. Aber Narbennase, ein fähiger Mann, langte über die Schulter des jungen Mannes und schnitt ihm die Kehle durch, ehe seine Stimme aufschreien konnte.

Über die Leichen kletternd, schlichen die Diebe nacheinander hinaus und schlossen sorgfältig die Tür hinter sich. Conrad drehte den Schlüssel zweimal um. Nach einem Blick auf die Maultiere entschieden sie sich dagegen, denn sie waren durchgeritten und außerdem würden sie Verdacht erregen. Die Bande teilte sich auf und floh mit langen Schritten durch Paradys hinunter zum Fluß und dem weiter außerhalb gelegenen Hüttenlabyrinth. Jehan immer bei ihnen.

Die junge Nonne stand im Hof, als Jehanine, die eben aus ihrer Schlafzelle kam, sie entdeckte. Das Antlitz von Marie-Lis war ernst und rein, besaß aber nichts von der blasierten Melancholie einer echten Madonna.

»Ihr wart bei Sonnenaufgang nicht in Eurem Bett, Jhane.«

(Jehan lächelte unter Jehanines Haut. Was wolltest du denn von mir?)

»Ich war früh auf, Schwester.«

»Ja.«

»Ich war im Garten.«

»Von dort seid Ihr gekommen, mit einem Kleiderbündel.«

»Ein Stück aus der Wäsche, das ich vergessen hatte, Schwester.«

(Wegen der besonderen Situation war sie spät zurückgekehrt. Sie hatte die geisterhaften Schatten von zwei Laienschwestern über den Brunnen des Refektoriums gebeugt gesehen und die Nonnen im Morgendunst aus der Kirche strömen. Sie, die sie jetzt unter ihrem Gewand ein goldenes Kettchen und an der Kette ein mit einem Topas besetztes goldenes Kreuz trug.)

»Aber Ihr streift nachts herum, Jhane«, sagte Schwester Marie-Lis.

»In manchen Nächten, wenn ich nicht schlafen kann. Woher wißt Ihr das, Schwester?«

»Wohin geht Ihr, Jhane?«

(Über die Mauer, in die Schwärze, in die Nacht. Du spionierst mir nach. Aber nicht gut genug.)

»Zur Kapelle. Manchmal sitze ich auch im Garten.«

»Die Nächte sind kalt.«

»Meine Zelle ebenfalls.«

»Wir müssen dulden, Jhane. Wir sind hier nicht weltlich.«

»Nein, Schwester.«

(Und ich habe noch einen Flecken mit Tau ausgewaschen. Ich wollte erst zum anderen Brunnen schleichen, aber er stinkt. Muß eine tote Katze drin liegen. Und beim Brunnen vor dem Hospiz unter den Zitronenbäumen könntest du mich entdecken. Warum schöpft Ihr soviel Wasser, Jhane? Tau wäre besser.)

»Wir wissen fast nichts über Euch, Jhane. Die Mutter Oberin hat Euch nie befragt. Es ist Sitte, nach einiger Zeit zu erkunden, ob Ihr das Verlangen nach dem Leben einer Braut verspürt.«

Jehanine senkte den Blick.

»Ich verspüre es nicht, Schwester.«

»Seht zum Fenster, Jhane, zum Großen Licht mit seinen Blüten aus Safran und Schnee. Unser Herr in seiner Schönheit fällt dort herab, eine Sternschnuppe. Er hat Licht in die Welt gebracht. Er bittet nur um Liebe.«

Jehanine runzelte die Stirn. Sie sagte: »Ihr habt mir erklärt, daß es niemals verlangt wird. Ich werde keine Nonne.«

Die Luft erfüllte sich mit Gekreische, in einer Art, an die Jehanine sich gewöhnt hatte. Sie antwortete nicht wie Schwester Marie-Lis, die herumwirbelte und davonstürzte. Sie lief durch den Torbogen zum Kirchhof. Der Lärm kam aus dem Garten. Langsam, wachsam folgte Jehanine. Sie hatte die Vision der dicken Frau, wie sie durch das Tor zum Nonnenkloster platzte, hindurchschoß, um dann unter den kahlen Obstbäumen Zeter und Mordio zu schreien. Aber Jehanine nahm an, daß die dicke Frau tot war – wie all die anderen aus jenem Haus, wie Pierre tot sein würde. Weder empfand sie Genugtuung noch Bedauern. Es war ihr eher gleichgültig, außer daß sie eine gewisse Befriedigung empfand, mit den Morden eine Pflicht erfüllt zu haben.

Das Geschrei hatte zugenommen. Gelbbraune Fuchsgewänder wimmelten durch den Garten und klumpten sich beim stinkenden alten Brunnen zusammen. Von der anderen Seite des Geländes kam die Mutter Oberin geschritten. Die Nonnen wichen vor ihr zurück. Bildeten eine Gasse. Neben dem Brunnen ragte ihre Gestalt majestätisch auf, jeder Zoll die Bienenkönigin.

»Was ist los? Warum stinkt dieser Brunnen so? Pah! Was ist in dem Eimer?«

Gemurmel. Die Oberin wich zurück. Sie bekreuzigte sich und berührte Stirn und Herz. Sie sah nicht gerade wohl aus.

Jehanine trat hinzu und blickte zum Mittelpunkt des Geschehens.

»Ich zog den Eimer empor, Mutter Oberin, um zu sehen... Ich dachte, irgendein Tier könnte in dem Brunnen ertrunken sein.«

Jehanine war inzwischen dicht genug herangekommen, um selbst in den Eimer blicken zu können. Sie sah, daß er fauliges Wasser enthielt und in dem Wasser einen langen bleichen Fisch mit fünf Fingern.

»Barmherziger Gott«, sagte die Oberin. »Eine von euch läuft, eine Laterne zu holen. Sie muß hinuntergelassen werden. Wir müssen sichergehen.«

Zwei der Nonnen wurden ohnmächtig, wobei eine auf die andere sank. Eine andere wiederum eilte davon, um sich hinter einem Gebüsch zu übergeben. Die Oberin stand wie eine Statue.

Die Laterne wurde gebracht, und man ließ sie an einem

Seil hinab. Und dann erscholl ein fürchterliches Geheul voller Ekel und Klagen.

Die Oberin wandte nach ihrer Überprüfung rasch den Blick ab. Sie sagte: »Ich habe schon früher Ertrunkene gesehen, vom Fluß. Das war kein Ertrinken. Auch kein Selbstmord. Ich muß nachdenken. Sie muß heraufgeholt werden.«

Als sich die Oberin entfernte und die Nonnen Grüppchen bildeten, ging Jehanine zum Brunnen und starrte hinab in die Tiefe, wo noch die Laterne hing. Durch den grauenvollen Gestank und den Lichtschimmer war tief unten im Schacht die Leiche eines Mädchens eingeklemmt. Das Wasser, die Zeit hatten ihre Spuren hinterlassen, aber sie schien auch dem Feuer ausgesetzt gewesen zu sein und irgendeiner Stichwaffe: aufgedunsen und ausgeweidet steckte sie dort, verständnislos aus den Überresten von Osannes Gesicht starrend.

Die Leiche konnte nicht hochgezogen werden. Sie fiel auseinander, und Innereien quollen heraus.

Die Oberin, Taschentuch vor Mund und Nase, ordnete an, daß Holzscheite hinuntergeworfen würden, dann Öl hineingegossen und alles in Brand gesteckt werden sollte. Natürlich gehorchte man ihr. Zunächst schien die Feuchtigkeit den Plan zu vereiteln, aber dann fing das Holz Feuer. Eine lodernde Flamme züngelte eine Zeitlang aus dem Schornstein des Brunnens, von dem ein grauenhafter Gestank ausging.

»Ich habe dem Vater des Ordens geschrieben«, sagte die Oberin. »Alles ist geklärt. Kein Selbstmord. Ich glaube, unsere Tochter Osanne wurde vom Blitz erschlagen. Sie trug die Spuren. Gott hat sie heimgeholt. Wir wollen ihr einen Grabstein machen und ihn zwischen die der anderen hier im Glauben Gestorbenen setzen.«

Dann fiel die Flamme in sich zusammen, Erde wurde in den Brunnen geschaufelt und schließlich Steine darauf gelegt.

»Dem Herrn sei Dank«, sagte die Mutter Oberin. Sie murmelte noch ein kurzes Gebet. Dann meinte sie: »Wir wollen für die Novizin Osanne beten.«

Alle gingen in die Kirche und beteten für Osanne.

Später am Nachmittag regnete es, Wasser auf Feuer. Der Rauch schwebte immer noch tief über dem Garten, und das Böse des Gestanks haftete überall.

Das Abendmahl war ein scheußliches Essen, auf das kaum jemand Appetit verspürte. Die Mutter Oberin blieb fern. Die junge Nonne Marie-Lis schlug den Deckel eines Buches auf, nicht die Bibel, aber ein theologisches Werk. Sie begann, der schweigenden und meist reglosen Versammlung vorzulesen.

Hinter dem Wandschirm aß Jehanine hungrig ihr Schwarzbrot und die Butter, als sie die Schönheit in der Stimme der jungen Nonne vernahm.

»Warum also hat Gott seinen vordem so unvergleichlich geliebten Sohn, von Ihm zum Engel erschaffen, ein geflügeltes Wesen von solcher Schönheit und Kraft, daß der Mensch neben ihm gleich einem kleinen Wurm war, bestraft?

Es geschah im Zorn, daß Gott so handelte, gleich Eltern, wenn sich ihr Lieblingskind gegen ihre Gebote gewandt hat. Was wirst du tun, hat Gott ihn gefragt. Ich werde ein Universum erschaffen, ich werde den Menschen zum Ebenbild des Engels machen, erwiderte der abtrünnige Sohn. Daher verbannte sein Vater ihn vom Himmel.

Denn in seiner unendlichen Weisheit wußte Gott, daß eine von Menschen geschaffene Welt leiden muß, zuerst die Wahl zwischen Gut und Böse und die Schuld und Qualen, die zu beiden gehören, und als nächstes Kummer und Krankheit erfahren muß, Verzweiflung und Tod. Gott gedachte in seiner Güte der Menschheit ihr Selbst zu bewahren. Aber unser Herr sagte, laß sie wählen. Und so erschuf er die Erde und bevölkerte sie. Darauf sprach Gott, wenn dies dein Wille ist, werde ich dich verstoßen. Geh du in diesen Höllenschlund, den du geschaffen hast. Und bis zum Ende der Zeit möge Finsternis das Antlitz der Erde verbergen. Damit sie sich nicht fürchten, wenn sie erkennen, was sie sind und wohin es führt. Also schuf Gott die Finsternis und verhängte das Antlitz der Erde. Aber der Herr, unser Erlöser, sprach, es soll Licht werden. Er stahl eine Flamme der sieben göttlichen Feuer des Himmels. Und damit fiel er, brennend, wie der Morgenstern. Die Sonne wurde von seiner Fackel entzündet und alle Sterne und der Mond, und alle Lichter am Firmament. Und als er zur Erde gefahren war, gefallen in die tiefste Tiefe, wurde dieser Schlund zu Feuer, ein Ofen, der das Herz der Erde wärmt – eine reinigende Flamme, das Licht der Erkenntnis – bis zum Ende der Welt.

Und für diese Gabe des Feuers liebten die Menschen ihn. Und als er ihre Liebe sah, die Liebe derer, die er erschaffen hatte, erwiderte Luzifer ihre Liebe.

Später liefen auch andere seiner Brüder zum Banner dieses Prinzen über. Auch sie begaben sich aus dem Paradies ins Exil, stürzten zur Erde und in sie hinein. Aus ihnen wählte er seine Führer, und auf ihnen ruht sein Schild so fest wie auf Ihm selbst, und außerdem der furchtbare Tadel Gottes. Den Menschen aber gab der Herr nur ein Gebot: Wißt, wer ihr seid. Sie aber vergaßen es.«

Als das Vorlesen beendet war und auch die Abendchoräle, schlief Jehanine bis zum nächsten Läuten. Dann war sie Jehan und rannte über die Klosteranlage, stieg über die Mauer und war im Regen und in der Dunkelheit verschwunden.

Tag für Tag nagelte der Regen den Himmel auf die Erde. In der winterlichen Nacht seufzte der Regen und rauschte und stampfte. Es war ein tarnender Vorhang und eine Verzerrung aller anderen Geräusche. Es säuberte Paradys von den Dreckspritzern auf den Steinen, woher immer sie rührten.

Im *Imago* saß der Zwerg jetzt manchmal an seinem Tisch im oberen Zimmer. Er sortierte den kostbaren Schmuck und die Münzen und streichelte die geschickten Räuber, Jehan allerdings nie, den geschicktesten, ihren Anführer.

»Jehan ist ein Dämon, von Prinz Luzifer gesandt, uns zu leiten«, sagte Conrad. »Jehan ist einer von Luzifers strahlenden Rittern, ein gefallener Engel. Schwefelhaar und Katzenaugen. Hübsch wie ein Mädchen, mit süßer Stimme wie ein Mädchen. Und poussiert trotzdem mit den Mädchen.«

Sie erstatteten dem Zwerg Bericht, während Jehan, die gelben Katzenaugen gesenkt, dabeisaß. Der Zwerg gab die Neuigkeiten zurück.

»Drei heimtückische Morde in einem Haus nahe der Baustelle der Kirche. Ein reicher alter Mann und sein Diener in ihrem Blut und die Haushälterin vergiftet, und jedes wertvolle Stückchen aus dem Haus entfernt. Der kleine Junge kann sich an nichts erinnern, aber er meint, ein hübscher Jüngling habe an die Tür geklopft, und die Haushälterin habe ihn eingelassen. Aber der Verstand des Jungen ist seit dem Schlag auf den Kopf verwirrt, den die Mörder ihm versetzt haben.«

Angespannt und zurückhaltend wie Hunde, die ein großartiges Kunststückchen vollbracht hatten und nun auf ihren Knochen warteten, hörten die Räuber zu und sagten, was für eine üble Geschichte das wäre, ein schockierender Zustand, in dem sich die Stadt befinden müßte, wenn ein reicher Mann wegen seiner Reichtümer umgebracht werden konnte.

»Und ein anderes Gerücht besagt, daß ein junges Mädchen mit Süßholzraspeln beschwatzt wurde, einen jungen Mann zum Fenster hereinzulassen. Aber er brachte auch seine Freunde mit und öffnete, während einige über sie herfielen, die Truhen des Vaters. Viele Trunkenbolde sind Wegelagerern in die Hände gefallen, als sie aus dem Snake-Cock oder dem Blacksmith's Inn kamen oder über die Südbrücke wollten. Bewußtlos geschlagen und ihrer Börsen und Stiefel beraubt.« Oh, schockierende Zustände, in der Tat.

Die Nächte brachten allerhand zu tun. Jehan hatte geradezu Quecksilber im Leib und verschwand immer vor ihnen. (Erinnert, wie er ohne Zaudern den Diener im Hause des reichen Mannes niedergestochen hatte.) Oh, sie kannten ihn seit Jahren, ihren Jehan. Er war einer der ihren und gehörte dazu, aber eine strahlendere Ausgabe.

Conrad buhlte. Er hatte eine unbändige Lust auf Jehan. Eines Nachts würde Jehan ihn dafür töten. Man mag den Apfel essen, aber nicht die Schlange mit dem Mädchenantlitz bezwingen.

»Na, Zwerg, gefallen dir unsere Schätze?«

Aber der Zwerg sagte: »Ich denke nach. Fero, Fero. Es wird ein strenger Winter. Schnee wird fallen. Der Fluß könnte zufrieren. Und der Jahreswechsel. Das Janusfest, das Fest des Zwiespalts.«

Der Zwerg starrte Jehan an. Nie hatte er je über Jehans Geheimnis gesprochen. Daß Jehan Brüste besaß und außerdem in seinem Gürtel keinen Dolch. Daß Jehan tagsüber in einem Nonnenkloster lebte, die Fliesen schrubbte und den Hof kehrte. Manchmal schüttete sie Kräuter in die Gläser ihrer Opfer, Opium, Alraune. Die Diebe verdächtigten Jehan dessen nicht, nur der Zauberkunst. Jehan war eine Fee, ein Glücksbringer, ein strahlendes Geschöpf der Hölle. Sie fragten ihn nicht, wohin er ging, wenn er sie verließ, oder woher er kam – er nahm Tiergestalt an oder Flügel und flog hinter die Sterne, sobald sie erloschen waren. Bei Sonnenuntergang kam er zurück. Sie erwarteten große Taten von ihm.

Es gab ohnehin keine Jehanine mehr. Es gab nur Jehan bei Nacht und Jhane bei Tag, zwei Namen, die einer waren, nur mit einem verstellten Buchstaben; wenn er-sie hätte lesen oder schreiben können, hätte er-sie es vielleicht gewußt.

Wenn Jhane sich jedoch an ihre Arbeit machte, immer pflichtbewußt im Nonnenkloster, sittsam und hart arbeitend, konnte man immer wieder die junge Nonne bei ihr stehen und sie beobachten sehen. Und wenn sie zu ihr trat, sagte sie vielleicht: »Erforscht Euer Herz, Jhane.«

»Wonach sollte ich dort forschen, Schwester?« fragte Jhane belustigt. Jehan lächelte und wartete. Indessen bemühte Jhane sich, darauf zu achten, nur während der Offizien zu verschwinden, wenn Marie-Lis in der Kirche weilte.

»Kommt rüber zum Fluß«, sagte Jehan zu den Dieben. Aber davor hüteten sie sich.

»Dort wimmelt es nur so von Wachtposten. Seit unserem ersten Besuch.«

»Folgt mir trotzdem«, sagte Jehan.

Der Regen schepperte wie Zinnpfannen.

Einige warfen Fero, dem Zwerg, einen Blick zu, um zu sehen, wie er reagieren würde. Aber der Zwerg tat nichts, außer die Säulen von Münzen und einen Ohrring aus gelbem Beryll zu betasten. Eine Stimme, gleicher Anteil – eine Bruderschaft, Ehre unter Dieben. Außer dem Kreuz, das er sich genommen und nicht in den Gemeinschaftstopf geworfen hatte, und der Kette, die Conrad ihm zur Krönung umgehängt hatte, nahm Jehan jedoch nichts.

Die gesamte Räuberbande folgte Jehan in die Nacht Noahs.

»Wir müssen eine Arche bauen, rasch«, sagte der Dicke.

»Einverstanden. Sollen diesmal doch wir Bösen gerettet werden.«

In der Nähe der Südbrücke bemerkten sie eine Gruppe angeheiterter Galane mit Fackeln im Regen.

»Was jetzt?« fragte Conrad.

Jehan wählte einen jungen Mann aus, blond wie der Diener des alten Mannes gewesen war. Sie näherte sich ihm allein und zog ihn von seinen Freunden beiseite, die durch Regen und Wein sein Fehlen nicht bemerkten und allein über die Brücke gingen.

Ehe ihn die Bande umringte, glaubte er, es mit einem willfährigen Mädchen zu tun zu haben. Man nahm sein Geld und zog ihn bis auf sein langes Hemd und die Unterhose aus, wie ein Römer in seiner Tunika. Es hörte auf zu regnen. Die Harzfackel beleuchtete immer noch das sich in Angstkrämpfen windende Opfer, seine Börse war gefüllt gewesen, und die Münzen glitzerten im Feuerschein.

»Er könnte für uns tanzen«, sagte Jehan. »Nicht wahr?« Sie hob die Fackel und blickte dem Beraubten eindringlich in die Augen. »Laß mich dir das Licht bringen. Bist du nicht glücklich, Christi Geboten zu gehorchen? Schau, du hast all deine Habe den Armen gegeben.« Wie die Diebe grölten. Dann fuhr Jehan mit der Fackel vor dem Gewand des jungen Mannes entlang und wieder hinauf zu seinem Haar. Er war naßgeschwitzt genug, um nur zu schwelen, aber brannte auch genug, um schreiend über die Brücke zu rennen. Und Jehan tanzte hinter ihm her, klatschte in die Hände und sang mit Chorknabenstimme ein Lied im Rhythmus der östlichen Länder. Conrad und noch ein, zwei andere wußten den makaberen Spaß zu schätzen und fielen in den Gesang ein, der seinen Ursprung in einer wilden Sommernacht hatte. Der Rest der Bande blieb unbehaglich stehen, am seichteren Wasser, und überquerte die Brücke nicht. Auf halbem Wege stieß Jehan den Jüngling in den Fluß, der vom Regen angeschwollen nicht leicht zu durchschwimmen sein würde. Jehan schien zufrieden und machte sofort kehrt, Conrad und die anderen auf den Fersen.

»Was soll ich machen?« fragte Conrad. »Willst du, daß ich hinüberschwimme? Ich würde mit dir bis in die Hölle gehen.«

»Dieser Junge in dem Haus des reichen Mannes«, sagte Jehan.

»Er ist jetzt nur ein halber Zeuge. Kein Grund, alle abzuschlachten.«

Aber Jehan schien nur auf das methodische Töten aus zu sein. Auf den Fluß starrend, bemerkte einer, daß der junge Mann keineswegs schwamm, sondern bereits untergegangen war.

»Laß mich dich haben«, bat Conrad.

»Nein. Wage es nicht.«

»Eines Tages wirst du mich lassen.«

»Eher werde ich dich töten.«

Conrad lachte der Nacht ins Gesicht. Viel größer und schwerer als dieser Jüngling, hätte er ihn sofort in den Grund nageln können. Aber er wagte es nicht.

»Du liebst einen anderen«, höhnte Conrad.

»Eine wunderschöne Nonne«, sagte Jehan.

»Eine Nonne? Wo hättest du so etwas sehen sollen?«

»Ich habe sie gesehen. Eines Nachts wirst du sie für mich holen. Eine Haut wie Sahne und Augen wie tiefe Gedanken. Eine junge Nonne. Du kannst sie nehmen. Ich überlasse sie dir.«

Conrad leckte sich die Lippen. Er war abergläubisch.

Über ihnen donnerte es, und Conrad zuckte zusammen. Der Regen setzte erneut ein. Es war kalt, es war Winter.

Sie kehrten ins *Imago* zurück, um zu trinken, während Jehan dasaß und dem Zwerg zusah, wie er die Münzen zählte.

Sieben Uhr am frostigen Morgen, noch nicht hell, nicht mehr dunkel. Die Offizien zur Prima Hora waren vorüber, und Jhane stand an der Kirchentür, als die Nonnen hinausschlüpften, damit Marie-Lis sie dort sehen konnte. Aber Marie-Lis ging mit der Schwesternschaft an ihr vorüber, schien sie nicht zu bemerken, ihre Miene war zurückhaltend wie Elfenbein.

Als die Nonnen fort waren, ging Jhane in die Kirche.

Dort hing eine kalte, eiserne Schwere in der Luft. Fast abgebrannte Kerzen schwelten, aber vom großen Fenster drang kein Licht herein. Es war jetzt ein Rund aus Bleiglas. Die Gestalt des Engels war kaum auszumachen.

Stimmte es, daß sie hier den Teufel anbeteten oder daß Jhane durch eine Maske hindurchblickte, derer sie sich gar nicht bewußt waren?

Als sie durch das Kirchenschiff schritt, sah sie die bleiche Statue im Chor. Es war nicht Osanne, denn die Lichtgestalt – oder Fiktion –, die Osanne gewesen zu sein schien, hatte ihr Sein mit der Entdeckung im Brunnen beendet. Diese Erscheinung war das Original, eine Nonne im weißen Gewand, hochgewachsen und graziös, das Gesicht nicht erkennbar, da es zum Fenster emporblickte. Jhane ging weiter, vermied jedes Geräusch. Die Gestalt veränderte sich nicht, nur die Kapuze oder der Schleier glitt ihr vom Kopf. Diese

Nonne benutzte weder Schal noch Haarkamm. Eine Löwenmähne goldenen Haares quoll in der Dämmerung hervor, fiel über die Schultern den Rücken entlang.

War dieses Haar das von Marie-Lis? War sie das? Hatte sie eine der schmaleren Seitentüren benutzt?

Vielleicht doch nicht. Die junge Nonne war nicht so groß und zierlicher, sicherlich –

Jhane blieb stehen. Irgend etwas hinderte sie daran, sich dieser Vision weiter zu nähern. Jetzt schien die schimmernde Gestalt zum Fenster hinaufzuschweben. Plötzlich schoß Farbe ins Glas und es erwachte zum Leben. Die Sonne ging auf und hatte mit einem Mal die Wolkendecke durchstoßen. Als das Fenster heller wurde, sah Jhane, daß das Bild des weißen Gewandes und der Löwenmähne verschwunden war.

Sich vor dem Großen Licht niederkniend, senkte Jhane den Kopf und berührte mit den Händen langsam Brust und Stirn. Ein merkwürdiges Gefühl durchrann sie, als sie dies tat, eine Art Erweckung, sowohl fleischlicher als auch geistlicher Natur. Aber nachdem sie sich wieder erhoben hatte, wandte sie dem strahlenden Luzifer und all seinen Werken sogleich den Rücken zu.

In der dunklen Nacht begegneten einige junge Männer, die gerade das *Cockatrice* verließen, einem umherschlendernden blonden Jüngling. Ein paar Ausrufe. Eine Pause.

»Halt! Ihr –«

»Was habe ich angestellt?« fragte der Jüngling und richtete zwei wundervolle Luchsaugen auf sie.

»Nein – aber Ihr gleicht –«

»So ist es, ich schwör's Euch.«

»Nein, nicht die Größe und Stärke. Aber ein Doppelgänger, das ist sicher.«

»Oh«, sagte der Jüngling in begreiflicher Neugierde. »Wessen?«

Die jungen Männer aus Motius' Atelier sahen einander an.

Einer von ihnen sagte: »Nun, er ist in der Gosse gelandet...«, und wurde sofort zum Schweigen angehalten.

»Dann gleiche ich eben jemandem«, sagte der Jüngling. »Wohin seid Ihr unterwegs?«

»Kommt mit uns«, sagten sie und zogen mit ihm zu einer weiter unten gelegenen Taverne hinter einem Stall.

»Seht euch nur die Hände an, so zart, und sein Gesicht. Was für ein Modell er abgeben würde, unser Jehan – so war doch dein Name, nicht wahr?«

»Komm morgen ins Atelier. Stelle dich dem Meister vor. Er wird dich begutachten, sehen, wie ähnlich – nun. Tu's jedenfalls.«

Sie hätschelten ihn, voll des guten Bieres.

»Wo ist denn das Haus?« fragte er.

Sie erklärten ihm eingehend die Lage des Hauses und sein Aussehen und zeichneten den Weg auf dem Tisch mit verschüttetem Bier nach.

Oh, Winter ist's, die Vögel singen,
stecken das Köpfchen unter die Schwingen.
Die Lady ist zu mir so kühl,
wie Winters Nacht ohne Gefühl.
Das Herz verbirgt sich unter den Schwingen.
Und Winter ist's, mein Herz muß singen.

Der Winter zog auf einem grauen Pferd in Paradys ein, ein Fürst in Rüstung und Waffen mit Visier und seiner Gefolgschaft hinter sich. Himmel und nackte Bäume stöhnten, und messerscharfe Winde brausten. Äste, Ziegel und Vögel stürzten herab. Schnee begann zu fallen. Die Stadt wurde weiß. Über weite Abschnitte fror der Fluß zu und alle Brunnen. Liebeslieder besangen kalte Herzen, aber im Nonnenkloster wickelten die Nonnen Hände und Füße in Tücher, im Refektorium wurden die Öfen angezündet, und in der Krankenstube wurden stapelweise Decken für die Schlafzellen verteilt. Zwei der kranken Nonnen verschieden und wurden bestattet. Die matriarchalische Mutter Oberin zog sich eine Erkältung zu und blieb in ihrer Zelle, wo Tag und Nacht ein Feuer loderte. (In solchen Frostnächten hatten sogar Jehanines lieblose Schwestern auf dem Bauernhof sich ganz dicht an sie geschmiegt.) Aber Jhane lag allein da, kalt wie Stein, und rollte sich tief in ihrer Hülle zum Schlaf zusammen. Sie fürchtete den Winter nicht, er besaß keine Macht über sie. Und ab und zu stieg Jehan über die Mauer und besuchte die Stadt aus Eis, deren Türmchen und Spitzen einen Emailmond anzogen, auf dessen Oberfläche jetzt eindeutig das trauernde Antlitz einer Madonna zu erkennen war. Auf dem dicken Eis des Flusses zogen vermummte Gestalten verborgene Güter auf rohgezimmerten Schlitten ans andere Ufer. Die Schiffe lagen tot vor Anker.

Und im Refektorium las die schöne junge Nonne über Schniefen und Husten hinweg.

»Im Buch Esrafel steht geschrieben: Darauf fragte der Mann, der zum Engel gesandt war, ihn: Wäre es nicht besser, wir lebten gar nicht, statt in Bosheit, Leid und ohne zu wissen, weshalb? Und ich, der Engel, antwortete ihm: Schätze die Höhe des Feuers und ermiß den Turm des Windes und nenne dies mir. Aber der Mann sagte: Das kann ich nicht. Dann glaube, sagte der Engel Esrafel, ebensowenig kannst du die Absichten des Schöpfers abschätzen, kannst sie nicht wägen oder messen oder sie hier gestern nennen. Und dennoch sind sie.« Die junge Nonne wartete, während zwei oder drei Nonnen niesten und sich traurig die Nase putzten. Dann las sie weiter: »Hört, meine Geliebten, spricht der Herr: fürchtet euch nicht, noch laßt euch von euren Sünden niederdrücken wie das Dorngestrüpp auf den Feldern, so daß kein Mann sie durchwandern mag. Eure Sünden sind vergessen, also reißt die Gedanken daran bei den Wurzeln aus. Denn das von Dorngestrüpp erstickte Feld wird dem Feuer zur Reinigung übergeben.«

Die Diebe, dick vermummt und manchmal schniefend wie die Nonnen, kamen aus ihren Schlupfwinkeln ins

Imago, um anzustoßen und sich aufzuwärmen. Erst einmal dort, machten sie keinerlei Anstalten, wieder zu gehen. Bei diesen Temperaturen verbrannte Gold die Finger, sagte der Zwerg. Da saß er, schlitzäugig und vor sich hin brütend, und sprach keine einzige Silbe. Aber Jehan ließ nicht locker und einige folgten. Wo man niemandem in die Tasche greifen konnte, warf Jehan vereiste Fenster mit einem harten Schneeball ein oder schnitzte mit seinem Dolch obszöne Zeichen in die Türen, die er in der Gosse statt des Alphabets gelernt hatte. Jehan dachte sich rutschige Spiele aus, bei denen am Morgen jemand ausrutschen und sich das Bein brechen würde. Und manchmal fand sich auch ein leerstehendes Haus, in das sie eindrangen.

Weit hinten am Fluß leuchtete nachts ein böser Schein auf, wenn die Lichter der Fackeln vom Schnee in die unbändige Nacht zurückgeworfen wurden. Aber er blieb tabu, dieser obere Teil der Stadt. Der große Marktplatz, die große wachsende Kirche, das Haus der Morde, der umschließende Arm der Stadtmauer mit ihren Wachen.

»Ich gehe mit euch. Oben auf die Hügel. Wen kümmert's«, sagte Conrad. Narbennase fragte: »Wozu?« Und der dünne Mann sagte: »Es ist dort wärmer.«

Jehan rannte über die Brücke, durch die Phalanx der Eiszapfen, schlingernd, wo glatte Eisflächen waren, die Arme graziös und dämonisch ausgebreitet.

»Kommt«, sagte Conrad.

Es bewegte sich jedoch keiner von ihnen.

Die Straßen zum Markt waren bei Nacht fast ebenso hell wie bei Tag, aber um die Häuser lag schwarzer Matsch, wo die Hitze der Fackeln den Schnee geschmolzen hatte.

Für Jehan, Geschöpf der Dunkelheit, war es früh, noch nicht elf Uhr. Mit Anbruch des Winters, wo sich die Nacht schon am Nachmittag herabsenkte, riskierte er manchmal, bereits während des Komplets, des Schlußgebets der Nonnen am Ende ihres Arbeitstages, zu verschwinden.

Als sie in die Straße mit dem Figurenbrunnen einbog, ließ Jehan sie nichts empfinden. Sie warf einen Blick zum Haus hinüber, in dem die dicke Frau gestorben war, der reiche Mann, sein Diener. Der Wachposten war abgezogen worden. Inzwischen, für sie wichtiger, stand auf der anderen Seite das interessantere Haus, das Atelier und Zuhause von Motius, dem Künstler. Vor sieben Nächten, allein draußen vorm *Cockatrice*, hatte Jehan andere Schüler des Meisters wiedererkannt. Sie hatte ein Schwätzchen mit ihnen gehalten. Man schien über ihre Ähnlichkeit mit jemandem verblüfft, über den aber keiner sprechen wollte. Einer hatte vorgeschlagen, Jehan solle für den jungen Patroklos oder Dionysos Modell stehen. Jehan schien nichts dagegen zu haben und erfuhr so von dem Haus, wo er sich vorstellen sollte.

Durch die Läden der Fenster im oberen Stockwerk schimmerte Licht. Jehan klopfte an die Tür. Nach einer Weile wurde ein Fensterladen geöffnet. Das Gesicht eines jungen Mannes, unbekannt, schaute herunter. »Wer ist da?«

»Jehan.«

»Wer ist Jehan?«

Jehan zuckte die Achseln und stellte sich in den Lichtkegel, damit man ihn besser sähe. »Man sagte mir, ich solle herkommen. Der Meister würde mich vielleicht als Modell anstellen, sagte man. Vielleicht nicht.«

Da gab der Jüngling im Fenster einen Laut der Überraschung von sich.

Er entfernte sich. Stimmengewirr.

(*Es ist einer wie Pierre Belnard. Oh, du meine Güte!*)

Füße sprangen eine Treppe hinunter, und Hände entriegelten die Tür.

Ein zweiter Jüngling zog Jehan herein, schloß die Tür, um ihn dazubehalten, starrte ihn ohne Wimpernzucken im Licht einer flackernden Kerze an und sagte dann sehr schnell etwas auf Lateinisch, was Jehan nicht verstand. »So«, sagte der Jüngling, »dann bist du also nicht verschwunden.«

»Soll ich's versuchen?«

»Mach dich nicht lustig. Sprich nicht. Bleib hier, genau da, wo ich dich hingestellt habe. Warte.«

Der Student hastete die Stufen wieder hinauf, wobei er das flackernde Licht mit sich nahm.

Jehan blieb, ohne sich lustig zu machen oder zu sprechen, und schien zu warten. Dann bewegte er sich, trat an den unteren Treppenabsatz und spähte in die Dunkelheit hinauf. Einen Augenblick später begann er, lautlos hinaufzugehen.

Oben wurde jetzt getuschelt, nicht mehr gemurmelt.

Jehan durchschritt einen Durchgang und kam zu einer Tür, geschlossen, mit einem Schlüsselloch, aus dem Licht quoll.

Von der günstigen Gelegenheit angezogen, kniete er sich sogleich vor dem Loch nieder und schaute hindurch.

Vor ihm lag der Ausschnitt einer erhellten Kammer, in der ein Mann stand, gebeugt und alt und bärtig und einen Bruch auskurierend. Eine Hand hielt er vor die Brust gekrallt, und die andere hielt einen Kelch Wein, den er gleichmütig in den Kamin goß. Das Zischen faszinierte Jehan derart, daß er, als dies erledigt war und der Mann den Bildausschnitt verließ, nicht reagierte. Dann kam Bewegung durchs Licht, die anzeigte, daß jemand näher kam, um die Tür aufzustoßen. Binnen einer Sekunde war Jehan aufgesprungen und hatte sich neben die Tür gestellt. Als der zweite Student zur Treppe stürzte, trat Jehan direkt in den Türeingang und sagte: »Hier bin ich.« Was den anderen fluchend zurückkehren ließ.

Die warme Kammer, nun zugänglich, erwies sich als luxuriös. Ein üppiges Mahl war an einem weißgedeckten Tisch vor erst kurzer Zeit eingenommen worden, und immer noch standen ein vergoldeter Weinkrug und Becher, ein Teller mit gelben Pflaumen und Äpfeln – im winterlichen Paradys – und zwei Leuchter da, die ohne zu rußen brannten. Hinter einem teilweise geschlossenen Vorhang lag das Atelier, dunkel und schlafend, aber immer noch roch es nach gemahlener Farbe, Ton, Öl und Marmorstaub. Hier hatte Pierre gern bis spät in die Nacht gearbeitet und anschließend mit dem Meister diniert, ein bevorzugter Schüler, wie es auch diese hier sein mußten.

Aber Pierre hatte sich aus ihrem Leben gestohlen. Saufen und Huren hatten ihn in die Gosse gezogen. Jetzt stand sein Doppelgänger auf der Schwelle, ein Intervall später und um so mehr ein Wunder.

Meister Motius saß in seinem gedrechselten Stuhl neben dem Kamin und starrte ebenso wie die jungen Männer. Er war, wie durchs Schlüsselloch bereits gesehen, alt, bärtig und trug zudem im heißen Zimmer eine Kappe auf dem Kopf und einen pelzverbrämten Mantel. Und drei Ringe an den Fingern.

»Du bist der Bruder von Pierre«, sagte er.

Jehan lächelte.

»Bruder von wem?«

Der Künstler seufzte.

»Nicht«, sagte Meister Motius.

»Es gab Gerüchte, daß irgendein Bruder nach ihm suchte«, erklärte der Student, der ihn vom Fenster aus gesehen hatte. »Deshalb ist er ohne ein Wort abgehauen.«

Der zweite Student sagte: »Ich wette, der hier hat an der Tür gestanden und gelinst. Was hat er gesehen?«

Jehan blickte bescheiden auf seine Füße.

»Es gab nichts zu sehen«, sagte Meister Motius.

»Außer, daß Ihr Wein in Euer Feuer gegossen habt«, meinte Jehan.

Der Maler sagte: »Das ist ein römischer Brauch. Wir halten es hier mit den klassischen Traditionen. Aber davon abgesehen, was sagst du dazu?«

»Wozu?«

»Zu unserem Gespräch über Pierre Belnard.«

»Wer ist das?«

»Du bist niemals einem solchen jungen Mann begegnet?«

»Ich?«

»Weißt du, von wem wir sprechen?«

»Wäre dies möglich?«

»Er war mein Schüler und Lehrling. Er war überall sehr beliebt und sehr bekannt.«

»Weswegen?«

»Unzivilisierter, feiger, schweinshirniger Hund…« brach es aus dem zweiten Studenten heraus.

Meister Motius hielt die Hand empor. Sich auf die Armlehnen seines Stuhls stützend, erhob er sich.

»Ich werde dir etwas zeigen«, sagte er. Er nahm einen der Kandelaber vom Tisch.

Der erste Student beeilte sich, den Vorhang zum Atelier aufzuziehen, und der Meister schritt hindurch.

»Geh nur«, sagte der zweite Student zu Jehan – drohend.

Wieder lächelte Jehan. Gelassen ging er hinter dem Künstler her, und die Studenten folgten.

Das Atelier war ein riesiger gewölbter Raum, in dem das Kerzenlicht auf Winkel, Stoffe und Konturen traf, abprallte und zurückgeworfen wurde. Ein unheimliches Ding – eine Art hölzernes Skelett – posierte auf einer Säulenplatte. Es gab Bänke und kalte Feuerstellen, lange Tische mit Pergament, Leinwand, Gläsern und Destillierapparaten. Sachen standen aufgestapelt oder frei herum; Dinge schwitzten unter feuchtem Tuch.

Der Künstler steuerte durch diesen Urwald und blieb vor der hinteren Wand stehen. Eine kleine Holzplatte war daran befestigt. Er hob die Kerzen, obwohl sein Arm leicht zitterte, sei es wegen des Alters oder der Rührung.

»Dies hat er im dritten Monat bei mir gemalt. Es ist noch fehlerhaft, er hatte noch viel zu lernen. Aber, ach, gleichzeitig so perfekt. Was wäre aus ihm geworden.«

Jehan betrachtete das Bild.

Jehanine hatte nie etwas zu Gesicht bekommen, was der heranwachsende Pierre gemacht hatte, obwohl er einige Arbeiten für den Grundherrn ausgeführt hatte. Sie konnte das Bild nicht recht begreifen, denn es war nicht realistisch, kein Fleisch und Blut, und es bewegte sich nicht. Ein Mädchen saß unter einem blühenden Baum, ihr blondes Haar fiel in Wellen herab, und Vögel fraßen ihr aus der Hand, und ein Faun und eine Wölfin mit Jungen… Aber Jehan wurde irgendwie durch eingeritzte Markierungen an der unteren Wand und auf dem Fußboden abgelenkt. Malten die Schüler des Motius auch auf dem Boden?

»Er nannte dies Gemälde *Die Madonna der Unschuldigen*«, erklärte Meister Motius. Er weinte. »Maria, die Mutter, aber auch die Göttin Venus. Heilig und weltlich. Aber alle Schönheit ist heilig.« Tränen rannen ihm in den Bart, während sie das Licht auffingen. »Junge, wenn du weißt, wo er sein könnte – gleich, in welche Abgründe er gestürzt sein mag, in welch einen Pfuhl oder welch eine Sünde –, ich bitte dich, du mußt es mir sagen.«

»Wer?« fragte Jehan.

Einer der Studenten sagte heiser: »Er *weiß* es, Meister.« Er machte einen Schritt auf Jehan zu. »Sollen wir ihn dazu bringen? Ich schaff' das.«

»Keine – keine – keine Gewalttätigkeiten hier. Vielleicht weiß er nichts. Die Ähnlichkeit ist nicht so eindeutig, wie ich zuerst dachte. Wir sehen, was wir zu sehen wünschen. Ich habe die Gesichter der Menschen studiert.«

Jehan spürte, wie ihm das Topas-Kreuz zwischen seine Mädchenbrüste unter der Bandagierung glitt. Er ging auf Zehenspitzen die mit Kreidespuren versehenen Linien auf dem Fußboden ab. Er lächelte und lächelte und streckte den Arm aus, um dem Künstler die Kerzen abzunehmen.

Meister Motius schien überrascht, aber zögerte nicht, ihm das Licht zu überlassen. Vertrauensvoll dachte er, sein Gast wolle das Gemälde näher betrachten und daß dies ein gutes Omen sei.

Jehan, den Kandelaber fest umklammert, beugte sich vorsichtig vor und berührte die Holztafel mit der Flamme. Eine schwarze Linie erschien am Rand, und die Farbe warf Blasen. Sie schien nicht gewillt zu sein, zu verbrennen, die Madonna –

»Oh, Gott!« kreischte der Maler. Seine alte Stimme brach, er taumelte gegen Jehan, schlug ihn, griff nun nach dem Feuer, nun nach dem Holzbild. Jehan drehte sich um und ließ den Leuchter niedersausen. Er traf den alten Mann an der Schläfe, und die meisten Kerzen regneten auf ihn herab, verfingen sich in seinem Haar, Bart und Mantel. Als er zu brennen begann, brannte auch das Holz an der Wand. Jehan trat zurück. Sein Gesicht war ruhig und ernst, die Augen sehr hell.

Die Studenten eilten zu ihrem Meister, der sich auf dem Boden wand, fassungslos und schreiend und brennend. Als sie kamen, wich Jehan ihnen ebenso aus, wie er sie suchte, und betupfte sie mit den letzten Kerzen, zündete sie an. Sie schienen äußerst entflammbar, vielleicht wegen des dauernden Kontakts ihrer Kleider mit Farben und Öl. Es war leicht getan.

Jehan schleuderte das Feuer gegen einen herunterbaumelnden trockenen Ballen, der sofort in Flammen aufging.

Das Atelier war in Safran illuminiert und von hüpfenden, tanzenden, schreienden Feuerwesen erfüllt, die während der ganzen Zeit aufeinander einschlugen, bis sie niedersanken und über den Boden züngelten.

Jehan stürzte aus dem Raum. Im vorderen Zimmer bediente er sich vom Obstteller und leerte den Weinkrug.

Die Flucht glückte durch ein unten gelegenes Fenster, das auf einen schmalen Gang zwischen den Häusern führte.

Im offenen Hof vor der Tempelkirche kletterte Jehan eine Leiter der Arbeiter hinauf bis zu einem Stapel Bausteine und setzte sich dort hoch oben in die Nachtluft und beobachtete, wie alle Straßen zum Leben erwachten, als das Haus im Obergeschoß von Meister Motius mit einem gewaltigen Knall explodierte. Irgendein brennbares Material hatte sich im Atelier entzündet, schien es.

In Furcht um die hölzernen Gerippe ihrer Häuser huschten die Menschen wie verschreckte Mäuse in der Straße herum. Jehan, auf dem Steinstapel Pflaumen essend, sah zu.

Es war wie eine Szene aus der Hölle, bis der Schnee zu fallen begann und, was die unhandlichen Eimer nicht zu leisten vermocht hatten, flüsternd, flüsternd, das brennende Haus löschte. Er hatte eine Schwäche für den Krug und behielt ihn. Mit Hilfe des Seils vom Klosterbaum springend und das Gefäß in den Händen, sah er vor sich eine junge Nonne.

»In Eurem Haar ist Ruß, Jhane«, sagte Schwester Marie-Lis.

»Dann war ich im Feuer, Demoiselle.«

»Und so gelangt Ihr also nachts in die City.«

»Wie sonst?« entgegnete Jehan.

»Aber Ihr kehrt zurück.«

»Ich fand ein Seil, das zur Straße hinabhing. Ich habe es benutzt.«

»Ihr seid Jhane.«

»Gelegentlich«, sagte Jehan. Er ging auf die junge Nonne zu. Er nahm ihr Gesicht in seine Hände. Er legte ihr die Hand auf die Brust. Sie wehrte sich nicht. »Ich weiß eine ruhige Zelle dort drüben«, sagte Jehan. »Wir würden ungestört sein. Oder hier, auf dem kalten Boden im Schnee.«

»Ihr seid Jhane«, sagte die junge Nonne abermals.

Jehan wich zurück. Er senkte den Blick.

»Wem werdet Ihr es verraten?« fragte Jhane.

»Niemandem. Gott sieht alles.«

»Ihr betet Satan an«, sagte Jhane.

Die junge Nonne wandte sich von ihr ab und schritt über den Schnee davon. Der Boden war zu gefroren, um Spuren festzuhalten.

Auf ihrem Lager brannte Jhane. Gehüllt in Feuer erhob sie sich und lief zum südlichen Kreuzgang, um sich im Schnee abzukühlen. Sie wünschte, der Brunnen würde Wasser spenden. Das tat er. Er spendete Feuer. Feuer wie ein goldener Baum, der in den schwarzen Himmel spritzt. In seinem Licht erkannte sie, daß es nicht das steinerne Kind war, das die Schale hielt, sondern der Zwerg.

»Fero, Fero, ich bin Ferofax«, sagte der Zwerg. »Feuerbringer. Ich bin ein Dämon. Aber du bist von den Teufeln besessen.«

»Luzifer, König der Welt«, rief Jhane, während sie brannte.

»Seine ersten Getreuen waren Azazel und Esrafel«, sagte der Zwerg. »Sie eilten zu ihm und sprachen ihm Trost zu, nach dem Fall.«

»Ich brenne«, weinte Jhane bitterlich.

Sie schrie: »*Ich brenne*!« Und die Nonnen banden sie auf ihrem Bett fest, wo sie mit wütendem Fieber lag.

»Ich brenne! Ich brenne! Feuer! Feuer!«

»Liegt still«, sagten sie.

Sie haßte sie, aber das war nichts Neues, zu hassen. In ihren Lenden und Hoden saß der Schmerz. Sie sah einen alten Mann mit Bart an einen Pfahl gebunden, der auch brannte.

»Pierre!« schrie sie.

Ferofax saß mit gekreuzten Beinen am Fußende des Bettes, trug eine Krone aus Steinblumen und aß einen Klumpen Farbe. *Die Welt wird in Feuer enden.*

»Es ist Jule Natalis«, sagten die Nonnen. »Es ist die Geburt des Engels als Christ.«

Glocken läuteten.

Die Tempelkirche wuchs und ragte unvollendet in den Himmel, mit riesigen Fenstern wie Flammen statt Augen.

Als Schmerz und Fieber Jhane verlassen hatten, war sie noch lange Zeit sehr schwach und lag in der Krankenstube, wo die alten Nonnen starben.

»Die Welt ist ein schrecklicher Ort«, sagten die alten Nonnen zueinander. Die große Stadt war die Welt en miniature, voller Lust und Bosheiten, Morden und grauenvollen Verbrechen. (Jhane vermutete vage, daß sie aus Rücksicht auf ihre Krankheit in ihrer Gegenwart nicht von gewissen geheimnisvollen traurigen Ereignissen sprachen.)

Es waren keine Novizinnen mehr übrig. Gefühllos hatten sie Christus geheiratet, als Jhane gebrannt hatte. Weihnachten gehörte ebenfalls der Vergangenheit an. Bald schon würde das Jahr sterben. Neujahr würde kommen und der zweiköpfige Janus, eine alte römische Gottheit, die Türen aufstoßen, beim Fest des Esels.

Auf den Ländereien des Fürsten im Norden war das Eselsfest wie überall mit großen Lustbarkeiten gefeiert worden. Es war die Zeit des Gegenteils, man ließ den Wein aus dem Faß, alles verkehrte sich ins Gegenteil, damit das übrige Jahr in richtigen Bahnen verlief. Karren mit Dünger rollten durch das Dorf. Der Priester zog sein Gewand verkehrt herum an, und die Glocke wurde zwar geläutet, aber zu den falschen Stunden. Prozessionen stapften durch die Felder, wobei Trommeln geschlagen und Tamburine geschüttelt wurden, und ein geschmückter Esel, wenn auch nicht der von Belnard, stolzierte mit einem Idioten oder einem jungen Bauernmädchen auf dem Rücken herum, das zum König ausgerufen worden war. Am Tag des Esels war alles erlaubt. Mit diesem Vorschuß konnte man das übrige Jahr sittsam sein.

Es hatte in der Antike begonnen, erzählten die alten sterbenden Nonnen sich jetzt, mißbilligend und begeistert. Ein schöner Gott auf einem Eselsrücken, Trinken und Ritual und andere Gepflogenheiten.

Jhane, die während des Fiebers gräßliche Halluzinationen und Träume gehabt hatte, sprach nicht über das Fest. Das Wetter hatte gewechselt. Es hatte Tauwetter gegeben (Feuer, Feuer!) und einen Wärmeeinbruch, so daß die ersten winzigen Knospen an den Bäumen sprossen und dafür gleich büßen mußten. Sobald Jhane dazu imstande war, nahm sie ihre Pflichten und Arbeiten wieder auf. Aber nachdem sie so lange mit senilen Nonnen zugebracht hatte, bewegte sie sich jetzt langsam, gebeugt, mußte sich oft auf ihren Besen stützen, wurde manchmal ohnmächtig, wenn sie die Fliesen schrubbte, konnte sich nicht mehr so gut an alles erinnern.

Jehan erwachte, stand auf und zog sich an. Hinter der Truhe verstaut fand er einen Weinkrug, vergoldet, den er fast vergessen hatte. Er nahm ihn mit, zusammen mit dem Kreuz – welches er nur einmal abgelegt hatte, als er krank war, aus Furcht, man könnte es ihm stehlen, wenn er im Fieber läge. Und sein Kletterseil.

Er verließ das Kloster, ohne einen Blick zurückzuwerfen, und machte sich durch den Matsch auf den Weg zur Schänke.

Die Fackeln brannten wie üblich am Tor, aber im oberen Zimmer hatten sich nur drei oder vier eingefunden.

Sie sprangen auf, als Jehan eintrat.

»Wo bist du gewesen?«

»Wir dachten, sie hätten dich gehängt.«

Jehan setzte den Krug ab. Sie starrten ihn an.

Dann kam Conrad herein und packte Jehan, schloß ihn fest in die Arme. Jehan stieß ihn von sich.

»Morgen ist das Eselsfest«, sagte Narbennase. »Morgen werden wir die Welt plündern und ihr die Gurgel durchschneiden.«

Sie saßen zusammen und zechten fast die ganze Nacht. Jehan beobachtete sie. Zum erstenmal schlief er in der Schänke. Als Conrad kam, um zu ihm aufs Lager zu schlüpfen, rollte Jehan sich zur Seite und legte Conrad das Messer an die Kehle.

»Wann?« fragte Conrad.

»Nach der Nonne.«

»Welche Nonne?«

»Die Nonne, von der ich dir erzählt habe. Nicht weit entfernt, nahe beim Fluß, liegt ein schmuckes Nonnenkloster.«

»Niemals.«

»Frag den Zwerg. Er weiß Bescheid.«

»Hast du das Haus angezündet?« fragte Conrad.

»Ein Haus?«

»In der Straße, wo der reiche Mann wohnte, ehe wir ihn erledigt haben.«

»Als nächstes werden wir die Tempelkirche niederbrennen«, sagte Jehan.

»Du bist der Teufel«, sagte Conrad.

»Einer seiner Getreuen«, erwiderte Jehan. Er lachte leise. »Azazel, Esrafel.«

»Du lachst wie ein Mädchen. Du hast keinen Stimmbruch. Haßt du deswegen die ganze Welt?«

Jehan streckte die Hand aus und liebkoste ihn. Conrad fiel auf ihn. Er wand sich, drängte sich dichter heran, arbeitete sich vor. Jehan hörte mit seinen Aufmerksamkeiten auf, spuckte Conrad ins Gesicht und ging weg zu einem anderen Schlafplatz in der Schänke.

Mit dem Sonnenaufgang brach ein gewaltiger Lärm los: das Schlagen von Zimbeln, Pfannen und Töpfen, das Muhen und Schmettern von Hörnern. Alle Glocken läuteten. Es war Eselstag, das Narrenfest. Der kleine Irrsinn, der den größeren verhinderte, während Gott, der Plünderer und Zerstörer, dazu zwinkerte.

Die Diebesbande strömte mit den anderen aus der Stadt auf die Straße. Festivitäten waren immer günstig. Aber gelegentlich, da das Anliegen des Tages es gebot, steckte ein Räuber auch eine Münze in die Tasche eines armen Mannes, nachdem er Geldbörsen und andere Kleinigkeiten erbeutet hatte. Ein Tag, an dem alles verkehrt herum lief.

Auf der Brücke angelte man mit Mausefallen und warf fauligen Fisch in den Fluß zurück. Immer noch schaukelten riesige Eisschollen auf dem Wasser vorüber. Aber es war ein mildfeuchter Morgen, und Schweiß tropfte von den Stirnen der Männer auf Steine und Pflaster.

Prozessionen zogen umher, Männer mit Eselsmasken und umgebundenen Eselsphalli rannten, mit Rasseln schüttelnd, herum, und falsche Priester in Flickwerk erteilten zotigen Segen, während angebliche Ärzte, die Gläser mit Blutegeln und riesige Zangen zum Zähneziehen mit sich herumschleppten, umherscharwenzelten.

In Our Lady, jenseits des Flusses, würde die Hurenbuße zelebriert werden, und die Diebe schlenderten, wie Müßiggänger, mit Jehan über die Brücke. Als Junge vom Lande hatte er so etwas noch nie erlebt. »Oh, das lohnt sich.«

Die City kreischte und trommelte und sang und schrie.

Our Lady war eine kleinere Kirche nahe den Kais, aber auf ihrem Vorplatz, glitschig vor Fischtran, wurde eine Messe abgehalten mit einem Eselsbischof, der eine Mitra mit Löchern für die Ohren trug. Bei jedem Schnaufer und Eselsgeschrei bejubelte die Menge die Weisheit dieser Bemerkung.

Die Huren kamen gerade aus der Kirche, Ketten mit Eisenkugeln hinter sich her schleppend, aber diese waren nur aus Blech und schepperten laut, als die Huren fröhlich jauchzten und ihre Röcke hochhoben. In ihrem Haar trugen sie bunte Bänder, und einige gingen barbusig.

Eine Kutsche preschte durch die Straßen und war unterwegs zum Markt und der Tempelkirche.

Gemeinsam mit Conrad und ein paar anderen, die es nicht zu den Huren mit den Blechketten zog, steuerte Jehan in dieselbe Richtung.

Teufelsgestalten, fast nackt an diesem schwülen Tag, gehörnt, beschwänzt und mit Foltergabeln ausgerüstet, sprangen um eine Plattform herum, die den Hügel hinaufgetragen wurde. Auf einem grell bemalten Thron saß der König des Festes. Die Menge jubelte ihm zu, und er nickte dazu mit seinem vergoldeten Diadem. Federn und Schellen krönten sein Haupt, seine winzigen Füße steckten in Schnabelschuhen, an seiner Seite hing ein mit den Worten *Rex Urbi* bemaltes Holzschwert. Eine Perücke aus flachsfarbenem Stroh umrahmte das hübsche, unfreundliche und deformierte Kindergesicht. Es war Fero, der Zwerg.

Jehan lachte höhnisch.

Der Zwerg hörte ihn.

»Halt. Euer König befiehlt. Ich habe einen wundervollen Laut gehört. Das muß Lerchengesang gewesen sein.«

Die Plattform schwankte, kippte ein wenig, kam zum Stillstand.

»Jedes Weib möge seinem König das Gesicht zuwenden. Ich werde mir eine Gefährtin wählen.«

In dem Tumult stand Jehan hohnlachend da, und der Zwerg zeigte auf ihn. »Dort. Die da.«

»Aber, Sire, das ist kein Weib.«

»Mein Wille ist Gesetz.«

Als er gepackt wurde, wehrte Jehan sich nicht. Er hing, voller Verachtung, in den muskelquellenden Armen und wurde liebevoll emporgehoben. Der Zwerg schnappte sich Jehan und drückte ihm einen Kuß auf den Mund. »Gewänder für meine Königin. Du und du. Zieht euch aus.«

Kreischend unterwarfen sich einige Mädchen der Aufforderung, verschiedene Kleidungsstücke abzugeben. Sie eilten persönlich zur Plattform, um den hübschen Jüngling zu umgarnen, ihn mit Handküßchen und Umarmungen anzubeten. In einen Umhang gehüllt, mit einer gestreiften Schärpe und einem gewundenen bunten Band im Haar verwandelte sich Jehan in ein Mädchen.

»Süßer Jesus«, sagte Conrad. Er schien schockiert, war ganz bleich geworden, und sein Verlangen zeichnete sich deutlich ab. Aber Jehan schien ganz unbekümmert. Er lehnte an der Schulter des Zwerges und schaute sich arrogant um. Die Blicke in dem Jungmädchengesicht waren eindeutig männlich.

»Möchte sich meine Königin hinsetzen?«

»Auf deinen Kopf, Schweinezwerg.«

Die Menge applaudierte frenetisch.

»Auf meinen Schoß, teuerste Königin.«

»Um mit einem anderen Balg gestopft zu werden?« ereiferte sich die Königin jetzt in einer hohen, melodiösen Jungfernstimme und spielte mit.

»Ich mach' dir noch eines!« erbot sich ein Mann in der Menge. Weitere Angebote überschütteten die jungen-, mädchenhafte Königin. Sie schüttelte ihr Haar. »Ich bin nach Paradys gekommen, um mein Glück zu machen. Ich kam, ein Handwerk zu erlernen.«

»Oh-ho!« fiel die Menge ein.

»Ich wollte«, schrie Jehan, »Heiligenbilder in der großen neuen Kirche malen. Nicht in einer Sänfte sitzen und mich von einem Zwerg umwerben lassen.«

Der Zwerg packte Jehan und zog ihn zu sich auf die Knie. Jehan lachte. Diesmal leichthin und jungenhaft.

»Los, Sklaven, ihr Ungeziefer. Zum Tempel. Meine Königin soll ihn ausmalen.«

Sie zogen zum Hügel hinauf, während die Weinschläuche sich in der Menge bewegten, als wären sie lebendig. In dem Bemühen, einen zu ergattern, verlor Conrad seine Brüder. Er drängte sich neben den Zwerg, bekam eine Kante der Plattform zu fassen und half, sie weiterzutragen. Er starrte Jehan aus kohlschwarzen Augen an, der ihn ignorierte oder tatsächlich nicht bemerkte.

So kamen sie auf dem Marktplatz an, sammelten Konvertiten, überwanden den Buckel und marschierten durch eine gepflasterte Gasse, stießen gegen die Mauern, während die Plattform schlingerte und sich in einem Schwall von Leibern und Verwirrung von selbst wieder beruhigte.

Der Platz vor der Tempelkirche war mit Steinen, Schutt, Schotter, Werkstätten und Unterständen vollgestopft. Baumeister und Handwerker waren nicht da. Es war ihr Geschenk an Gott, das Schmuckstück von Paradys, wozu bedurfte die Kirche des Schutzes.

Gewaltig und kahl ragten die Mauern auf: die Fensterlöcher klafften, die Knochen des Baugerüstes warteten auf ihre Zusammensetzung, wie einst die Welt selbst. Aber sie besaß noch kein Leben, keine Seele. Die Kavalkade preschte um die Ecken zukünftiger Geschichte, und Esel erleichterten sich dort.

»Komm jetzt«, sagte König Fero.

»Nicht mich«, sagte Königin Jehan.

»Es ist eine Tatsache«, sagte der Zwerg, »daß meine Königin hier mir dreißig Kinder geschenkt hat. Jetzt müssen wir endlich heiraten.«

Die Menge schleppte mit alten Schuhen gefüllte Räuchergefäße herbei, zündete sie an, und der übel riechende Rauch stieg gen Himmel. Der Esel mit der Mitra wurde herbeigeführt, und Jehan und der Zwerg von ihm getraut, wobei die Menge selbst die passenden Worte beisteuerte.

»Und jetzt ins Bett«, sagte der Zwerg.

»Aus Gefälligkeit«, antwortete Jehan.

»Nur Ziererei. Was ist los?«

»Schenk mir den Esel.«

»Ich verspreche, ich bin besser als der Esel.«

»Nun, ich werde ihn mir so oder so schnappen.«

Immer noch in Mädchentracht, trat Jehan vor den Esel, riß ihm die Mitra ab – unter Gejohle –, hob seine Röcke und stieg auf den Rücken des Tieres. Indem er ihn sanft mit den Absätzen in die Flanken stieß, überredete Jehan das Tier, sich in Bewegung zu setzen. Sie trotteten vorwärts, an dem Königszwerg vorbei und zu Conrad hinüber, der in verzückter Versteinerung dastand. »Wach auf. Steig hinter mir auf«, sagte Jehan.

»Rebellion«, krähte Fero. Er trank aus einem Weinschlauch und kippte vom Sitz.

Conrad schwang sich auf den Esel. Er umschlang Jehans Taille. »Teufel, Teufel, Satan, Luzifer, Tod, Nacht«, fluchte und stöhnte er bebend.

Ohne nennenswerte Behinderung ritten sie davon. Die Menge teilte sich vor ihnen, um sie hindurchzulassen. Nur der Zwerg jammerte noch. Ein paar Betrunkene lagen am Straßenrand.

Der Esel trottete jetzt dahin, froh, dem Gedränge entkommen zu sein.

Sie erklommen eine Straße mit einem kunstvollen Brunnen und einem niedergebrannten Haus.

»Oh, Jesus. Jehan, Jehan.«

Hinter dem von Mauern gesäumten Park schloß sich ansteigendes, unbebautes Land an. Man konnte bereits den gewellten Kamm der Stadtmauer im Osten erkennen.

Der Esel trottete dahin. Conrad stöhnte und tastete Jehan ab, der die Hände des Diebes von der gesuchten Stelle wegschob. Conrad fuhr mit den Lippen über den zarten Nacken unter dem mit Bändern gehaltenen Haar. Er schluchzte und, sich plötzlich verkrampfend, machte er eine unbeabsichtigte Bewegung und trat den Esel, so daß dieser beinahe beide Reiter abgeworfen hätte.

Nachdem er sich ausgelaufen hatte, kam der Esel unter ein paar Bäumen zur Ruhe.

»Du hast dein Vergnügen gehabt«, sagte Jehan. »Nun zu den anderen. Wo sind sie?«

»Kein Vergnügen. Du verdammter Höllenbastard. Sie kümmern sich um ihre eigenen Angelegenheiten.«

»Also bloß du, Drecksdieb. Verspritzt deine Lust auf einem Eselsrücken.«

»Halt dein verdammtes Maul. Ich werde dich umbringen.«

»Nein, das wirst du nicht. Jetzt will ich diese Nonne.«

»Ich sollte dir die Kehle aufschlitzen.«

Jehan schwang sich vom Eselsrücken und blieb einen Augenblick stehen. Er fühlte sich verkrampft und steif. War er nie zuvor geritten? Die körperliche Empfindung kam ihm vertraut vor, aber er erinnerte sie mit Furcht, Ärger. Indem er den Gedanken beiseite schob, streifte er mit einem Ruck die Frauenkleider ab und die Haarbänder. Conrad hatte sich ebenfalls vom Grautier entfernt. Er saß unter einem vorzeitig knospenden Baum im Gras. Er weinte.

»Was für ein fabelhafter, kühner, tapferer Mann«, sagte Jehan. »Der Maler weinte. Zünde mein Haus nicht an! Verbrenne mein kostbares Bild nicht!«

Conrad schien gar nicht zuzuhören. »Dieser Junge«, sagte er. »Ich hätte es nie zulassen sollen. Dieser Junge, dein Bruder. Mein Leben lang. Sünden, Sünden. Ich werde in der Hölle brennen. Welcher Teufel hat dich gesandt. Wir werden bestraft werden, jeder einzelne. Gottes Zorn. Gott hilf mir.«

»Hast du ein Zuhause?« fragte Jehan beiläufig, während er seine Tunika glättete.

Conrad weinte.

Jehan ließ ihn dort sitzen und den Esel an einem Krokus knabbern. Aber als er über das Feld zu der Mauer des Parks lief, der einstmals einen Palast beherbergt hatte, stolperte Conrad hinterher.

»Mein Zuhause ist eine Hütte«, sagte er. »In der Schmiedegasse.«

»Gut. Dann bringen wir sie dorthin.«

»Wen?«

»Die Braut Christi. Meine junge Nonne mit dem heiligen Antlitz.«

»Das mache ich nicht. Hast du nicht selber Angst, Jehan? Ich werde nicht mitmachen.«

»Dann verschwinde.«

Conrad trottete an Jehans Seite, den Kopf gesenkt und schwitzend.

»Zur Hölle also«, sagte er. *»Noli vade retro, Satanus*! Was habe ich anderes erwartet?«

Wegen des Festes kamen sie auf dem Rückweg in die Stadt nur langsam voran, vor allem, weil Conrads sauertöpfisches Gesicht und Jehans entschlossenes andere dazu bewog, sie auf mannigfache Weise zu behelligen. Die Glocke hatte gerade geläutet, als sie das Nonnenkloster erreichten. Conrad hatte vergessen, daß es ihm nicht bekannt war und daher nicht existierte. Er ging an der Mauer und am Glockenturm vorüber und mit Jehan zur Westseite und am Tor vorbei. Am Tage war die geheimnisvolle Atmosphäre des Ortes nicht zu spüren, obwohl die Häuser mit dem Rücken zum Kloster gewandt waren und die Gassen weiter unten verliefen. Jeder hätte hier auftauchen können, weil er Lebensnotwendiges anliefern mußte. Aber durch das Backhaus entstand ein Vorsprung in der Mauer, und dahinter stand der Baum mit den überhängenden Ästen. Er trug keine vorzeitigen Knospen, er hatte sich nicht narren lassen. Tatsächlich baumelte das Seil immer noch herab, unbemerkt, nie entdeckt – eine Hexerei durch Willenskraft oder Schicksal.

»Also, klettere hinauf«, sagte Jehan.

»Was? Dort hinein?«

»Wohin sonst?«

Conrad zauderte, und so hangelte sich Jehan als erster das Seil hinauf und lag alsbald über ihm auf einem dicken Ast, um ihn zu hänseln.

»Ist das ein Apfelbaum, du Schlange?« knurrte Conrad. Aber er griff nach dem Seil und kletterte hinauf, erreichte das Geäst, als Jehan sich in das Gebüsch hinabfallen ließ.

Dieser Teil des Gartens war abgetrennt, die Backhausmauer, die hohen Sträucher schirmten ihn ab. Sie kauerten sich nieder.

Jehan sagte: »Siehst du das Fleckchen dort, mit den Pflaumenbäumen? Sie wird jeden Moment dorthin kommen, dann siehst du sie.«

»Woher weißt du, daß sie genau das tun wird?«

»Sie wird mich vermißt haben. Sie wird kommen, um nachzusehen, wie nach allen Offizien, um mich dabei zu ertappen, wie ich wieder hinüberklettere.«

»Was meinst du damit? Wieder hinüberklettere? Hast du sie hier jede Nacht gehabt?«

»Ich habe hier gelebt«, erklärte Jehan. »Sie hielten mich für ein Mädchen. Du hast gesehen, was für ein hübsches Mädchen ich abgebe, wenn ich entsprechend gekleidet bin.«

Ungläubig, gläubig fluchte Conrad.

Da kam eine schlanke Nonne zwischen den Bäumen heranspaziert. Sie bewegte sich in Richtung der Mauer. Als sie keine zehn Schritte mehr entfernt war, stand Jehan auf.

»Hier bin ich«, sagte Jehan.

Die junge Nonne schwieg, ihr blasses Gesicht wurde perfekt von der Haube umrahmt, und die Hände hielt sie in den weiten Ärmeln verborgen.

»Habt Ihr Euch gefragt, wo ich gesteckt habe?« fragte Jehan. »Seht, hier ist ein Freund, den ich in der City kennengelernt habe.« Sie stieß Conrad mit einem aufmunternden Blick an. »Steh auf und zeig dich ihr.« Aber Conrad wollte nicht. Jehan beugte sich hinab und zerrte ihn hoch. Zögernd erhob er sich daraufhin und sah die junge Nonne schräg aus den Augenwinkeln an. Sie schien weder verängstigt noch verärgert.

Dümmlich sagte Conrad: »Verzeiht mir, Schwester.«

»Ja, verzeiht ihm«, sagte Jehan. »Er ist im Begriff, roh Hand an Euch zu legen.«

Zu Conrad sagte Jehan: »Tu's jetzt.« Aber Conrad stand wie angewurzelt auf der Erde zwischen dem Buschwerk, und die junge Nonne wandte sich ab. Als sie wieder in Richtung der Pflaumenbäume ging, sagte Jehan: »Greif sie dir jetzt um meinetwillen. Wenn sie schreit, schlag sie. Wirf ihr deinen Umhang über den Kopf. Tu's. Oder du wirst mich nie wiedersehen.«

Conrad polterte aus dem Gebüsch, wobei sein Mund noch einen Protest formte, obwohl er sich bereits beeilte, zu gehorchen. Die junge Nonne befand sich zwischen den Bäumen, und jetzt befand sich auch Conrad zwischen den Bäumen – außer Sichtweite. Das übrige Nonnenkloster schien wie ausgestorben – offensichtlich hatte man sich hier nicht an dem Fest beteiligt. Jehan stand da und wartete darauf, daß Conrad mit Marie-Lis über der Schulter über den nackten Winterboden zurückkehrte. Und nach ein paar Minuten tat er das auch. Er trug schwer an seiner Last, atmete keuchend und hatte abgebrochene Zweige im Haar. Sein Umhang hüllte die ganze Marie-Lis ein bis auf den Saum ihres Habits, der heraushing. Ihr Kopf und Oberkörper hingen ihm über den Rücken, betäubt. »Ich habe ihr auf alle Fälle eine übergebraten. Um sicherzugehen. Und ihr die Hände mit meinem Gürtel gefesselt. Der Schlag war nicht fest. Sie hat sich nicht gewehrt. Wollte vielleicht mitkommen.«

Nur unter Schwierigkeiten und Mühe gelang es Conrad,

ohne Unterstützung das Paket mit der Nonne den Baum hinauf- und dann auf die Straße vor der Mauer hinunterzubugsieren. Aber er bewältigte die Aufgabe, denn sie waren der Arbeit eines Diebes nicht unähnlich, diese Transporte. Die ganze Zeit über war er eifrig bemüht, weder den Schädel der Beute zu verletzen, noch ihre Knochen zu brechen. Manchmal vergewisserte er sich, wie es ihr ging, und lachte leise, wenn sie nicht antwortete. Als er am Seil hing, sorgte Conrad dafür, daß er sich zwischen ihr und der Mauer befand. Gut auf dem Boden aufgekommen, küßte er die Beute, legte sie sich richtig über die Schulter, registrierte, daß sie sich schwerer anfühlte; vielleicht hatte das Mädchen sich seine Sünden aufgeladen. Gewissensbisse waren jetzt überflüssig. Er drehte sich brüsk um und machte sich auf den Weg in die übelsten Gassen der Stadt, dorthin, wo Smith's Alley lag, wie er erklärte.

Weiter unten begegneten sie wieder Grüppchen, die vom Fluß kamen. Bei ihnen ein Mädchen, das wie eine Meerjungfrau zurechtgemacht war. Dann, in den langen engen Gassen, die Säufer und Hurenböcke. Den Neugierigen stellte Conrad seine Last als betrunkenen Kumpan vor. Ohnehin zogen so viele seltsame Gestalten am Arm anderer vorüber, was kam es da auf eine mehr an?

Die Werkstatt eines Schmiedes beherrschte Conrads heimatliche Gasse, die an diesem Tag geschlossen war. Dahinter Schuppen und Hütten, die sich den ganzen Weg entlang aneinanderschmiegten, und deren letzte Conrad geduckt betrat.

Es war ein karger Raum, die verkörperte Abwesenheit von allem Guten und Angenehmen, und völlig verrottet. Als die Tür geschlossen und mit einem Strick festgebunden war, fiel nur noch aus einem Dachloch etwas Licht herein. Ein Rascheln in einer Ecke deutete auf eine Ratte hin, aber nachdem Conrad den einzigen Kerzenstummel angezündet hatte, hörte dies auf. Als nächstes ließ er sein Bündel auf das Lager aus Lumpen und Flöhen gleiten. Er beugte sich besorgt darüber und begann, den Umhang auseinanderzufalten, um seine Beute zu Gesicht zu bekommen.

»Nein«, sagte Jehan. »Scher dich jetzt raus.«

Diesmal beschwerte Conrad sich unmißverständlich. Die Wände wackelten.

»Wenn ich fertig bin«, sagte Jehan. Er schlenderte zu Conrad hinüber und drückte ihm einen zuvor im Gedränge gestohlenen Heller in die Hand. »Geh und trink dir einen.«

»Nein, du verdammter Satansbraten. Das ist mein Haus.«

»Oh, dein Haus. Dein Misthaufen, und so stinkt er auch.«

»Ich hätte dich niedermetzeln können. Ich hätte dir die Ohren abschneiden können – und den Rest.«

»Hau ab«, sagte Jehan. »Komm später wieder.«

Conrad murrte, und Jehan schlug ihm plötzlich quer über die Lippen.

»Geh raus oder bleibe, und *ich* gehe. Glaubst du, ich würde sie noch haben wollen, nachdem du an ihr rumgesaugt hast? Also gut. Lebewohl.«

Conrad verfluchte die Welt, als er die Hütte verließ.

Das Licht in der Gasse war grau von all der muffigen Wärme des Tages. Jehan schloß die Tür und band sie wieder fest. Dann blieb er eine Weile stehen und starrte auf die Gestalt in Conrads Umhang hinab. Sie schien nicht zu atmen. Auch erschien sie ihm größer zu sein als sonst. Der Kerzenstumpf zischte und würde bald erlöschen. Falls er sie sich anschauen wollte, mußte er sich beeilen.

Jehan stellte fest, daß er zögerte. Er stellte sich selbst neben der Gestalt von Marie-Lis vor, wie er ihr ins Gesicht starrte, seine Finger über sie gleiten ließ und dann in den losen Umhang schob, über die Statue ihres Körpers. Und wie er so daran dachte, spürte er sich erregt versteift, die Waffe in seinem Schritt gezückt, und völlig vergessend, daß es sich nur um ein Knäuel Stoff handelte, wie er es schon in anderen Momenten vergessen hatte.

Er trat jetzt dicht an sie heran und begann, den Räuberumhang von dem jungen Leib der Nonne zu schälen. Ein bißchen Erde rieselte auf den Boden, dann ein paar abgebrochene Zweige. Dann fiel eine weiße Hand schlaff gegen die seine, und er sah, daß es gar keine Hand war, sondern ein Stück feuchtes Tuch. Jehan trat zurück, sank dann auf die Knie und warf sich auf das Bündel, während er es aufriß. Unter Conrads Umhang lag eine Rolle Wäsche, die er offenbar im Garten hinter den Bäumen trocknend vorgefunden hatte. Es war eine mit Erde und Dreck gefüllte Attrappe, die zum Schluß in das passende Gewand gesteckt und damit als Nonne Marie-Lis durchgeschmuggelt worden war. Ah, mit solcher *Vorsicht* die Mauer hinunter bugsiert. Conrad lächelnd. Conrad küssend. Conrad darauf beharrend, daß er als erster bei der Vergewaltigung an der Reihe sei, um nicht zu kurz zu kommen.

In Jehan tobte die Wut so heftig und erbittert, daß sie echten Schmerz verursachte. Er stieß einen Schrei aus, sprang auf und konnte einen Augenblick wegen des hinter seinen Augen rauschenden Blutes nichts sehen.

Es löschte alles aus und ließ ihn stolpern. Als er sich wieder aufgerafft hatte, hörte er die Ratte abermals rascheln. Er riß die Augen auf – und sah – es war keine Ratte.

Nein, es war ganz und gar keine Ratte. Aber es befand sich zwischen ihm und der brüchigen Tür. Conrad… zurückgekehrt, um sich zu ergötzen? Nicht Conrad. Die Tür war gesichert. Jehan umklammerte sein Messer, das vielleicht gar nichts nützte.

Die Hütte schien sich aufgelöst zu haben. Sie hatte sich in eine weite Dunkelheit geöffnet. Dann brachen Lichtfleckchen aus dieser Dunkelheit hervor.

Das Ding vor der Tür richtete sich auf. Und Jehan begriff, daß es die junge Nonne war, Marie-Lis. Aber sie hatte sich sehr verändert. Ihre Haube und der Schleier waren verschwunden, und statt dessen fiel ihr dunkles Haar auf ihre Schultern herab. Ein orientalisches Tuch bedeckte ihren Leib, aber es war dünn wie Wasser, und ihre Brüste waren nackt, und zwischen ihnen befand sich ein goldenes Symbol, wie ein nach unten gerichteter Dolch. Ihre bloßen Arme waren ausgebreitet, ihre Füße übereinandergelegt, und Nägel aus weißglühendem Stahl bohrten sich durch ihre Handflächen und Füße. Ihr Gesicht war heiter und gelassen. Die Finger ihrer Linken, die durchbohrt war, hielten einen Abendmahlskelch, den sie umkippte, so daß eine schwarze Flüssigkeit blubbernd und dampfend herausfloß. Dann heulte sie. Während sie das gräßliche Geheul ausstieß, wurden ihre Zähne sichtbar, und es war das Gebiß eines Bären.

Jehan zitterte. Er konnte sich nicht bewegen, er konnte nur schauen.

Plötzlich ritt der Geist durch die Luft, schwebte durch die Dunkelheit, hockte mit gespreizten Beinen auf ihrem Höllenreittier, was sie sonst auf ihren Ritten anders *benutzten*, quiekend, wiehernd, geflügelt, schwanzbewehrt und mit Klauen ausgestattet. Jehan spürte, wie die lederne Schwinge ihm mit einem Gestank der Verwesung über den Kopf schabte – und auch er heulte, vor Angst.

Ein Blitz zuckte. Er zerriß alles. Jehans Augen erloschen ein zweites Mal, dann bekam er etwas zu sehen – es war ebenso furchterregend wie das Grauen und die Häßlichkeit, die eben verschwunden waren. Und doch war es schön, es war *schön* – und dann war es verschwunden –, was mochte es gewesen sein? Irgendeine Landschaft, ein Palast, eine Ansammlung von Himmelsbewohnern mit Fleisch aus Perlmutt und sonnendurchflutetem Haar – Paradies oder Paradys, das nicht länger nur eine Parodie der himmlischen Gärten war – verwandelt.

Dann sickerte wieder Helligkeit in seine Augen. Jehan *sah*. Das Messer entglitt seinen Fingern. Intuitiv griff er danach, war aber außerstande, hinzusehen oder wegzusehen, und er dachte: Was kann ein Messer schon ausrichten? Und gab es auf.

Die weite schwarze Öffnung wurde jetzt nur durch ein einziges Bild ausgefüllt.

Der Mann, der in sie getreten war, trug die Kleidung eines Lords, ein Prinz der City von Paradys-Paradies, und alles war weiß, so weiß, wobei eine Art Leuchten durch seine Haut unter der Chinaseide hindurchzuschimmern schien. Seine Haut war mit Gold durchwirkt, und sein Haar eine lodernde Flamme aus Gold, ein Feuer. Und seine Augen glichen den großen goldenen Augen der Tiger in einem der Bücher für Novizinnen, das man Jhane einst gezeigt hatte.

Jhane hatte ihn schon zuvor gesehen, natürlich. In der Kirche des Nonnenklosters, die weiße Gestalt, losgelöst zwischen Himmel und Erde, manchmal statisch, manchmal sich vor ihr mit dem Gang einer Frau bewegend, oder nein – als Frau verkleidet –, in einem weißen Mantel. Und er war ein Prinz. Kein König. Nicht der König der Welt. Nicht Satan, nicht Luzifer. Einer der Gefolgsleute des gefallenen Herrs der Heerscharen.

Jhane trat einen Schritt zurück. Jehan hatte sich gehäutet. Alles verloren, auch das Messer.

Ihr kam in den Sinn, daß sie eine Vision erlebte, eine religiöse Erfahrung der Hölle, aber nicht heilig genug, um nicht auch weltlich zu sein.

Jhanes Körper wollte sich nicht länger auf den Beinen halten. Sie schien sich in Holz verwandelt zu haben, unbeugsam, aber fähig zu splittern. Sie schloß die Augen, aber die brennende Flamme des Engels blieb unter ihren Lidern eingeprägt.

Ein wundervoller Duft erfüllte das große Gewölbe, das die Hütte gewesen war. Ihr Kopf schwamm darin, jeden Augenblick würde sie das Bewußtsein verlieren und sterben, und Dämone würden sie zum Höllenschlund tragen –

»Esrafel«, sagte sie.

»Du hast mich gerufen«, sagte er. »Ich bin hier, bei dir.«

Und kaum hatte seine Stimme ihre Ohren berührt, wie noch nie eine Stimme zuvor in der Welt, wie nie zuvor Musik erklungen war, da berührten sie auch seine Hände. (Seine Handflächen waren ebenso aus Gold wie die Sohlen seiner Füße in den seidenen Schuhen.) Die Zärtlichkeit schien ihrer Stirn zu gelten, aber ihr ganzer Leib badete darin, von den Spitzen ihrer Nägel bis zu den Haaren.

»Ich habe dich nicht gerufen«, sagte Jhane.

»Du hast mich gerufen. Du hast nicht bemerkt, daß ich dir zur Seite stand. Was bei den Menschen nicht ungewöhnlich ist.«

»Wer bist du?« fragte sie, nicht ganz sicher, ob sie überhaupt zu ihm gesprochen hatte.

»Du hast meinen Namen genannt.«

»Esrafel«, sagte sie abermals, »der Engel des Herrn.«

Er besaß Flügel. Sie spürte, wie sie seine Flügel umfingen, so wie es seine Stimme und seine Hände getan hatten – und der Duft der Ewigkeit.

Sie begann, leise an der Brust des Engels zu weinen. Flammen leckten in ihr hoch. Sie bettelte um Erlösung. Ihr Körper schien auseinanderzufallen, und auch sie besaß Flügel, und als sie zu den himmlischen Zinnen flog, sah sie sein Herz wie eine Rose aus Gold unter Seide und Haut leuchten, und auf dem Herzen des Engels befand sich die Narbe einer alten Wunde, immer wieder aufgerissen. Dann stürzte der Himmel ein. Sie fiel. Sie fiel, und die Sterne wurden erschaffen, und im Bauch der Erde ein Licht, das bis zum Ende der Welt und darüber hinaus brennen würde, auf immer und ewig. Also, laß es geschehen. *Amen.*

Glocken läuteten, und nur halb bei Bewußtsein zählte sie die Schläge. Es mußte Non sein, das neunte Offizium, drei Uhr nachmittags, denn es war taghell, aber die Glocken läuteten immerzu, nah und fern. Es war kein Stundengeläut oder Gebetsruf, sondern das Totengeläut, das aus allen Vierteln der Stadt erscholl.

Jhane setzte sich in der verwahrlosten Hütte auf. Sie hatte auf einem Lager aus Lumpen gelegen und verspürte ein Jukken wegen der Flöhe. Wieviel Zeit mochte vergangen sein? Da war dieser wunderbare Traum gewesen…

Die Hütte gehörte einem Mann; er konnte zurückkommen. Jhane stand auf und, einem Impuls folgend, schüttelte die Erde und die Zweige aus dem Umhang und legte ihn sich selbst um. Er verbarg die Männerkleidung, von der sie sich Schutz versprochen hatte.

Als sie in die gelbschummrige Gasse trat, kehrte die volle Erinnerung zu Jhane zurück. Es traf sie wie ein Schlag, so daß sie gegen die Wand sank und ihr Gesicht vor Scham und Elend verbarg. Aber die Ungeheuerlichkeit des Geschehenen, das so unerträglich war, verflüchtigte sich rasch. Wie aus der Ferne betrachtete sie ihre Tage und Nächte in Paradys und die erschreckende Erscheinung des offenbarenden Lichtes. Sie war ruhig und flüsterte stumm ein Gebet aus ihrer Kindheit. Über alles hinweg erklang unaufhörliches Glockengeläut. Wer war gestorben? (Sie dachte an den Priester im Dorf im Norden und an hölzerne Särge, die in einer knappen Zeremonie in die Erde gesenkt wurden. Einmal war einer der Söhne des Lehnsherrn gestorben. Das war anders gewesen, Hunderte von Trauergästen und die Glocken den ganzen Tag lang klagend.)

Am Ende der Gasse vor der Schmiede – in der sich nichts gerührt hatte – sah sie einige Bettler auf der Straße sitzen, aneinander gekauert.

Sie überlegte: *Ich habe zu lange geschlafen.*

Als sie an den Bettlern vorüberkam, bewegte sich keiner von ihnen, und als sie sie ansah, erblickte sie nur ein Gesicht mit einem schlaffen Mund, aus dem eine schwarze Zunge heraushing. Die Haut war scheckig, und es roch nach fauligem Fleisch. Sie waren tot.

Jhane lief weiter und gelangte auf einen offenen schlammigen Platz. Aus zwei oder drei Schornsteinen kräuselte Rauch, aber sonst war kein Lebenszeichen zu entdecken. Ein Hund bellte unaufhörlich zu dem Glockengeläut. Eine namenlose Vorahnung erfüllte sie. Als sie den Platz überquerte, um in eine andere Straße einzubiegen, begegnete Jhane einer alten Frau und blieb vor Schreck stehen.

Jhane rief: »Ihr lebt ja!« Die alte Frau lachte. »Ist die City tot?«

»Pest«, sagte die alte Frau. »Nach dem Eselsfest. Das ist drei Tage her. Wo seid Ihr gewesen?«

»Geschlafen.«

»Daran habt Ihr gutgetan, zu schlafen. Gott schläft.« Sie bog den Oberkörper ein wenig zurück und zeigte auf Jhane. »Ein Mensch geht zu Bett, und bei Tagesanbruch findet man ihn tot und schwarz vor. Beim Fest sind einige umgefallen und haben schwarzes Blut gespuckt.«

Ich habe in den Armen eines Dämons gelegen.

»Kommt mir nicht zu nahe«, sagte das alte Weib. »Ihr könntet es mit Euch herumschleppen. Es kommt mit einer Berührung oder dem Blick.«

»Warum?« fragte Jhane.

»Die Brunnen sind vergiftet«, sagte die alte Frau. »Voller Leichen und Urin und Unrat. Das ist Gottes Strafe. Vielleicht habe ich es auch«, meinte das alte Weib. Sie leckte sich die Hand und schmierte etwas Speichel auf Jhanes Wange. »Da.«

Jhane rannte davon – durch die Gassen von Paradys.

Als Jhane fliehend durch die Stadt eilte, stellte sie fest, daß der Tod ihr immer einen Schritt voraus war. Sie begann, nach ihm Ausschau zu halten, nach einer Person, irgendeiner Gestalt mit Kapuze. Eine Welt hatte für sie ein Ende gefunden. Jetzt befand sie sich in dieser anderen. Sie hatte es aufgegeben, Traum und Wirklichkeit zu trennen.

Schon bald hatte sie den Eindruck, daß die Stadt voller Feuer war. Das Leichentuch des Winters auf den Dächern und den Straßen war gewichen, und die breiteren Straßen waren jetzt voller Rauch. Feuer brannten auf dem Pflaster, schwarze Rauchsäulen stiegen in die stille Luft empor. Manchmal huschten Menschen aus den Häusern, um Brennholz nachzulegen oder Kräuter oder Schwefel hineinzuwerfen. Es waren Pestfeuer, die die Seuche aus der Atmosphäre brennen sollten. Ein Atemstoß konnte ebenso töten wie eine Berührung oder ein Blick.

Manchmal liefen Gestalten an Jhane vorüber. In langen Gewändern und unter Kapuzen, Mund und Nase verhüllt, nur die Augen sichtbar, von Rauch umwölkt, glichen sie dem Tod, wie sie ihn sich vorstellte. Es mochten Priester sein, die unterwegs waren, den Kranken Trost zu spenden, oder Leichensammler, aber ihre Erscheinung war furchteinflößend, wenn sie so plötzlich aus den schwelenden Dämpfen zwischen den schemenhaften Umrissen der höheren Gebäude auftauchten.

Der Chor der Glocken läutete ununterbrochen. Ab und zu mochte einmal eine ausfallen, aber sie gesellte sich später wieder dazu.

Jhane gelangte an den Fluß, den sie instinktiv gesucht hatte, wenn sie dabei auch wegen der Dämmerung im Kreis gelaufen war. Das Wasser wirkte ebenso reglos wie der Himmel. Nicht eine Welle kräuselte sich, und wenn irgendwo ein Boot lag, dann leblos wie ein gefällter Baum. Auch der obere Teil der Stadt war im Rauch verschwunden.

Während sie dastand, tauchte ganz in der Nähe eine schwarze Prozession auf, ein Priester mit einer Laterne, viele Särge und eine Schar Trauernder.

Sie gingen weiter über die Brücke, vielleicht zum Friedhof von Our Lady.

Aus den Häusern vernahm Jhane Geräusche, die sie zuvor nicht wahrgenommen hatte: Schreien und Weinen und Schluchzen. Die Traumwelt wurde allmählich realer. Wieder rannte sie weiter, und da sie sich sonst nirgendwohin wenden konnte, führte sie ihre Flucht zum Nonnenkloster zu dem Engel.

Ihr Verstand sagte ihr, daß sie wieder über die Mauer steigen mußte, so wie der Junge es gemacht hatte, der junge Mann, der Besitz von ihr ergriffen gehabt hatte. Jener, der das Symbol der Schlechtigkeit der männlichen Spezies war. Sie empfand Entsetzen bei dem Gedanken, den Umhang abzuwerfen (den von Conrad, dem Dieb) und wieder als Mann zu gelten.

Auf einem freien Gelände zwischen einigen Häusern wurden Karren beladen. Diesmal gab es keine Klagenden. Alle waren tot bis auf die Leichenträger, die sich lachend und spöttelnd an ihre Arbeit machten und dabei tranken. Für eine solche Aufgabe verpflichtet, glaubten sie nicht, sie könnten der Pest entrinnen. »Trinkt und seid fröhlich!« riefen sie Jhane zu, dann stellten ihr zwei von ihnen nach, griffen nach ihr mit Händen, die gerade noch die Leichen auf den Karren geworfen hatten. Aber Jhane entkam den Männern, und diese verfolgten sie nicht weiter.

Hinter diesem Platz wurde der Rauch besonders dick, und am Ende einer verqualmten Straße tauchte plötzlich das Tor des Nonnenklosters vor ihr auf, und darüber die Umrisse des Turms mit den Glocken.

In diesem Augenblick begannen sich beide Flügel des Tores zu öffnen. Jhane blieb wie erstarrt stehen. Der Anblick der sich öffnenden, schwarzen Türen ängstigte sie, ließ sie an die erste Nacht denken, als sie hergekommen war, und auch an die Häuser in der Oberstadt, die dicke Frau, wie sie die Tür öffnete, und dann an den Schüler von Meister Motius, der eine andere geöffnet hatte.

Aber diesmal sollte niemand hineingelassen werden. Es war eine Gruppe Nonnen, die herauskam. Wie fremd sie aussahen, ihre Gesichter mit der ikonenhaften Ausdruckslosigkeit, mit der sie zu allen Offizien in die Kirche eilten. An ihrer Spitze schritt die Mutter Oberin. Ihre kräftige, üppige Statur hatte sich verändert. Sie war jetzt hager und sehr bleich, eine Ikone wie die anderen. Sie glitt auf die Straße, und die Nonnen des Engels glitten hinter ihr her. Ein schwacher Gesang, das Summen von Bienen, ertönte, schien aber nicht von ihnen herzurühren. Sie kamen näher. Sie gingen an Jhane vorüber, ohne sie zu sehen. Und sie starrte überrascht in ihre Gesichter. Als sie vorbeigegangen waren, verschwunden im rauchigen Vakuum, fiel ihr auf, daß sie bei ihnen das Antlitz von Marie-Lis nicht bemerkt hatte.

Jhane näherte sich dem Tor und betrat das Gelände durch einen der unverschlossenen Flügel.

Bis hierher war der Rauch nur wenig vorgedrungen. Jhane konnte Weihrauch und Kräuter und Talg und Frauen riechen – vertraute Gerüche. Sie spürte, daß die Glocke zum Offizium läuten sollte, es mußte wohl Non sein, vielleicht. Ihre Seele hatte sich die Zeiten gemerkt. Aber der Turm war stumm, und über allem lag eine große Stille – denn auf einmal schienen alle Glocken in der Stadt mit dem Läuten aufgehört zu haben.

Sie ging durch den Vorhof und unter dem Torbogen hindurch zum Kirchhof. Dort wandte sie sich zum Wohnhaus. Sie könnte ihre Zelle aufsuchen und sich dort verbergen. Bald schon würde es völlig dunkel sein. In ihre Frauenkleider gehüllt, unter den Laken ihres Lagers und im Schutze der Nacht würde sie sicher sein. Aber nein, all diese Hüllen würden sie nur noch mehr in ihren eigenen Kopf sperren, wo die Furcht herrschte.

Das Nonnenkloster war verlassen. Sie waren alle fort. Als sie zum Südgang hinüberlief, erinnerte sich Jhane daran, wie sie mit den Novizinnen dort geputzt hatte und das Phantom von Osanne mit Lumpen und Eimer erschienen war. Was hatte er zu bedeuten gehabt, der Tod von Osanne? Vielleicht hatten die Nonnen begriffen, denn sie waren rasch daran gegangen, ihren Tod zu vertuschen. Ehe sie wußte, was sie tat, sang Jhane eine Strophe aus einem Lied, das die Novizinnen ihr beigebracht hatten: *Oh, Winter ist's, oh, Winter ist's.*

»Nein, nein«, sagte Jhane, und der Kreuzgang warf das Echo zurück. In seiner Mitte hielt das steinerne Kind die Schale des trockenen Brunnens fest. Jhane eilte weiter. Sie betrat den Garten und blieb sogleich stehen, denn dort befand sich eine junge Nonne, die gerade zu Boden gefallene Wäsche aufhob.

Jhane floh vorwärts. Sie würde sich der jungen Nonne zu Füßen werfen. Sie mußte ihr sagen: Ich habe gesehen. Rettet mich jetzt, erklärt mir, was ich tun soll. Aber im letzten Augenblick drehte die Nonne sich ein wenig zur Seite, und Jhane erkannte, daß es nicht Marie-Lis war, sondern eine der senilen Schwestern aus der Krankenstube. Ihr verrunzeltes Gesicht war keine Ikone. Es sah zu Jhane hinüber und sagte klagend: »Sie haben mich hier zurückgelassen. Nutzlos. Na, da bist du also auch. Ich werde nicht allein sterben.« Und damit setzte sich die ältliche Nonne auf die Steinnarbe des vergifteten Brunnens (in dem Osanne verbrannt und begraben worden war) und hielt die zwei oder drei Habits und die Wäsche in ihrem Schoß.

Vorsichtig ging Jhane zu der alten Nonne hinüber.

»Was ist lcs?« fragte die Nonne. »Kannst du mich sehen? Ich kann dich sehen.«

»Wohin sind sie gegangen?« fragte Jhane. »Die Schwestern, die Mutter?«

»Es ist eine Plage gekommen«, sagte die alte Nonne. »Hat man dir das nicht erzählt? Armes Mädchen. Sie sind fort, die Kranken und Sterbenden zu pflegen. Das gehört zu ihrem Gelübde. Kümmere dich nicht um dich selbst, denn der Feind mäht uns Tag und Nacht mit seinen Pfeilen nieder. Aber wir müssen einander lieben. So betete die Mutter und nahm sie alle mit hinaus, und die meisten oder alle von ihnen werden die Seuche einfangen und umkommen.« Mißbilligend meinte die Nonne: »Sie haben nicht an mich gedacht. Ich werde sterben, aber das liegt nicht an der Plage, ist auch unwichtig. Komm her, setz dich neben mich. Wußtest du, daß dieser Brunnen nicht mehr benutzt werden kann? Eine der Novizinnen hat sich dort ertränkt.«

Jhane trat näher. Sie sagte: »Wo ist Marie-Lis?«

»Schwester Marie? Ich muß nachdenken. Mein alter Kopf… Drei Wochen, seit die Plage anfing. Die Nacht des Eselsfestes.«

Jhane schob sich dichter heran. Sie setzte sich auf die Knie der alten Nonne, zitternd. Stimmte das? Drei Tage oder drei Wochen zu schlafen – sie hatte einen Engel gesehen, er hatte ihr das sengende Licht ins Herz gesenkt –, ein Schlummer von Tagen, Wochen, hundert Jahren war nichts dagegen. Sie wollte sagen: Mir wurde eine wahrhaftige Vision zuteil. Einer der geflügelten Ritter des Herrn kam zu mir. Aber sie sagte bloß: »Sie war von den Nonnen die jüngste.«

Die alte Nonne sagte: »Alas, ja. Jetzt fällt es mir wieder ein. Es war wie bei der anderen, der Novizin, Osanne. Aber Schwester Marie hat sich aufgehängt.«

Jetzt war Jhane sprachlos.

»In ihrer Zelle«, fuhr die alte Nonne fort. »Selbstmord, eine Todsünde. Aber der Herr versteht und vergibt. Es ist nur eine Sünde gegen sich selbst. Jetzt erkenne ich dich. Du hattest ein böses Fieber, und man hat dich im Bett neben mir festgebunden. Ja, das war die Nacht, in der sie sich erhängte, denn ich hörte sie reden, daß man dir nichts davon sagen solle. Sie war nett zu dir gewesen, und du hast sie geliebt.«

»Niemals«, sagte Jhane. Sie ließ den Kopf sinken und weinte eine Weile still vor sich hin. Die alte Nonne legte ihre Hand sanft auf Jhanes Haar. Als Jhane aufhörte zu weinen, sagte die alte Nonne: »Wir haben ein besonderes Schicksal, die ganze City. Die Priester sterben oder fürchten sich und laufen davon. Jeder Mann oder jede Frau hört wohl die Beichte eines anderen. Jetzt mußt du dir meine anhören.«

»Wenn Ihr wüßtet, was ich getan habe –!« schrie Jhane. Sie stellte sich wieder hin und stieß hervor: »Ich sah den Engel des Herrn. Wie kann ich das ertragen?«

Aber die alte Nonne antwortete nur: »Sei barmherzig zu mir, denn ich habe gesündigt.«

Und dann legte sie in allen Einzelheiten ihre Beichte ab, die sich auf einige kleine Eifersüchteleien und Pflichtversäumnisse beschränkte. Als sie fertig war, lächelte sie Jhane zu, schloß dann die Augen und schlief ein.

Sie wird im Schlaf sterben und mich hier allein zurücklassen, dachte Jhane und verspürte das Bedürfnis, die alte

Nonne aufzuwecken. Aber sie sah so friedlich aus. Jhane unterließ es.

Dunkelheit kroch in den Garten. Die Obstbäume und die kahle Erde verschmolzen mit der Nacht. Nach einer Weile kam ein strohfarbener Mond über die Mauer.

Jhane stellte sich vor, zurück in die Kirche zu gehen und sich vor dem Altar und dem Fenster niederzuwerfen. Osannes Geist mochte erscheinen und ihr sagen: »Es war deine Kraft, die mich erschlug. Ich bin zwischen dich und das Licht getreten. Du hast mich weggestoßen. Das war wie ein Blitzschlag.« Oder Marie-Lis könnte dort sein und erklären: »Ich kam zwischen dich und das Licht. Ich habe mich selbst entfernt.« Denn auch Marie-Lis hatte sich als Geist gezeigt, und das zudem vor Conrad, und sie war seit dem Eselstag tot (oder war Marie-Lis der Versucher gewesen, der einzig Böse, der Schatten, der das Licht nachahmte...). Wie auch immer, vielleicht hatte Osanne sich einfach nur im Brunnen ertränkt, und irgendeine Substanz im Wasser hatte ihren Körper wie nach Verbrennungen gezeichnet, und irgendein Tier war hinuntergekrochen und hatte ihr den Bauch zerfleischt – und Marie-Lis hatte sicher einen geheimen Kummer mit sich herumgetragen, dem sie ein Ende gesetzt hatte, ohne Notiz von Jhane zu nehmen, von Jhanes Macht oder Jhanes Verbrechen. Und einzig Jhanes Lust hatte sie zwischen den Pflaumenbäumen wieder in Erscheinung treten lassen.

Der Engel Luzifer würde nicht herabkommen, um Jhane zu trösten. Der Engel Esrafel würde ihr nie wieder Trost spenden. Dennoch, sie hatte ihn gesehen.

Ja, sie hatte eine Vision erlebt, und jetzt mußte sich ihr Leben ändern. Nein, denn es hatte sich bereits geändert, sie mußte den Wechsel nur akzeptieren. Und laßt euch nicht von euren Sünden niederdrücken – eure Sünden sind vorbei, reißt die Gedanken daran mit den Wurzeln heraus. Es schien, als hätte der andere Teil ihres Verstandes längst begonnen, Pläne zu schmieden.

Dort im Garten, bei der schlafenden, sterbenden Nonne,

streifte Jhane Conrads Umhang ab und entledigte sich Jehans Männerkleidung. Sie wickelte das Brustband ab, befreite ihre Brüste, und bemerkte nicht einmal, daß sie den Penis aus Stoff verloren hatte. Jhane nahm vom Schoß der alten Nonne ein Habit und ein paar Stücke Wäsche. Jhane zog sich an. Sie bedeckte Kopf und Hals mit Haube und Schleier, ihren Körper mit dem Gewand des Ordens und, als alles seine Ordnung hatte, zog sie das Kruzifix mit dem Topas hervor und trug es offen auf der Brust.

Die alte Nonne schlief immer noch.

Jhane ergriff ihre Hand.

Leicht wie eine Hülle glitt die alte Nonne nach vorn und fiel gegen sie. Jhane hob sie mit ihren starken Armen hoch und trug sie zu ihrem Krankenbett zurück.

Eine Stunde später, zum Offizium der Vesper, das nicht geläutet wurde, starb die alte Nonne.

Jhane schaufelte ein Grab und beerdigte sie auf dem üblichen Platz. Sie ging nicht in die Kirche, ehe sie durch das Tor hinaus in die Stadt zog.

Man hatte das Läuten der Beerdigungsglocken verboten; man hatte Trauerzüge verboten. Wer hatte das getan? Niemand außer den unsichtbaren Lords von Paradys, ihr Herzog oder Prinz (und Jhane wußte nicht, welcher von beiden), die Honoratioren der Stadt – die meisten waren vor der Pest geflohen und sandten ihre Anordnungen durch ihre Boten. Nahezu alle Funktionen der Stadt ruhten, und die Bestattungsriten auszusetzen, das fiel nicht weiter ins Gewicht. Es war kaum noch ein Priester übrig, der über den Leichen hätte predigen können. Die Friedhöfe waren voll. Sie gruben alles brachliegende Land um und stapelten die Leichen, zwanzig, dreißig Personen tief, in Massengräbern. Auf dieser Seite des Flusses gab es keinen Handel mehr. Die Menschen lebten von dem, was sie bekommen konnten, stahlen und horteten. In der Oberstadt wurden bislang noch einige Sitten gewahrt, aber wie lange noch? Die Plage schien gewappnet, sich allen zu widersetzen. Die Plage war gesund und vital. Der Tod, so nannte man sie jetzt, als gäbe es keine anderen Todesarten mehr auf der Welt – und vielleicht gab es die auch nicht. Kadaver lagen in den Passagen lange Zeit herum. Sie waren mit schwarzen Beulen übersät und schwarzem Blut besudelt. Die Hunde, herumstreunend, weigerten sich, sie zu fressen. Immer noch stieg Rauch auf, die Schutzfeuer, und einige wenige Fuhrwerke rollten noch hin und her. Manchmal sah man auch eine Frau an einem Brunnen, aber da die Brunnen offenbar alle verseucht waren, hielt man diese Frau für verrückt oder bereits infiziert – oder für Hexen und die eigentlichen Vergifterinnen, die man steinigen mußte.

Es war schwierig, den Fluß zu überqueren. Die Oberstadt hatte den Anfang der Seuche dem anderen Ufer zugeschoben, Ausbund aller Gemeinheit und Ursprung allen Unglücks, und manchmal patrouillierten Wachen an den Süd- und Westzugängen der Brücken. Es war ebenfalls sinnlos, zu versuchen, der Stadt zu entfliehen, denn die Landstraßen hinter den Mauern, voll mit Pestkranken, gesäumt von verfaulenden Leichen, waren ebenfalls von Wagen und Karren blockiert, deren Lenker verstorben waren, und mit toten Pferden und Schafen, während es in den Feldern und Wäldern von Menschen wimmelte, die den Verstand verloren hatten, und von Wölfen, die zu einem Festmahl kamen.

In dieser neuen Welt ging Jhane ihres Weges. Als Nonne gekleidet wurde ihr Respekt erwiesen. Der Frauenorden der Stadt hatte Mut und Bedachtsamkeit gezeigt, während die Priester sich oftmals davongemacht hatten, um ihre Haut zu retten. Selbst das Topas-Kreuz auf der Brust des jungen Mädchens wurde nicht angetastet. Wozu waren Reichtümer jetzt noch gut? Konnte man König Tod bestechen? Die Plage war überall, (man sagte) die Zivilisation war am Ende. Und die Räuber, die Nahrung oder Kleidung stahlen, von Gold ganz zu schweigen, zogen sich damit nur die Pest zu.

Es war einfach und problemlos, sich den Kranken zuzuwenden, wenn die Hemmungen in Kopf und Herz beseitigt waren. Mit dieser Haltung hatte sie es auch einfach und problemlos gefunden, zu morden.

Jhane rechnete nicht so sehr mit dem Tod; sie rechnete mit gar nichts. Sie bewegte sich zwischen den Opfern der Pest, ohne Furcht, und machte ihnen allein damit etwas Mut. Sie schlug keine Arzneien gegen die Symptome der Krankheit vor. Sie bot nur ihre kühlen Hände dar, in die die Menschen in ihrer Qual ihre Nägel krallten, die sie umklammert hielten, wenn sie starben, und ihre ruhige Stimme, die nichts Wichtiges zu ihnen murmelte, und ihr Nonnengewand, das göttliche Vergebung symbolisierte. Sie hörte zehn mal hundert Beichten. Wenn heiseres Flüstern um Gottes Gnade flehte, dann nickte sie. In ihren Augen lag eine wundervolle Verheißung. Sie hatte viel Schlimmeres getan als irgendeiner von ihnen, jedenfalls schien es ihr so, und dennoch war sie von einem Engel getröstet worden. Daß sie den Herrn beim falschen Namen nannten, überhörte sie. Jetzt, in der Stunde ihres Todes, war nicht die Zeit, kleinlich zu sein.

Obwohl sie gelegentlich andere fromme Menschen bei ähnlichem Tun beobachtete, begegnete sie keiner Nonne aus dem Orden, den sie sich erwählt hatte. Sie begegnete jedoch vielen Formen menschlicher Angst und Wut, die ausgetragen wurden, als befände man sich auf einer Bühne. Sie sah Umzüge mit bunten Bannern und Orgien, bei denen die Straßen von Bierlachen und nackten Gliedmaßen erfüllt waren. Sie sah Männer, die sich mit Geißeln peitschten, und Frauen, die nur mit ihrer Haut bekleidet zum dumpfen Schlag der Trommeln tanzten. Sie sah einen todgeweihten Priester, der schrie, der Tag des Zorns sei gekommen, und ein junges Mädchen, das den Leichnam ihres Liebsten umarmte und darum flehte, sich bei ihm mit dem Tod anzustekken, sie wollte mit ihm gehen. Jhane schenkte all dem wenig Aufmerksamkeit. Das war die neue Welt. Aber andererseits waren ihr die Erde und all die Dinge dort nie sonderlich vertraut oder vernünftig erschienen.

Die braunen Tage des Rauches, die blinden Nächte gingen vorüber. Manchmal stand nach dem Sonnenaufgang eine biblische, gelbflammende Wolke über dem oberen Teil der Stadt.

Sie sah und hielt Kinder, die ihr Leben aushauchten, junge Männer, Mädchen, alte Weiber. Sie lernte alle Stadien der Krankheit kennen und alle Masken von ihr. Wenn sie bei ihr auftauchen sollten, dann würde sie sie erkennen. Sie kamen nicht. Wie eine schwerelose Feder schwebte sie über der Woge des Elends.

»Oh, Schwester, fromme Lady, kommt mit uns zur Brücke. Helft Ihr uns? *Euch* können sie nicht zurückschicken.«

Es handelte sich tatsächlich um einen Leichenzug, wenn auch nicht in Trauerkleidung, die sich die meisten im übrigen auch nicht leisten konnten. Karrenladungen von Toten überwogen die Lebenden. Alles weinte, was inzwischen ungewöhnlich war, denn Apathie und Verzweiflung, die größte aller Sünden, hatten sich in Paradys niedergelassen.

Ein großer, alter Mann stand da und blickte in Jhanes Gesicht.

»Wir müssen hinüberkommen«, erklärte er. »Hier gibt es keinen Platz mehr. Heiligen Boden. Sie müssen in gesegnete Erde. Sonst werden sie es nicht hören, wenn die letzte Trompete ruft.«

Jhane sagte nicht zu dem Mann: Das wird keinen Unterschied machen, es gibt genug Leben für alle. Sie sagte nicht: Er erinnert sich sogar an den Sturz eines Spatzen. Sie beugte einwilligend ihr verschleiertes Haupt, wie sie es immer bei einer Forderung tat, der sie nachkommen konnte. Sie führte sie zur Südbrücke.

Mitten auf der Brücke brannte ein breites offenes Feuer, um das sich niemand kümmerte und das fast erloschen war. Dennoch mußten sie durch die Glut, schwarzer Rauch stieg auf.

Drüben, am anderen Ufer, standen einige Männer in Kettenhemden herum. Es waren Soldaten oder eine Kompanie von der Wache irgendeines Fürsten. Einer trat vor, auf die Brücke, als sie sich näherten, und zückte sein Schwert.

»Keinen Schritt weiter.«

Die Karren kamen rumpelnd zum Stehen. Frauen begannen zu weinen und klagten lauthals. Jhane ging weiter. Als sie dem Soldaten oder Wächter immer näher kam, trat ein neuer Ausdruck in sein Gesicht – erst Furcht, dann Verwunderung.

»Ihr könnt nicht«, sagte er, als auch sie, einen Schritt etwa, vor ihm stehenblieb.

»Doch.«

»*Nein*, Schwester. Bringt sie zurück. Es gibt hier keinen Bestattungsgrund. *Bei den Nägeln Christi*. Man verbrennt sie, das ist alles. Blickt gen Osten, dort drüben. Das sind keine Pestfeuer. Das sind jetzt Scheiterhaufen. Zu viele Tote, um sie zu beerdigen.«

»Dann«, sagte sie, »eben die Scheiterhaufen.«

»Nein«, widersprach er abermals. »Wir wollen kein Hin und Her. Auf diesem Ufer haben wir die Krankheit im Griff. Sie geht zurück. Aber nicht, wenn jeder hier rüberkommt. Sie stinken nach Tod.«

Jhane stand reglos da. Sie blickte ihm in die Augen und sagte: »Als ich hungrig war, hast du mir zu essen gegeben. Als ich durstig war, hast du mir zu trinken gegeben. Ich war krank, und du hast mich gepflegt, im Kerker hast du mich besucht. Der Herr sagt: Was ihr einem meiner geringsten Brüder getan habt, das habt ihr mir getan.«

Der Mann in der Rüstung begann zu weinen, ebenso die Menschen um die Karren herum, aber vielleicht war ihm nur der Rauch der tausend Feuer von Paradys in die Augen gedrungen. Er trat beiseite, senkte sein Schwert. Die anderen Männer rückten heran. »Laßt sie passieren«, sagte er zu diesen. »Was macht es noch aus.«

Sie wichen zurück, und die Karren begannen, wieder vorwärts zu rumpeln. Ein anderer Mann in Rüstung lief auf

Jhane zu und hielt ihr die Schwertspitze gegen die Brust. Der erste Mann kam und schob das Schwert beiseite. Als Jhane mit den Karren weiterzog, hörte sie ihn sagen: »Kannst du nicht sehen, du Narr, das ist die Heilige Jungfrau. Es ist ein Wunder. Wir werden errettet werden!«

Als sie die Brücke verließen, schloß der letzte Karren neben Jhane auf, und als sie hochblickte, sah sie in das Gesicht des Diebes Conrad, aber nach unten gekehrt. Er lag mit mehreren Leichen zusammen, die man versucht hatte, anständig hinzulegen, obwohl das unmöglich war. Der hochgewachsene Mann trottete neben dem Karren her. Er sagte: »Das war mein Sohn. Er war ein übler Sünder. Ein Halsabschneider. Schon als Kind begann er, Böses zu tun. Damals begriff ich, daß er verloren war. In welche Erde er auch kommt, oder ob er verbrannt wird, es bleibt sich gleich – er wird bereits in der Hölle schmoren.«

»Ihr irrt«, sagte Jhane. »Eine Frau hat in Conrads Hütte einen Engel gesehen.«

Der alte Mann starrte sie an, aber da gelangten sie bereits zum Vorplatz der Kirche Our Lady, und ein grauenvoller Gestank lag in der Luft, schlimmer als alles bisherige. Zwischen der Kirche und dem Kai waren Boote an Land gezogen und in Brand gesteckt worden. Das war der Grundstock für einen gewaltigen Scheiterhaufen gewesen, der jetzt nur noch schwelte, ein Berg glühender Asche. Aus dem dicken Rauch tauchten ein oder zwei zerlumpte Priester auf. Einer kam herbeigelaufen und winkte ab. »Nicht hier. Niemand mehr. Geht zur Ostmauer, der Römischen Mauer. Dort entlang.«

Dann zog er Jhane beiseite. Sich jetzt nicht weiter um sie kümmernd, zog die Prozession an ihr vorüber und ließ sie zurück.

»Schwester, ich kann erkennen, daß Ihr den Tod erlitten und überlebt habt.« Jhane erwiderte nichts darauf. »Es ist offensichtlich. Ihr tragt all die Zeichen. Ich ebenfalls. Schaut, seht Ihr? Wie das Zeichen auf Kains Stirn. Da war ein guter

Arzt, er gab mir Myrrhe und Safran und ließ mich zur Ader. Am fünften Tag platzte die Beule, und ich genas. Um Gott meinen Dank zu erweisen, diene ich der City. Wenn dies vorbei ist, diese furchtbare Prüfung, dann werde ich mich umbringen.« Er schwieg einen Moment, wartete, ehe er seinen Katechismus vollständig erklärte.

»Warum?«

»Das fragt Ihr? Es werden nur wenige von uns überleben. Die ganze Welt wird von vorn anfangen müssen. Außerdem, Gottes Strafe ist so grausam. Ich danke ihm, aber ich kann einem solchen Gott nicht dienen. Ich verachte ihn.«

»Wenn jemand der Feind der Menschheit sein muß«, meinte Jhane, »und es nicht Satan ist, dann ist es vielleicht Gott.«

»Blasphemie«, sagte der Priester. Er lachte. »Bleibt hier«, bat er. »Wenn Ihr dort hinaufgeht, wird man Euch vielleicht in irgendein Haus stecken. Wenn die Pest kommt, mauern die Soldaten alle bei lebendigem Leibe ein, die Kranken, die Gesunden, die Toten, alle.«

Jhane wandte sich ab. Der Priester bat erneut: »Bleibt, bleiche Rose. Wir haben Wein in der Kirche.« Aber Jhane wich zurück und war bereits unterwegs, die Hügel von Paradys erklimmend, für ihn schon bald nicht mehr im Rauch zu erkennen.

Vom Satansweg aus sah das unvollendete Gerippe der Tempelkirche wie eine Ruine aus, irgend etwas, was einmal gewesen war, jetzt aber heruntergekommen und verfallen war. Inmitten der Bauschuppen war ein großes Feuer errichtet worden, das mittlerweile erloschen war. Niemand befand sich in der Nähe.

Seltsame Geräusche, oft undefinierbar, stiegen und fielen ständig über der Stadt auf und nieder. Jhane trat auf die Straße, die um die Kirche führte. Es war anders, als sie sich erinnerte. Das vornehme Haus, der Brunnen mit den Ornamenten und der Trog, das niedergebrannte Haus, alles war an derselben Stelle wie zuvor, und dennoch schien sich alles ganz unmerklich ein wenig verschoben zu haben. Hier gab es keine Feuer, als ob einmal gereicht hätte, und Rauch färbte den Himmel, aber mehr nicht. Entlang der Mauer des großen Parks – der noch nicht als Krematorium benutzt worden war – ritten Männer in Rüstungen auf mageren Pferden unter einem zerfetzten, befleckten Banner. Sie beaufsichtigten einige Arbeiter, die die Türen und unteren Fenster eines Hauses zumauerten.

»Bleibt fort, Schwester. *Es* ist hier.« Der Mann, der auf dem kümmerlichen Pferd herangeritten kam, mied ihren Blick. »Die einzige Möglichkeit, es aufzuhalten, Lady.«

Dann dirigierte er das Pferd neben sie. Er beugte sich zu ihr. Auf seinem Gesicht lag ein schrecklicher, unsichtbarer, unmißverständlicher Schatten. Er murmelte, damit die anderen Männer ihn nicht hören konnten: »Ich habe es. Mir ist heiß und kalt, und in meinen Leisten schmerzt es. Manche überleben es. Ich vielleicht auch. Vielleicht auch nicht. Wenn dieser Auftrag erledigt ist, werde ich mich ins weite Ödland zurückziehen, wo die Feuer sind. Dort oben ist es wie im Fegefeuer, wo die Verdammten unter Qualen in den Flammen schreien. Nehmt Ihr mir die Beichte ab? Man sagt, jeder kann das tun, aber eine heilige Nonne ist besser, wenn ich schon keinen Priester haben kann.«

»Ja«, sagte Jhane.

Daraufhin beugte er sich vom Pferd herab, als würde er Alltägliches mit ihr besprechen, und rasselte seine Beichte herunter. Und als er geendet hatte, fügte er hinzu: »Und die habe ich auch auf dem Gewissen – der Steinmetz in dem Haus dort. Er hat an der Tempelkirche gearbeitet. Seine Frau und die Dienstmagd wurden herausgeholt, tot, aber dann kam der Befehl, schließt das Haus. Er ist da drin mit irgendeinem verrückten Sohn von ihm, sie sterben dort und hören, wie die Steine ringsum aufeinandergemauert werden. Aber mir ist das gleich. Sollen sie doch alle verrecken. Verrekken.« Plötzlich, nicht länger mit dem Leben hadernd, ritt er einfach geradewegs durch die Straße in östlicher Richtung davon. Seine Leute beachteten ihn kaum, die Arbeiter überhaupt nicht; sie waren mit dem letzten Fenster beschäftigt.

»Laßt mich hinein«, sagte Jhane zu den Arbeitern und trat neben sie. Sie starrten sie an, dann zu den Berittenen unter dem Banner hinüber.

»Ein Versuch, den Himmel zu gewinnen, Schwester?« höhnte einer von ihnen. »Nur zu. Es steht Euch offen. Wenn Ihr Euch durch das Fenster quetschen könnt, dünnes Nönnchen.«

Aber zwei der Arbeiter halfen ihr höflich durch die schmale Öffnung und zogen sogar einige der gerade eingesetzten Steine wieder heraus. Als sie hindurch war, erbaten sie ihren Segen. Sie erteilte ihn, wie sie es bei der Oberin gesehen hatte. Dann stand sie im Haus, hörte, wie der Stützbalken zurückgelegt wurde, das Klatschen des Spachtels und beobachtete, wie das Licht schwand.

Das Haus roch bereits nach Tod, aber diesen Geruch war Jhane gewohnt. Sie erklomm die Stiege, und mitten auf dem Weg trat ihr ein Mann entgegen – der sterbende Steinmetz. Er herrschte sie wütend an, ein Eindringling in seinem Heim. Er fragte sie, was sie sich dabei dachte. Aber sein Atem ging schwer. Er hustete Schleim auf seinen Ärmel.

»Vergebt mir«, sagte Jhane. »Irgend etwas veranlaßte mich, herzukommen. Ich werde mich um Euch kümmern. Vielleicht werdet Ihr genesen.« Sie sah, daß dies unwahrscheinlich war. Als er schwankte, stützte sie ihn und brachte ihn zu seinem Bett zurück. Er hatte aufgehört, sie zu beschimpfen. Er lächelte sie ängstlich und versöhnlich an, wie ein krankes Kind.

Kurz darauf sagte er: »Nichts, keine Chance mehr für mich. Aber der Junge…«

»Euer Sohn.«

»Nicht mein Sohn. Ich wünschte, ich hätte – einen solchen Sohn – Totgeburten waren alles, was sie zustande brachte, armes Ding. Sie ist tot, armes Ding.« Er hustete und spuckte und beruhigte sich wieder und sagte: »Nicht mehr lange. Der Junge – kann vielleicht leben. Er ist schon länger krank – was anderes. Das kann – einen stärker machen. Ich habe das schon erlebt. Früher. Er hat schon früher Schlimmes überstanden. Verstand – verloren – das ist das Schlimmste – lieber verkrüppelt – aber nicht die Hände –« Die Worte des Steinmetz' wanderten mit seinen Gedanken. Dann sagte er: »Als ich sein Talent sah, fragte ich ihn, ob er lernen wolle, den Stein zu bearbeiten – nun – er trank und lief hinter – jenem süßesten Teil eines Frauenkörpers her – aber er war jung. Jedenfalls brachte man ihn deshalb um, dachten wir. Dann, am Narrentag, drüben – am anderen Ufer – fand ich ihn. Irgendeine Schlampe hatte ihn reingelegt. Nun – er war nutzlos – für sie. Das sagte sie mir. Sie hat sich auf ihn gestürzt – kroch in seinem Blut herum. Oh, der Teufel hat das Haus niedergebrannt, oh – ja. Der Künstler Motius – man sagt, der Teufel sei über sein Dach geritten und habe ihn durchs Fenster weggeschleppt – ganz in Flammen. Tot, jedenfalls. Also habe *ich* den Kretin aufgenommen. Wie hätte ich ihn zurücklassen können – in ihrem Schuppen? Vielleicht – tat ich ihm – einen schlechten Gefallen. Dies werden wir büßen.« Dann fieberte er und schrie, daß er brenne. Feuer, Feuer! Und dann würgte er, bekam keine Luft mehr und starb.

Jhane ging im Haus weiter nach oben und gelangte zu einem kleinen Zimmer, das von einem schmalen Bett ausgefüllt wurde. Auf der Matratze lag ein junger Mann mit feuchtem, gelbem Haar, verkrampft und zerschlagen in seinem stillen Delirium. Seine Haut war mit dunklen Flecken übersät, und in einer Achselhöhle nisteten die schwarzen Knoten der Pest. Man konnte ihn jedoch erkennen. Und so blickte Jhane in das Antlitz ihres Bruders Pierre.

Drinnen, in dem zugemauerten Haus, war es sehr still. Die Welt, die sich vordem in der Stadt manifestiert hatte, bestand jetzt nur noch aus diesem Haus.

Kurz vor Mitternacht hatte Jhane es geschafft, den schweren Leichnam des Steinmetz aus dem Bett zu ziehen und in die Truhe am Fußende zu legen. Pestkadaver verwesen sehr schnell. Die Truhe, von angemessener Größe und luftdicht, mußte sowohl als Sarg wie als Grab dienen. Nachdem sie die Truhe mit den dazu gehörenden Eisenklammern verschlossen hatte – die Wäsche würde noch von Nutzen sein –, schritt Jhane durchs Haus, um zu sehen, ob sich dort noch irgend etwas fände. Es gab keinen Zugang zum Brunnen mehr, aber in der Küche hatte sie zuvor ein Faß Wasser entdeckt, vielleicht eine Spende der Justiz. Es gab außerdem ein paar Fäßchen Bier. Jhane suchte gründlicher und fand einen Vorrat an Kerzen, Streichhölzern, Knoblauch und runzligen Äpfeln, dazu etwas angeschimmeltes Brot. Falls es noch mehr Vorräte gegeben hatte, hatte sie jemand anderes an sich genommen.

Oben rang der junge Mann, der ihr Bruder war, zwischen Schlaf und Delirium mit dem Tod. Jhane hatte einige Stunden bei ihm gesessen und ihm immer wieder gesagt, er werde leben. Das war das einzige Heilmittel, das ihr zur Verfügung stand, außer seinen Körper mit lauwarmem Wasser abzuwaschen und ihm die Lippen zu befeuchten. Sie hatte ihn außerdem auf die Seite gedreht, zweimal, um das durchgeschwitzte Laken unter ihm zu entfernen und durch ein frisches zu ersetzen. Wenn er schrie oder rief, was gelegentlich vorkam, nahm sie ihn in die Arme und antwortete auf alles, was er sagte, auf ihn eingehend, ob er nun mit einem Anflug von Logik sprach oder einfach Unsinn schwatzte und ob er sie hören mochte oder nicht. (Im Verlauf der Seuche hatte sie festgestellt, daß die Leidenden mehr litten, wenn sie ignoriert oder die gespenstischen Fiebervorstellungen nicht abgeschwächt wurden. In gewissen Situationen hatte sie auch die Rolle von Müttern oder Ehefrauen übernommen, Töchtern und Söhnen, und die Opfer – jene verlorenen Verwandten beweinend – hatten sich täuschen lassen und waren beruhigt.)

Sie war nicht überrascht, auf Pierre zu treffen. Zwar hatte sie ihn für tot gehalten, aber die Welt hatte sich verändert. Ihr schien, wenn sie auch nicht darauf schwören mochte, daß Pierre in dem Augenblick, in dem der Engel sie berührte, wiedergeboren wurde. Daraufhin hatte der Steinmetz ihn eher zufällig aufgespürt und ihn damit gerettet. Seitdem hatte ein unsichtbares Band sie langsam zu diesem Ort gezogen. Wiedergeboren würde Pierre nicht noch einmal so schnell sterben. Und ihn zu pflegen und zu trösten, war keine Buße. Er war grausam zu ihr gewesen, und das hatte sie nicht vergessen. Aber es zählte nicht länger, was er getan hatte, nachdem ihre eigene Grausamkeit sich in Milde und tiefes Mitleid verwandelt hatte. Verglichen mit ihrer eigenen Bösartigkeit, war Pierre harmlos, und wahrscheinlich hatte er nicht einmal etwas aus dem Ganzen gelernt.

Weil er überleben würde, versuchte Jhane es gar nicht mit irgendeiner der Heilmethoden, die die Ärzte in ihrer Gegenwart in so vielen Fällen in dieser pestgestraften Stadt praktiziert hatten. Obwohl die schwarzen Beulen hart waren und näßten, stach sie sie nicht auf oder brannte sie aus; sie ließ ihn nicht zur Ader oder versuchte mit radikalen Mitteln, den verzweifelten Körper im Bett zu kühlen oder zu erhitzen.

Für sich selbst traf sie keine Vorsichtsmaßnahmen.

Sie war immer untergewichtig gewesen. Sie aß Äpfel und trank etwas Ale und schlief ab und zu einige Minuten, wobei sie auf dem Fußboden sitzenblieb.

Ein Morgen kam, kühlte durch die oberen Fenster herein. Ein Tag verging, ging hinter ihnen zur Neige. Diese Fenster hatte man ausgelassen, da sie zu eng waren, um durch sie zu entfliehen. Aber sie sorgten für frische Luft, denn der Rauch schien nachgelassen zu haben. An jenem Nachmittag hörte Jhane von ferne eine Glocke in Paradys Laut geben. Sie hatte dieses Geräusch fast schon vergessen. Nach einer Weile erkannte sie, daß es kein Beerdigungsläuten war, sondern die Non von irgendeiner Kirche jenseits des Flusses. Hinter den

Fenstern, im schwindenden Licht, lagen die Dächer und Türme wie Inseln im Rauch.

Als die Nacht zurückkehrte, nahm Jhane ihr Topas-Kreuz ab und legte es dem Kranken unter das Kopfkissen. Das Aufblitzen des Edelsteins am Fenster hatte sie daran erinnert, daß sie ihn trug. Hätte sie sich früher erinnert, hätte sie ihn schon eher abgenommen und für Pierre bereitgelegt.

Gegen Sonnenaufgang am dritten Tag schrie Pierre auf, und die bösartigen Wülste des Todes platzten auf, befreiten ihn vom Gift.

Nachdem sie ihn gesäubert und ihm Wasser gegeben hatte, fiel er in einen tiefen Schlaf. Als die Sonne aufgegangen war, saß sie immer noch bei ihm und beobachtete, wie seine Haut zu gesunden begann und eine andere Farbe annahm, nach und nach wichen die dunklen Flecken. Aber die Krankheit, der Überfall, die Vergewaltigung und der Wahnsinn – ebenso wie die Pest – hatten ihn altern lassen und ihn seiner Schönheit beraubt. Durch die leere Fläche seines bewußtlosen Gesichts konnte Jhane jetzt die Ähnlichkeit mit seinem Vater erkennen, mit Belnard.

Er erkannte sie nicht. Dies erschien ihr als ein Beweis dafür, daß die Geistesgestörtheit, von der der Steinmetz gesprochen hatte, Pierre allmählich verließ. Einmal genesen, würde er ihre Anwesenheit nicht dulden, er würde ihre Anwesenheit *ablehnen* – Urheberin all dieser Schrecken.

»Ihr seid gut zu mir«, murmelte er und sank wieder in Schlaf. Später sagte er: »Ich habe Hunger.« Noch später sagte er: »Hunger nagt an mir. In meinen Eingeweiden ist eine Schlange. Freundliche, heilige Lady, bitte richtet ihnen aus, daß ich etwas zu essen haben muß.«

»Noch nicht«, sagte sie. Sie gab ihm noch mehr Wasser.

Er vertraute ihr, trank und sank wieder in Schlaf.

Er war sehr schwach und würde ohne Stärkung sterben. Was würde ihm guttun? Milch mit ein wenig Brot hineingebröselt, eine leichte Fleischbrühe. Sie vermengte Äpfel mit

Wasser und erhitzte den Brei auf dem Herd, gab einen Schuß Ale hinzu. Das mußte als Nahrung reichen, aber ihm wurde nur übel davon.

»Wer ist sonst noch hier?« fragte er. »Schwester, schickt irgendeinen Jungen zum Markt. Er geht bestimmt. Gebt ihm–« dabei suchte er nach Münzen, fand aber nichts. »Nun, erklärt ihm einfach, Pierre bittet darum.« Er lächelte gewinnend.

»Ruht Euch aus«, sagte sie. »Ich tue, was ich kann.« Denn anscheinend hatte er vieles vergessen, und jetzt war nicht der Moment, ihm zu erklären, daß sie eingemauert waren.

Über Paradys schien sich der Rauch verzogen zu haben, aber ein schwerer Regen hatte eingesetzt, und manchmal erschütterte der Donner das Gebälk des Hauses. Die Straße, soweit man sie durch den winzigen Fensterschlitz erkennen konnte, wirkte verlassen, obwohl sie einmal einen Karren bergab hatte fahren sehen, der von einem kräftigen Mann gezogen wurde, voll beladen und auf dem Weg nach Osten. Das Haus des Steinmetz besaß kein oberes Fenster, das nach Osten blickte. Sie konnte nicht sehen, ob das Leichentuch der Krematorienfeuer immer noch dort hinauf reichte.

Jhane schickte sich abermals an, das Haus zu durchsuchen. Tatsächlich entdeckte sie Dinge, die ihr zuvor entgangen waren. Eine Nische des Schornsteins vom großen Kamin im Schlafzimmer des Steinmetz diente als Versteck für etliche Münzen. In einem Schrank fand sie Nägel, eine Säge, eine Zange, eine Axt und eine Hacke. In einem Karton darunter wurde die Wasserwaage aufbewahrt und ein paar Dinge aus Holz, deren Zweck ihr nicht klar war. Sie stöberte auch ein wenig Wein auf, der ebenso wie der Knoblauch gut zum Desinfizieren taugte. Außerdem fand sie Pergamentrollen mit architektonischen Zeichnungen und drei Bücher, die sie nicht lesen konnte, ein Tintenfaß und Federn, eine Wiege mit einer Stoffpuppe darin, wobei ihr die Worte des Steinmetz über die Totgeburten einfielen, und die Knochen einer toten Ratte. Nichts davon würde ihr eine Hilfe sein.

Tage und Nächte schwappten über das Haus. Jedesmal eine Zeit für sich, ein kleines Jahr.

Pierre, der allmählich etwas kräftiger wirkte, sagte: »Da liegt ein harter Stein unter dem Kissen.«

»Kein Stein. Es ist Euer eigenes Kreuz.«

»Ich besitze keines«, erwiderte er.

»Doch. Als Ihr im Fieber lagt, habe ich es Euch abgenommen und zum Aufbewahren dort hingelegt. Euer Kreuz mit dem Topas.«

Er sagte: »Das schenkte mir mein Vater. Es stammt aus dem Heiligen Land. Nur der Stein, das Kruzifix wurde später gemacht. Mein Vater hat einen großen Kreuzzug mitgemacht. Er hat Sarazenen getötet. Sie leugnen Christus – wie Ihr wißt, Schwester. Sie beten einen Menschen an. Und auch einen Engel – Jabrael, Gottes Allmächtiger. Ja, der gelbe Stein, der Topas, er hat ihn aus der Brustplatte irgendeines Heidenpriesters geschnitten, in einem Schrein oder so, wie er erzählte…« Ihm schwanden die Sinne, und er war eine Weile bewußtlos. Dann erwachte er wieder und sprach weiter: »Aber mir wurde das Kreuz gestohlen. Daran *erinnere* ich mich. Ich wurde geschlagen, und das Kreuz –« Außer sich vor Furcht starrte er sie an, kämpfte darum, sich nicht zu erinnern.

»Ein Fiebertraum«, sagte sie. »Er ist vorbei.«

Später in der Nacht sagte er: »Ich hatte eine Schwester. Sie hat mir Lügen über unseren Vater erzählt. Wie konnte sie das nur tun?«

Er hatte nichts begriffen.

»Schwester…«

Einen Augenblick lang erstarrte sie. Aber für alle Männer waren die Nonnen Schwestern.

»Liegt ruhig«, sagte sie.

»Habe ich – meine Beichte bei Euch abgelegt?«

»Nein. Es war nicht notwendig.«

»Aber jetzt.«

»Jetzt ist es auch nicht notwendig.«

»Ich kann nicht«, sagte er. »Ich kann nicht.«

»Leben? Doch.«

»Das kleine Kreuz…«

»Ja.«

»Wenn ich – nicht leben sollte –, nehmt es. Nein, das wäre falsch. Wenn ich lebe, nehmt es trotzdem. Für Euren Orden, Schwester.«

Jetzt erschrak sie nicht mehr.

Sie sagte: »Man kann manche Geschenke nicht weitergeben. Euer Vater gab Euch dies. Ihr müßt es behalten.«

Sie dachte, er schliefe, da sagte er: »Würdet Ihr mir das Kreuz um den Hals legen?«

Jhane tat, worum Pierre sie gebeten hatte. Die Kette, die woanders gestohlen worden war, schien ihn für einen kurzen Moment zu verwirren. Dann lag er ruhig da, gewahrte das Gefühl des Kreuzes, des Edelsteins, auf seiner Haut.

»Dieses Mädchen, von dem ich Euch erzählte – habe ich doch? Meine Schwester Jehanine. Sie war eine Hure der City. Sie kam, um mir ihre Erniedrigung zu zeigen. Dann lief sie fort und versteckte sich. Ich sah, was aus ihr geworden war, indem ich ihr in die Augen blickte. Ich wünschte, ich hätte das nicht gesehen.«

Oh, er hatte nichts begriffen. Er mußte leben, das war seine einzige Chance. Und doch schien er plötzlich zu sterben.

Jhane ging im Haus auf und ab. Wieder öffnete sie Truhen und Schränke, hielt eine Kerze vor Mauselöcher, aber selbst die Mäuse waren fort. Sie verspürte keinen Hunger, sie fühlte sich nur nicht ganz bei sich, eine leere Hülle, hohl wie eine Glocke, und darin sie: atmend, sich regend, lebend. Dünn und hart und unnachgiebig wie eine Nadel. Aber Pierre war wie Staub, wie schmelzender Schnee, wie Wasser. Er mußte wieder zu sich kommen. Er brauchte etwas zu essen.

In der milchigen Morgendämmerung kamen einige Männer vorüber. Jhane rief ihnen vom Fenster aus etwas zu. Sie nahmen keine Notiz von ihr. Vielleicht erreichte ihre Stimme sie nicht, taube Ohren oder Herzen.

Durch die Dunkelheit läuteten die Glocken der Stadt wieder stündlich zu den Offizien. Zur Laudes ging Jhane nach unten in die Küche. Im Kerzenschein blickte sie in die leere Speisekammer.

Während ihre Hände über die nackten Bretter strichen, dachte sie plötzlich an den Engel Esrafel, Gefolgsmann und Heerführer des Prinzen des Lichts. Während sie ganz ruhig dastand, die Arme auf einem Regalbrett, den Kopf zurückgeworfen, die Augen geschlossen, erfuhr sie noch einmal vollkommen die Ekstase und Wohltat seiner Umarmung.

Dann schlug sie die Augen auf und, als sie vor sich hin starrte, sah sie, wonach sie gesucht hatte: Nahrung. Als ihr die Bedeutung des Anblicks klar wurde, erfaßte sie Entsetzen. Für einen Moment sträubte sie sich gegen die absolute Wahrheit, das Wunder, das Unfaßbare. Aber im nächsten Augenblick spürte sie wieder die Berührung des Engels. Sie akzeptierte, daß die Welt sich geändert hatte. Sie akzeptierte ihre eigene Macht und Stärke. Sogleich wich das Entsetzen. Da war nur die nächtliche Leere, die ihre unbezwingbare Reinheit umschloß, die nichts erschüttern konnte.

»Der Junge ist vom Markt zurück«, erklärte Jhane. Sie stellte die Schüssel auf den Boden. Nachdem sie den dösenden Pierre in seinen Kissen aufgerichtet hatte, begann sie, ihm die Suppe einzulöffeln. Sie war sehr schwach. Sie hatte Jahre gebraucht, um die Stufen zu erklimmen, aber vielleicht nicht ganz so lange, denn die Brühe war immer noch heiß, nach Knoblauch und Wein duftend, dazu der saubere Geruch frischen Fleisches.

Zuerst war er kaum fähig, das Essen im Magen zu behalten. Aber nachdem er etwas zu sich genommen und ein wenig geschlafen hatte, aß er noch ein bißchen mehr. Die Nahrung reichte für ein paar Tage.

Sie hielt den großen Kessel auf dem Herd warm und verbrannte außerdem die befleckte und unbrauchbare Wäsche. Der Wein und die Äpfel nährten sie ebenfalls. Wenn sie das Bewußtsein verlor, dann nie für sehr lange. Anfangs war sie öfter ohnmächtig geworden und beim Kochen niedergesunken.

Irgendein Traum sagte ihr, sie habe eine Sünde begangen, als sie den Engel beschwor, aber sie lachte nur darüber. Sie verspürte überschwengliche Freude. Sie würde sich nicht mit dem Rest abgeben.

Sie wußte auch, daß Wunder Wunder nach sich ziehen und daß sich, noch ehe Pierre alle Suppe aufgegessen hatte, irgendwie Möglichkeiten zur Flucht auftun würden.

Eines Morgens erschütterte ein gewaltiger Donnerstoß das Haus. Es war ein Trupp von Männern in Rüstung, die mit Äxten und Hämmern die zugemauerten Öffnungen des unteren Hauses aufbrachen.

Jhane sah verträumt aus ihrem Fenster zu ihnen hinunter.

»Schwester! Wie geht es Euch? Sind noch viele bei Euch? Noch jemand, der an der Pest erkrankt ist?«

»Nur ein Mann ist da. Jetzt nicht mehr krank, aber am Verhungern.«

»Man hat Euch rufen gehört, aber gedacht, es sei ein Geist. *Ich* habe gesagt, das ist die gütige Nonne, die dort hineingegangen ist, um dem Steinmetz zu helfen. Und Gott wird sie verschont haben.«

Das war der Soldat, der sie verhöhnt hatte, als sie so gehandelt hatte. Jetzt strahlte sein Gesicht jung und glücklich.

»Die Plage ist vorüber. Es ist vorbei. Der alte Tod hat sich davongemacht.«

Ein Brocken Mörtel gab nach und fiel krachend zu Boden. Die Männer jubelten und schrien vor Freude, winkten ihr grüßend mit den Hämmern zu.

»Der junge Mann bei mir ist sehr geschwächt«, erklärte Jhane. »Würde bitte jemand von Euch kommen und ihn heruntertragen?«

Sie verließ das Fenster, um es ihm zu erzählen, aber er hatte es natürlich selbst vernommen.

Heute war er hübsch, sein Aussehen kehrte zurück wie der Frühling. Unter seiner Tunika, hastig zum Verlassen des Hauses übergestreift, glitzerte der Topas. Er erkannte sie nicht, aber er sagte zu ihr: »Schwester, meine eigenen Verwandten hätten mich nicht besser umsorgen können. Ihr habt mir das Leben gerettet, vielleicht meine Seele. Ihr müßt wissen, ich war Schüler eines Malers. Aber, wie ich hörte, ist er gestorben. Nun, ich werde einen anderen finden, der mich nimmt. Gott hat mir dies Talent geschenkt. Ich muß es nutzen, zum Ruhme Gottes.«

Dann, als die Eingangstür aufgebrochen war und die Männer die Stiege heraufgetrampelt kamen, sagte er: »Ihr habt Ähnlichkeit mit meiner eigenen Schwester, ist das nicht seltsam?«

Aber seine Augen hatten sich bereits abgewandt.

Es waren zwei der Soldaten, nicht Pierre, die Jhanes schlechten Gesundheitszustand erkannten.

»Scht«, warnte sie sie, während ein anderer Pierre forttrug. »Sagt ihm nichts. Sprecht in seiner Anwesenheit nicht davon.«

»Aber in Gottes Namen, wie konnte dies geschehen?«

Vielleicht durch die Verwundeten im Kriege abgehärtet, blieben die beiden Soldaten bei ihr und erneuerten die Verbände. Als sähe sie den Wundbrand zum ersten Mal und auch die vortretenden Knochenstümpfe, so unglaublich weiß, wurde Jhane selbst übel. Als sie sich wieder erholt hatte, befand sie sich auf der Straße in den Armen des Soldaten, der sie verspottet hatte und sie jetzt wie ein Kind hielt. Ein milder Regen küßte ihr Gesicht. »Scht«, sagte sie wieder.

»Wie –« meinte er, »dieses Opfer – habt Ihr? Wie –«

»Der Herr leitete mich und verlieh mir Stärke.«

Aus diesem Stoff werden Legenden gemacht.

Man brachte sie in ein anderes Ordenshaus, nach dem Schwarzen Tod kaum bewohnt, dessen Nonnen sich um sie in drückendem Schweigen kümmerten. Der Arzt, ein Mann, der aus der Stadt geflohen war, kehrte zurück und schenkte ihrem Märchen keinen Glauben. Diese Frau war in der Hysterie und Panik während der Pest von Verbrechern attakkiert worden. Nachdem er Jhane mit seiner Beurteilung konfrontiert hatte, war er über ihre Zustimmung erfreut. Er prophezeite, daß sich der obere Teil des Armes wahrscheinlich entzünden werde, so daß man noch einmal mit der Prozedur anfangen und höher abschneiden müsse, wobei sie sterben könne. Er fürchtete diesen Tod nicht, warnte sie nicht eindringlich davor, denn dies war nicht ansteckend.

Von Pierre hörte sie nichts mehr. Er war fortgegangen und lehnte sein goldenes Haupt an die Schulter seines neuesten Gönners. Sie verschwendete keinen Gedanken an Gemälde oder Skulpturen, die vielleicht, von ihm vollbracht, die Kirchen von Paradys schmücken würden. Oder an die Liebe, die er so mühelos gewinnen würde. Oder an den Edelstein, den Belnard ihm geschenkt hatte.

Ein Teil ihres Selbst war ein Teil von ihm geworden, aber auch diese Vorstellung ließ sie gleichgültig. Indem sie sich an ihr Vorgehen erinnerte, das Benutzen der Säge, das Abbinden und Ausbrennen, das Zubereiten des Essens – wobei ihr eine gespenstische Begebenheit mit Osanne einfiel (deren abgetrennter Arm aus dem Brunnen gezogen wurde) –, und dann Jhanes Zweifel, daß sie dies tatsächlich getan haben konnte. Sie bereute es kein bißchen.

Unterhalb des Ellbogens blieb ihr ein schmerzgequälter Phantomarm und eine Phantomhand, die sie bis in die Fingerspitzen spürte. Ihr Vorhandensein war so deutlich, daß sie oftmals mit ihm greifen wollte, um dann überrascht festzustellen, daß sie auf diese Weise nichts mehr halten konnte. Das Phantom war, wie sie wußte, der immaterielle Arm ihres Geistes.

Als sie das Hospital der Nonnen verließ, war man äußerst erleichtert, denn die Nähe einer Märtyrerin und Heiligen hatte alle sehr bedrückt.

Jhane selbst jedoch war gänzlich unbeschwert. Sie befreite sich bereits von dem Bild ihres Bruders. Sie fühlte sich nicht wie eine Heilige. Ebensowenig wie sie sich in den Wahnsinn ihrer Verbrechen hineinsteigerte, klammerte sie sich an den gar noch größeren Wahnsinn und Schrecken ihres Tuns im Haus des Steinmetzes. Sie glaubte nicht, daß sie tapfer, ungewöhnlich, leidgeprüft oder gütig war.

Die unverschlossenen Türflügel des Tores hatten das Kloster davor bewahrt, gestürmt zu werden, denn ab und zu waren einige Leute gekommen. Jetzt waren sie fort, und es hatte keine Schändung gegeben, nur ein Berg menschlichen Kots war liegengelassen worden. Auch gab es keine Leichen. Jhane schickte sich an, langsam die Höfe zu reinigen.

In der Küche des Refektoriums war die Milch zu Quark geworden, und den aß sie zusammen mit etwas Obst und salzigem Fisch, den die Eindringlinge in das Nonnenkloster nicht verzehrt hatten. Das Wasser im Brunnen des Refektoriums war kristallklar.

Wenn sie wischte und kehrte, mochte der Flug eines unerwarteten Vogels zwischen dem verlassenen Kreuzgang oder das Huschen eines Sonnenstrahls Jhane veranlassen, sich umzusehen. Aber die Gespenster kehrten nicht zurück.

Sie hätte die Glocke im Turm geläutet, aber durch den fehlenden Arm war sie dazu unmöglich in der Lage. Sie bedauerte das, die Lücke, wo ihr Klang hätte erschallen sollen, störte sie seltsamerweise. Auch vermißte sie den Gesang der Nonnen und glaubte manchmal, ihn doch zu hören, aber der Singsang war nur in ihrem Kopf.

Zunächst betrat sie die Kirche nur, um zu sehen, ob dort Schaden angerichtet worden war, ob das große Fenster zerbrochen worden war, aber es lag nur ein bißchen Schutt herum, und es hatte hineingeregnet, so daß auf dem unebenen Boden kleine Pfützen entstanden waren. Das Fenster war intakt. So ging also Jhane an Tagen, da die Sonne schien, bei Sonnenaufgang sich das Bild ansehen, den Engel Luzifer, Sohn der Morgenröte und Bringer des Lichts, mit gezücktem Schwert ewiglich durch die Himmel herabfallend, den Heiligenschein aus Sonnenlicht hinter dem Kopf, die Flügel aus Feuer, einen Fuß auf einer güldenen Kugel. Vielleicht lag es am Tageslicht, welches durch dieses Bildnis funkelte, daß es ihr so klar erschien. Es war die einzige künstlerische Darstellung, die sie je verstanden hatte, und das einzige Ding, abgesehen von ihrer Puppe in der Kindheit, das ihr je plausibel erschien.

Nachts, oder wenn sie erschöpft war, kehrte Jhane in ihre frühere Schlafzelle zurück, in das Holzhaus, und legte sich dort nieder.

Manchmal träumte sie auf ihrem Strohsack, daß die Nonnen die steinerne Ödnis bevölkerten und bei den Offizien wären oder im Südgarten jäteten, während die Novizinnen im Haus des Noviziats aus bunt bemalten Büchern lernten. Ihr war, als wiederholten sich diese Träume und daß man sie akzeptieren würde, obschon sie nicht ihr Gelübde als Braut abgelegt hatte, und daß es ihr leichtfiele, dieses Leben zu führen, bei dem man alles mechanisch verrichtete und sich auf die Gewißheit zurückziehen konnte.

Dann träumte sie, das Kloster zu dem Engel wäre bereits seit Jahrhunderten eine Ruine oder daß es nicht existierte, daß sie es erfunden oder herbeigezaubert hätte, oder daß, obwohl die Mauern und Höfe gegenwärtig waren, dieser Orden nicht Christus gedient hatte, sondern jemand anderem.

Nichts von alledem ängstigte Jhane. Ihre Träume äußerten keine Furcht oder auch nur Fragen. Nur Abwägungen verschiedener Möglichkeiten.

Sie versuchte nicht – hatte es nie versucht – die Tage zu zählen. Der Frühling meldete sich im Nonnenkloster und leuchtete an Säulen und im Garten mit weißen und gelben Blüten.

Als sie den südlichen Kreuzgang durchquerte, sah Jhane, daß das steinerne Kind des Brunnens ein Zwerg geworden war, der herabgeklettert war, sich verbeugte und Kapriolen schlug und dabei erkennen ließ, daß das Steinkind doch noch hinter ihm stand.

»Kauf ein Band«, sagte der Zwerg. »Oder hast du dir das Haar abgeschnitten und deinen launischen Schädel rasiert?«

»Hab' ich nicht«, sagte Jhane. »Aber du hast auch keinen Bauchladen mit Bändern.«

»Stimmt. Als du mich zuletzt gesehen hast, war ich ein König. Als ich *dich* zuletzt gesehen habe, warst du ein Junge. Was bist du, weiblich oder männlich? Oder beides – irgendeine Abnormität.«

Aber Jhane ging einfach zur Kirche hinüber. Der Zwerg begleitete sie und trat mit ihr durch den Seiteneingang ins Kirchenschiff.

Es war etwa die Stunde der Terz, und die Sonne erfüllte das Große Licht.

Sie betrachteten es, die Nonne und der Zwerg.

Als Jhane auf die Knie fiel, war der Zwerg größer als sie. Er schien dies zu registrieren. Dann schritt er vorwärts, trat zwischen Jhane und das Fenster. Und er begann, sich zu häuten.

Er wurde Belnard, ihr Stiefvater, und dieser wurde der Apotheker von ihrer Reise, und dann wurde er – sich ausdehnend und rauchend – die fette Frau mit dem Schlüsselbund, und dann sich dünn streckend und bärtig – Meister Motius, und wieder fleischiger und weicher werdend – der Steinmetz, und magerer, Conrad der Dieb, und sich in- und auswärts stülpend, die fromme Osanne, die Mutter Oberin und die junge Nonne Marie-Lis. Und dann war er Jhane selbst.

Dort stand sie, gekleidet in die Tracht des Nonnenklosters, in dem schlichten Gewand, aber das Haar fiel lose und ungebändigt auf ihre Schultern, und ihre Augen leuchteten.

»Das ist sehr geschickt«, sagte die echte Jhane, die immer noch kniete. »Wie machst du das?«

»Ah«, sagte die Zwerg-Jhane. »Das ist wirkungsvoll, was?«

Und dann erhob er sich und wandelte sich in Feuer und Flügel und wurde ein Engel, ganz aus Gold, der seine Hand zu ihr ausstreckte, während sie durch sein transparentes Gewand hindurch sein Herz brennen sah, wie eine blutende goldene Rose.

Jhane seufzte.

»Warst immer du das?«

»Vielleicht«, sagte er, »oder auch nicht.«

Aber sie hörte seine Worte kaum durch die Musik seiner Stimme. Laß dich selbst hinter dir, sagte die Musik. Du könntest zu ihr zurückkehren.

Und Jhane verließ sich selbst, als sie dort auf dem Boden der Kirche kniete. Sie erhob sich mit dem Engel in den Himmel. Sie war selbst ein Engel. Sie war tatsächlich nicht mehr sie *selbst.* Es gab kein Geschlecht, weder weiblich noch männlich. Jhane war ein geflügeltes Geschöpf des Lichts. Über ihr die Sonne, unter ihr die Erde, eine runde Kugel, schimmernd.

Sie flogen frei dahin, die beiden Engel. Sie umarmten sich und sangen und verständigten sich ohne Worte und berührten alle Dinge und priesen alle Dinge und *waren.*

Jhane wird sterben?

Ja, aber es ist noch nicht soweit.

Und die Welt? Wird die Welt enden?

Eines Tages wird die Welt enden.

Wann wird sie enden? Die Sünde wird sie doch sicherlich nicht zerstören?

Die Sünde wird die Welt nicht zerstören. Solange die Welt aus Sünde besteht, kann sie nicht enden. Erst wenn die Welt vollkommen ist, mag sie enden. Die Welt hat einen Zweck. Aber wenn die Welt vollkommen und ganz ist und alle dort befindlichen Dinge und die gesamte Menschheit vollkommen und ganz sind, dann wird der Welt ihr Ende erlaubt sein. Es wird ein prächtiges Leuchten geben, wie in dem Fenster zu sehen ist, das Kommen des Großen Lichtes, wie Feuer. Und dies wird die Zeit sein, in der die Welt endet und alles Leben seine Freiheit erfährt.

Das Leben ist Traum, sagte der Engel, der Jhane gewesen war.

So sei es, sagte der Engel Esrafel. Aber möge es ein süßer Traum sein.

Jhane öffnete in der Kirche die Augen.

Sie konnte weder lesen noch schreiben, und so konnte sie ihre Vision der Apokalypse nicht festhalten. So ist es oft. Das begriff sie, und auch, daß es ohnehin nichts ausmachte.

Nachdem sie sich erhoben hatte, eilte sie ins Refektorium, zündete eine Kerze an und aß hinter ihrem hölzernen Wandschirm Quark und trank Wasser dazu.

»Es ist Luzifer, Lord Satan, der die Welt regiert«, erklärte der Priester. »Um hier zu überleben, sind wir gezwungen, ihm zu huldigen.«

Er zeigte ihnen eine Pergamentzeichnung, eine mit einem Dolch aufgespießte Rose.

»Erinnert Euch an dieses Zeichen. Wir haben uns hier getroffen, unter der alten Kirche. Ihr werdet Parolen benutzen müssen. Inzwischen, wer weiß, welche Reichtümer und welche Macht wir durch die Güte unseres Meisters erhalten werden. Ich selbst«, sprach er, »habe die Seuche überlebt. Das war für mich ein Zeichen. Gott hat mich niedergeworfen, aber Satan hat mich aufgerichtet, daß ich *sein* Werk verrichte und *ihn* preise. Ihr seid ein Künstler aus der City. Wer hat Euch von diesem Geheimbund erzählt?«

»Einige«, sagte der junge Mann. »Aber Motius, der Maler, war mein Tutor.«

»Der Magier? Ja. Sein Haus wurde niedergebrannt, und flammende Dämonen trugen ihn zur Hölle. Ihr versteht, zuletzt gibt es kein Entrinnen. Es endet im Feuer.«

»Ha, ja.« Der junge Mann lächelte.

»Aber bis dahin erfüllt sich das Leben mit all seinen Wünschen. Er betrügt seine Diener nie. Alle fleischlichen Lüste, die absolute Dominanz über andere. Das Ende ist das Grauen, aber Ihr könnt dreihundert Jahre voller Vergnügungen erfahren, ehe die Rechnung präsentiert wird.«

Durch die massiven, eisigen Gänge begaben sie sich in eine mit Symbolen ausgemalte Kammer, wo die Gemeinde schweigend wartete.

»Soll ich dies abnehmen?« fragte der schöne junge Maler und deutete auf ein Kruzifix an seinem Hals.

»Nein. Warum sollte er dies fürchten? Er hat *jenen* schon vor langer Zeit vertrieben. Es könnte ihn amüsieren. Laßt es dran.«

Die Zeremonie begann. Sie enthielt Elemente der Messe, der Kommunion und der Taufe, denn die neuen Mitglieder mußten ihr Gelübde ablegen und mit Blut unterzeichnen. Drei schwarze Hähne wurden geopfert, und die langen rußigen Kerzen wurden angezündet. Weihrauch kräuselte sich aus dem Räuchergefäß.

Pierre Belnard hatte früher einmal an solchen Ritualen in Motius' Atelier teilgenommen, sich dabei aber gelangweilt. Seine späteren Erlebnisse jedoch hatten ihn wieder zurückkehren lassen. Es gab Fieberträume, die ihn immer noch verfolgten, und Erinnerungen an den Schwarzen Tod und eine Geschichte über eine Nonne, die ihre Hand abgehackt hatte, um einen verhungernden Mann zu ernähren, der in einem Pesthaus eingemauert war.

Im Verlauf der Rituale wurde er jedoch schläfrig.

Man hatte ihm gesagt, die anderen überlebenden Studenten, mit denen er sich zusammengetan hatte, daß Prinz Luzifer sich heute nacht in seiner Gestalt zeigen werde, um seine Anbeter zu begrüßen. Jetzt schrie und heulte jeder, und Pierre, der in den Tumult einfiel, legte sich mit ihnen auf den Boden, verspürte aber ein Gefühl der Distanz und das Bedürfnis, in die Schänke zu gehen.

Dann begann ein dünner Schatten im inneren Kreis zu schweben, etwas, was nichts mit dem Kerzenlicht oder der Düsternis zu tun hatte.

Pierre wurde hellwach. Er sah aufmerksam zu.

Der Schatten leuchtete seltsam, dunkel im helleren Dunkel, wurde erst schwarz, dann schlammig und stofflich. Schließlich sollte sich ja ein Wesen zeigen.

Was würde Pierre sehen? Den einen Gefallenen, den Engel, der Gott getrotzt hatte, die Schöpfung des Menschen neidend und die Welt an sich reißend, um sie zu korrumpieren und letztendlich zu zerstören?

Aus der dunklen Masse erhob sich etwas. Es hatte die Farbe eines toten Mondes, glomm trübe in einem Licht, das lichtlos war.

Die Gläubigen schrien auf, riefen Hunderte von Namen des Pantheons der Hölle – den von Satan selbst und die seiner dämonischen Heerführer –, es gab einige Unstimmigkeit, schien es, für wen man die Erscheinung halten sollte.

Aber Pierre wußte, was er sah. Er sah den Teufel.

Es war der Körper eines riesigen Mannes, ein Hüne, mit dem Antlitz einer Bestie. Seine Augen waren Abgründe des Nichts. Zwischen den Lippen züngelte eine Schlangenzunge. Mit Hörnern und Klauen und Schwanz. Deformiert, verdammt. Häßlich, böse, mitleidslos – und *erfreut*.

Dies war die Vision von Pierre. Bewußtlos sank er zu Boden.

In den folgenden Jahren würden seine Abbildungen auf der Leinwand und in Stein eine flüchtige Ahnung von einer grauenvollen Offenbarung geben. Seine Hölle würde von berstenden Flammen lodern, seine Chiffren des Jüngsten Tages und des Endes der Welt würden Satan in all seiner Macht enthüllen, wie er lebende Seelen aß, während die Erde brannte.

Herrschaft von Azur

From the hag and hungry goblin
That into rage would rend ye,
And the spirit man stands by the naked man
In the book of moons defend ye!

Anonymus, 17. Jahrhundert

In einer Woche oder weniger werde ich tot sein.
Nachdem er dies auf seine Karte geschrieben hatte, reichte er sie mir.

»Warum?« fragte ich.

»Ich bin dazu verurteilt«, antwortete er.

»Abermals: Warum?«

»Ah, das ist diese Geschichte.«

»Wollen Sie, daß ich zuhöre?«

»Lieber nicht. Ich habe eine Erklärung hinterlassen, eine Art Tagebuch, und verschiedene Papiere. Meine Adresse befindet sich vorn auf der Karte, wie Sie sehen werden, mit meinem Namen. Sind Sie mit dem Viertel ums Observatorium vertraut?«

»Ziemlich. Was mich mehr interessieren würde, ist, wieso Sie sich in dieser Sache an mich wenden.«

»Teure Mademoiselle, Sie sind eine Fremde. Bis jetzt zumindest haben Sie mich ausreden lassen. Diejenigen, die mich kennen, Mademoiselle, würden mir kein Wort glauben.«

»Sie kommen mir mit jedem Wort bekannter vor.«

Er lächelte und setzte sich mir gegenüber.

Der Name auf der Karte lautete Louis de Jenier, und die Adresse verwies, wie er angedeutet hatte, in die Straßen zwischen steilen Terrassen und mit Balkons versehenen Wohnhäusern unterhalb des Observatoriums. Er selber sah so gut aus, daß man ihn kaum beschreiben konnte. Elegant gekleidet, mit silberner Krawatte, das volle dunkle Haar rechts gescheitelt und die Hände manikürt. Seine Augen waren von einem ungewöhnlichen, unwirklichen, satten Blau, das man unmöglich durchdringen konnte. Augen wie die einer Skulptur, oder besser, die einer Puppe. Da ich ihm nie zuvor begegnet war, konnte ich nicht sagen, ob er ungewöhnlich blaß war wegen einer Krankheit oder einfach verrückt geworden war. Er war durch das gutbesuchte Café direkt zu meinem Tisch gekommen. Die meisten Leute hatten herübergestarrt, wie sie es im Norden tun, vor allem in Paradys, und hatten seinen modischen Aufzug begafft. Jetzt sagte er: »Mademoiselle, lassen Sie mich hinzufügen, daß ich weiß, Sie schreiben für Zeitungen. Wenn auch unter einem männlichen Pseudonym. Ja, ich habe es herausgefunden und Sie für einen bestimmten Zweck aufgespürt. Ich setze auf Sie. Ich hoffe, Sie werden allmählich neugierig.«

»Nicht sonderlich, Monsieur. Ich nehme an, irgend jemand trachtet Ihnen nach dem Leben, vielleicht wegen einer Liebesaffäre. Warum wenden Sie sich nicht an die City-Polizei, falls Sie keine einflußreichen Freunde haben, die Ihnen helfen können.«

»Nein, niemand kann helfen«, sagte er.

Als er sprach, fiel ein Schatten, so als würde eine Wolke die Sonne verdecken. Es war nicht so, daß er ängstlich oder auch nur erschrocken geklungen hätte. Aber es hatte etwas von jenem Augenblick, der für jeden von uns einmal kommt. Der Augenblick, der uns sagt: Eines Tages, unglaublich, werde auch ich sterben.

Und in diesem Moment, als ich mich ihm innerlich zuwandte, wurden wir unterbrochen.

Zwei Männer bahnten sich ihren Weg durch das Café. Einer rief ihm aufgeregt zu: »Louis! Louis!« Aber der andere sagte, als sie bei uns angelangt waren: »Um Himmels willen, was ist denn das nun wieder für ein Spiel?«

Er blickte sie an – mit der grausamen Verachtung eines geliebten, unverstandenen... und zutiefst wütenden Kindes.

»Nun, ihr habt mich reichlich gelangweilt.«

»Entschuldigen Sie uns, Mademoiselle«, sagte der zweite Mann zu mir und tippte sich an seinen teuren Hut. Der andere zuckte nur mit den Augenlidern.

»Tun Sie's nicht«, sagte de Jenier zu mir. »Entschuldigen Sie sie nicht.«

»Louis, halt den Mund. Oh, das ist wirklich zuviel –«

»Zur Strecke gebracht«, sagte er zu mir. »Also, auf Wiedersehen. Es war mir ein großes Vergnügen, Sie kennenzulernen.«

Seine Augen hielten meinen Blick fest, gaben aber nichts preis, außer ihrer Farbe. Dann erhob er sich, trat zu den beiden Männern und ging gemeinsam mit ihnen fort.

Mein erster Impuls war, seiner Aufforderung zu folgen. Nicht heute, denn als ich auf die Straße trat, senkte sich die Dämmerung bereits herab, die Blaue Stunde, und längs der Boulevards gingen die Lichter an, während auf den Hügeln von Sacrifice und Clock Hill die Neonröhren der Theater und Nightclubs zu leuchten begonnen hatten. Also morgen. Vormittags. Nicht zu früh, denn ich ahnte, daß er ziemlich spät aufstand, nicht zu spät, denn ich ahnte, daß er sonst fort sein würde.

Ich mußte an diesem Abend noch einen Artikel zu Ende schreiben und suchte mein Apartment in der St.-Jean-Straße auf.

Um Mitternacht, als ich nach getaner Arbeit das Gaslicht herunterdrehte, waren mir bereits in der anderen Angelegenheit Zweifel gekommen. De Jenier konnte mit Leichtigkeit ein Schwätzer sein.

Am nächsten Tag versuchte ich, statt seine Adresse am Observatorium ausfindig zu machen, bei Kollegen und Bekannten etwas über ihn zu erfahren. Einige meinten, seinen Namen schon einmal gehört zu haben. Mein Chefredakteur in der Redaktion des *Weathervane* glaubte, es gäbe da einen Schauspieler namens Louis de Jenier, einer aus dem Süden, auf alle Fälle ziemlich obskur.

Entmutigt, mehr durch meinen ersten Übereifer als durch alles andere, unternahm ich nichts weiter. Der Tag verging ereignislos und ebenso die Nacht in ungestörtem Schlaf. Und danach noch weitere Tage und weitere Nächte.

Natürlich, er war so attraktiv, und er war ein Mann, und ich eine Frau – schlimmer, er hatte mich als Frau demaskiert, mir meinen geistigen Schutzschild entrissen. Alles das war recht gefährlich. Ich hatte meinen ruhigen, entrückten Lebenstümpel schätzen gelernt.

Und dann traf es mich wie ein Schlag, als ich eines Morgens hinaus in den heiteren Sonnenschein des Frühlings trat, die Vögel zwitscherten auf den Dächern und Frauen boten Veilchen in ihren Körben an – es traf mich wie ein Schlag, daß dies der letzte Tag der Woche war, die er für sein verbleibendes Leben angesetzt hatte.

Ich stand wie benommen da; die Veilchen, die ich soeben gekauft hatte, schimmerten wie bunte Glasscherben in meiner Hand.

Thissot, der mich begleitete, lachte über meine Verwirrtheit. Er heftete mir die Veilchen ans Revers. »Was hast du vergessen?«

»Den Tod von jemandem.«

»Meine Güte. So ernst?«

»Vielleicht.«

Aber ich frühstückte noch mit ihm, ehe ich mich aufmachte. Es würde nichts bringen, das spürte ich, dem Lügner mit leerem Magen entgegenzutreten.

Früher war der Weg zum Observatorium von Wald gesäumt gewesen. Duelle wurden unter den im Nebel verschwindenden Bäumen ausgetragen, und in zahlreichen verfallenen, kleinen Friedhöfen ringsum lagen die unbekannten Gebeine der Erstochenen und Erschossenen. Jetzt aber waren die Friedhöfe zwischen den hohen Mauern der Mietshäuser eingezwängt. Und wo die Kanonen zum Ende der *Jahre der Freiheit* gedonnert hatten, befanden sich mittlerweile die aufeinandergestapelten Wohnburgen mit Glokkenblumen und zartblättrigem Enzian, die durch die Schlitze und Maschen der eisernen Balkons lugten. De Jeniers Straße war zwischen zwei anderen eingeklemmt. Drei oder vier größere Häuser beherrschten sie, von denen das gesuchte das dritte war. Als ich es erreichte, ich hatte die Hausnummer gefunden, stellte ich fest, daß das gesamte Gebäude ihm gehörte oder von ihm gemietet war. Es war ein ziemlich neues Haus, dachte ich. Es war nichts gemacht worden, um ihm einen besonderen Charakter zu verleihen. Es glich diesen Villen am Meer, die nur wenige Monate im Jahr bewohnt und von Hausangestellten und Gärtnern gepflegt werden und in denen nie wirklich gelebt wird.

Ich stieg die Stufen hinauf und läutete. Ich hatte ein Dienstmädchen erwartet, aber als die Tür plötzlich aufging, sah ich mich einem bekannten Gesicht gegenüber. Es war der zweite, redseligere Mann, der de Jenier im Café aufgespürt hatte.

Er schien sich auch an mich zu erinnern.

»Ah – Mademoiselle. Haben Sie –? Das heißt, ich fürchte, ich kann Sie nicht hereinlassen.«

Ich war nicht im mindesten überrascht. Ich verspürte nur ein dumpfes Entsetzen.

»Aber Sie müssen«, beharrte ich.

»Nein, nein. Louis – das heißt – nein. Es würde nichts nützen. Wenn Sie Ihre Karte hinterlassen würden, Mademoiselle, falls möglich mit Telefonnummer, damit wir Sie erreichen können –«

Ich wollte nicht fragen: Wo ist die Leiche? Denn das wäre vielleicht inkriminierend gewesen. Ich sagte: »Er bat mich herzukommen. Lassen Sie mich herein, oder soll ich gleich die Polizei rufen?«

Der Mann schrak zurück. Oh, sie hatten tatsächlich noch nicht an die Hüter des Gesetzes gedacht.

»Na schön«, sagte er barsch. »Dann kommen Sie herein.«

Ich mußte mich durch die schmale Öffnung zwängen, die er mir ließ.

Die Eingangshalle war sauber und bis auf einen Schirmständer völlig leer. Zwei geschlossene Türen, ein Durchgang, der nach unten führte, und eine nicht mit Teppich belegte Treppe, die nach oben ging.

In dieser Oase standen wir. Ich fragte: »Oben?«

»Na gut.«

Er ließ mich vorgehen. Meine hohen Absätze klackten auf den Stufen, und von oben begann ein merkwürdiges Licht herabzufallen. Ich zögerte, hinaufzugehen, aber er drängte nervös hinter mir. Ich ging weiter und erreichte den ersten Treppenabsatz, wo er mich aufforderte: »Gehen Sie weiter. Nun gehen Sie schon.«

Im obersten Stockwerk unterm Dach stand eine Doppeltür weit offen, aus der das bläuliche, trübe Licht ins Treppenhaus gefallen war. Der Raum befand sich auf der rückwärtigen Seite des Hauses, war von mittlerer Größe, möglicherweise ein Wohnzimmer, aber völlig kahl. Im Parkett, dem marmornen Kamin und den gegipsten Wänden spiegelten sich die vier kobaltblauen Lichtsäulen der Fenster.

Was für ein Spleen. Was für ein Effekt. Ich mußte an Opium und andere Drogen denken, die den Augen schaden und Dämmerlicht erfordern. Die Fensterscheiben waren für sich bereits wie eine Droge. Man erstarrte, wurde trunken, taumelte und verlor den Gleichgewichtssinn. Es war, als würde man in einem gewittrigen Abendhimmel torkeln. Sauerstoffmangel. Blau oben, unten, ringsherum. Nirgendwo etwas Substantielles.

Ich dachte, wir sollten jetzt besser stehenbleiben, bevor ich ohnmächtig wurde oder davonliefe. Aber jetzt ging der Mann vor mir her, ebenfalls leicht schwankend, mit beidseits ausgestreckten Armen wie ein Drahtseilartist. Er führte mich durch eine andere Tür in ein Arbeitszimmer.

Es verfügte über ein Dachfenster und ertrank nicht in Blau. Ich konnte wieder atmen und blickte mich um. Sofas und Sessel verkrochen sich unter Staubbezügen. Auf einem Schreibtisch war große Dekoration aufgelegt – nie benutzte, polierte Füllfederhalter, ein sorgfältig aufgetürmter Bücherstapel, wissenschaftliche Artefakte wie ein Schädel aus Quarz und ein ledergebundenes Tagebuch mit Bleistift. Etwas entfernt vom Tisch stand ein nicht abgedeckter Stuhl.

Seine Rückenlehne war abgebrochen, und auf dem Perserteppich lagen Holzsplitter.

An der Wand hinter dem Schreibtisch, über einem kleinen Kamin, hing ein von zwei großen Fotografien flankierter konvexer Spiegel. Zwei Frauen. Die eine, links, trug ein Kostüm aus früherer Zeit, vielleicht aus den Freiheitstagen, mit Korsett, Schärpe und federbesetztem Hut, Perlenarmband und hatte langes lockiges Haar. Sie war schön und wurde auf einem Kupfertäfelchen mit *Anette* bezeichnet. Rechts vom Spiegel wurde eine Zeitgenossin dargestellt, mit nicht eingezwängter Figur und einem stärker gepuderten Gesicht und geschminkten Augen; sie trug ein langes Paillettenkleid, eine Pelzstola, und ihr Haar, ebenfalls dunkel, war zu einer mit Maiglöckchen geschmückten Hochfrisur aufgesteckt. Ihr Täfelchen verkündete: *Lucine*. Es schien, als zeigten beide dieselbe Person in verschiedenen Rollen. Durch den konvexen Spiegel zwischen ihnen führte ein gewaltiger Riß. Da Glas nur mit Diamanten zerschnitten werden kann, nahm ich an, man habe einen Ring benutzt, den aber mehrmals. Genau besehen, schienen die Beschädigungen von Klauen herzurühren.

Von der Leiche de Jeniers gab es keine Spur.

»Warten Sie hier«, sagte der Mann, der mich hergebracht hatte. Er wandte sich zum blauen Zimmer um.

Ich wollte nicht warten. Ich mochte die Stimmung in dem Raum mit dem Schreibtisch nicht, und das blaue Zimmer draußen hatte mich entnervt.

»Wo ist er?« fragte ich.

»Lassen Sie uns gehen. Das ist entwürdigend.«

»Ja, das ist es. Was ist passiert?«

Er biß sich auf die Lippen. »*Irgend etwas* ist passiert«, sagte er idiotischerweise.

»Ich habe Sie gefragt, was.«

»Sie gehören nicht zu seinen Bekannten. Sie hierher einzuladen, war nur ein Scherz von ihm. Louis hat es mir erzählt. Sie hätten nicht kommen sollen.«

»Dann lassen Sie mich ihn sehen«, sagte ich kühn. »Ich gehe danach auch sofort.«

»Sie können ihn nicht sehen. Er – er ist nicht in der Wohnung –«

»Sie verhalten sich, Monsieur, als sei er tot und Sie hätten die Leiche versteckt.«

Ich war ziemlich unverblümt, aber meine Nerven gingen mit mir durch. Und was diesen Mann betraf, so war er nervöser als ich. Wir zitterten beide. Schließlich sagte er: »Sie müssen *warten. Bitte.* Ich komme sofort zurück.«

Er hastete hinaus. Ich stand herum, besah mir den Stuhl und die Krallenspuren im Spiegel. Sonst schien nichts zerstört worden zu sein. Ich stocherte herum, hob eine Ecke des Schonbezuges hoch und starrte auf die Splitter auf dem Teppich. Zum Teil fürchtete ich, etwas zu finden. Aber was?

Dieser Mann ließ sich verdammt viel Zeit.

Ich wandte mich zum Schreibtisch und nahm das ledergebundene Tagebuch in die Hand. Wahrscheinlich war dies die Niederschrift, von der de Jenier gesprochen hatte. Es war nicht abgeschlossen. Ich schlug es auf. In der Innenseite des Einbands befand sich eine Tasche, in die sorgsam etliche Papiere und Dokumente geschoben worden waren. Das Vorsatzblatt war mit einer flüchtigen Schrift bekritzelt worden, mit seiner. Die Worte lauteten: »Für Sie, Mademoiselle St. Jean, machen Sie damit, was Sie für richtig halten.«

St. Jean war das literarische Pseudonym, dessen ich mich bediente. Nach jenem verrückten Poeten, der in meiner Straße gewohnt haben soll, die nach ihm benannt worden ist. Mir wurde jetzt klar, daß der Mann, der mich eingelassen und auf meine aufgebrachten Fragen keine Antwort gehabt hatte, nicht beabsichtigte, wiederzukommen. Alle Türen dieses Hauses waren zweifellos verschlossen, bis auf diese beiden und die des Vordereingangs. Es würde keine Indizien geben. Sie wollten nur, daß ich verschwinde. Es mochte ohnehin unklug sein, noch länger zu bleiben.

Als ich mich anschickte, den kobaltblauen Raum zu

durchqueren, widerfuhr mir etwas Seltsames. Wie schon gesagt, ich mochte den Raum nicht, auch nicht das Arbeitszimmer, wenn auch aus verschiedenen Gründen, die ich nicht einmal eindeutig hätte benennen können. Aber jetzt schlug im blauen Zimmer eine Woge von Emotionen über mir zusammen. Ich sage Emotionen, aber was war es eigentlich? Es war eine Art lächelnder Wut, eine Art sinnlichen, stummen *Geheuls* – es war animalisch und bestialisch. Ich begann zur Türe zu laufen, und in diesem Augenblick, ohne daß jemand zugegen gewesen wäre, schwangen die Flügel der Doppeltür mit einem Knall zu. Das Zimmer schien zu beben. Der Boden neigte sich. Wie der Korb eines Ballons oben in der Luft im Zucken der Blitze.

Ich war entsetzt. Das Haar sträubte sich mir auf der Kopfhaut, und ich stieß ein lautes Stöhnen aus. Und irgend etwas in mir zwang mich, mich umzuwenden, zu den vier Fenstern zu sehen, den Fenstern aus Kobaltglas.

Mich in einer Falle fühlend, drehte ich mich um und rannte zu den Fenstern, ohne zu wissen, warum.

Ich war etwa drei Meter von den beiden mittleren entfernt, als sich das eine plötzlich mit einem Muster überzog, ein kompliziertes, abstraktes Muster, das mit feiner schwarzer Tinte gezeichnet war. Ich starrte darauf und blieb wie angewurzelt stehen. Dann begriff ich irgendwie, daß das ganze Glas des Fensters haarfein zersprungen war. In der nächsten Sekunde zerbrach es in Scherben. Es explodierte mit einem Geräusch, als habe man einen riesigen Wasserhahn aufgedreht.

Das Fensterglas leuchtete wie eine Bombe aus Veilchen und blauem Konfetti, das ins blaue All geschossen wurde.

Nach einer halben Minute trat ich vor und blickte von dort aus hinunter, wo zuvor das Fenster gewesen war.

Der Ausblick war völlig normal. Rückansichten von Häusern und Mansarden, Bäume und Mauern, zur Rechten der Hang zur City und zum Fluß hinunter, herrlich im Morgenlicht. Unter mir lag das glitzernde Glas in dem kleinen eingezäunten Garten. Zwischen Fenster und Himmel, in der Luft hängend, schien ein Seil zu züngeln und zu glühen, das von oben herunterkam. Der Körper eines Mannes hing daran, dessen dunkles Haupt zu einer Schulter geneigt war.

Ich begann vor Schreck und Bestürzung zu schreien. Der blaue Raum war jetzt bar jeden Gefühls. Dann veranlaßte mich etwas, mich hinauszubeugen und nach oben zu schauen, und ich sah zwei Männer, als ersten den, der mich eingelassen hatte, und einen anderen, von hinten, die beide nach unten sahen. Wir starrten einander an, sie und ich, einige Sekunden lang.

Dann drehte ich mich um und lief aus dem Zimmer, die Stufen hinunter und aus dem Haus. Sie schienen mir nicht zu folgen.

Ich rannte, bis ich die Cafés an der Uferstraße erreicht hatte. Dort suchte ich eines auf und bat um einen Cognac.

Zuerst hatte ich einfach Angst. Vorschützend, ich hätte eine Frühlingsgrippe, verbarg ich mich in meiner Wohnung und legte mir eine heisere, unsichere Stimme zu, wenn Thissot mich über das Telefon im Büro meiner Hauswirtin anrief.

Allmählich gelangte ich zu dem Schluß, daß die Männer in Louis' Haus nicht wußten, wer ich war oder wo ich zu finden sein würde. Sie würden mich nicht aufspüren. Ich fragte mich, ob sie für seinen Tod verantwortlich waren, glaubte es aber eigentlich nicht. Mich überfiel dumpfe Verzweiflung und ein Gefühl der Verlorenheit. Mein Schlaf jedoch war frei von den Alpträumen, die meine wachen Stunden erfüllten. Das Tagebuch und die Dokumente hatte ich in einer Schreibtischschublade eingeschlossen.

Schließlich, an einem von Regen verschleierten Nachmittag, zündete ich die Gaslampen an und den Kamin und ging dann entschlossen zu meinem Schreibtisch und öffnete die Lade, um das Tagebuch herauszuholen.

Sogar dabei zögerte ich. Ich beschloß, mir zunächst die Dokumente anzusehen. Es waren viele. Ich zog sie heraus und breitete sie vor mir aus. Einige hatten, wie ich auf den ersten Blick erkannte, mit dem Anmieten des Hauses zu tun. Mit anderen konnte ich nichts anfangen (oder wollte nicht), aber sie waren unsystematisch numeriert, und da die Seiten des Tagebuchs ebenfalls paginiert waren, waren es wahrscheinlich Ergänzungen dazu. Dann gab es auch Notizen in einer anderen Handschrift, die ich nicht lesen konnte, außer einem großen schwarzen T. Eines der Blätter in Louis' Handschrift wies eine Zeile auf, die einem Gedicht zu entstammen schien. Sie lautete nur: *Reiche des blauen Universums.*

Tatsache war, daß ich zurückschreckte, mich fürchtete, weiterzulesen. Mein Besuch in dem Haus – blaues Zimmer, zerberstendes Fenster, hängender Mann –, das reichte.

Da fiel ein kleiner Zettel aus dem Papierstapel heraus. Er trug eine Geschäftsadresse, den Namen eines Ladens in einer Seitenstraße beim Sacrifice Hill. Ich überflog ihn, denn er war maschinengeschrieben. Es schien, die Firma freute sich, Monsieur de Jenier mitzuteilen, daß das Bild für seine Kollektion fertig war.

Ich blickte auf die Uhr. Kurz vor fünf Uhr, reichlich Zeit bis Ladenschluß, und um das Geschäft aufzusuchen.

Irgend etwas hatte mich aufgescheucht. Vielleicht die Möglichkeit, das Tagebuch zu erforschen, wenn ich dorthin gehen würde – und es gleichzeitig zu meiden.

Auf den Straßen trommelte der Regen auf beschirmte Personen, die in nassem Lackleder vorbeieilten. Ich winkte ein Taxi herbei, das mich kurze Zeit später oben auf der Südseite im Schatten der Tempelkirche absetzte. Der Laden befand sich in einer schmalen gewundenen Gasse, die zur Kirche hinaufführte, und war mit einem schmuddeligen Glasdach versehen, auf das der Regen prasselte. Bei dem Geschäft handelte es sich um ein Fotoatelier. Ich hatte den Zettel nicht gründlich gelesen und mit einer Kunstgalerie gerechnet. Kunst hatte möglicherweise damit zu tun, mit den verstaubten Porträts junger Frauen, die unter einem buschigen Farn im Schaufenster lauerten.

Die Glocke bimmelte, als ich eintrat, und hinter einem Vorhang kam ein Mann hervor, um mich mißtrauisch zu mustern. Offensichtlich gehörte ich nicht zu der üblichen Klientel.

Ich reichte ihm sogleich die Benachrichtigung. Er warf einen Blick darauf und sagte vorwurfsvoll: »Das ist schon eine ganze Weile fertig, M'oiselle.«

Ich erwiderte seinen Blick, und er sagte: »Mir ist, als wollte ein Gentleman das Porträt abholen.«

»Monsieur de Jenier hat mich mit dieser Angelegenheit beauftragt.«

»Die Arbeit ist schon bezahlt«, erklärte der vorwurfsvolle Mensch. »Das Geld wurde bereits überbracht.«

Darauf gefaßt, bezahlen zu müssen, alarmierte mich dies: Louis hatte das Foto gekauft, aber nicht in Besitz genommen. Um was mochte es sich dabei handeln, um welches Geheimnis? Ich rief mir die Phantom-Frauen in seinem Arbeitszimmer in Erinnerung. Anette, Lucine.

»Einen Augenblick, bitte«, sagte der Mann.

Er glitt hinter den Vorhang, und ich hörte ein schwaches Gemurmel, darunter die Worte: »Komisch. Irgend etwas stimmt da nicht.«

Und ich hatte die Hand bereits am Schwertgriff, wie man so sagt, und rüstete mich zum Kampf, als er mit strahlender Miene zurückkam und in seinen Armen ein langes Objekt trug, das bereits sorgfältig eingewickelt war. Es war ziemlich groß, das »Porträt«.

Ein eisiger Schauer überlief mich. Das grelle elektrische Licht, mit dem der Laden ausgestattet war, schien düsterer zu werden.

»Wird Ihnen das nicht«, begann der Mann hoffnungsvoll, »zu beschwerlich werden, M'oiselle?«

Eine höfliche Warnung... Todesdrohung...

»Ich wohne ganz in der Nähe«, log ich und nannte eine Gegend, um sie alle zu täuschen.

Dann nahm ich ihm das eingewickelte Ding ab. Mein hellseherischer Moment war vorbei, und das Paket fühlte sich ganz weltlich an, Gewicht, Papier und Kordel.

In der Zeit, in der er seinen Benachrichtigungsschein durchstrich, sich vor mir verbeugte, mir die Tür öffnete und mich in die belebte Gasse entließ, war auch der Taxifahrer zur Stelle, der in einem Torbogen geraucht hatte.

Er war mir beim Einsteigen und Verstauen meines Paketes behilflich.

»Hat einen schlechten Ruf«, brummte er, »dieser Ort.«

Ich fragte mich, ob er den Laden meinte oder die gesamte Gasse. Aber mir war nicht nach Konversation zumute, und so erwiderte ich nichts darauf.

Zu Hause angekommen, ging ich direkt in meine Wohnung hinauf. Wieder drehte ich das Gas höher, zündete die Petroleumlampe auf meinem Schreibtisch an und schürte das Feuer an. Ich lehnte das eingewickelte Bild gegen einen Armsessel.

Dann, genau wie bei seinem Tagebuch, setzte ich mich hin und starrte immerzu in furchtsamem, reglosen Zögern auf den verborgenen Gegenstand.

Die Uhr läutete sanft. Es war Mitternacht, und ich war eingeschlafen. Das Feuer im Kamin war erloschen, und die Gasflamme flackerte bläulich.

In dumpfer Verwirrung erhob ich mich und riß das Papier von dem Foto, enthüllte es.

Es war nicht Anette, nicht Lucine.

Ihr Haar war modisch gebleicht, platinblond, aber unzeitgemäß geschnitten, in einer Art Pagenschnitt, der knapp bis zur Schulter reichte und ihr Gesicht mit einem Pony umrahmte. Ihre Augen waren kohlschwarz ummalt. Dies und die gefältelten Ärmel deuteten darauf hin, daß es sich um den Ägypten-Look handelte, der vor sieben oder acht Jahren in Paradys modern war. Sie trug auch ein passendes Collier, vergoldet und mit dunklen Steinen besetzt. Merkwürdig, nur einen Ohrring, er baumelte vom rechten Ohr, eine

Scheibe, mit einem seltsamen Muster darauf, vielleicht eine Blume mit acht Blättern…

Nein, es war weder Anette noch Lucine. Sie lächelte nicht oder provozierte wie jene an Louis de Jeniers Wand im Arbeitszimmer. Dieses Geschöpf sah aus, als sei es von *Finsternis* erfüllt. Ihre Augen, obschon sie jede kräftige Farbe haben konnten, waren tiefgründig. Während der obligatorischen Zeit, die der Fotograf zur Aufnahme gebraucht hatte, mußte sie so still gesessen haben, als hätte ihre Seele den Körper verlassen. Sieh in ihre Augen und versinke im bodenlosen Nichts. In weniger als Nichts.

Aber auch sie besaß ein Schildchen, einen Namen. Dort am Rand des Fotos. *Timonie.*

Sie war auf jeden Fall von demselben Menschen porträtiert worden, der die anderen abgelichtet hatte. Die Knochenstruktur des Gesichtes, die Augen und die dicken Brauen, selbst die Figur, soweit sie zu erkennen war, die kleinen flachen Brüste und abfallenden Schultern – auch die hier gehörte zur Gruppe. Die drei waren eins. Dennoch… Timonie – klang so andersartig.

Der silberne Ohrring am rechten Ohr reflektierte ein unheimliches Licht. Bei genauer Betrachtung schien die dunkle Blüte sich zu winden, als wolle sie sich losreißen. Ein Kunstgriff, der sich die Trägheit des Auges zunutze machte. Mir fiel wieder das große T auf einigen Seiten im Tagebuch ein, und die Verszeile, falls es eine sein sollte. *Reiche… blaues Universum…*

Es schlug eine unangenehme Saite an, mehr aber nicht.

»Du steckst voller Geheimnisse, Timonie«, sagte ich laut, aber sanft. »Sie werden mir wohl nicht gefallen, denke ich. Ich will nichts damit zu tun haben, mit deinen Spielchen.«

Und ich drehte sie mit dem Gesicht zur Wand, ehe ich mich fürs Bett fertig machte. Ich mußte Thissot anrufen, aber das würde bis morgen warten müssen.

In dieser Nacht fand ich keinen Schlaf.

»Es ist merkwürdig, ich meine, daß du dich nach ihm erkundigt hast, und dann das. Ich gehe davon aus, du hast noch keine Zeitung gesehen?«

»Nein«, sagte ich zu Thissot, vorsichtig, denn meine Hauswirtin lief in dem Empfangsraum herum, wischte übers Mobiliar und spitzte die Ohren.

»Er scheint die Treppe hinuntergefallen zu sein und sich das Genick gebrochen zu haben. Wurde erst ein paar Tage später gefunden, nehme ich an. Dieser Typ, sein Agent, Rudolf Vlok – er hat die Leiche entdeckt und ist hysterisch auf die Straße gerannt. Offenbar ist das nicht der erste Todesfall in dem Haus. Irgendein Mädchen ist vor sieben Jahren dort umgebracht worden.«

»Geben denn die Zeitungen einen Beruf an?« fragte ich Thissot.

»Unser guter *Weathervane* tut das. Ein Entertainer, dein de Jenier. Manchmal Schauspieler, Akrobat, Mime, Imitator. Als letzteres in erlesenen Clubs im Süden gefragt. Seine Spezialität war die Darstellung schöner Frauen –« In Thissots Stimme lagen abwehrendes Amüsement und Aversion. »Er verkleidete sich als *Frau*. Berühmte Schauspielerinnen, Sängerinnen und so. Später ausgeflippte Ladies nach seiner ausgeflippten Phantasie. *Äußerst* erfolgreich. Meiner Ansicht nach ist das einfach –«

Ich hörte, was Thissot glaubte, bedankte mich bei ihm und hätte das Gespräch beinahe beendet, als ich mich entschloß zu sagen: »Da ist noch etwas – ein Zitat, auf das ich gestoßen bin und das mir zu schaffen macht. Ich bin sicher, ich kenne den Ursprung, komme aber nicht drauf.«

»Um was geht's denn?«

»Reiche des blauen Universums.«

»Ah –«, begann er. Dann: »Nein, ich wüßte nicht. Ich dachte auch, ich kenne es, aber irgendwie anders. Warum muß ich bloß an Alchimie denken? Nein, ich fürchte, ich liege da ganz falsch.«

Nachdem ich meine Telefongroschen in das Kästchen der

Wirtin gelegt hatte, eilte ich schnell hinauf, um mir Hut und Mantel zu holen, und hastete hinaus, um mir selbst einen Armvoll Zeitungen zu kaufen.

Wieder zu Hause, breitete ich sie rings um mich aus und suchte sie durch. Die meisten erwähnten es, und einige hielten sich besonders bei dem düsteren Aspekt auf, daß dies der zweite gewaltsame Tod in einem Haus sei, das noch keine zehn Jahre alt war.

Die Art der Berichterstattung mit all ihren Vorurteilen entsprach der jeweiligen Linie der Zeitung. Aber dennoch konnte man die Fakten rasch herausfiltern.

Es gab ein verschwommenes Foto von Rudolf Vlok, den ich als den zweiten Mann vom Café identifizieren konnte, mein späterer Führer im Haus. Er war also gemeinsam mit einem anderen, immer noch namen- und bildlosen, in die Vortäuschung eines Unfalltodes verstrickt. Und jetzt konnte ich knappe Details über die Karriere und den Rückzug in diese Stadt eines Menschen lesen, Louis de Jenier, dessen Augenfarbe man nicht einmal erwähnte. Da lebte er in einem fast neuen Haus außerhalb des Observatoriums zwischen dem Schutt der Duellantenfriedhöfe. Und als nächstes las ich von einer wohlhabenden jungen Frau, die, Jahre zuvor, in jenem Haus Orgien mit Wein, Mohn und Hanf gefeiert hatte, bis man sie eines Sonnenaufgangs in ihrem bizarren oberen Gemach fand, das zu ihrem Vergnügen mit blauen Fenstern bestückt worden war. Die Leiche war »verstümmelt« gewesen. Es bedurfte einer anderen Zeitung, um mich genauer darüber zu informieren. Der Mörder hatte ihr die Ohren, Augen, Brüste und Hände und Füße abgeschnitten, sogar Zähne und Zunge entfernt, und alles wild in Haus und Garten verteilt. Damals wies das Haus, abgesehen von all dem Blut, keine weiteren Spuren von Vandalismus auf, und es war keine Banknote oder Kostbarkeit gestohlen worden. Von all ihrem reichlichen Schmuck fehlte lediglich ein kleines Juwel, eine antike Spinne aus Saphiren, die man höchstens verkaufen konnte, wenn man sie in einen großen und dreißig winzige Einzelteile zerlegte. Es hatte keine weiteren Spuren gegeben, den Mörder hatte man nie entlarvt, und einige Monate lang ging die Angst vor einem europäischen »Ripper« um. Ein derartiges Verbrechen wurde jedoch nicht wiederholt. Die Ängste legten sich. Das Journal, das so viele Einzelheiten verbreitete, nannte die Tote beim Namen, aber auch einen zweiten Namen, unter dem sie bekannt gewesen war. Dieser lautete, natürlich, Timonie. Sie war, was man eine Platinblonde nennt, und hatte sehr blaue Augen. Es gab kein Foto. Doch da hatte ich längst den Eindruck, daß ich keines sehen mußte. (Aber vielleicht kann ich mich auch nicht mehr genau an jenen Tag erinnern, die Zeit täuscht uns über vieles hinweg.)

In der City läuteten die Glocken zu Mittag, dem Gegenteil von Mitternacht.

Es blieb nichts weiter zu tun, als die Zeitungen beiseite zu legen und das Tagebuch in die Hand zu nehmen.

Das tat ich.

Ich las es auf einmal durch und hielt mich, wenn der Text es verlangte, an die Dokumente, die im Einband gesteckt hatten. Er hatte immer nur Eintragungen gemacht, wenn die Ereignisse ihn zu sehr unter Druck setzten. Aber er war offensichtlich gewohnt, zu schreiben und Gedanken zu Papier zu bringen. Sein Skript war größtenteils lesbar, und dort, wo es schwierig wurde, trug mich die Woge mitfühlenden Grauens, die mich langsam erfaßte, zum vollkommenen Begreifen.

Draußen verwandelte strahlender Sonnenschein Paradys in einen Kristall. Aber in meinem Zimmer senkte sich die Dunkelheit und breitete sich aus.

Das gesamte Tagebuch wiederzugeben, wäre wohl unklug. Ich werde also die Ereignisse in der Dritten Person schildern, gestützt durch alle anderen mir bekannten Beweise und Vorkommnisse, wie sie mir seither zur Kenntnis gekommen sind. Ich habe nichts erfunden, und selbst der Dialog ist so, wie Louis ihn niedergeschrieben hat.

Nein, ich erfinde nichts.

Er war Vlok – »dem Knastwärter«, wie er ihn zu nennen pflegte – im Zug entkommen. Es ging nach Norden zur Grenze, und der Zug hielt an einem Bahnübergang, um Post zu laden, als eine Herde Ziegen vorbeikam. Zufällig befand sich de Jenier im Gang und rauchte, während Vlok und sein Assistent im Abteil schliefen. Sie waren in eine andere Stadt unterwegs, eine weitere Tournee bei Privatparties und öffentlichen Vorstellungen. Einem plötzlichen Impuls folgend hatte Louis die nächste Tür geöffnet und war hinaus in die Stoppelfelder und Weinberge gesprungen. Er ließ sein Gepäck und seine Aufpasser in dem qualmenden Zug zurück, der sie in den Abend davontrug.

Er befand sich etwa neuneinhalb Meilen von den Vororten von Paradys entfernt, die der Zug bereits passiert hatte. Er schickte sich an, zurückzulaufen, konnte sich in dem Auto von irgend jemandem mitnehmen lassen und traf vor der Stunde des Diners ein.

Es war nicht das erste Mal, daß Louis sich derartig verhielt. Das Leben war nicht so ernst. Die Schrullen eines Vlok, der immer auf Profit und Schicklichkeit bedacht war, amüsierten und irritierten ihn. Louis scherte sich kaum um irgendwelche Regeln, und Routine ödete ihn an.

Da er über reichlich Geld verfügte, trug er sich in einem guten Hotel ein und machte sich dann daran, ein Haus für sich zu finden. Er hatte seit Jahren nicht mehr in einem Haus gelebt, genauer, seit seiner Kindheit. Beide Eltern waren sehr attraktiv gewesen, hatten aber dafür zahlen müssen. Als Louis fünf war, wurde der schöne Schauspieler-Vater von einem eifersüchtigen Rivalen in den Rücken geschossen; die wunderschöne Schauspielerin-Mutter schluckte daraufhin Rattengift. Das einzige Kind unter einzigen Kindern war nun ein Waise unter Waisen. Er besaß keine Verwandten und wurde in ein Heim gesteckt. Dort vegetierte er in trostlosem Elend und mit flatterhaftem Charme weitere sieben Jahre vor sich hin, ehe ein männlicher Erziehungsberechtigter mit ihm davonlief, ihn mißbrauchte, seiner irgendwann überdrüssig wurde und ihn am Busen einer Welt zurückließ, die immer zum Schwärmen aufgelegt war und sich sogleich in ihn verliebte, aber niemals seinen wahren Bedürfnissen Rechnung tragen würde.

Ob Louis je an die Realität der anderen glaubte, darf bezweifelt werden. Es lag nicht daran, daß er abgestumpft gewesen wäre, eher, daß er versuchte, nett zu sein. Aber so selten verhielt sich jemand in vernünftiger Manier, wenn er ihm gegenübertrat. Er mimte den einfältigen Narren, den Lügner, die Viper und den Betrüger. Das war der Fluch seiner Attraktivität.

Das Haus stand schon seit Jahren leer. Obwohl seine Vergangenheit unterschlagen wurde, wahrte es einen amorphen, aber schlechten Ruf. Es war versiegelt, der Dachboden mit toten Vögeln bedeckt.

Geöffnet, geschrubbt und mit frischer Farbe im Gesicht, war es bald für seinen Mieter bereit – gierte nach ihm. Dieser gab keinen Deut auf die Gerüchte. Er hatte, voller Vertrauen, eine frohgemute Einstellung, gedankenlos und unbeschwert.

Bescheiden und ohne große Überlegungen möblierte er das Haus. Er hatte kein Heim gesucht. Inzwischen mußte Vlok ihm natürlich auf der Spur sein. Das Haus bot ihm die Möglichkeit der Zurückgezogenheit. Es schenkte ihm das, was andere in der Wüste oder auf Berggipfeln suchen.

Und er machte dort seine Exkursionen. In der zweiten Woche der Besitzergreifung fand er den silbernen Ohrring mit dem Saphir.

Von allen Zimmern hatte er den Raum, der sich als Arbeitszimmer anbot, am sorgfältigsten möbliert. Er mochte einige Erinnerungen wachgerufen haben, vielleicht sogar an ein Bühnenbild, der Schreibtisch mit seinen romantischen Symbolen – Bücher, Federhalter, Schädel. Er hatte nach einem realistischen Astrolabium gesucht, keines gefunden, was den Anforderungen standhielt, nach Knochen und Hirnschalen, Stundenglas, Kompaß, Waage, Stößel und Mörser. Zunächst hatte er den Schreibtisch nicht benutzt, sondern ihn vom Sofa aus betrachtet und immer wieder umrundet, während er die Gegenstände neu anordnete. (Im Gegensatz dazu hatte das Schlafzimmer gegenüber nur ein Bett, eine Karaffe mit Mineralwasser auf dem Boden daneben und einen Kleiderschrank.) Für das blaue Zimmer hatte er einige Pläne geschmiedet, die Musikinstrumente einschlossen, eine schlanke Violine, die er gesehen hatte, eine Zither.

Die blauen Fenster ließen sich nicht öffnen. Durch ihre Scheiben bekam die Stadt etwas Abstraktes, Unwirkliches.

Er fragte sich, ob ihm genug Zeit bliebe, bis Vlok ihn aufgefunden hatte, um mit anderen Schattierungen von blauem Glas zu experimentieren oder mit Mustern aus weißem Glas.

Gegenüber einem der Fenster lag auf dem Parkettboden etwas Glänzendes, Reflektierendes. Eine Scheibe ornamentverzierten Silbers.

Louis kniete sich nieder. Er untersuchte die kleine Scheibe. Er meinte, daß sie zuvor nicht dort gelegen hätte. Es sah aus, als käme sie vom Dachboden, denn einige der toten Vögel, die dort genistet hatten, waren auch so etwas wie Sammler gewesen. Die Arbeiter mußten das Silberding übersehen haben, irgendwie war es in den unteren Raum gefallen. Es war ein Ohrring oder dazu umgearbeitet worden, mit einem Ring und Silberhaken fürs Loch im Ohrläppchen.

Erst als er es mit ins Arbeitszimmer ins normale Licht nahm, bemerkte er die Spinne, die in die Scheibe eingelassen war und aus einem großen und dreißig winzigen Saphiren bestand.

Das Stück war gut gearbeitet, nicht unbedingt schön. Der metallene Ring und der Haken paßten nicht zum Material der Scheibe, die zudem in einer sehr alten, merkwürdigen Technik gehämmert war. Am oberen Rand befanden sich zwei Löcher. Eine Kette oder ein Band konnten dort durchgezogen werden. Der Ohrring war übers Ohr gehängt worden, damals, vor langer Zeit.

Louis war sehr erfreut über seinen Fund. Er legte ihn neben die Waage und den Schädel auf den Schreibtisch. Er verspürte kein Bedürfnis, das Schmuckstück schätzen oder auf sein Alter hin untersuchen zu lassen. Er vergaß es.

Mitten in der Nacht wachte de Jenier auf. Irgend etwas hatte ihn geweckt: das Geräusch einer wuchtigen Bewegung und wiederholte leise kleine spitze Schreie, nahe bei seinem Haus.

Sein erster Gedanke war, irgend jemand, vielleicht gar Vlok, sei eingebrochen. Aber die Geräusche deuteten nicht auf Einbrecher oder gar seinen Agenten hin.

Louis stieg aus dem Bett und trat aus dem Schlafzimmer in den Flur. Die Geräusche kamen aus dem Raum mit den getönten Scheiben. Seine Türen waren geschlossen, obwohl er sie offengelassen hatte. Alles war dunkel. Louis bog um die Ecke, wo die Stufen zu seiner Linken schwarz in der Tiefe gähnten. Es war dort sehr kalt, als wartete der Winter im Treppenhaus. Er legte beide Hände auf die Türknaufe und drehte sie, aber die Doppeltür gab nicht nach.

Drinnen ging der Lärm weiter. Irgend etwas Schweres wurde gezogen, irgend etwas schnarrte wie ein abgelaufenes Grammophon. Dann begann eine Mädchenstimme, die kurz geschwiegen hatte, wieder zu stöhnen und zu jammern, zu zischen und laut zu schreien.

Dann – Stille. In dieser Stille stahl sich ein kaltes Glimmen aus den Ritzen zwischen und unter den Türflügeln hervor. Es war blau, wie das Tageslicht durch die Kobaltscheiben.

Louis ahnte, daß sich die Türen gleich öffnen würden, und wich zurück. Er hatte sich nicht getäuscht, es geschah wie erwartet und ziemlich heftig, so daß die Türen gegen die Wände prallten. Ein junges Mädchen ging an ihm vorbei, die keine Kälte, sondern brennende Hitze verströmte.

Im Raum schien es blau und weiß und grau, erleuchtet, nicht durch die Fenster oder irgend etwas Erkennbares. Dort stand ein Sofa, eine Art Chaiselongue, die nicht zu Louis' Mobiliar gehörte und auf der eine junge Frau lag. Sie trug lediglich einen seidenen Morgenrock. Ihrer Position und ihrem Gesichtsausdruck nach zu urteilen, hatte nicht Schmerz, sondern Lust ihre diversen Schreie ausgelöst. Ihr Gesicht, das sehr schön war, war immer noch entspannt und lüstern, und ihr weißblondes Haar zerwühlt.

Sie starrte Louis direkt an und schien ihn zu erkennen, obwohl sie eine psychische Wahrnehmung war, wie man damals einen Geist bezeichnete.

»Ich wußte, du bist da«, sagte sie, »ich wußte es.«

Louis, zynisch genug, sich mit vielem abzufinden, war nicht entsetzt, bloß genervt. Aber abgesehen davon machten ihn die physischen Aspekte dieser Manifestation, diese extremen Gegensätze von Hitze und Kälte, die in Wellen aus dem Raum drangen, ganz krank. Trotzdem wich er nicht zurück, obgleich er es für müßig hielt, weiterzugehen, geschweige denn zu antworten.

»Ich habe dich herkommen lassen«, sagte sie, »ich kann das, nicht wahr? Hat es dir gefallen? Besser als mit einem von diesen, diesen Schmarotzern. Sie können mir das nicht geben, nicht einer von denen.« Damit bewegte sie ihren Körper, schlank und fest und jung, räkelte sich, strich sich über die Haut und übers Haar. Sie sagte: »Warum kommst du nicht näher? Ich weiß, du kannst es. Ich *habe* dich.« Sie schüttelte den Kopf, und durch die bleichen Strähnen blitzte ein silberner Ohrring.

Da fingen die anderen Geräusche ringsum wieder an, das schwere Ziehen und das dumpfe Pochen. Das Mädchen schien sie zum erstenmal zu hören. Sie blickte sich um, und als sie dies tat, kam eine letzte Welle von totaler Schwärze durch den Raum gebrodelt. Sie ergoß sich über die junge Frau und das Licht, und beides verschwand. Die Welle schwappte weiter, über Louis. Sie war fast greifbar. Es war ein Gefühl, unglaublich stark, jedoch undefinierbar. Sie schien ebenso durch ihn hindurch- wie über ihn hinwegzugehen, und dann war nur noch die Nacht in dem leeren Haus. Ihn schwindelte, und er lehnte sich einen Augenblick gegen die Wand, ehe er wieder zu Bett ging. Dort lag er und hörte von ferne eine Autohupe, die Glocke von Sacrifice und später das Singen der Vögel.

Völlig erschöpft schlief er endlich ein. Als er erwachte, war es Mittag, die Sonne stand über dem Dach.

Als er ins blaue Zimmer ging, war es unverändert bis auf den Spinnen-Ohrring mit den Saphiren, der sich nicht dort befand, wo er ihn hingelegt hatte, sondern wieder auf dem Fußboden.

An jenem Nachmittag kreuzten Vlok und sein dunkelhaariger hübscher Assistent Curt im Haus auf.

Es gab eine wütende Szene, während der sich Louis ruhig verhielt.

Diesmal war es seinem Aufpasser nicht leichtgefallen, ihn zu finden. Er war außer sich vor Wut, die sich noch steigerte, da sie auf keine Gegenwehr stieß.

Schließlich mündete die Wut in einen Entschluß. Sie würden ihn, den Gefangenen, mit zu ihrem Grandhotel nehmen. Morgen würde man dann weitersehen. Einige der abgesagten Termine im Norden ließen sich vielleicht noch retten.

»Nein«, sagte de Jenier endlich, »ihr begreift nicht. Ich beabsichtige hierzubleiben. Ich habe hier ein Mädchen kennengelernt.«

Vlok stieß eine Anzahl von Flüchen aus.

Physisch-sexuell war de Jenier tot, nicht existent. Seine sexuellen Kontakte hatten sich auf Männer beschränkt, gleichgültig aufgenommene und erlebte Annäherungsversuche. Emotional-sexuell neigte er zu Frauen, da er aber keine enge Verbindung wünschte, hatte er schon früh gelernt, sein Entgegenkommen, seine Worte, Blicke und Zärtlichkeiten zu beschränken. Damals von einem mieseren aber ebenso ehrgeizigen Promoter wie Vlok gemanagt, hatte Louis entdeckt, wie er sich selbst alles erschaffen konnte, was er begehrte. Seine Stunden und Minuten als Frau, Frauen, leicht ausgepolstert in ihrer Figur, mit Perücke ausgestattet, wie sie gekleidet und geschminkt und geschmückt, erzeugten bei ihm eine ungewohnte Erregung, nicht einfach sinnlich, sondern, wenn überhaupt, eine Sinnlichkeit, die sich über den Verstand vermittelte. Er aalte sich in dieser Süße. Aber es war ihm keineswegs peinlich. Diese Empfindung, eine Art von Schuldgefühl oder Scham, lag hinter ihm. Das Diktat des Bühnenlichts lautete: Erkenne dich selbst und was du bist. Die Dunkelheit antwortet: Auf alle Fälle, aber danach sollst du dich fürchten. Zuschauer, vor allem jene, die sich an Verirrungen weiden, neigen dazu, eben diese zu erwarten.

»Mädchen? Seit wann willst du Mädchen? Mein lieber Louis. Ich vergebe dir dein unmögliches Verhalten im Zug, mein vergeudetes Geld und die vertane Zeit. Morgen fahren wir zusammen in den Norden. Mein Gott, wenn du willst, nimm das Herzchen mit. Ein Junge, was? So aufgemotzt wie du? Ich dachte, dein Geschmack wäre andersrum.«

All diese unangemessenen Kommentare zu Louis' Intimleben, die er sich, ohne mit der Wimper zu zucken, anhörte, wurden voller Ignoranz hervorgestoßen und mit der Erwartung, daß er Schuld und Scham zeigen sollte, und einem unterschwelligen Groll, daß er dies nicht tat.

»Wie du mir auf die Nerven gehst, Rudolf«, sagte Louis. »Ich kann sie nicht bitten mitzukommen. Sie ist hier unabkömmlich, fürchte ich. Ein Gespenst.«

Vlok zuckte die Achseln. Louis schlug oft blinden Alarm oder erfand aus Langeweile irgendwelche Geschichten.

»Ich werde das Gepäck aus dem Hotel kommen lassen. Wenn du dich nicht bewegen willst, werden wir bei dir hier bleiben.«

»Oh, bitte, nicht.«

»Stell mich deinem Gespenst vor.«

»Wo soll ich unterschreiben, Rudolf, und was?«

»Wovon redest du?«

»Um unser Agreement zu beenden.«

Eine Stunde später, am unteren Treppenabsatz, schrie Vlok: »Du brauchst mich, und das weißt du nur zu gut. Verschwende meinetwegen noch eine Woche. Aber du wirst überwacht. Wenn du wieder ausfliegen willst, mein Vögelchen, bin ich bei dir. Darauf kannst du dich verlassen.« Dann wurde die Haustür zugeschlagen.

Eine weitere Stunde später kehrte Curt auf ein geheimes Zeichen hin zum Haus zurück. Louis bewirtete ihn mit Weißwein in einem Zimmer im unteren Stock, in dem es nichts gab außer Flaschen, einer Schale mit geschälten Mandeln und einem mit weißen Kamelien vollgestopften Krug.

Curt war der Sklave von beiden, von Vlok in finanzieller Hinsicht und von Louis in punkto Gefühl. Je nach Bedarf betrog er den einen mit dem anderen. Jetzt akzeptierte er Louis' Auftrag. Er schien seine geschäftlichen Belange nicht zu berühren. Curt hatte zudem in einem kleinen Kasten die gerahmten Fotos von Louis' am meisten bewunderten weiblichen Alter egos: Anette, Lucine. Louis gestattete Curt, sie oben in seinem »Arbeitszimmer« aufzuhängen, beidseits des Spiegels. Das blaue Zimmer durchschritt Curt, ohne groß einen Blick zu verschwenden. Er hatte sich eine Kamelie fürs Knopfloch abgezwackt.

»Vielleicht läßt du mich für eine Nacht auf dem Sofa schlafen. Ich habe noch nie ein Gespenst gesehen. Ich werde sterben vor Entsetzen.«

»Das kann ich nicht zulassen. Nein. Ich werde dich nicht hier übernachten lassen.«

Als Louis allein um halb zwölf vom Diner zurückkehrte, spürte er sofort, kaum daß er die Tür aufgeschlossen hatte, wie das Haus auf ihn wartete. Tagsüber schien es zu schlafen wie ein Nachttier, damit es nach Einbruch der Dunkelheit munter werden konnte.

In dem Augenblick, als er die Tür hinter sich geschlossen hatte, eingesperrt war, begann es zu leben, ganz automatisch.

Von oben hörte er eine Geige. Das war das erste Geräusch.

Keine Melodie, sondern drei oder vier zittrige Bögen, dann wie krampfartig ein mißtönend gezupftes Pizzicato. Er hatte noch keine Violine gekauft. Als nächstes rechnete er mit der nicht gekauften Zither, aber statt dessen ertönte wieder dieses tiefe Geräusch des Plattentellers vom eingebildeten Grammophon, der sich leer drehte. Langsam sickerte Licht die Stufen herunter, wie eine phosphoreszierende Rauchfahne. Nichts schwebte in diesem Lichtnebel. Ihm blieb genug Zeit, die Haustüre zu öffnen und hinauszugehen, wenn er wollte.

Louis trat ins Licht, das sich jetzt im Treppenschacht verteilt hatte, und ging hinauf. Ihm wurde ein schwacher Geruch bewußt, ziemlich penetrant, wie ein Räucherstäbchen.

Nichts passierte, es blieb beim Pochen und dem Licht, bis er den Flur vor dem blauen Zimmer erreicht hatte. Die Doppeltüre stand offen, und die bekannte eisige Welle drang heraus und saugte seine gesamte Körperwärme auf. Die Toten brauchten das, Lebenswärme, um ihre Show abziehen zu können. Aber zuvor war auch diese Hitze spürbar gewesen. Und wozu war die nötig?

Dann war das Mädchen da, im Zimmer.

Ihr Haar war jetzt anders geschnitten, und der Ohrring schimmerte an ihrem rechten Ohr. Sie trug ein langes Kleid aus irgendeinem durchsichtigen, plissierten Stoff, das von silbernen Riemchen gehalten wurde. Ihre kleinen Brüste waren nackt wie ihre langen schlanken Arme und die Fesseln. Dieser Stil war als Ägypten-Look bekannt, bis zum Extrem ausgereizt, aber sie sah nicht so orientalisch und klassisch aus wie einige Künstler-Modelle, ein Rassepferdchen ... Bis auf ihre Augen, von einem vollen, hungrigen Indigo. Sie starrte ihn geradewegs an. Es war ein schrecklicher Blick.

»Bist du da?« fragte sie. »Ist da draußen jemand?«

Dann kam die heiße Woge. Sie raubte ihm fast den Atem. Als sie vorüber war, oder er sich angepaßt hatte, begann er, langsam weiterzugehen, wobei er sie ansah und sich die ganze Zeit fragte, obschon er wußte, daß dies nicht der Fall sein konnte, ob sie ihn wirklich sah und er sie berühren konnte.

Zum Abendessen hatte er für seine Verhältnisse viel Wein getrunken, um sich für diese Vorstellung hier stark zu machen. Das, was Vlok einen »zum Auflockern« nannte.

»Wer«, sagte er zu ihr, »sind Sie? *Waren* Sie? Wäre das angemessener? Möchten Sie mir nicht Ihren Namen verraten?«

Aber sie war nur eine Vorstellung, ein Foto im Raum. Die Zeit war nicht irgendwie entglitten. Nein, er konnte es an ihren hungrigen Augen sehen. Sie und er waren gleich groß, so daß ihre Augen direkt in seine starrten. Sie starrten ihn an und durch ihn hindurch, als suchte sie noch etwas anderes. Er stand jetzt nahe vor ihr und fragte sich, was er wohl spüren würde. In der Luft um sie herum lag etwas wie eine leichte Erregung, selbst innen im spektralen Licht. Und eine Art Feuchtigkeit, die Aura von Fieber.

»Warum tust du's nicht?« sagte sie. »Du spielst mit mir. Du weißt, du wolltest, daß ich den Ohrring nehme.« Und schmeichelnd: »Sind wir uns ähnlich?«

Sind wir uns ähnlich? Wie merkwürdig. Da war eine Ähnlichkeit. Nicht nur die Augen... Er streckte die Hand aus, legte sie leicht auf ihre Brust, was er nie bei einer Frau aus Fleisch und Blut gewagt hätte, die dann mehr erwarten würde. Diese hier schien die Zärtlichkeit gar nicht zu bemerken, und er sah, wie seine Hand, weiterdrängend, geradewegs durch sie hindurch glitt.

Aus irgendeinem Grund war es dies, was ihm den Magen umdrehte.

Er wich zurück.

»Wer bist du?« fragte er.

»Bist du da?« antwortete sie.

Und abrupt brachen sie beide in bitteres Gelächter aus.

Das war nichts Gemeinsames, reiner Zufall, der durch eine Laune ihrer Charaktere zustande kam, eine Ähnlichkeit der Reaktionen.

»Also dann verschwinde«, sagte er.

Er glaubte nicht, daß diese Art von Exorzismus funktionieren würde, und war enttäuscht, als sie sich plötzlich vor ihm in Nichts auflöste.

Das Licht erlosch ebenfalls, und das Pochen brach ab, kam dann wieder – und war nur das Klopfen seines eigenen Pulsschlags in seinen Ohren.

Das Seltsamste von allem war die Geige gewesen. Aber das hieß nicht, daß sie seine Gedanken gelesen hatte. Er wußte allerdings nicht, was es bedeutete.

Gegen Morgen erwachte er und meinte, sie wieder gehört zu haben, wie sie barfuß in der Nähe herumschlenderte. Außerdem dachte er, er müsse vorsichtig sein. Irgendwann konnte ein echter Einbruch stattfinden, und er würde es lediglich für seinen Geist halten. Dann überlegte er, ob sie, erwiesenermaßen denkunfähiges Phantom oder nicht, ihn bis in sein Schlafzimmer verfolgen würde. Er erwartete sich davon eine Art von sexueller Aufreizung, die ihm gänzlich neu war. Er lag auf dem Bauch und ließ sich in einer Erregung treiben, die zwischen träumerischer Anomie und träumerischer Lust schwebte, halb ihre Finger in seinem Nacken erwartend, seinen Rücken entlangtastend – durch ihn hindurch gleitend, wie würde sich das anfühlen?

Dann schlief er, bis Curt ihn gegen zehn Uhr weckte, der hartnäckig unten an die Haustür klopfte.

Es war ein stürmischer Tag, ein fiebriger Wind tobte durch die Straße, einen Schweif abgerissener Blüten nach sich ziehend. Schlaff, wie ein abgeknickter Stengel, lehnte Curt im Eingang.

Wie gefordert hatte er »soviel« mitgebracht, alles in ein Notizbuch gekritzelt, wie er »unter den Umständen« über den Vormieter des Hauses herausfinden konnte. Curt hatte ein Händchen für das Aufspüren von Informationen, Verborgenes aufzudecken.

Curt folgte Louis die Treppe nach oben.

»Hast du es wieder gesehen?«

»Was, Curt?«

»*Sie*.«

Louis wollte nicht antworten, und schließlich wurde Curt es müde, ihn zu beobachten, wie er zu seinem Bett zurückkehrte, sich niederlegte und Mineralwasser trank oder die Zeitungen von gestern las. Es schien keine Aussicht auf ein Gespräch oder ein gemeinsames Frühstück zu bestehen. Selbst das Notizbuch lag unbeachtet da.

»Hast du bloß wieder Lügen erzählt?« fragte Curt. »Rudolf sagt, er sei mit dir fertig. Jede Stunde ein neuer Wutanfall. Wir gehen nach Süden, ohne dich. Er hat Projekte, um die er sich kümmern muß.«

»Er hat bestimmt vor, noch einmal herzukommen. Bitte, halt ihn mir vom Leib, Curt. Und ich werde dir was Hübsches kaufen. Wie steht's mit dem Jackett, das du gesehen hast? Jawohl, *dieses* Jackett. Jetzt geh in dein Hotel zurück und kippe Rudolf ein bißchen Laudanum und Aspirin in den Kaffee.«

»Nun, besser, du kaufst mir dieses Jackett.« Curt strich sich sanft über den Kragen. »Du hast dir nicht mal die Mühe gemacht, meine Notizen zu lesen. Du solltest dich schämen. Es ist eine schaurige Geschichte. Ich könnte ein paar Streicheleinheiten vertragen.«

Als Curt gegangen war, schlug Louis das Notizbuch auf. Er behielt diese, in fürchterlicher Kurzschrift abgefaßten Notizen, um sie später in sein Tagebuch zu übertragen.

Weiblich, blond und reich fiel sie außerdem wegen ihrer ungewöhnlich blauen Augen auf. Sie hatte keine Angehörigen und tauchte in der Stadt wie solche Wesen auf, wie aus der Luft.

Eine Zeitlang zog sie von Apartment zu Hotel zu Apartment, wobei sie jeweils den Zorn der Besitzer wegen ihrer nächtlichen, ausschweifenden Feste auf sich zog, wegen betrunkener Gäste, Liebhaber beiderlei Geschlechts, Drogen und lauter Musik. Auch unterlag sie verrückten Launen. Die Verrücktheit, die Wände und Decken eines Apartments schwarz zu streichen, die Verrücktheit, sich riesige Pflanzen zu halten. Später kam der Fahrradtick dazu, wo sie gesehen wurde, wie sie die Hügel von Paradys in Begleitung radelnder junger Männer hinauf und hinunter raste. Bei einer dieser Gelegenheiten landete einer ihrer Begleiter vom Clock Hill in einem Krankenhausbett. Später kam dann die Affenphase. Diese Verrücktheit endete dank Eingreifens einer zoologischen Organisation. Denn bei allen Verrücktheiten, sei es Farbe, Pflanzen, Radfahren, junge Männer, hörte der Tick erst auf, dann entledigte sie sich der benötigten Zutaten.

Zum Schluß hatte sie das Haus unterhalb des Observatoriums genommen und das Kobaltglas einsetzen lassen. Jetzt befand sie sich in einer neuen Phase, in der sie begonnen hatte, sich *Timonie* zu nennen.

Diese ultimative Verrücktheit (es sollte ihre letzte sein) schien mit dem Kauf eines antiken Ohrrings begonnen zu haben. Ein Museum der City war gezwungen gewesen, sich in einer Auktion von einigen Schätzen zu trennen. Zu dem Sammelsurium aus römischem Marmor und Lampenfüßen, die aus dem Flußschlamm gegraben worden waren, gehörte auch ein Juwel. Laut Katalog hatte es der ägyptischen Geliebten eines römischen Hauptmannes gehört, dem damals das Fort am Fluß unterstand. Das Bemerkenswerte dieser Geliebten war, daß sie griechisch-alexandrinischer Abstammung war, blond und blauäugig, und mit den alten Tempelkünsten vertraut.

Die moderne junge Frau in ihrem schmalgeschnittenen Kostüm, Spitzenhandschuhen, hochhackigen Pumps und blumengeschmückten Hut bot mit und erwarb den antiken

Ohrring der Geliebten, deren Name im Katalog mit Tiy-Amonet angegeben war.

Damals kam der Ägypten-Look in Mode, und Timonie setzte Akzente, indem sie »ägyptische« Orgien in ihrem neuen Haus feiern ließ. Man trank Starkbier und verbrannte falsches *kuphi*, eine Art Weihrauch in den Tempeln der Pharaonen. Bei diesen Festen erschien Timonie häufig in Gewändern aus durchschimmerndem plissiertem Leinen, die manchmal die Brüste frei ließen.

Dann war Schluß mit den Orgien. Die Türen blieben geschlossen. Nach einiger Zeit riefen zwei Putzfrauen, die nicht wie gewohnt hereinkamen, die Polizei an.

Niemand war vom Tod Timonies überrascht, nicht mal von der Art und Weise, wie er sich vollzogen hatte. Wie Motten im Kerzenlicht, so starb Timonie in einem rituellen Gemetzel.

»Daraufhin machte ich einen Test.« (Schrieb Louis in seinem Tagebuch.) »Ich ging in das Zimmer, wo der Ohrring immer noch unter dem Fenster lag. Es war kein Problem, ihn mit in den kleinen Garten hinter dem Haus zu nehmen. Und dort vergrub ich ihn etwa einen Viertelmeter tief in der Erde und markierte die Stelle mit einem Steinhaufen. An jenem Nachmittag schrieb ich dies nieder, was ich hier anfüge:

Timonie. Von sich selbst besessen. Aber unfähig, sich zu erklären, sich zu materialisieren und sich festzulegen, wie ich gelernt habe. »Liebhaber beiderlei Geschlechts«, sagte Curt. Er spielt hier sogar auf die Affen an – und, noch irrer, die Fahrräder. Unwahrscheinlich, nicht menschlich. Wie ich sie erlebt habe, war es Liebe vor einem Spiegel oder einem unsichtbaren Publikum. Eine so starke Leidenschaft, daß sie ein astrales Abbild im Raum erschuf. Wen ruft sie zu sich? Sie sagte: Du spielst mit mir. Du weißt, du wolltest, daß ich den Ohrring nehme. Sind wir uns ähnlich? Es muß wohl die andere sein, Tiy-Amonet. Auf eine ägyptische Hexe wartend und ihr schmeichelnd. Und daher ist der Ohrring so überaus wichtig und bewirkt dasselbe wie das Silberfixativ eines Fotografen. Jetzt habe ich das Fixiermittel in der Erde vergraben. Was wird heute nacht geschehen?

Und in dieser Nacht geschah gar nichts, außer daß ein albernes Telegramm von Rudolf kam. Und im Restaurant hielt mich noch ein Fremder auf, die Rechnung hatte ich schon bezahlt, und ich kam gerade noch mit heiler Haut davon.

Aber im Haus herrschte völlige Stille. Unfähig zu schlafen, lag ich die ganze Nacht wach.

Dann reifte der Plan, sie von ihr selbst zu stehlen. Timonie. Eine Übernahme nach üblichem Schema. Wie ich sie noch dekorativer kleiden würde. Und wie ihr Haar frisiert werden mußte. Aus naheliegenden Gründen. Während ich dies ausmalte, konnte ich die Ähnlichkeit zwischen uns immer mehr erkennen – oder wie eine hergestellt werden konnte. Mir gefiel die Asexualität ihrer Körperlosigkeit. Alles Äußerlichkeit, keine Substanz. Das würde ich mir auch aneignen.«

Bei Einbruch der Dämmerung, die von Windböen durchschnitten wurde, traf Louis, der von seinen Exkursionen auf dem Sacrifice Hill zurückkehrte, auf Curt, der gebeugt und niedergeschlagen an der Straßenecke herumlungerte.

»Curt, gute Nachrichten von deiner Jacke. Geh morgen mal zur Anprobe.«

Aber Curt war merkwürdigerweise gar nicht erfreut.

»Grauenvolle Träume, Louis. Dieses Mädchen. Das Haus muß voll davon sein. Bleib nicht länger dort.«

»Sie wird mir nichts zuleide tun. Wenn überhaupt etwas passiert.«

»Vielleicht geschieht es in deinem Kopf.«

Louis lächelte, denn das hatte er auch schon in Erwägung gezogen und nicht als Bedrohung empfunden.

»Wo hast du gesteckt«, fragte Curt in einem jammernden Tonfall.

»Du kannst Rudolf bestellen«, sagte Louis, »daß ich eine neue Persönlichkeit einstudiere, sehr exotisch. Daher benötige ich eine gewisse Abgeschiedenheit.«

»Sie.«

»Genau die.«

»Tu's nicht«, sagte Curt.

»Scht, Curt. Du wirst sie anbeten. Du wirst mich zu einem Fotografen schleppen, damit sie unsterblich wird.«

»Ich träume immerfort«, erklärte Curt, »von blaßblauem Fleisch – so wie sie aussah –, nachdem –«

»Es würde ihr nicht gefallen, wenn du sie darauf reduzierst. Sie scheint es vorzuziehen, als ganze, elegante Erscheinung aufzutreten. Ich glaube, sie erinnert sich gar nicht an den Mord. Nein, sie hat ihr Leben vor diesem Punkt angehalten.«

Curt hielt ihm unvermittelt ein bedrucktes Blatt Papier hin. Er hatte es in einer Museumsbibliothek aus einem Buch gerissen. Dies erklärte er mit einer Art albernem Stolz, und daß er es für notwendig erachtet habe, diese eigenmächtige Nachforschung auf sich zu nehmen.

»Es erklärt dir einiges über die andere, diese Ägypterin.«

»Das hat Timonie interessiert. Mich nicht. Mein Interesse gilt einzig Timonie.«

Curt stand im Wind, seine Augen tränten, und er hatte die Zähne zusammengebissen. Er sagte: »Ich mag keine Spinnen. Die Edelsteine im Ohrring zeigen eine Spinne. Und hier steht etwas darüber. Als ich klein war, hat man mir manchmal eine aufs Gesicht fallen lassen, wenn ich schlief. Ich wachte schreiend auf, und mein Vater verprügelte mich mit seinem Gürtel. Reißt man ihnen ein Bein aus, wächst ein anderes nach. Es geschieht in deinem Kopf, und es geschieht in ihrem Kopf. Aber es kann aus deinem Schädel entweichen, es kann herauskommen.«

Curt winselte. Dann richtete er sich auf und kehrte dem Wind den Rücken zu. »Sag Vlok nichts von dem, was ich dir erzählt habe.«

Aber Louis berührte dies alles nicht. Curt hatte manchmal seltsame Anwandlungen und abergläubische Befürchtungen. Louis ersparte sich den Kommentar, lud Curt aber freundlich ein, mit ihm zu Abend zu essen, und war erleichtert, als dieser ablehnte.

Nachdem Louis das herausgerissene Blatt in die Jackentasche gestopft hatte, vergaß er es zunächst, wie er zuvor den Ohrring vergessen hatte.

In den nächsten Nächten passierte nichts weiter. Keinerlei Geistererscheinungen, keine Bilder von einem Mädchen. Er wurde übermütig und begann, sie zu vermissen. Er schwor, den Ohrring auszugraben. Bald würde er ihn ohnehin für sein Kostüm brauchen. (Er hatte Vlok einen Brief geschrieben, in dem er seine neue Nummer ankündigte und ihn damit ein wenig besänftigt hatte.)

Es war zu der Zeit, als Louis mit dem Tagebuch anfing, wo er die bereits geschehenen Ereignisse in einem detaillierten Bericht voranstellte. Es ereignete sich nichts, alles war langweilig und normal, und dennoch erwähnt er sogleich eine Atmosphäre in dem Haus, als wäre das Gebäude ein Kessel auf kleiner Flamme gewesen.

In dieser Woche kaufte er sich die Violine und deponierte sie im blauen Zimmer. Bereit, in Geisterlaune gespielt zu werden. In ihm formte sich der Gedanke, bei ihrer nächsten Manifestation als sie selbst zu erscheinen, wobei er den Ohrring an einem Silberdraht in der richtigen Weise vom Ohr baumeln lassen würde. Er würde das Bild in ihrem Spiegel sein, falls sie füreinander das Spiegelbild waren.

»Ein paar interessante Träume. Ich träume nicht oft, und wenn, dann erinnere ich mich selten. Aber ich sah Timonie auf ihrem Rad. Ihr Haar war unter einem Schal hochgebunden, mit großen Spangen im Nacken gehalten. Sah wie eine vierzehnjährige Klosterschülerin in ihrem Faltenrock und den schwarzen Strümpfen aus. Sie sauste den Clock Hill hinunter, zwei oder drei junge Männer im Schlepptau. Es war gewagt, alle kreischten vor Freude, und Obstkarren versperrten ihnen den Weg, einige Stürze und Schrammen, und dann eine glatte Fahrt an Blumengeschäften und Modeboutiquen westlich des Hills vorbei, nur ein paar mißbilligende Gesichter hinter den Schaufenstern. Als letzter kam ein vierter Bursche dahergeradelt. Ich sah gleich, daß er erschrokken war, und als er von der Spitze des Hills heruntergepoltert kam mit seinem Rad, begann er in der Luft herumzufuchteln, zunächst mit einer, dann mit beiden Händen. Er schlug und boxte und versuchte, etwas fortzustoßen, was sich hinter ihm befand. Es war nichts da. Inzwischen war sein Gesicht ganz bleich und entsetzt und – noch irgend etwas. So wie seine Hände nach unten griffen, wurde deutlich, daß ein unsichtbarer Begleiter es auf eine Verführung abgesehen hatte. Mit einem Mal verschleierte sich der Blick des Radfahrers. Er lehnte sich zurück, schwebte in der Luft und gab sich einer unwiderstehlichen Ekstase oder Hypnose hin. Das Fahrrad, jetzt ohne Führung dem Abhang folgend, rollte weiter und krachte in einen Stapel Holzkisten und einen Laternenpfahl.

Der zweite Traum, der darauf folgte, weckte mich. Er hatte etwas von *Tausendundeine Nacht*. Wäre ich nur ein ernsthafter Schriftsteller, es würde mich reizen. Da war ein höhlenartiges Gewölbe oder eine Halle, altertümlich, aber irgendwie obskur. Der Mann – es mochte sich um irgendeinen Kaufmann oder Reisenden handeln – war gutgekleidet, in ein langes Gewand, aber ich kann mich nicht an Einzelheiten erinnern. Er durchquerte die Höhlenhalle mit einer Miene der Ungeduld und der Entschlossenheit, denn irgendein, wie nennt man das noch, ein Dschinn, hatte ihm versprochen, ihm das Antlitz des Teufels zu zeigen.

Am Ende der Höhle war eine Art Vorhang. Er fiel und kräuselte sich wie Wasser. Der Reisende stand vor dem Vorhang, und nach einem Moment oder so bewegte und öffnete er sich, und in der Öffnung erschien ein ernstes bleiches Gesicht mittleren Alters, bärtig mit klugen dunklen Augen. Der

Reisende starrte zurück. Er machte ein Zeichen vor sich und begann dann zu rufen. Das hatte seinen Grund, denn das Gesicht in dem Nebel war sein eigenes. Seine Sprache verwirrte mich, aber ich konnte dennoch verstehen, was er sagte. Dann kam der Dschinn. Ich sah ihn nicht, aber dafür sah ihn der Fremde. Er sprach jetzt vorsichtiger, aber nicht weniger aufgebracht. Irgendeine Abmachung war verletzt worden und er verlangte eine Entschädigung. Und dann der Dschinn. Ich hörte seine Stimme, rauh und seltsam schrill, wie die eines Jungen im Stimmbruch. Der Dschinn sagte etwas zu dem Mann, was ich so verstand: Sieh noch einmal hin, und ich zeige dir das Antlitz von Gott.

Darauf entbrannte ein hitziger Streit. Natürlich, denn den Teufel zu sehen, war eine Sache, aber Gott, das war mit Sicherheit unerreichbar für kleinere Geister. Doch der Dschinn überzeugte den Reisenden. Also starrte der Mann abermals in den Nebel oder Dunst, der sich teilte. Ich wußte, was kam, und er vielleicht auch, denn diesmal sagte er nichts dazu. Es war dasselbe Antlitz, klug und bärtig, in mittleren Jahren. Gottes Antlitz war das des Reisenden, ebenso wie es das Antlitz des Teufels gewesen war.

Ich wachte in völliger Stille auf, ganz durcheinander und eingeschüchtert von dieser theosophischen Betrachtung. Ich hätte diese Seite nie an mir vermutet.«

Nach diesem Eintrag war ein größerer Absatz. Unten auf die Seite hat er geschrieben:

»In einer Art verhaltener Hysterie. Irgend etwas geht hier vor. Ich kann es nicht hören, sehen oder riechen, es läßt mich in Ruhe. Sammeln sich da irgendwelche Kräfte? Was für Kräfte könnten das sein? Vielleicht ist das arme T wütend. Ich habe ihrem Auftritt Einhalt geboten, indem ich den Fokus vergraben habe. Offenbar zögere ich, hinauszugehen, den Stein in christlicher Manier zu entfernen und die Beute auszugraben. Ja, ich zaudere. Ich bin so selten mehr als nervös gewesen. Ich weiß nicht, habe ich Angst? Ist dies Furcht?«

Wenn man das Blatt wendete, konnte man folgendes lesen:

»Ich habe versucht, die Stelle zu finden. Irgend etwas, vielleicht eine Katze aus der Nachbarschaft, hat den Stein bewegt. Ich habe dort gegraben, wo ich dachte, dort müsse es sein, nichts gefunden. Ich bin beunruhigt. Mir ist, als habe man mir mit dem Stock eins auf die Finger gegeben. Böser Louis. Böses unartiges Kind.«

In einem Traum darf eine solche *mise en scène* vorkommen. Und daher folgende Szene: eine heiße schwarze Nacht, mit Diamantbroschen besternt, mondlos. Ein breiter schwarzer Fluß ohne Brücke, in dem das Sternenlicht glitzert, und Frösche, die schwach im Reet quaken. Es hätte so ziemlich in jeder warmen Gegend sein können. An den dämmrigen Ufern schattenlose Schatten, undefinierbar – Erhebungen, Hütten –, dahinter ansteigende Hügel. Und hier und da, im Osten, ein Leuchtfeuer auf einem Wachtturm der Stadtmauer... Das Fort lag ebenfalls im Osten, dahinter, und das Feuer leuchtete in dem großen Eisenkorb auf dem Dach.

Es war nicht so, daß er in die Haut derjenigen geschlüpft war, die vor ihm marschierte. Aber er befand sich so dicht hinter ihr, er war ihr Schatten, unsichtbar. Im Traum schien diese Intimität normal. Er wußte, daß er für sich war, ein Zeuge. Er wußte, daß er beteiligt war und nicht unparteiisch.

Bäume tauchten auf, dicke Kastanien, ein Wald am Wasser, und dort ein steinerner Altar am Poller der Fähre... Er sah diese Dinge, als sie einen Blick hinüberwarf, erkannte sie durch irgendein Zeichen von ihr. Sie interessierten sie nicht, diese bekannten Dinge.

Sie war allein, keiner ihrer Sklaven bei ihr, und dann standen Männer in der Finsternis der Bäume. Aber sie huldigten sich selbst. Sie zogen irgend etwas vorwärts und zeigten es ihr – das schwarzweiße Flackern im Laub des Kastanienwäldchens war verwirrend. Dann sah er das Gesicht, die herausbaumelnde Zunge und die sichelförmigen Augen. Es war ein Leichnam, den sie gebracht hatten. Sie legten ihn auf den Boden, und sie machte sich daran zu schaffen. Sie hatte den Umhang abgenommen. Ihre Arme waren weich und rund, stark, aber sehr weiblich, mit Armreifen bis zu den Achselhöhlen geschmückt. Und ihr Haar war jugendlich weiß.

Er dachte nicht, ich träume von Timonie am Nil in Ägypten. Er wußte, es war nicht Ägypten. Und nicht Timonie. Und kein Traum.

Dann gab sie ein Zeichen, und all die Männer schlüpften unter den Bäumen hervor, alle, bis auf den nackten Leichnam. Eine weitere Gestalt tauchte zwischen den Kastanien auf, männlich und von einem Mantel umhüllt. Er sprach mit ihr, und dann sagte sie etwas zu ihm. Ihre Stimme klang hell aber kehlig – nicht das klassische Latein der modernen Klassenzimmer –, sondern die Alltagssprache des wirklichen Lebens, die von hundertfachen fremdländischen Einflüssen und der Umgangssprache eines Militärlagers durchsetzt war. Die Stadt war noch nicht erbaut, nicht einmal die Stadt der römischen Besatzer, nur die Mauern, das Fort mit dem Turm, ein oder zwei Lagerhäuser. Und dort drüben befanden sich die Katen der Eingeborenen, die zuerst hier gewesen waren. Und unter all dem die Silberminen, nach denen sie optimistisch den Stützpunkt benannt hatten – Par Dis.

Er hatte ihr im Idiom der römischen Patrizier erklärt, daß er sich nichts daraus mache, jetzt, wo es soweit war. Und sie sagte, ihre Aussprache war anders als seine, es sei zu spät.

Dann zog sie im Matsch zwischen den Baumwurzeln eine Art Kanal, um sich und um den Leichnam herum. In bestimmten Abständen steckte sie kleine Zweige hinein, die auf dem Boden herumzuliegen schienen. Die zündete sie an, wenn ich auch nicht erkennen konnte, wie. Das Licht war bläulich, verschwommen, wie ein sterbendes Gasflämmchen. Als sie sich jedoch bewegte, flammte und funkelte ein einzelner Ohrring an ihrem rechten Ohr, und im anderen, ganz wie es aussah, der Teil eines Ohrrings. Sie trug einen breiten Brustschmuck über und zwischen ihren kleinen von Seide umhüllten Brüsten. Die ägyptische Emailarbeit mit den Lapislazuli zeigte Augen und Hieroglyphen, aber da hing auch ein flacher Mond mit einer Spinne in Silber, und auf ihrem Rock waren noch etliche andere gestickt. Sie hatte winzige Figürchen in dem kleinen Graben plaziert, der unsichtbare Beobachter konnte sie jetzt erkennen, wenn er auch nicht wußte, woher sie kamen. Sie waren sehr klein und schienen einfach aus Ton gebrannt zu sein. Sie hauchte sie jetzt an wie ein Gott aus der Mythologie, der Leben spendet. Drei konnte er ganz deutlich sehen. Ein Mann, der mit gekreuzten Beinen dasaß, wobei ihm sein fetter Bauch und seine fetten Brüste herunterhingen. Er trug in jedem Arm eine Urne, die eine mit der Öffnung zur Erde, die andere zum Himmel geneigt. Neben ihm befand sich eine Waage, deren Schalen leer und ausbalanciert waren. Jetzt hauchte die Frau zwei kleine Tiere an, wie Lämmer oder Zicklein, die mit verschränkten Vorderläufen dalagen. Nachdem sie diesen ihren Atem eingehaucht hatte, richtete sie sich auf. Sie blieb einen Augenblick stehen, schlank und gerade und unmenschlich wie ein Stelzvogel, der noch auf etwas anderes als die Nacht lauscht.

Es war Neumond, und sie trieb Magie, zu schwarz für das Fort der Römer. Denn die waren Kinder der Vernunft. Sie bauten Straßen, Forts und Bäder, stellten Armeen auf und erschufen Gesetze. Ihre Art aber erbaute aus den Schatten ganz andere Dinge.

Irgendwie war der Beobachter und Zeuge aus dem Zauberbann ausgeschlossen, an seinen Rand zurückgestoßen. Also betrachtete er sie aus geringer Entfernung und sah sie doch nicht ganz deutlich. In dem unheimlichen Licht mochten ihre Augen gar nicht so blau sein, denn alles an ihr hatte einen blauen Schimmer, Schmuck und Kleider, Haut und Haar.

Dann drehte sie sich zu der Leiche herum und sprach schrill auf sie ein, Worte, die keinen vernünftigen Sinn ergaben – wie Befehle an einen Schwachsinnigen oder an ein Tier. Und der Leichnam setzte sich auf und antwortete mit einem pfeifenden Stöhnen, nicht einmal mit Worten.

Dann folgte eine längere Szene, in der sich das tote Ding erhob und hinstellte, wobei sich zeigte, daß es ein wenig glühte und teilweise verwest war. Zuerst redete es nur wirres Zeug, aber die Hexe, sie, Tiy-Amonet, sie sprach unablässig mit schriller Stimme, drohte mit Nichtbestattung und dem Verlust seiner unsterblichen Seele. Und schließlich ließ der Leichnam den Kopf hängen und begann wieder zu flüstern, und aus dem Flüstern formten sich Worte. Und dann stellte sie Fragen, und der Leichnam antwortete. Es hatte mit einer Schlacht zu tun und mit dem Feind. Es war für den Hauptmann im Fort, ihren Beschützer, für den sie sich erkundigte. Während der andere ein wenig abseits stand, mit seinem Mantel das Gesicht bedeckte und die Augen vor Furcht und Übelkeit und dem Bedürfnis zu gehen verdrehte.

Aber über ihre Augen etwas zu sagen, war unmöglich. Nicht einmal die Farbe.

Und als der Leichnam weiter murmelte und der Beobachter die Frösche unbeeindruckt quaken hörte, erschütterte eine heftige Explosion die Welt, und eine große Lichtscheibe zersplitterte in Millionen Scherben aus Regen.

Der Regen war nicht naß. Er fiel hinter einer Trennwand aus Glas und Ziegeln. Louis de Jenier lag im Bett und lauschte, wie der Gewittersturm wieder gegen seine Mauern peitschte.

Dann setzte er sich auf und war sich durchaus bewußt, daß dies genauso aussah wie die Leiche im Traum, die sich vom Erdboden erhoben hatte.

Die Nacht war lärmerfüllt, die Himmel stürzten ein. Ein Blitz schien direkt durch die Karaffe mit Wasser neben dem Bett zu fahren und zerbrach sie. Auf dem Kopfkissen zuckte ein Feuerball auf und erstarb. Dort lag der silberne Ohrring, mit der Spinne in seiner Mitte. Louis griff sich mit der Hand ins Gesicht und stellte fest, daß er im Schlaf, im Traum, mit seiner Wange auf den Ohrring gepreßt dagelegen hatte. Er stieg aus dem Bett, öffnete die Kleiderschranktür und blickte in den Innenspiegel. Beim nächsten Blitz sah er, daß sich die Spinne in sein Fleisch gedrückt hatte.

Gegen zehn Uhr am nächsten Morgen, als er sich aufmachte, um nach dem Kostüm zu fragen, war das Spinnenmal verblaßt, was ihm nur recht war. Er hatte einen Termin beim Fotografen verabredet, um Vlok mit den zu erwartenden Ergebnissen zu beruhigen und zu betören.

Daß der Ohrring sich wieder eingefunden hatte, war ebenfalls kein Glückstreffer – aber irgendein Treffer, vielleicht vom Blitz.

Bis zum Fototermin im Geschäft in der überdachten Gasse hatte sich Louis wieder an die bedruckte Seite erinnert, die Curt ihm gegeben hatte, hatte sie aus der Tasche gezogen und gelesen.

»Ein Fremder, der *dies* liest, wird annehmen, ich hätte den Ausschnitt zuvor gesehen und daher diesen Traum erlebt. Vielleicht habe ich das, denn der Name Tiy-Amonet schien immer in mir nachzuhallen, wie es der Name Timonie getan hatte. Der Traum war in seinen Details korrekt, sogar bezüglich der Tatsache, daß er am Nordufer spielte. Jetzt fange sogar ich an, mich zu fragen, ob ich nicht zuvor einen Blick auf Curts Buchseite geworfen habe, ehe ich schlafen ging. Habe ich den Ohrring gefunden und auf meinem Kopfkissen bereitgelegt? Schlafwandelnd, vielleicht. Nein, nichts davon. Ich bin inzwischen in etwas verstrickt, kann es nicht aufhalten, muß weitermachen. Ich habe *Timonies* Traum geträumt, ihren Traum von ihrem alter-*ikon*.

Beim Fotografen zog ich mir in der Kabine das Kostüm an, ganz nach meinem Entwurf. Alles war perfekt, und dann diese aufgesperrten Münder und das Geflüster und die *Blicke* von diesem Typ mit der Kamera und seinem Assistenten. Ich hätte ebenso in einem von Vloks sorgfältig ausgewählten Nightclubs sein können. Jemand murmelte sogar etwas von ein oder zwei Kunden von ihm, die gerne...etc., um auch die Seite anzusprechen, die ich beim Betreten des Geschäfts als Mann gezeigt hatte.

Der Spiegel im abgeschirmten hinteren »Raum« war ausgefüllt mit meinem Bild. Ich fühlte mich trunken oder eher aufgekratzt, wie man sich fühlt, wenn man zu trinken anfängt, ehe sich die Wirkung im Kopf und in den Augen bemerkbar macht. Ein wundervolles Porträt, versicherte man mir. Der Ohrring fühlte sich sehr kalt an. Dann, als ich ihn abnahm, schoß sengende Hitze in meine Hand, so daß ich ihn beinahe fallengelassen hätte. Jetzt befindet er sich in meiner Tasche. Wohin mag er wohl verschwinden, wenn ich ihn herausnähme. Wahrscheinlich in das Zimmer mit den Fenstern.

Vielleicht erlaubt sich nur jemand einen Scherz, oder ich bin verrückt geworden.

Aber – ich bin süchtig. *Zu spät*, wie die Lady in ihrem ungeschliffenen Römisch gesagt hatte, das ich vergessen, aber verstanden habe. Obwohl uns bis auf die religiösen Floskeln kein Latein beigebracht wurde, dort wo ich aufwuchs. Ich kann es kaum erwarten, daß es dunkel wird.

Heute abend werde ich nicht essen gehen. Ich möchte nur Wasser aus der Karaffe, die der Blitz durchschlagen hat. Baden, diese Kleider anlegen, die gemalte Maske aus Kosmetika, die Brüste und das Haar, den Schmuck. Dann mit all dem und mit mir selbst dort hinauf. Warten.

Wenn das Furcht ist, was ich empfinde, dann ist sie stärker als eine Droge. Nie zuvor habe ich etwas Derartiges verspürt. Schwierig wird es nur, wenn ich nachdenke: Was soll ich danach tun? Also denke ich nicht daran.

Der Himmel in den Fenstern wird lapislazuli, und die Straßenlaternen werden eingeschaltet. Es hat wieder aufgehört zu regnen. Klarer Himmel, kein Wölkchen. Jedes Fenster im Haus sieht jetzt wie getöntes Glas aus. Besser, ich mache mich fertig.«

An dieser Stelle suchte ich unter den Dokumenten in dem Seitenfach des Tagebuchs nach dem zerrissenen Blatt, das die Hexe betraf. Schließlich entdeckte ich es, es war eingeklebt wie einige andere Ergänzungen, aber erst am Ende des Tagebuchs nach vielen freien Seiten. Es läßt sich folgendermaßen zusammenfassen:

Tiy-Amonet. Angeblich eine Heilerin, Wahrsagerin und Nekromantin, was man von vielen ihrer Art automatisch vermutete. In zahlreichen Schriften jener Epoche erwähnt, war sie die Geliebte des oben genannten römischen Kommandanten, der diesen Teil des Reiches hier im Norden mit zwei Legionen kontrollierte, die Festung und das Fort errichten ließ, von denen noch Überreste zu sehen sind, und die Silberminen erschloß. Diese, nach fünfzig Jahren abgebaut, gaben dem Gebiet seinen ursprünglichen Namen, der schon bald in den Aufzeichnungen als Par Dis erscheint. Dis ist gleich Pluto, der Gott der Unterwelt, der Bodenschätze und damit verbunden auch der Gott des Reichs der Toten. Auf Wunsch ihres Herrn soll Tiy-Amonet Geister beschworen und mit deren Hilfe Kadaver reanimiert haben, um sie Fragen beantworten zu lassen wie z. B. nach dem Ausgang einer Schlacht oder nach den Schwächen der Feinde des Kommandeurs. Eine alte Taverne – das *Imago*, die Erscheinung –, die nach den *Jahren der Freiheit* zerstört worden war, soll in der Nähe des Schauplatzes eines solchen Ereignisses errichtet worden sein. Es war immer eine Schänke von schlechtem Ruf. Das persönliche Siegel und Zeichen von Tiy-Amonet war die Spinne. Die Araneae wurden zu allen Zeiten in Verbindung mit Zauberei gebracht, meistens wegen der Fähigkeit dieser Insekten, zu spinnen – siehe die Parzen –, und weil sie in der Lage sind, aus eigener Emanation des eigenen Körpers – Ektoplasma? – eine Falle zu bauen: den Faden und das Netz. Als blauäugige Alexandrinerin mag Tiy-Amonet in ihrem eigenen Land gefürchtet gewesen sein, denn im Vorderen Orient galten blaue Augen, und werden auch heute noch manchmal so betrachtet, als die Augen des Bösen. Als sich das Glück von ihrem Patron abwandte, der als Feldherr wie vorausgesagt während einer Meuterei seiner eigenen Garnison umkam, beging sie Selbstmord, um sich Angriffen und Folter zu entziehen. Es heißt, sie habe sich zu diesem Zweck von einer giftigen Spinne beißen lassen – von jener Spezies, jetzt ausgestorben, die in ihrem Siegel und in ihrem Ohrring abgebildet ist. Ebenso wie zahlreichen anderen Magiern wurde Tiy-Amonet nachgesagt, sie besäße ein bestimmtes Geheimnis, welches in ihrem Fall mit den ätherischen Mächten der Luft zu tun habe. Wie bei den meisten solcher Geheimnisse sind die präzisen Zauberformeln nicht gesichert, scheinen aber mit einem Sieg über Zeit und Tod zu tun zu haben. Über die Bestattung dieser Frau und die Zeremonien ist nichts bekannt, falls welche stattgefunden haben. Ihre Besitztümer wurden mit Sicherheit geraubt. Der Spinnen-Ohrring der Tiy-Amonet, der hier in diesem Museum zu sehen ist, kam mit einem anderen Fund ans Licht, zu einem viel späteren Zeitpunkt, und könnte durchaus nur eine römische Nachahmung sein. Seine Echtheit wurde nie nachgewiesen.

(Zu dieser Information äußert sich Louis de Jenier an keiner weiteren Stelle des Tagebuchs.)

Das Abbild, in das sich Louis an jenem Abend verwandelte, muß dem entsprochen haben, was vom Fotografen festgehalten worden ist. Timonies Abbild, aber modifiziert. Aus naheliegenden Gründen entblößte er seinen Oberkörper nicht. Er war in physischer Hinsicht keine Frau. Statt dessen bedeckt ihn das plissierte Leinen und fällt locker an ihm herab. Mit Keulenärmeln bis zum Ellbogen und dann enganliegenden Ärmeln bis zum Handgelenk. Der große Brustschmuck ließ seine unmerklichen Rundungen weiblicher wirken. Das Gesicht ist exakt nachgeschminkt, ist verzweifelt schön. Das Haar der Perücke ist unbeschreiblich frisiert, ägyptisch – nach Art eines Modejournals, aber es wird gehen. Das Augen-Make-up ist perfekt. Der Ohrring wahrscheinlich echt.

Als er fertig war, schien im Haus die Zeit stehengeblieben, schienen fast alle Dimensionen aufgehoben zu sein, und er ging im Dunkeln in das Fenster-Zimmer hinüber, teilweise damit rechnend, die Türen könnten sich zu einer Wüste öffnen, zum Fluß von Par Dis, dem vergangenen, und das All ein Trümmerhaufen aus zerborstenen Sternen.

Aber das Zimmer war so wie immer. Er setzte sich leise auf den Fußboden, nahe einem der Mittelfenster. (Das Tagebuch hatte er mitgenommen, obwohl er nicht gut genug sehen konnte, um zu schreiben, wie man an den sich überlappenden und aus der Zeile rutschenden Buchstaben erkennen kann.)

Nach einer Weile begann die Violine, die er an eine Halterung an der Arbeitszimmertür gehängt hatte, Geräusche von sich zu geben. Er konnte nicht sehen, ob irgend etwas darauf spielte oder ob sich die Saiten bewegten. Diesmal waren es eindeutig Melodien, Harmonien und Pausen, die miteinander variiert wurden. Dann hörte er die Zither, die er *nicht* gekauft hatte und die weder in diesem Zimmer noch in seinen Plänen existierte. Nach der Zither ertönten eine ganze Reihe von Instrumenten. Bis auf einige mit Schellen, besaßen alle Saiten. Sie schienen in der Luft herumzuschweben, über seinem Kopf hin und her. Boshaft. Auch roch es wieder nach Weihrauch, diesmal stärker, die Räucherstäbchen, *kuphi*, die auf Timonies trunkenen Parties angezündet worden waren. Das alles hatte etwas Einschläferndes. Und dann geriet etwas aus dem Rhythmus. Der Duft wurde zum Gestank, und die Saiten begannen zu reißen und zu zerspringen. Dann kam die Kälte. Er war darauf gefaßt, aber dennoch hätte sie ihn beinahe übertölpelt. Es war, als fiele man durch Eis in eine Gletscherspalte. Und sie war ihm gerade bis ins Mark gedrungen, als eine fürchterliche Hitzewelle folgte.

Das Zimmer war keine schaukelnde Wiege mehr, dort tobte ein Erdbeben. Die Türen, die er geschlossen hatte, sprangen auf, knallten dann wieder zu. Von den Fensterrahmen tönte ein hohes, singendes Summen. Er rechnete damit, daß der Putz von den Wänden platze und Mauersteine herausbrechen würden.

Und dann setzten die pochenden und schleppenden Geräusche ein, und als nächstes begann das Schreien. Es waren grauenvolle Schreie, unmenschlich, wie die eines Tieres in der Falle. Qual und unendliches Entsetzen, sinnlos, hoffnungslos.

Seine Euphorie war einem alles verzehrenden Grauen gewichen. Aber Louis konnte sich nicht bewegen.

Er saß da und hörte in der augenlosen Finsternis zu, wie Timonie umgebracht wurde. Vage dachte er: Das war es also. Der Mord war das Fixativum. Das ist normal. Bin ich ihr irgendwie Frieden schuldig? Und, während er versuchte, nicht verrückt zu werden inmitten der bohrenden Schreie, dachte er an Priester und daß irgendein Priester kommen müsse, um ihre schreiende Seele zu befreien –

Und dann hörte das Schreien plötzlich auf, es erstarb nicht, nicht in Todesröcheln oder Stöhnen, sondern als wäre das Geräusch durch die Klinge eines Messers abgeschnitten worden. Alle Geräusche verschmolzen miteinander.

Er dachte: Steh auf, um Himmels willen. Mach das Licht an.

Und dann wurden die Lampen eingeschaltet. Sicherlich nicht über das Gas, denn er hörte das vertraute Zischen nicht, das Ratschen eines Streichholzes, das Anzünden. Statt dessen wurden die Gasleuchten von einem anderen Licht erfüllt. Der Schimmer des Leichnams aus seinem Traum vom Flußufer. Timonies Licht – und darin, darin? Nein, nichts. Sie war nicht da, ihr verstümmelter Körper, die vielen Teile davon. Dennoch rann eine bösartige Flüssigkeit in merkwürdiger Weise über den Fußboden, rann immerzu über das polierte Parkett, schimmerte schwarz unter dem glühenden Blau.

Das schwarze Blut floß auf ihn zu. Er stand auf. Das Vorwärtsrinnen hörte auf. An seinen Rändern kräuselte es sich, als würde irgendein winziges Geschöpf dort im Blut spielen.

Dann erschien ein leuchtendes Zeichen auf dem Boden und noch eines; immer mehr. Sie tanzten aus der Pfütze heraus, kehrten zurück und säumten sie; hielten inne, begannen wieder von vorn. Die Abbildung, die aus nassem Schwarz gemacht war, zeigte jedesmal zwei nackte, schmale Füße.

Er stand da und sah zu. Er konnte den Blick nicht abwenden von diesen umherwandernden Fußabdrücken. Die Schritte von Timonies abgetrennten Füßen. Es herrschte eine Ruhe und ein Schweigen, das den ganzen Raum einschloß. Erst in diesen extremen Momenten bemerkte er, daß er nichts von der City hören konnte. Die versiegelte Kammer war durch das Fundament des Universums gestürzt.

Es war sengend heiß, selbst das Atmen erschöpfte ihn, aber er bemühte sich, an die Türen heranzukommen. Er war nicht überzeugt, daß er in der Lage sein würde, sie zu öffnen. Aber über kurz oder lang würde er das Bewußtsein verlieren. Da kamen die Fußabdrücke auf ihn zu, versperrten ihm den Weg zum Ausgang. Louis wich an die Wand zurück.

Irgend etwas schlug heftig gegen die Wand, ganz nahe bei seinem Gesicht. Immer wieder. Er sah auf und bemerkte etwas Schmieriges, feuchte Handabdrücke.

»*Timonie.*«

Er hatte beschlossen, laut zu sprechen. Er mußte versuchen, vernünftig mit dem vernunftlosen Unbegreiflichen umzugehen.

»Timonie, was willst du? Soll ich das Kostüm ausziehen? Ist das ein Affront? Was willst du, soll ich tun?«

Dann schlug ihm eine der unsichtbaren Hände ins Gesicht. Sie war eisig kalt, naß von Blut – angeekelt schrie er auf und riß sich den Ohrring vom Ohr, der an einer Schlaufe aus Silberdraht gehangen hatte, und schleuderte ihn quer durch den Raum.

Es war, als werfe man einen Kiesel ins Wasser. Die Luft im Zimmer schien in viele Bruchstücke zu zerspringen und im Kreis um ihn herumzuwirbeln.

Da begann er zu laufen, zu den Türen, sie wollten nicht

nachgeben. Er rüttelte daran, und Stückchen feuchten, klebrigen Fleisches klatschten gegen ihn und griffen nach ihm. Er duckte sich und warf sich gegen die Tür zum Arbeitszimmer. Zu seiner Verwunderung gab sie nach. Er hatte eine vage Vorstellung, irgend etwas zu packen und das Oberlicht einzuwerfen und irgendwie hinaus aufs Dach zu klettern und dann die Regenrinne hinunter. Er hatte das deutliche Gefühl, er müsse an die frische *Luft*, fort von der *Erde* und allem, was ihr entsprach. Dann taumelte er gegen den Stuhl hinter dem Schreibtisch, fiel mit ihm um und zerbrach dabei die Rückenlehne. Und als er unten lag, am *Boden* auf dem Perserteppich, verließ ihn mit einem Mal alle Kraft.

In dieser Sekunde hörte alles auf.

Er spürte, wie sich das Haus beruhigte, als fiele es ein paar Zoll zurück auf die Erde. Danach war nichts mehr zu spüren.

Er wünschte sich irrsinnig, aufstehen und dem Ort entfliehen zu können, besaß aber keine Energie mehr. Er lag auf dem Fußboden und hörte es vom Sacrifice vier Uhr läuten, und dann ein paar betrunkene Jungen oder Frauen singen, fünfzig Straßen weiter, doch der Lärm wurde in der Stille wie ein Blatt vom Wind herbeigeweht. Und dann dachte er, wie kalt es doch war, wie warm, und daß alles vorbei sei und er jetzt schlafen könne. Und so schlief er dort, lag mit dem Gesicht nach unten inmitten der Splitter des zerbrochenen Stuhls auf dem Teppich und fast ebenso gekleidet wie die tote junge Frau, bis auf den Spinnen-Ohrring, den er fortgeworfen hatte.

Am folgenden Nachmittag betrat Louis die Hotelsuite von Vlok. Er war unrasiert, die Kleider waren achtlos übergezogen, und Vlok, dem ein Blick auf ihn genügte, rief aus: »Du bist krank! Was ist mit dir los?«

»Ein akuter Anfall, dir eine Freude machen zu wollen«, sagte Louis liebenswürdig und ließ sich in einen Sessel fallen. »Ich bin mit diesem Haus fertig. Laß uns nach Norden gehen, oder wohin immer du willst.«

Das nächste, was er bewußt wahrnahm, war, daß er offenbar im Bett in Vloks Zimmer lag, aber tatsächlich war es die anschließende Suite. Ein selbstzufriedener Arzt stellte ihm Fragen, auf die er, der Arzt, bereits je die Antwort kannte, weshalb er manchmal so freundlich war, seinem Patienten weiterzuhelfen.

»Nervöser Erschöpfungszustand.«

»Dann wäre es doch nichts –«

»Monsieur Vlok, der junge Mann benötigt gutes Essen und Ruhe. Bringen Sie ihn aus der City, sobald es Ihnen möglich ist. Vielleicht ans Meer oder in eine Heidelandschaft.«

Louis ließ beide ziehen und schlief weiter. Der Schlaf war schön, traumlos oder eine Amnäsie der Träume. Tiefe, wiederbelebende Tode.

Er hatte nichts aus dem Haus mitgenommen bis auf die Kleider, die er übergeworfen hatte, nachdem er das Gewand, das Haar, die Brüste und die physische Seele von Timonie abgestreift hatte.

Später murmelte Vlok dumm und beunruhigt: »Das neue Kostüm ist beschädigt worden. Aber darum wird Curt sich kümmern. Du hast mir erzählt, es sei ein Foto gemacht worden?«

»Es ist schon bezahlt.«

»Aber der Name des Geschäfts.«

»Nein.«

»Louis, warum mußt du so schwierig sein?«

»Ich bin krank.« Louis, das kranke Kind, spielte seine Rolle plötzlich voll aus. »Willst du nicht, daß es mir bessergeht?«

»Louis.«

»Dann laß mich ruhen, wie der schnurrbärtige Doktor dir gesagt hat.«

Er hatte nichts mitgenommen. Aber Curt, der sich auf Vloks Order hin in Marsch gesetzt hatte, war durchs Haus gehetzt und hatte Kleidung und persönliche Sachen zusammengepackt, darunter auch das Kleid im Ägypten-Look, die Perücke und den Schmuck, den er auf dem Boden des Arbeitszimmers gefunden hatte. Curt setzte auch die zerbrochene Rückenlehne wieder hübsch zusammen und besorgte Schonbezüge, die er ehrerbietig über alle neuen Möbel breitete, den auserlesenen Schreibtisch eingeschlossen. Daraus hatte er zunächst das Tagebuch entnommen, aber das war verschlossen. In seinen neugierigen Bemühungen, das Schloß unauffällig zu brechen – die scheiterten –, vergaß Curt, sich mit den anderen Dingen auf dem Schreibtisch zu beschäftigen. Auch dachte er nicht mehr an die beiden Porträts neben dem Spiegel. Daher wurden Anette und Lucine in ihrer Wohnstatt belassen, während Timonies Ausstattung, und sogar die Violine, in Louis' Hotelzimmer gebracht wurden.

Darum hatte Louis nicht gebeten. Wäre ihm vor seiner Ohnmacht nur eine Minute geblieben, hätte er Vlok vielleicht angewiesen, nichts im Haus zu berühren. Vielleicht hätte es Vlok sogar getan, vielleicht auch nicht. Die Geige zum Beispiel war viele Pfund wert. (Sie konnte veräußert werden, wenn Louis' Verrücktheit nach ihr nachgelassen hatte.) Und was Louis' Anhäufung von Manschettenknöpfen, Krawattennadeln und so weiter anging, so war die auch einige Pennies wert. Louis wechselte sein Spielzeug andauernd, und Vlok ließ Curt immer hinter ihm herräumen.

Curt selbst war nur ungern im Haus gewesen, vor allem nicht allein. Er hatte keine Zeichen auf den Wänden oder dem Fußboden bemerkt oder ungewöhnliche Geräusche gehört. Er war nicht neurotisch oder überhaupt für Okkultes empfänglich, besaß aber eine morbide Scheu vor Morbidität, mit der er gelegentlich richtig lag.

»Vor allem, kein einziges Engagement.« Vlok war direkt rührend in seiner selbstlosen Ergebenheit. »Siehst du, da ist ein Aquarell für ihren Prospekt. Das ist ein Anwesen, was? Komfort *und* Finesse. Völlig ruhig und mit nahrhaftem Essen. Ein kleines Paradies. Sahne und Käse und frische Eier. Obst direkt vom Baum und Fische aus dem Bach.«

»Aber der Ort liegt im Norden. Weit weg von dieser Stadt.«

»Meilenweit entfernt. Kein Dreck, kein Lärm, keine Nebel vom Fluß, keine neurasthenischen Launen. Du wirst dich fürchterlich langweilen, aber das mußt du durchstehen. Mindestens eine Woche, meint der Doktor. Und dort kannst du mir alles erzählen, von deinem neuen Mädel.«

»Niemals. Tut mir leid.«

»Oh, Louis, immer so stur.«

»Dein beschwichtigender Tonfall war immer der am wenigsten erfolgreiche, Rudolf.«

»Nun hör auf, Louis.«

»Und warum waren die Möbelpacker nebenan? Oder sollte ich das geträumt haben?«

»Möbelpacker? Natürlich nicht.«

»Irgend jemand hat irgend etwas hereingebracht, es über den Boden geschleift. Klang nach einem Überseekoffer oder einer Truhe.«

»Das könnte Curt gewesen sein, der deine Sachen geholt hat.«

»Sachen.«

»Alles, was du sorg- und gedankenlos im gemieteten Haus zurückgelassen hast.«

Ein langes Schweigen. Auffälliges Erbleichen. Vlok wurde nervös.

»Was stimmt denn nicht? Möchtest du noch ein paar von diesen Tropfen?«

»Ich möchte dich erwürgen«, sagte Louis mit einem süßen, betörenden Lächeln. »Macht nichts.« Dann, nachdem der Vloksche Sturm sich gelegt hatte: »Was hat er denn genau geholt? Ich glaube, ich erinnere mich, du hast von dem neuen Kostüm gesprochen. Dann hast du es also gesehen?«

»Und es wird nach deiner schlechten Behandlung wieder geflickt. Sehr interessant. Ich bin mir nicht sicher, ob das ankommt. Ich muß dich erst sehen, wie du darin auftrittst. Was läßt du sie tun? Noch etwas mit diesem kehligen Gesang, denke ich mir, das gefällt ihnen, nicht wahr, deinen Fans.«

»Was hat Curt sonst noch geholt, Rudolf?«

»Er hat die Fotografien vergessen und will nicht allein zurückkehren. Er hat begierig alle Berichte über den Mord an dem jungen Mädchen gelesen. Ich hoffe bloß, daß sie nicht noch irgendwo Verwandte hat. Wir brauchen keine Prozesse wegen dieser Personifizierung.«

»Die Violine?«

»Was ist mit der? O ja. Natürlich habe ich ihn veranlaßt, alles zusammenzupacken und hierherzubringen. Hast du eine Vorstellung, wieviel du dafür bezahlt hast –?«

»Und den Schmuck.«

»Allen Schmuck. Inklusive eines beschädigten Ohrrings aus Silber an einem Draht. Ich glaube, es handelt sich um einen Ohrring.«

»Wo ist der?«

»Möchtest du ihn haben? Nun, er lag im Vorraum auf einem Tisch. Trink deinen Champagner. Ich hol' ihn dir.«

Louis trank seinen Invaliden-Champagner nicht. Vlok ging in den Salon der Suite und ließ die Tür offenstehen. In dem Türspalt sah Louis wie in einem ultramodernen Gemälde die aus ihrem Kasten entfernte Violine in einer Ecke lehnen, ein Fleckchen weißen Musselins, das zu Timonies Gewand gehört hatte, und, ziemlich albern, die blonde Perücke auf einem Perückenständer deponiert, ein gesichtsloser Holzkopf, der nur darauf zu warten schien, daß man ihm Züge verlieh.

Vlok ließ sich lange Zeit.

»Du kannst ihn nicht finden«, murmelte Louis.

Dann kehrte Vlok zurück. »Hier. Das Zimmermädchen muß ihn woanders hingelegt haben. Er sieht alt aus, wahrscheinlich ist er das auch. Aber nimmt man nicht an, daß es sich um eine Fälschung handelt? Curt sagte … Da war mal etwas eingesetzt, würde ich meinen.«

Louis streckte die Hand aus und ließ es zu, daß man ihm den Ohrring auf die Handfläche legte. Es machte wohl nicht viel aus, der Kontakt.

»Was ist denn jetzt wieder los? Louis? *Louis*?«

»Gar nichts. Alles ist in Ordnung.«

»Nein. Ich lass' mich von deinem Ton nicht länger täuschen. Du hast etwas vor. Du bist gewarnt worden, Louis. Du mußt mindestens noch einen Tag das Bett hüten.«

»Jawohl, Rudolf.«

»Und jetzt gehe ich runter, um zu Abend zu essen. Versuch noch etwas von dem zu dir zu nehmen, was da auf dem Tablett steht.«

»Das erinnert mich zu sehr«, sagte Louis und drehte dabei kraftlos die silberne Scheibe um, »an den Bauern mit der zahmen Gans. Iß noch ein bißchen Mais, mein Liebes. Nur ein Körnchen. Wir müssen dich schön aufpäppeln, denn eines Sonntags werde ich dir einen Bolzen durchs Hirn treiben und dich für den Festschmaus schlachten.«

Vlok stürzte hinaus. Er knallte die Verbindungstür und kurz darauf die Tür zum Hotelflur hinter sich zu.

Louis lehnte sich in seinen Kissen zurück, in dem gleichmäßigen Licht (das Hotel war höchst modern und hatte elektrischen Strom). Hinter den Vorhängen lag die Dunkelheit über der City von Paradys wie dunkler Flaum. Man hörte die Geräusche von Automobilen und Pferdewagen und ärgerliches Taxihupen, aber in den oberen Hotelkorridoren war es still, denn zum einen war Dinner-Stunde, zum anderen Zeit fürs Theater. Und in den Ballsälen würde man jetzt zum Tango aufspielen, dem Tanz der Sünde, der ursprünglich, wie so viele Dinge, wie Glaubensbekenntnisse und Schätze und expandierende Reiche, Plagen und Mysterien und Magie und sogar Sonne und Mond, aus fernen Ländern kam.

Natürlich hätte etwas verlorengehen können, als er ihn voller Panik durchs Zimmer geworfen hatte. Aber nicht dieser Schmuck. Als wären sie irgendwie miteinander verschmolzen. Aber offenbar doch nicht. Der eine Stein, geschliffen und eindrucksvoll in seiner Größe – Kopf und Körper, die anderen kleineren Steine, dreißig an der Zahl, die acht Beine. Alle ruhten einzeln in der silbernen Scheibe. Curt hatte den Ohrring nie zu sehen bekommen. Er hatte ihn einfach vom Boden aufgehoben. Die Übereinstimmung mit der Beschreibung, die er zuvor gelesen hatte, schien ihn nicht beunruhigt zu haben. Sicherheit durch Ignorieren, nur nichts bemerken.

Louis schien alles zu begreifen, und zweifellos gab es nichts, was er tun konnte. Es hatte eine geringe Chance gegeben, jetzt gab es gar keine mehr.

Er legte sich wieder hin und schloß die Augen vor dem hellen Licht. Er konnte die Gerüche des sauberen Hotelzimmers riechen, Putzmittel, Seife und Politur, und manchmal durch das teilweise geöffnete Fenster den Frühling in der Stadt, Schmutz, Ruß und Veilchen, und aus einer Bäckerei auf der gegenüberliegenden Straßenseite Ingwerbrot und Mohnsamen.

Aber die Geräusche der City schienen sich zu entfernen. Er wartete darauf, daß die anderen Geräusche einsetzten, das Ziehen, das schwer sich drehende *Dom-dom*, wie ein Drehteller. Vielleicht war das hier, so weit vom Haus entfernt, nicht möglich. Dann allerdings vielleicht doch, denn Timonie hatte es gesagt. Der andere war jetzt an der Reihe. *Sie* ging dorthin, wohin ihr Ohrring ging.

Er war ihm aus der Hand geglitten. Er wollte die Augen nicht öffnen, um zu sehen, wo er lag, oder sonst etwas tun. Er fühlte sich schläfrig, wieder krank. Es wurde sehr warm im Zimmer, und er hörte ein blasses, trockenes, kleines Kratzen. Es glich dem Fallen von Papier, wie es sich selbst auseinanderfaltete, nachdem es zerknüllt und fortgeworfen worden war.

Louis schlug die Augen auf. Verschwommen, dicht... Der Raum schien im Dunkeln zu liegen, das Licht mußte defekt sein. Irgend etwas bewegte sich auf dem Bett wie eine optische Täuschung seiner müden Augen.

Richtig, nicht Timonie, falls sie es überhaupt je gewesen war. Sie war das Abbild, das sich ihm gezeigt hatte, das sich bewegende Bild. Weil Timonie das natürlich, durch das Medium des Ohrrings materialisiert, herbeigerufen hatte. Zum Schluß hatte es sie umgebracht und sie zerteilt. Es gab da sicherlich irgendeinen ägyptischen okkulten Ritus, der damit zu tun hatte – irgendeine Methode, sich zu rächen – so sehr hatte es Timonie gehaßt. Und es mußte ihn ebenfalls hassen. Die Hexe Tiy-Amonet mußte jetzt auf der Jagd nach Louis de Jenier sein, außerhalb aller Zeit, in einer Landschaft, die zwanzig Jahrhunderte älter war.

Die optische Täuschung erfaßte jetzt beide Augen. Das Ding bewegte sich unaufhaltsam über die Steppdecke, befand sich jetzt an der Kante des Lakens. Das Licht schmierte und flackerte auf der harten Oberfläche von Saphirblau.

Die Edelstein-Spinne verharrte. Sie richtete sich ein Quentchen auf; die kaum merklich kürzeren Vorderbeine, jeweils aus drei Steinchen zusammengefügt, erforschten die Luft. Dann ließ sie sich wieder zurückfallen und spazierte leise zur Seite, wobei sich einzelne Beine streckten, von anderen überholt wurden, sich wieder ausstreckten. So kroch sie rasch bis zu seiner rechten Hand. Als sie sein Fleisch berührte, zögerte sie noch einmal.

Sie fühlte sich für ihn sehr kalt an, aber der Raum schien zu kochen, seine Haut fieberte, wie er glaubte. Die Spinne steckte voller Gift. Der größere Edelstein mußte innen hohl sein. Sie – Tiy-Amonet – hatte gewußt, wie man es herausfließen ließ, damit sie Selbstmord begehen konnte. Vielleicht durch eine scherenartige Bewegung, ähnlich einer Krabbe, mit den Vorderbeinen, wie sie sie jetzt machte... Er spürte den nadelartigen Stich wie von weit her. Er hörte sich selbst ein schwaches Keuchen ausstoßen, obwohl er durchaus nicht überrascht war. Das Keuchen ging in Seufzen über. Er schlief ein. Schlief und wachte, als döste er in einem dahintreibenden Boot. Der Fluß war wieder schwarz und verströmte einen urtümlichen Geruch. Er roch nach Krokodilen, Papyrus und Überschwemmung, wie der Nil in seinen Vorstellungen, und nach älteren Epochen, nach dem Urzustand.

Er lag flach auf einer Art Bahre. Seine Augen waren geschlossen, aber er sah mit ungehinderter Klarheit durch die Lider hindurch. Männer ruderten das Boot, zwei Soldaten mit schmutzigen Gesichtern. Ein weiterer, unbehelmt und mit einer Bandage um den Kopf, hockte in der Nähe. Alle drei sahen verängstigt aus. Sie mußten zum Beerdigungstrupp gehören, oder Verbrennen oder Ertränken. Der Kampf war vorüber, und die Hexe war tot, also mußte man sie sich vom Hals schaffen, irgendwie dort drüben, außerhalb des Lagers und der Mauern von Vernunft und Gesetz.

Seine – Tiy-Amonets – Hände waren über ihrer Brust gefaltet. Jawohl, die Wölbung ihrer kleinen Brüste war gegen seine Arme zu spüren, die ebenfalls die ihren waren. Kein Atmen, kein Herzschlag, keine Fähigkeit – oder das Verlangen – eines der Glieder zu heben. Dennoch völlig allen bewußt. War die Kehle brauchbar? Plötzlich lachte er, oder sie. Er hörte und spürte, wie das Lachen durch den Körper lief, um dann ausgestoßen zu werden, eine unheimliche, trillernde Note, nicht wie Lachen, aber hörbar.

Die drei Männer vernahmen es ebenfalls. Es folgten einige Sekunden der Furcht und Verwirrung. Dann entschied der Bandagierte: »Weiter rudern. Das war da drüben. Geräusche tragen weit. Bloß ein Fuchs.« Zögernd ruderten sie weiter.

Hohes Schilf erhob sich aus dem Fluß, und dann kam das Boot an einem Inselchen vorbei. Louis schien es, daß sie ziemlich weit von der Garnison in Par Dis entfernt waren.

Der Leichnam war mit fasrigem, grobem ägyptischen Leinen bekleidet und in einen langen Umhang gewickelt. Alle Ornamente waren verschwunden, selbst die metallenen Spinnen vom Rock. Einzig das Juwel zählte, und das war in Sicherheit. Und der Wille zählte. Aber jetzt mußte der Wille warten. Wie lange würde es dauern, das Warten? Kümmere dich nicht darum. Schlaf jetzt. Ruhe.

Der Fluß klatschte gegen das Boot, und die Ruderblätter durchpflügten ihn. Es schien niemals einen Mond in der Vergangenheit gegeben zu haben.

Sie schliefen gemeinsam, er und sie, einen Schlaf des Todes.

Curt hatte das ledergebundene Tagebuch ins Hotel gebracht, und Vlok, auf der Suche nach geschäftlichen Vermerken, hatte ebenfalls versucht, es zu öffnen, ergebnislos. Louis mußte den Schlüssel irgendwo versteckt haben. Das stimmte. Louis hatte das Schlüsselchen in der Hülle eines seiner unbenutzten Füllhalter versteckt, auf dem Schreibtisch im Arbeitszimmer des Hauses.

»Was, in Gottes Namen, tust du da?«

»Mich anziehen. Wie du sehen kannst, oder nicht?«

»Sei kein Dummkopf, Louis.«

Aber Louis fuhr fort, sich die Krawatte vor dem Spiegel zu binden. Er wirkte entspannt und unbekümmert. Er hatte sogar etwas gefrühstückt, sich rasiert und manikürt.

»Willst du wieder krank werden?« herrschte Vlok ihn an.

»Ruhe jetzt«, sagte Louis, »Geräusche tragen weit. Es war nur ein Fuchs am nahen Ufer, niemand, der lachte.«

»*Was*? Oh, hör auf, in Rätseln zu sprechen. Wohin beabsichtigst du zu gehen?«

»Es gibt da etwas, was ich im Haus erledigen möchte. Curt hat natürlich alle wichtigen, nützlichen Dinge dort gelassen.«

»Wenn du unbedingt *mußt*, werde ich mit dir kommen.«

Louis zog nur seine Jacke an.

Auf der Straße, nach einer ausreichenden Anzahl von Häuserblocks, täuschte Louis einen Schwächeanfall vor und bat um ein Taxi zurück zum Hotel. Vlok, in besserwisserischer Selbstgefälligkeit, eilte einem nach. Als er im Taxi zurückkehrte, mußte er feststellen, daß Louis sich aus dem Staub gemacht hatte.

Eine halbe Stunde später, als Vlok gegen die Tür des Hauses im Observatoriumsviertel hämmerte, erhielt er keine Antwort. Entweder ignorierte Louis ihn, oder er hatte das Aufsuchen des Hauses nur vorgeschützt, um ihn von einer anderen, echten Fährte abzulenken. Vlok vermutete letzteres und eilte davon.

Im Haus, vom Sonnenschein in Kronleuchterlicht getaucht, war es friedlich. Vögel schwirrten über das Dach und sangen in den nahen Bäumen. Ein Milchwagen kam vorbei, und von den Boulevards weiter unten und oben wehten die Lieder des Tages herüber.

Das Tagebuch aufgeschlossen, brachte Louis es auf den aktuellen Stand. Dann fügte er hinzu: »Timonie wurde ermordet. Mir wird gestattet zu leben. Deshalb Timonies Zorn, aber er hatte nicht die Macht, mich auch zu töten. Das andere hat nicht die Absicht, mich umzubringen, obwohl es Timonie getötet hat. Wahrhaftig, ich bin geschmeichelt, eingeladen, teilzuhaben an den intimsten Träumereien von Tiy in ihrer Todesstunde. Und ich gebe zu – sie fesselt mich. Wie im Spinnennetz. Abhängig und abwartend, denn es gibt keine Gnadenfrist. Ich habe nur das Urteil schlecht verstanden.«

Danach machte Louis eine Eintragung betreffs eines Journalisten, der in »einer oder zwei der besseren Zeitungen schreibt. Sie – ich bin sicher, es handelt sich um eine Frau – schreibt unter dem männlichen Pseudonym *St. Jean*. Der unschätzbare Curt versucht für mich herauszufinden, wo sich dieses Wesen aufhält, oder zumindest, wo man sie gelegentlich antrifft.«

Er wollte seine Angelegenheiten in Ordnung bringen. Er wollte jemandem, den er als ehrenhaft und reputierlich einschätzte, ein Vermächtnis mit der Wahrheit hinterlassen. Weder er noch sein Tagebuch verraten, weshalb er dies wollte.

Er war entspannt, wie Vlok es sah (und auch ich selbst), in einer Todeszelle. Obwohl er die Bedingungen festlegte, hatte er keine Ahnung, welcher Art die Bestrafung sein würde. Er war gewohnt, unter dem Einfluß einer anderen Persönlichkeit zu stehen, wie jeder Schauspieler. Das Übernatürliche umwarb ihn; es war ihm so nahe gekommen, wie ein lebendes, menschliches Wesen es niemals vermocht hatte – und in gewisser Hinsicht spielte er auch, und ich frage mich, ob er eigentlich wirklich daran geglaubt hatte, selbst in allerletzter Sekunde, verzweifelt wie er war, endgültig.

Louis beabsichtigte, das Haus zu verlassen und für die Nacht ins Hotel zurückzukehren. Die Zauberei hatte sich in Einzelteile aufgelöst und war jetzt überall – die blauen Fenster, der Ausgangspunkt, befanden sich im Haus, die Violine, der Ohrring, das Kostüm, sie waren im Hotel. Das Porträt von Timonie befand sich beim Fotografen. Die Spinne – sie konnte überall sein. Sogar in seinen Kleidern mitreisen. Eingesponnen beabsichtigte er nicht, aus dem Bann des Zaubers herauszutreten, sondern nur, sich frei darin zu bewegen.

Aber die Verlassenheit des Hauses, die Zurückgezogenheit nach seiner jüngsten Auseinandersetzung mit Vlok, verführten Louis. Und dann war da der Geruch von Gefahr, dem er nicht widerstehen konnte. Er würde bleiben.

Daher ließ er das Tagebuch unverschlossen auf dem nicht mehr abgedeckten Schreibtisch liegen, so daß man es finden mußte. Er ließ auch Anette und Lucine neben dem Spiegel hängen.

Es gibt nur noch eine weitere Eintragung in diesem Tagebuch. Sie ist kaum leserlich, aber da mir die Schrift inzwischen vertraut ist, kann ich sie erraten. Ich erinnere mich, wie er bei unserer ersten und einzigen Begegnung war. Ich frage mich, ob ich wegen der abrupt unterbrochenen Berichterstattung bestürzt sein sollte oder wegen seiner trägen Perversität. Welche Wahl gab es noch?

»Schon (schrieb er) ist es passiert. Wir sehen mit unseren Augen, können aber unsere Augen nicht *sehen*, außer in einem Spiegel. In den Spiegel blickend, fuhr ich mit dem kleinen Diamanten eines Rings darüber – und erhielt die Antwort. Das Glas immer wieder ritzend, hin und her – von *innen.* Magie. Symbol. Es gibt einen Zusammenhang zwischen den einzelnen Bruchstücken – Eine Spinne: Weibchen frißt Männchen – und Phasen der Sprache, wie die des Mondes. Ich muß für Sie einige Zeilen auswendig lernen, Mademoiselle St. Jean. Falls ich Sie rechtzeitig aufspüre. Keine Ellbogenfreiheit. Muß erklären. Konnte sowieso nicht. Sie müssen es erraten. Oder – aber es entgleitet mir. Gleitet tiefer und tiefer.«

Darunter stand ein gezacktes Gekritzel, fast wie die Schrift von jemand anders: *Caerulei mundi regna.* Ich hatte es zuvor bereits gedruckt gesehen und konnte es daher entziffern.

Dieser verblichene Poet, St. Jean, von dem uns in der Schule gelehrt wird, daß er in einem Duell gestorben ist, hat als letzte Worte hinterlassen: »Ich habe keine letzten Worte.« Auch sagte er, Feuer ist Wille, Wasser ist Kummer, Erde ist Denken, Luft eine Vision. Und obwohl ich niemals *Das Latein der anderen* gelesen habe, ist mir früher einmal in einer Übersetzung eine nicht sonderlich erhellende Bezugnahme auf *Caerulei mundi regna* in die Hände gefallen (die Louis getreu als »Königreiche des himmelblauen Universums« übersetzt hat) – die Herrschaft des Azur.

Jetzt, am ganzen Körper fröstelnd, als hätte ich die Grippe, die ich vorgeschützt habe, war ich am Ende von Louis de Jeniers Tagebuchaufzeichnungen angekommen und kein bißchen klüger. Ich war verwirrt und entnervt (vor allem, weil ich direkt angesprochen worden war!) und empört, jawohl, richtig empört. Als hätte ich auf Empfehlung eines anderen hin einen seltenen Kriminalroman gelesen, bloß um festzustellen, daß die letzten Seiten – die mit der Auflösung – mit Absicht *säuberlich* herausgetrennt worden sind.

Er war auf mich zugekommen und hatte mich eindeutig auf dieses Material aufmerksam gemacht. Das Material jedoch, als vollständig ausgewiesen, endete mit verworrenen Sätzen. Der Spiegel war mit dem Diamanten seines Ringes zerkratzt worden. Und dann hatte er selbst gekratzt, ganz unnatürlich... Über diese Tatsachen wollte ich nicht streiten. Ich war selbst anwesend gewesen, als Türen knallten und Fenster zu Bruch gingen. Aber was war *noch* geschehen?

Es war die Offenkundigkeit des *Un*vollendeten, die mich mehr störte als alles andere. Es machte mich nervös, als wollte man mich manipulieren. Ich nehme an, ich wußte, daß eine Lösung gefunden werden mußte, sonst würde sie mich finden.

Aber jetzt war es früher Abend. Ich ging die Treppe hinunter, stellte fest, daß ich nach dem Verlassen meiner Behausung ziemlich nervös wurde, und bestürmte die Hauswirtin, ihr Telefon benutzen zu dürfen. Ich rief Thissot an, aber er nahm nicht ab, und dann, voller Verzweiflung, meinen Redakteur beim *Weathervane*, der ebenfalls abwesend war. Offen gestanden, ich weiß nicht einmal, was ich hatte sagen oder fragen wollen. Einen Kontakt, ein Sicherheitsgefühl war es wohl, was ich in Wirklichkeit suchte. Beides war nicht zu bekommen.

Also ging ich in eines meiner Stammrestaurants zum Dinner und versuchte, munter und gelassen zu wirken. Aber ich konnte das, was ich bestellt hatte, nicht essen, und der Besitzer, der mich kannte, kam herüber, um sich zu erkundigen. »Oh, es liegt wohl einfach daran, daß ich die Grippe hatte.« Er bemitleidete mich und ließ sogleich Brandy auf Kosten des Hauses an meinen Tisch bringen. Ich überlegte schon, ob ich mich ihm anvertrauen sollte, aber die Vorrede zu meiner Erklärung schreckte mich bereits ab und ließ mich verstummen.

Was mir immer wieder im Hinterkopf herumging, war Curt, der »ein Händchen für das Entlocken von Informationen hatte... was im Verborgenen lauerte...«. Curt war zunächst von Louis auf mich angesetzt worden. Würde Curt plötzlich auftauchen, mit Vlok? Würden sie irgendwelche

Anstalten unternehmen, mir zu drohen oder mich zu erpressen, oder gar, mich zum Schweigen zu bringen? Ich hatte einen Mann über dem luftigen Abgrund baumeln sehen, den man aufgehängt hatte. Und zumindest Vlok eindeutig identifiziert, als er auf ihn hinuntersah – der andere im Hintergrund war nicht genau zu erkennen gewesen, aber es muß sich um Curt gehandelt haben. Sollte ich zur Polizei gehen? »Warum, Mademoiselle, haben Sie so lange gewartet, ehe Sie in dieser Sache zu uns gekommen sind?«

Ich begann mit dem Gedanken zu spielen, Paradys überhaupt zu verlassen. Louis' Schönheit hatte mich betört, aber er war tot, und alles andere ein unheimlicher Alptraum, der nicht einmal einen ordentlichen Schluß hatte. Besser, ich verschwinde.

Unter den schummrigen Straßenlaternen ging ich nach Hause. Der Regen platschte ringsum aufs Pflaster, tanzte. Der Himmel wölbte sich über Stadt und Land. Es enthielt so vieles, dieses Gewölbe – Winde, Dunst, Wolken, Weite und Farben. Von dort zuckte der Blitz und blendete die Sonne, und Wetter und Engel fielen herab. Kein Wunder, daß die Menschen in alten Zeiten es mit Mächten und Elementen bevölkert haben.

Ich stellte mir ein von allen möglichen Kräften wimmelndes Universum hinter dem blauen oder schwarzen Schild vor. Als mich diese Vision wieder verlassen hatte, betrat ich das Haus, und die Wirtin kam aus dem Salon gestürmt. »Oh, Mademoiselle, ein Herr hat alle Viertelstunde versucht, Sie anzurufen.« Mit ungeheuerlicher Erleichterung dachte ich: Ah, Thissot. Ich will ihm alles erzählen, auch wenn er böse auf mich ist.

Und genau da läutete es, und sie eilte hin, um abzunehmen, während sie zu mir sagte: »Das wird er wohl wieder sein.« Sogleich winkte sie mich herbei und reichte mir den Hörer. Wie immer scharwenzelte sie im Zimmer herum und lauschte.

Dann drang eine Stimme an mein Ohr und sprach mich

mit vollem Namen an. Das war nicht die Stimme von Thissot.

»Wer ist da?« wollte ich wissen und konnte nur mühsam das Zittern in meiner Stimme unterdrücken.

»Rudolf Vlok, Mademoiselle.«

»Ich habe Ihnen nichts zu sagen.«

»Bitte, Mademoiselle. Ich muß – das heißt, es ist von größter Bedeutung, daß ich Sie sprechen kann. Noch heute nacht, wenn möglich.«

»Seien Sie nicht albern. Ich habe Freunde zu Besuch.«

»Schicken Sie sie fort. Es muß unter vier Augen sein.«

»Sie halten mich wohl für eine Närrin«, sagte ich.

»Ich will Ihnen nichts Böses. Aber – es gibt da einige Dinge zu klären. Das sehen Sie doch auch so, nicht wahr? Sie haben es gelesen – dieses Tagebuch.«

»Welches Tagebuch?«

»Mademoiselle, in zehn Minuten bin ich bei Ihnen.«

»Ich werde nicht da sein«, sagte ich empört.

(Meine Wirtin bewegte sich inzwischen in Zeitlupe, so fasziniert war sie.)

»Mademoiselle, es geht nicht darum, daß ich das Tagebuch für mich persönlich haben möchte. Ich muß darauf hinweisen, daß wir, falls Sie mich jetzt nicht empfangen wollen, für einen anderen Zeitpunkt ein Treffen vereinbaren müssen. Und ich werde alles tun, was in meiner Macht steht, und ich habe einigen Einfluß, Mademoiselle, um etwas durchzusetzen.«

»Warum?«

»Nur – um einige Dinge abzuklären.«

»Sie wollen das Tagebuch zurück? Ich schicke es Ihnen per Post an jede gewünschte Adresse oder ins Büro.«

»Mademoiselle –«, die ganze Zeit über war seine Stimme anders gewesen. Sie war ernst und entschlossen, aber auch besänftigend gewesen. Er hatte erklärt, daß er nicht seinetwegen anriefe. Und jetzt klang er für mich wie ein Unterhändler. Irgend jemand hatte ihn vorgeschickt. Er war darauf bedacht, denjenigen nicht zu enttäuschen. Es mußte jemand dahinterstecken, von dem ich nichts gehört hatte, der vielleicht befürchtete, im Tagebuch erwähnt worden zu sein. Plötzlich dachte ich: Soll er doch kommen. Vielleicht liegt da der Schlüssel. Schließlich war es noch eine zivile Zeit. Das Haus war voller Leute, die mich kannten. Zimmer und Straßen gut beleuchtet. Es wäre sicherer, den Dingen hier ins Auge zu sehen, was immer es sein mochte. So unterbrach ich sein beharrliches Drängen. »Na schön. In zehn Minuten, wie Sie gesagt haben. Falls Sie nichts dagegen haben, Madame?« fügte ich laut für meine Wirtin hinzu, um sie aus ihrer Lethargie zu reißen und Vlok wissen zu lassen, daß die Welt auf seinen Besuch vorbereitet war.

Nachdem ich meine Wohnung betreten hatte, zündete ich das Gas an, die Petroleumlampe auf meinem Schreibtisch, zog den Mantel und die Handschuhe aus, nahm den Hut ab und legte mir ein Umschlagtuch um die Schultern, das meiner Mutter gehört hatte und in dem ich mich wohler fühlte. Ich war froh, den Brandy getrunken zu haben.

Die Minuten schlichen auf meiner Uhr dahin. Es schlug neun, und von unten hörte ich Geräusche, dann Schritte, die heraufkamen.

Als es an meine Tür klopfte, ging ich langsam darauf zu, um zu öffnen, während ich in einer Hand ein tödliches kleines Federmesser hielt.

Als ich verharrte, nur die Tür zwischen uns, hörte ich diese gewisse undurchdringliche Stille von Anwesenheit, von Erwartung, und entsann mich des Kinderspiels: *Wer ist da? Wer ist da? Niemand ist da. Dann laßt Monsieur Niemand ein.* Bei dem Gedanken stellten sich mir die Nackenhaare auf, und ich packte den Türknauf und riß die Tür mit einer Art Wut heftig auf.

»Louis!«

Die Lichter aus meinem Zimmer schienen ihm ins Gesicht, das über mir schwebte. Dann sah ich seine Augen. Die kleinen Ringe aus Indigo, die Mittelpunkte, erfüllt von absoluter *Finsternis.* Ich sah die Augen und trat einen Schritt zurück, während ich einen albernen Schrei ausstieß, trat immer weiter zurück, bis mich das Bücherregal zum Innehalten zwang.

Dann kam es in mein Zimmer, was einst Louis gewesen war, glitt schweigend herein, umgeben vom schwachen Parfüm des Sandes und von süßem Harz, und mit ihm der Schatten der Nacht.

Und nach ihm Vlok, den Hut höflich in den Händen.

Die Kreatur war zum Kamin gegangen. Dort stand sie und bewegte sich nicht. Sie schien die Hitze zu schätzen. Ägypten war ein heißes Land, und damals war es hier im Norden auch viel wärmer gewesen.

»Ganz ruhig, Mademoiselle«, sagte Vlok. Sein Gesicht zeigte eine gelassene, zuverlässige Miene. Ja, er war vorgeschoben worden. Er war der Diener des Dämons. Wieviel hatte man in ihm zerstören müssen, bis er so gehorsam geworden war? Nicht sehr viel. In jeder anderen Hinsicht war er noch er selbst. Nur, der Aufpasser war – zum Sklaven geworden.

»Ich bin ruhig«, sagte ich. Dann fügte ich ganz selbstverständlich hinzu: »Ich sah, wie Monsieur de Jenier an einem Seil aus dem Dachfenster herabhing. Und alle Zeitungen haben über seinen Tod berichtet. Wieso kann er jetzt hier sein und so überzeugend in einer seiner Rollen?«

Ich zwang mich, mir das Geschöpf anzusehen. Es schien darüber nicht verärgert zu sein. Aber ich mußte mich vor diesen Augen hüten. Sie waren schrecklich. Ich wäre vor Entsetzen beinahe gestorben ... Der Rest, wenn man es nicht anders wußte, war lediglich eine mondäne Frau, groß und schlank. Sie trug einen modernen Mantel mit pelzbesetztem Kragen, einen schmeichelhaften Hut. Ihr Haar war hell wie Eis. Sie trug keine Ohrringe.

»Nein, Mademoiselle, ich bin hier, um all das zu erklären, was Sie – glaubten zu sehen.«

Mir war bereits aufgefallen, daß Hände und Füße der Frau

mit Louis' Gesicht, Händen und Füßen, die den Mann verraten und die Louis sorgsam versteckt hätte, keinerlei Tarnung bedurften. Sie waren nicht groß, nicht maskulin. Und die Rundung der Brüste unter dem Mantel, eine sanfte, zarte Schwellung, nichts Künstliches war daran. Selbst die Knochen des Gesichtes, sehr fein, und die gezupften Brauen und nicht der winzigste Schatten auf der Oberlippe, die Haut nirgends von einem Rasiermesser gerötet.

»Sie sagen, ein Gehängter, an einem Seil baumelnd, aus einem Dachfenster. Ich fürchte«, sagte Vlok, »es war der arme Curt, der gestorben ist. Er stürzte die Treppe hinunter, als er weglaufen wollte – er hat sich so gefürchtet. Und das brach ihm das Genick. Es war reiner Zufall, das man ihn entdeckte – später – und als Louis identifizieren und begraben konnte. Louis war hier nicht so gut bekannt. Nicht, daß er es nicht hätte sein können – soweit waren wir noch nicht. Und Curt war niemand. Das wird uns in der Zukunft eine Menge Ärger ersparen.«

»Wer ist denn«, fragte ich, »wer ist denn das?« Und ich zitterte derart, daß ich mich setzen mußte, und hörte, wie mein Federmesser auf den Teppich plumpste.

Dann, aus dem Schweigen heraus, sprach es mich an.

»Tuamon«, sagte es. Die Stimme war die eines Knaben, hoch, feminin, doch bemüht männlich. »Tiy-Amonet«, ergänzte die Stimme erläuternd.

Die Augen wandten sich mir zu. Ich sah weg. Es gab keine extreme Hitze oder Kälte, und bis auf diesen blassen Duft, den ich für *kuphi* halten mußte, war dies kein Geist, das war echt. Eine veränderte Wirklichkeit.

Es sagte, jetzt zu Vlok: »Du erklären. Erklären.«

»Wie man sieht«, sagte Vlok beflissen und mit einem merkwürdigen Stolz, »beherrscht sie unsere Sprache noch nicht. Nachdem er sie verloren hatte – zuerst –, aber darum muß man sich keine Gedanken machen. Ich kümmere mich darum.«

Ich dachte: Warum läßt er sie nicht trotzdem selbst sprechen? Laßt mich mal hören, wie das klingt, die Zunge der Ptolemäer, der griechischen Pharaonen, aus dem Land des Seth. Oder das Latein der Römer... Aber sogar bei dem Gedanken schrak ich zurück.

»Mir wird noch übel, wenn Sie länger hierbleiben«, sagte ich, ohne einen der beiden anzusehen. »Wenn's also sein muß...«

»Ja. Ich werde mich beeilen. Aber Sie müssen zuhören.«

Und die andere Stimme wiederholte: *»Zuhören«,* während sie an meinem Feuer stand und all die Dunkelheit und das Licht des Raumes auf sich zog, nur schwach, wie etwas, das mit einer jahrhundertealten Staubschicht bedeckt ist.

Tiy-Amonet, die zweitausend Jahre lang Staub *gewesen* war, jetzt leibhaftig hier. Oder war es gar nicht so lange her? Konnte sie ihr Spielchen nicht schon früher, wo auch immer, gespielt haben? Timonie hatte sie rasend gemacht, denn Timonie hatte sich nicht geeignet – weil sie selbst eine Frau gewesen war? Und Tiy-Amonet hatte Timonie in ihre Schranken verwiesen und ihren Körper wie in den alten Riten des Osiris verstümmelt, von den Gliedmaßen befreit, der Seele das ewige Leben verwehrt, solange nicht alle Stücke zusammengefügt waren. Aber dann war Louis ins Spiel gekommen.

Was war mit Louis geschehen? Denn Louis war hier, aber Louis war auch nicht hier.

Vlok hatte sich gesetzt, den Hut auf einem Knie. Irgend etwas Lächerliches lag darin und in der Art, wie er mir dann einen Vortrag über die Ereignisse hielt. Er sprach prosaisch, machte nicht einmal mehr diese entschuldigenden Pausen im Verlauf seiner höchst ungewöhnlichen Offenbarung. Er wirkte, und verhielt sich auch so, wie ein billiger Anwalt. Wie sie – es – dieses Ding namens Tiy-Amonet oder Tuamon – ihn informiert hatte, weiß ich nicht. Vielleicht waren die Überreste von Louis dazu benutzt worden. Denn von Louis, wie wir ihn kannten, schien nicht das winzigste Jota verblieben zu sein.

Es kam alles ganz offen und direkt. Und ganz unglaublich. Und es ist passiert. Nicht nur, daß der Beweis vor mir stand, die Luft vibrierte – die magische Luft, die den Himmel wie ein Netz auf die Erde herablassen kann. Ich habe nicht ein einziges Wort angezweifelt. Nicht einmal die nachweisbar folgenschwersten.

Das Gerüst, wie ich es innerlich nannte, war korrekt. *Dann kommt Louis ins Spiel.* Und als dies geschah, wurde der Grundstein gelegt.

Timonie war für die Essenz, die Überreste, den Geist und Willen des Dings, das einst als Tiy-Amonet bekannt war, mit Sicherheit völlig unbrauchbar. Louis aber war geradezu perfekt. Da war diese Ähnlichkeit in den Gesichtern, wie bei dem Mädchen, und in den Augen, Blau bis zum Wahnsinn und zur Unbegreiflichkeit –, aber es war noch viel mehr. Es waren der Charakter und die Psyche, die ausschlaggebend waren.

Die Essenz, elektrisiert, ergriff die Gelegenheit sofort und begann, ihr Netz um ihn zu spinnen. Louis wähnte sich von Timonies Nachempfindung verfolgt, aber es war die Spinnenhexe, die ihm zusetzte, ihm Bilder des toten Mädchens vorgaukelte, ihn Schritt für Schritt in ihr Netz lockte, bis sie ihm gestattete, den nachweislichen Horror und den Zorn in ihrer Todesstunde zu erleben. Da hatte ihr Gift, lange, ehe der Saphir über sein Bett spaziert war, ihn schon durchdrungen und wirkte längst.

Das Etwas tötete das Mädchen aus Groll und nicht vorzugsweise, um selbst zu leben. Das verkörperte Louis. Denn in der Tat besaß es eine Art Leben vor Louis, aber das lag weit, weit zurück. So weit, daß es deshalb verdrießlich geworden war.

In jener letzten Nacht im Haus muß es ihm die Wahrheit gezeigt haben. Ich habe nicht erfahren, wie, aber ich stelle mir vor, daß es dazu Möglichkeiten gibt. Daraufhin hat er den Spiegel voller Furcht oder Zorn oder in einer anderen Gefühlsregung zerstört. Seine Gefühle waren völlig außer

Kontrolle geraten, es gibt viele Anzeichen dafür. Dann kam Tiy-Amonet aus ihrem Netz herunter, um ihn zu verspeisen.

Als er am folgenden Morgen zu Vlok zurückkehrte – denn er *ging* zurück –, war Louis bereits dabei, den Kontakt zu seinem früheren Leben, seiner eigenen Persönlichkeit, zu verlieren. Er hatte vergessen, wie er sich anzuziehen und wie man das Besteck zu benutzen hatte. Er konnte nicht lesen. Die Zahnbürste und der moderne Rasierapparat verwirrten ihn, er erzielte dieselben Wirkungen mit anderen Mitteln. Dann verlor er für Stunden die Sprache, schließlich für Tage. Er redete wirr, Kauderwelsch, ein Mischmasch aus den angestammten Lauten und denen einer anderen Gegend oder einfach irgendwelche Abstraktionen, die seinem Hirn entsprungen waren. Manchmal schien er blind, taub und stumm zu sein. Ohne auch nur zu blinzeln, lag er auf dem Bett seiner Hotelsuite und starrte zur Decke empor. Über andere Körperfunktionen verlor er nicht die Kontrolle, nur das Sozialverhalten fehlte. Er zeigte keinerlei Anzeichen von Verzweiflung und bekam nur einmal einen Tobsuchtsanfall. Dabei zerschlug er Gegenstände und fuchtelte mit dem ungewohnten Rasiermesser herum, als wollte er jemandem die Kehle durchschneiden. Aber Vlok und Curt überwältigten ihn. Bis dahin, oder sogar auch später noch, glaubte Vlok halbherzig, Louis würde nur einen seiner Scherze mit ihnen treiben. Wie auch immer, der Arzt wurde erneut gerufen. Als er kam, ging es Louis plötzlich besser. Er sprach und verhielt sich normal, gab vor, es wäre Vlok, der sich einen bösen Scherz erlaubt und völlig übertrieben hätte. Warnte den Arzt vor ihm. Louis selbst war freundlich und charmant. Der Mediziner, verwirrt, zum Narren gehalten, verließ das Hotel. Und anschließend ging auch Louis. Er schien sich erholt zu haben, hatte Curt für sich eingenommen und von ihm erfahren, wo sich die Journalistin aufhielt.

Louis lief durch die Stadt und verirrte sich gelegentlich – Paradys hatte zur Zeit von Tiy-Amonet anders ausgesehen. Als Louis schließlich seine Beute aufstöberte, hatten er und

Tiy-Amonet sie gemeinsam gefunden. Denn natürlich hatte Tiy-Amonet nichts dagegen, daß Louis diese Frau aufspürte und sich mit ihr – mit mir – unterhielt. Genauer gesagt, sie wollte, daß er sie fand und mit ihr sprach. Also hatte ich an jenem Tag vor mir ein Wesen gesehen, das in Wirklichkeit bereits aus zwei Kreaturen bestand, vor allem aber aus jener Kreatur, die nicht in Erscheinung trat. Seelenlos vorhanden hinter den blauen Augen. Denn was war noch übrig von seiner Seele, nachdem sie sich seiner bemächtigt hatte, und was war von der ihren geblieben? Ich hatte das gesehen, was er in seinem Traum gesehen hatte, den jungen Mann auf dem Fahrrad, der in Ekstase das Bewußtsein verliert –

Dann stürmte Vlok ins Café und brachte sie *beide* in einem Balanceakt der Normalität weg. Das war beabsichtigt gewesen. Ich sollte von dem Tagebuch erfahren. Es war vollbracht.

Danach verschwand Louis. Das heißt, nicht äußerlich, sondern innerlich. Zu dem Zeitpunkt, als sie das Hotel erreicht hatten, war die körperliche Hülle bereits sprachlos und in einem nahezu katatonischen Zustand. Sie fuhren mit dem Lift nach oben, reines Schmierentheater, und machten ihn in ihrer Suite zu ihrem Gefangenen. Erst herbeizitiert und dann unverrichteter Dinge und vorgewarnt wieder entlassen, würde der Doktor nicht zurückkommen und hatte sicher auch seine Kollegen verständigt.

Es gibt für das Wort *Imago* noch eine andere Bedeutung: Das Wesen, das aus der Puppe schlüpft.

Als mir erklärt wurde, er habe noch eine Woche vor sich, hatte sie offenbar berechnet, wie lange es bis zum Abschluß der Umwandlung dauern würde, unabhängig davon, was äußerlich sichtbar war. Am siebten Tag hatte Louis' Stimme zu Vlok einen letzten Satz gesprochen, immer wieder. Er wollte zurück ins Haus beim Observatorium. Er mußte, er mußte. Immer wieder. Bis der entnervte Vlok zustimmte und ihn dorthin brachte, Curt im Schlepptau. Da tauchte ich auf.

Während des Wortwechsels zwischen Vlok und mir war es Curt natürlich unmöglich gewesen, »Louis« zu bändigen, der auf den Dachboden hinaufgestiegen war. Dort wanderte er herum, Curt wanderte hinterher, ein Nervenbündel. Als Vlok zu ihnen kam, mich hatte er im Arbeitszimmer allein gelassen, hatte sich »Louis« – vielleicht war er sogar noch Louis – unter eines der schmutzigen Dachfenster gehockt, lächelnd, und mit dem silbernen Ohrring gespielt.

Unten hatte ich das Tagebuch in die Hand genommen. Und dies muß über das Spinnennetz registriert worden sein – welches inzwischen, wie es schien, das gesamte Haus und die halbe Stadt umspannte. Ein paar Minuten später erhob sich Louis, öffnete das Dachfenster, stieg auf das Sims und ließ sich hinausfallen.

Das muß die letzte Anstrengung seiner eigenen Persönlichkeit gewesen sein, denke ich inzwischen, das Unheil aufzuhalten, was kommen mußte, gekommen ist... sich wenigstens noch aufzubäumen und zu entfliehen.

Aber indem er sich vom Dachboden stürzte, hatte er sich genau in die magische Position begeben, die benötigt wurde. Er befand sich zwischen Himmel und Erde. *In der Luft.*

Das Gesicht von Vlok glich jetzt einem Mond, idiotisch, bleich, ausdruckslos. Er sprach von Dingen, die nichts mit dem Agenten Vlok zu tun hatten, dem Mann seiner Zeit. Er sagte tonlos: »Sie dachten, Sie sähen ihn an einem Seil hängen, Mademoiselle, aber haben Sie die Beschaffenheit des Seils bemerkt, wie es vibrierte und qualmte? Als er stürzte, zerbrach sogar unten eines der Fenster – eines von den blauen Fenstern –, und als dies geschah, begann eine Substanz hervorzuquellen und hinaufzufließen, aus Louis' Genick, oberhalb der Wirbelsäule. Es war dieses Zeug, was man Ektoplasma nennt. Ich gestehe, ich mußte nachschlagen, um das herauszufinden. Eine Art Fleisch, die kein Fleisch ist. Da war er bereits Tuamon, verstehen Sie, und Tuamon kann das, ein fleischähnliches Seil aus seinem eigenen Körper kommen lassen. Und das Ektoplasma-Seil wand sich zum

Dach hoch und heftete sich überall an, an die Wände, den Fußboden, und es fiel nicht plötzlich herunter, sondern stabilisierte sich, leicht federnd, wie das Sicherheitsnetz im Zirkus. Und dann sah ich Sie ebenfalls dorthin starren, Mademoiselle. Zu dem Zeitpunkt wußte ich auch nicht mehr über das, was vorging, als Sie.«

(Ein Hauch von Belustigung bei der Erinnerung an seine damalige Unwissenheit.)

»Was den armen Curt betrifft, so schnatterte der hinter mir wie ein Affe. Und dann verließen Sie das Haus, glaube ich, so daß Sie nicht sahen, was weiter geschah. Das betreffende Seil zog Louis' Körper sanft nach oben, zurück auf den Dachboden, und er erklärte mir sogleich, wer er, oder besser gesagt, sie, war. Und in dem Moment verlor Curt die Beherrschung und lief davon. Den Rest darüber habe ich Ihnen erzählt.«

Danach herrschte Schweigen. Wieder wanderten die Minuten über das Antlitz meiner Uhr, Mikrokosmos der Zeit, der sie war, wie alle Uhren. Jener schrecklichen, gewaltigen Gnadenlosigkeit, die wir in Porzellan und Blattgold zu zähmen glauben, obwohl sie uns im Griff hat.

Schließlich sagte ich, mit Bedacht nur an Vlok, nicht an dieses andere Wesen gewandt: »Warum haben Sie so lange gewartet, bis Sie zu mir gekommen sind?«

»Sie sollten erst das Tagebuch lesen.«

»Wußten Sie, wann ich damit fertig war?«

»Tuamon.«

»Warum wurde der Name geändert? Warum nicht Tiy-Amonet?«

»Tuamon ist der korrekte Name. Tiy-Amonet war der Name, den die Römer benutzten. Natürlich möchte sie jetzt lieber einen anderen Namen annehmen, zeitgemäßer, aus praktischen Erwägungen.«

»Und noch eine Frage«, sagte ich. Er wartete, während ich mehrmals schluckte. »Weshalb müssen Sie mir das alles erzählen?«

»Um es zu beenden.«

Die Stimme erschreckte mich. Sie erschreckte mich jetzt jedes Mal. Aber ich brachte hervor: »Zu beenden – was?«

Wieder eine Pause. War es doch Telepathie? Als hätte man ihm die Worte eingeflüstert, sagte Vlok: »Er stammt aus Ägypten. Er war und ist ein Hexenmeister. Sie kennen die Hieroglyphen der Bilderschrift? Nun, Mademoiselle, für einen ägyptischen Hexenmeister ist Schreiben an sich eine magische Angelegenheit, eine Art Zauber –«

»Und alte Gewohnheiten gibt man nur ungern auf«, sagte ich, »wie Verstümmelung aus Rache. Louis hat begonnen, alles aufzuschreiben, und bei jeder Zauberei muß jedes Ritual vollständig ausgeführt werden, damit der Zauber und die Magie auch wirken.«

»Exakt, Mademoiselle.«

»Und daher möchte er – oder sie, Sie wechseln das Geschlecht jetzt –, daß ich die Niederschrift vervollständige. Aufschreibe, was Sie mir erzählt haben.«

»Genau. Nur, daß es besser wäre, Sie begännen mit dem Anfang, das heißt, wenn Sie bereit sind, Louis' Bericht nachzuerzählen oder abzuschreiben. Eine Unterbrechung – es muß noch einmal von vorn anfangen und auf einmal aufgeschrieben werden. Außerdem, verstehen Sie, sind Sie ein Profi in dieser Sache – das ist, wenn Sie so wollen, *Ihr* spezielles magisches Talent. Sie dürfen damit den Platz des Hexenmeisters selbst einnehmen.« Er wartete einen Moment, dann sagte er: »Und ich soll Sie wissen lassen, daß es überhaupt nichts ausmacht, wenn Ihre Einschätzung Tuamons – unsympathisch ist. Natürlich empfinden Sie Furcht und Abneigung gegen Tuamon, und er erwartet nichts anderes. Sie müssen so schreiben, wie Sie es sehen und empfinden. Für das Ritual ist dies ganz unerheblich und auch für die Person des Hexenmeisters Tuamon.«

»Ja. Na gut, ich werde all das machen. Und was dann?«

Er starrte mich an. Er nahm den Ausdruck eines Agenten an, dessen Schützling eines Betrugs überführt wurde.

»Was soll dann sein, Mademoiselle?«

»Nein. Ich bin nicht so dumm, zu glauben, ich würde dafür honoriert werden. Ich möchte nur wissen, ob ich umgebracht werde, wenn ich die *Aufgabe* erfüllt habe.«

Und dann begann es – jawohl, *es* – zu lachen.

Das war so grauenvoll für mich, daß ich kaum bemerkte, wie ich aufsprang und zur Tür rannte – wo Vlok mich abfing. Er muß Louis viele Male so abgefangen haben, denn er zeigte Erfahrung bei dieser Übung.

»Es gibt nichts, weshalb Sie in Panik geraten müßten. *Sie braucht Ihren Tod nicht.*«

»Und wenn ich mich weigere, die Aufgabe zu erfüllen, werde ich bestraft?«

Wieder Schweigen.

Endlich sagte Vlok: »Es gibt da noch etwas, was man Ihnen zeigen muß. Danach sind Sie sich selbst überlassen. Sie werden alles niederschreiben. Dann veröffentlichen Sie es, wenn Sie wollen, oder auch nicht. Das ist bedeutungslos. Es geht nur um den Akt des Schreibens. Sie dürfen sogar das Tagebuch verbrennen und Ihr Manuskript, vorausgesetzt, Ihre Arbeit ist vollendet. Danach wird Sie niemand mehr belästigen, Mademoiselle, nie mehr.«

Ich hätte ihn vielleicht fragen sollen, ob es ihm gefiel, ein Sklave zu sein, oder ob er um Louis oder Curt trauerte. Oder hundert andere Fragen. Aber das tat ich nicht, mich interessierte nur, die Angelegenheit hinter mich zu bringen. Das sagte ich auch.

»Dann begebe ich mich jetzt einfach nach draußen auf die Straße. Tuamon wird es Ihnen zeigen. Es gibt nichts, was Sie *fürchten* müßten. Gute Nacht, Mademoiselle.« Und damit nickte er mir zu und spazierte hinaus, schloß meine Tür hinter sich. Ich hörte seine Schritte die Stufen hinuntergehen, während ich im Licht der Gaslampe allein mit dem Ding im Zimmer stand und auf die weiteren Enthüllungen wartete.

Ich hatte den Schlüssel zu diesem Geheimnis besitzen wollen, oder es hatte mir diesen Wunsch eingegeben.

Noch ehe Vloks Schritte verhallt waren, bewegte es sich. Das glimmende Feuer beschien die Umrisse des Körpers, der einmal Louis de Jeniers Körper gewesen war. Es zog den Damenmantel aus, die Handschuhe, legte den Hut ab, das Kleid –

Ohne Scham entkleidete es sich vor meinen Augen.

Ich sagte nichts, erhob keinen Protest. Ich sank in meinen Sessel zurück und verschränkte die Hände ineinander. Ich wußte es längst.

Louis' Offenheit, mit der er die Kostümierung in seinen Rollen beschrieb, hatte mir alles gesagt, was ich über seinen normal hübschen, männlichen Körper wissen mußte. In diesen Sekundenbruchteilen begriff ich, daß diese Spinnenhexe, die in der Lage war, aus ihrem eigenen Fleisch ein Seil aus Ektoplasma zu bilden, jede andere Gestalt und Erscheinung annehmen konnte, die ihr beliebte. Die Zartheit der Hände und Füße, die echt wirkenden Brüste –

Ein seidenes Mieder, seidene Strümpfe, Wildlederschuhe. Jedes Detail stimmte.

Ja. Jetzt begriff ich. Wahrscheinlich wünschte man sich, daß ich begriff und somit alles exakt aufschreiben würde.

Physisch war Louis ein Mann. Nach Temperament und Emotion ein Mann. Ethisch eine Frau. Er war wie ein Zwillingspärchen, Mädchen und Junge, die nach der Geburt auseinandergerissen worden waren. Der weibliche Zwilling war ihm abhanden gekommen. Er eignete sich ihn wieder an – nicht durch männliche Liebhaber, was gegen die Männlichkeit seines Körpers verstoßen hätte –, sondern indem er sich in allen möglichen Varianten als Frau verkleidete. Und auf diese Weise hatte er sich selbst in diese Doppelblüte zurückverwandelt, in ein Zwitterwesen.

Das aber war Tuamon schon immer gewesen. Seine Erscheinung war, jetzt, da die Frauenkleider auf dem Boden lagen, ausgesprochen maskulin. Das Gesicht unter dem schimmernden Haarhelm war das Antlitz eines Mädchens, nur mit dem Hochmut eines Knaben in den Linien der Brauen und der Lippen und des Nackens, die jungenhaften Schultern und die Arme und die festen Apfelbrüstchen waren die eines jungen Mädchens. In den Beinen und in den runden Armen steckte Kraft. Und es lag Kraft in den Lenden, die die Wärme des Zimmers oder die Stille oder der Hochmut allein hatten aufblühen lassen, so daß ich keinen Zweifel hegen konnte. Und dann stellte er – denn es war vor allem ein *Mann* – sich in Positur, ohne Scheu oder Umschweife, um mich erkennen zu lassen, daß auch diese starken Lenden verwundbar waren, daß dieser Mann auch als Frau besessen werden konnte.

Tuamon, der den weiblichen Namen Tiy-Amonet angenommen hatte, um die Vernunft eines römischen Feldherrn zu umnebeln, der vom Andersartigen angezogen worden war – Tuamon war ein Hermaphrodit. Weiblich und männlich in allen Bereichen. Das Gesicht und die Brüste eines jungen Mädchens, das Wesen eines Mannes. Das Geschlecht von beiden.

Timonie war einzig und allein eine Frau gewesen. Äußerlich und bis unter die Haut. Sie war verstoßen und bestraft worden. Aber Louis war unter der Haut seiner Seele ein potentieller Zwitter. Er war das jahrhundertelange Warten wert.

Das Gaslicht wurde blau, und der Bereich des Zimmers, in dem Tuamon stand, wandelte sich in eine weite, hohle Trommel. Ich glaubte, einen flüchtigen Blick erhascht zu haben – auf Lotossäulen, den dünenförmigen Sarkophag in Ägypten –, aber statt dessen sah ich dann ein azurblaues Firmament, das vor Bewegung und Leben zuckte und pulsierte. In seinem Herzen sonnte sich das legendäre Monstrum, dessen Augen wie Hafeneinfahrten in einem Meer des Himmels waren, durch die mächtige Wellen strömten, flutende Wolken, während ihm der Abendstern auf der Stirn lag und der zunehmende Mond und der Vollmond je an einem Ohr, und auf der Scheibe des vollen Mondes krabbelte eine blaue Spinne an einem Faden.

Und ich wollte nicht, daß diese Vision jemals aufhörte.

Ich wollte nicht, daß die sichere eintönige Dunkelheit zurückkehrte.

Und ich dachte an Louis, dort drinnen eingeschlossen, die Nahrung dieser Kraft, und ich verspürte nichts weiter als Hunger.

Dann geschah es. Immer wieder.

Die Wirklichkeit drang langsam wieder in mein Bewußtsein, und ich schämte mich und war wie versteinert. Und in dieser Verfassung setzte ich mich hin und zog das Umschlagtuch meiner Mutter ganz eng um mich. Ich saß da, und das Schattenwesen maskierte sich wieder und ging an mir vorüber wie ein brennendes Flüstern und war verschwunden.

Und nachdem es fort war, entfachte ich wieder das Feuer, drehte die Petroleumlampe heller und setzte mich an den Schreibtisch, um dies aufzuschreiben.

Abenteuerspiele

Joe Dever/Jan Page
Der Hexenkönig
23960

Joe Dever/Jan Page
Flucht aus dem Dunkel
23950

Steve Jackson/Ian Livingstone
Der Hexenmeister vom
flammenden Berg 24200

Joe Dever/Gary Chalk
Das Schloß des Todes
23956

GOLDMANN